尤金·奥尼尔悲剧的
酒神精神研究

A Study on the Dionysian Spirit of Eugene O'Neill's Tragedy

吴金涛　张惟喻　著

上海三联书店

目 录

前　言

　　当今社会发展委实太快，以致当一个人成年时，最初牙牙学语、蹒跚而来的那个世界早已变得面目全非。学生在校所习的功课，一俟他们毕业，却已经因为社会的急速变化而几乎成为一堆无用的废纸。人们为生存而奋斗，这似乎赋予生活一些内在的意义，借此可以引导人生稳重前行。然而，由于信息、知识、技术、财富的泛滥及其权力化运作，对大多数人来说，他们首先要面对日甚一日的生存竞争；可是，生存已不再是唯一的奋斗目标，因为每一个人都会遭遇各种物欲的诱惑，选择时不知道对错，选择了又注定是错，在踽踽独行的奋斗路途上，最终只剩下茫然四顾而无所适从。置身于这样的环境中，人们发现，自己常常会为一些莫名其妙的问题所困扰：我是谁？我这是在哪里？我在干什么？我为什么要这么做？为了什么呀？就像托尔斯泰假托安娜和列文之口吻所诉说的，抑或是莎士比亚凭借哈姆雷特之延宕所揭示的，再又如尤金·奥尼尔通过水手扬克心目中的大海所隐喻的，人不清楚自己在干什么，所做的一切价值何在？伴随而来的，还有令人烦心的焦虑、苦闷、孤独、痛苦、恐惧、荒诞……这些问题绵延古今，不绝如缕，促使人们不断反思，艺术家的灵魂拷问与哲学家的论理考辨均指向那个终极之思——生存的本质和意义到底是什么？对此，尼采有着异乎常人的体验与洞察。在讨论悲剧问题的时候，尼采通过对酒神精神的阐发，向人们指出了一条超越现实痛苦的艺术与审美之路，庶几作为人生的一种参照。

在《悲剧的诞生》和其它许多论著中，尼采反复表达了对人生的悲观的看法，认为人生根植于痛苦。在他看来，人生充满着痛苦和矛盾，人世就是永恒变化和迭次更新的梦幻。其实，尼采的这种观点并不新鲜，他的老师叔本华大体上也是这么讲的。尼采的独到之处在于，他把人生的本质与人生态度严格地区分开来了。他认为，人世是难以从道德上去说明的，因为作为一种隐秘的本能，道德从一开始就对人生作出了死刑判决，人会为自己苟活于世上而更加感到难过。所以，尼采提出，要用审美的评价来代替对人世的道德的评价。现实是痛苦的，但它的外表又是迷人的；在现实世界永远找不到正义和幸福。不过，如果像艺术家欣赏风景那样去看待现实，你就会发现它是美丽而崇高的。人应该对现实采取艺术审美的态度，设法逃离痛苦的现实。"酒神艺术和日神艺术都是逃避的手段；酒神艺术沉浸在不断变动的旋涡之中以逃避存在的痛苦；日神艺术则凝视存在的形象以逃避变动的痛苦。"[1] 比较而言，酒神艺术更能给人以快感和安慰。

尼采用日神阿波罗和酒神狄奥尼索斯的象征寓意来说明艺术、特别是悲剧艺术的起源和作用。日神阿波罗是太阳与光明之神，它的光辉给世间万物涂上美的表象，事物看上去五彩斑斓，让人流连

---

[1] 朱光潜：《悲剧心理学》，人民文学出版社，1983年，第148页。

忘返。酒神狄奥尼索斯则象征情欲的放纵，在酒神祭仪上，人们打破一切禁忌，放纵自己的原始本能，狂歌醉舞，寻求性欲的满足。因此，酒神代表原始激情，它是野性的、放纵的、忘我的、陶醉的，交织着痛苦与狂喜。对此，尼采描述道："一个人若把贝多芬的《欢乐颂》化作一幅图画，并且让想象力继续凝想数百万人颤栗着倒在灰尘里的情景，他就差不多能体会到酒神状态了。"[1] 看起来，酒神状态就是一种类似酩酊大醉的状态，是痛苦与狂喜交织的癫狂状态，它象征着生命和生命的痛苦与欢乐。因为它的本质就是生命的充盈之感，生命意志充溢而难以抑止，于是手之、舞之、足之、蹈之，演而成为对生活的一种放纵态度，一种对世界的距离，对人生的放达的情怀——酒神精神。作为尼采美学思想的核心范畴，"酒神精神"既包含艺术创造的原动力，也是艺术家人格气质、创作个性与激情以及艺术风格的代名词。从"酒神"这一概念出发，尼采又引申和衍生出一系列与其相关的范畴，如酒神艺术、酒神精神、酒神气质、酒神倾向、酒神状态、酒神兴奋、酒神冲动、酒神智慧等。可见，酒神和酒神精神是思想内涵十分丰富的概念。

在尼采看来，最具酒神气质、最能体现酒神精神的艺术形式就是悲剧。在艺术的发展史上，当日神对酒神占压倒优势时，就会产生造型艺术、荷马史诗以及其它叙事性的文学作品，因为它们都以幻象（形象）吸引人；当酒神战胜日神而居于主导地位时，就产生了音乐和抒情诗，它们皆以酒神情绪、原始趣味感染人。不过，日神和酒神也有相互依存、相互融合的一面，"日神不能离开酒神而

----

[1] 尼采：《悲剧的诞生》，周国平译，生活·读书·新知三联书店，1982年，第6页。

生存",日神幻象中往往渗透着酒神精神,酒神所代表的原始本能和冲动也不能任意放纵,而需要日神幻象来遏制、调节并使之客观化,从而达到和谐完美的统一,这时便产生了悲剧。尼采认为:"悲剧的本质只能被解释为酒神状态的显露和形象化,为音乐的象征表现,为酒神陶醉的梦境。"[1]也就是说,悲剧是酒神精神或音乐情绪的最恰当的表达方式,悲剧表现了人类最基本的情感和生存体验。

不可否认,在人类的生存体验中,源于生存竞争和生存苦难的悲剧意识是形成悲剧艺术的重要前提。作为现实存在,生活的痛苦、磨难与不幸固然可能对个体生存造成巨大的障碍;而当一个人显达之时,不安和痛苦却也可能油然而生,这就是更高层次上的生命的自我意识,是伴随生存竞争的生命痛苦。比如,有许多显贵名流,在他们个人的事业达到辉煌顶峰之时,却选择自杀以结束自己的生命。虽然他们的死的缘由千差万别,但有一点是可以肯定的,即他们内心隐秘的痛苦,一定超出了生命所能承受的限度。换个角度看,他们的痛苦往往源于生命意识的奔涌激荡,是内在的生命意志的冲突所致,因而有更深的内涵和更广的意义。在尼采看来,希腊人最早最敏锐地感受到了这种生命痛苦,他们看透了自然的残酷和宇宙历史可怕的毁灭进程,这是最早的悲剧意识。

如果人生尽如上述情形,那可真叫可悲!人的高贵就在于,他对现实的苦难、压力甚至死亡本来就具有抗争的本性。一如我们所看到的,任何人的生命都有悲剧性因素,因此人会自怜和怜悯他人。每当人的生命遭到任何方式的侵害,他都将本能地、主动地寻

---

[1] 尼采:《悲剧的诞生》,第61页。

求自我保护，寻求生存下去的可能性。如果人的生命受到摧残甚至毁灭时，他缺乏这种自我保存欲望，失去生存意志，就说明他已经丧失了人性，丧失了人应有的生命主体性。应当说，生命，特别是人的生命的根本特征之一，就是这种自我保护、自我发展的特性。"这种特性就是生存的抗争性，就是人的生命抗争意识和生存欲望。这种抗争冲动凝聚为意识、观念，就叫作悲剧性抗争精神——悲剧精神。人的最根本的精神就是悲剧精神，丧失了悲剧精神，也就丧失了人存在的意义和人生的价值。"[1] 作为艺术的悲剧，既要着眼于生活形态，更要表现这种形而上的悲剧精神，当这两个方面完美结合的时候，悲剧就呼之欲出。尼采从永恒生命和形而上的角度来看待个体的痛苦和毁灭，这是由个别到一般的抽象，从中我们能看到尼采对悲剧精神的推崇。在他看来，通过个体的毁灭，可以验证出人的原始意志和永恒力量，生命的永恒是建立在个体毁灭的基础上的。悲剧主人公以他个体有限的存在与命运抗争仍难免一死，然而，作为类的无限的生命意志却是生生不息的。他说："对于悲剧性所生的形而上的快感，乃是本能的无意识的酒神智慧向形象世界的一种移置。悲剧主角，这意志的最高现象，为了我们的快感而遭否定，因为他毕竟只是现象，他的毁灭丝毫无损于意志和永恒生命。"[2]

尼采的睿智表现在他发现了洋溢在悲剧形式中的酒神精神，他把承认人生的悲剧性作为前提，鼓励人们战胜人生的悲剧性，达到意志的自由。在悲剧艺术中，悲剧英雄面对不可避免的毁灭，明知

　　[1]　邱紫华：《悲剧精神与民族意识》，华中师范大学出版社，2000年，第4页。

　　[2]　尼采：《悲剧的诞生》，第70—71页。

神力不可战胜，却仍然顽强地予以抗争，这不正是酒神狄奥尼索斯面对绝对权威时所表现出来的精神状态吗？这种酒神精神的真谛就是肯定生命的价值，为了生存而拼死抗争！"酒神精神的本义是肯定生命包括肯定生命必涵的痛苦，为了肯定生命的痛苦，一个人必须有健全的生命力和坚强的意志。由此产生酒神精神的衍义：做一个强者。'酒神精神的一个重要标志，乃是支配你自己，使你自己坚强！'这里显示了酒神精神与强力意志的内在一致。"[1]尼采在肯定和颂扬酒神精神的同时，特别鼓励人们成为强者，这也是酒神精神的要义。

做生活中的强者，在尼采看来，大多数人办不到，所以，他赞美那少数有强力意志的伟大人物，包括艺术家；而对普通人来说，则可以在艺术审美中去发现自己流失殆尽的那一点点强力意志，并由此得救。因此，尼采突出强调了艺术（如悲剧）对于人生的特殊意义，在艺术审美活动中，人们可以体验由强力意志所唤醒的人的占有和征服欲望，体验生命力的充溢和扩张。除此之外，强力意志与酒神精神也有渊源关系，它还包括一个人应该具备的强健的体魄、狂热的情感和情欲，以及过人的精力等等，同样都显示了生命的充溢之感。尼采认为，艺术家属于一个特别强健的种族，比一般人更富于强力感，他说："艺术家倘若有些作为，都一定禀性强健（肉体上也如此），精力过剩，像野兽一样，充满情欲。"[2]这是强调艺术创造的生理基质。他还从强力意志出发，将强力感的有无与强弱，作为区分美丑、艺术与非艺术状态的尺度，其标志是光彩、

---

[1] 周国平：《尼采，在世纪的转折点上》，上海人民出版社，1986年，第63页。

[2] 尼采：《悲剧的诞生》，第350页。

丰盈、完满。他认为艺术状态就是生命力充溢的状态，也就是强力得到充分发挥和表现的状态，是酒神状态，是酒神精神充分张扬的状态；而非艺术状态则呈现出枯竭、贫乏、苍白、理性，这样的人是清醒和理智的人，是精疲力竭和干巴巴的人，这样的人既没有创造力也不能从艺术中感受到什么，因为他没有艺术的原动力，没有内在的迫力。

由此推论，生命力的充盈是美的，而生命力的衰竭则是丑的；生命力衰竭的人绝无美感可言，也与艺术无缘，大艺术家都是生命力极其旺盛的人。大艺术家的强力意志能够与大千世界的生命现象互相融通，并将其强力意志灌注给它们。这样的艺术家具有显著的主体意识和对生命的自觉意识，他的生命意识使得生命本身具有超强的能力，它照耀着生命自身形态不断地自低级向高级发展，由羸弱不足向强盛充盈进化。伟大艺术家一方面具备了强旺的生命力，同时，他们还能敏感地体验和关注生命的进程；另一方面，这种先天强旺的生命条件和强烈的生命意识又促使其最大限度地发挥创造能力。恩格斯认为，文艺复兴时代的巨人们往往在其性格、情欲和思维能力等方面表现出强悍和超人的特征，因而他们有条件创造伟大的文化与艺术奇观。恩格斯指出："这是一次人类从来没有经历过的最伟大的、进步的变革，是一个需要巨人而且产生了巨人——在思维能力、热情和性格方面，在多才多艺和学识渊博方面的巨人时代。"[1]古希腊的哲人们也十分关注这方面的情况，德谟克利特在谈到艺术家的主观条件时说，没有一种心灵的火焰，没有一种疯狂式的灵感，就不可能成为大诗人。柏拉图认为，只有进入迷狂状

[1]《马克思恩格斯选集》，人民出版社，1995年，第445页。

态，诗人才能写出优秀的诗篇，就连诵诗也是这样。

上述观点虽然角度有所差异，但他们都道出了一个基本事实，即艺术家，特别是伟大的艺术家无不像尼采所说的那样具有典型的酒神人格和酒神精神。正是在这一点上，艺术家向人们昭示了巨大的人格魅力，而当他们将这种人格灌注在艺术创造活动中的时候，其中跃动的必将是鲜活的生命和热情洋溢的酒神精神。悲剧艺术家无疑都具有这个特点。古希腊三大悲剧诗人不光是活跃在悲剧舞台上的杰出人物，他们还是活跃在政治舞台甚至军事领域的强人；莎士比亚更是被人称为"嚣张的公马"；歌德和席勒也都具有"狂飙"般的性情……

然而，人生毕竟是痛苦的，现实毕竟是丑恶的。对大多数人来说，生活显得非常矛盾，生存竞争为人们展示了它极不公平和残酷的本相，它既合理又乖谬，尤其当人体验到生存竞争的残酷性时，他就增长了对生存的陌生感和恐惧感。人在多种意义上是分裂的、矛盾的、二重的，如事物普遍的短暂性跟我们追求稳定性的意愿、自然的力量跟我们意志的独立性、事物的本质跟我们超越一切限制的能力，等等。尽管如此，人们还是采取各种方式来反抗生存的不合理性，用近似麻醉剂的意识形态来抚慰自己的心灵，靠无休止地追逐快乐或拼命劳作来逃避内心的不安，甚至打算放弃自由，把自己变成某种外在的权威的工具，进而泯灭了自我，但他仍然无法摆脱苦恼、焦虑和不安。在这种生存境遇中，人的唯一出路就是正视现实，认识到没有任何外在于人自身的力量能解决人自己的问题。人必须对自己负责，只有靠自己的力量才能使自己的生存有意义。人只有最大限度地释放强力意志，才能在为摆脱人的生存法则的局限、充分实现自我价值的努力中立于不败之地。

人为了生存必然会表现出无限的激情和强烈奋求的精神，这是人的本质特征之一。"在通常的意义上，正常顺应或顺应良好的人，意思是不断成功地抵制了许多深蕴的人性……对现实世界的良好顺应，意味着人的割裂，意味着这个人把他的后背对着他的自我"。[1] 人为了生存而进行的奋斗常常表现为对现实的过分执着，因为迷人的、充满诱惑力的花花世界让人误以为拥有了它就拥有了自我，这正是尼采艺术救赎的出发点。如果用道德的观点去解释和评价人生，就一定会感到人生充满不公平、不合理、虚伪、欺诈和非正义性，从而得出人生悖谬的结论，从这条路走下去，人不可能得到救赎。相反，如果用艺术的、审美的眼光去看人生，它就会为我们展示出一幅光怪陆离、美丽崇高的画卷，从而审美地实现自我人生价值，艺术地获得救赎。尼采认为，只有作为审美现象，人世的生存才有充足的理由。他说："真实是丑的。我们有了艺术，依靠它我们就不至于毁于真理。"[2] 在他看来，艺术是用审美的态度肯定人生，是生存意志的表现。他承认艺术是谎言，是对现实的逃避，但为了生存我们需要谎言，艺术比真理、真实更有价值。尼采认为艺术家比哲学家更正确，其原因是艺术家热爱尘世事物，热爱生命。

人生诚然是一场悲剧，然而，人生来并不是要给打败的，即使阴郁消沉犹如尤金·奥尼尔笔下的美国家庭与社会，主人公对梦想的渴望与对美的向往从来都不曾泯灭。抗争、失败，再抗争、再失败，哪怕是死亡也不足以摧垮人的生命意志，这正是悲剧艺术为我

---

[1] 马斯洛：《自我实现者的创造力》，载《人的潜能和价值》，华夏出版社1987年版，第250页。

[2] 尼采：《悲剧的诞生》，第350页。

们展示的人性魅力。人勇于承受超过生命限度的磨难，这正是酒神精神的最大释放。具有酒神精神的人热爱生命，可并不畏惧死亡。在个体生命形态的消散中，人通过自我否定而肯定了生命的本质，这是生命的胜利。从这里，人洞明世事，安然步入自由的天地。

绪 论

　　悲剧是西方文学艺术最重要的形式之一，起源于古希腊的酒神狄奥尼索斯祭祀仪式。当多神信仰的影响力在西方社会逐步弱化后，酒神祭仪的认知功能、宣教功能、控制事物的功能、凝聚人心的功能和娱乐功能不同程度地被悲剧继承，因而在西方文化传统中，悲剧创作和观剧行为不仅是一种审美活动，还是一种社会行为。就悲剧的各种功能看，它最终指向的主要是某些隐含的政治、宗教目的，所以一切对西方社会、文明发展至关重要的思想文化潮流，往往首先在悲剧中得到体现。以上构成了奥尼尔基本的创作动机，可以说，他正是为了重建一座能够解答人类生存和价值问题的"神殿"而笔耕不辍。

一、 选题背景与研究意义

　　尤金·奥尼尔（Eugene O'Neill，1888～1953），爱尔兰裔美国剧作家，美国现代戏剧奠基人，1936 年诺贝尔文学奖获得者，其创作的悲剧具有广泛的社会影响。天生内敛而敏感的性格和早年家庭生活的不幸，使奥尼尔主动摒弃了天主教信仰；青年时代辗转社会底层艰辛谋生的经历，让奥尼尔深谙命运的不可捉摸；突如其来的肺结核病强化了奥尼尔的悲剧意识；三次不成功的婚姻引发奥尼尔对男女两性关系的深刻反省。现实生活中接踵而至的苦难，促使他穷极一生，试图为同样挣扎在精神"荒原"上的现代西方社会寻求解决信仰危机、身份危机、生存危机的方法——既然传统的价值体系已经崩塌，那就通过艺术为人类另觅一个新的"上帝"。在探索过程中，奥尼尔接触到弗洛伊德、荣格的心理学理论和尼采的非理性主义哲学，对其创作造成深远影响。第一次世界大战后，表现主义艺术思潮从欧洲传入美国，表现主义戏剧通过剖析人物内心的曲折变化，以反传统的手段反映社会现实，开辟了一种全新的戏剧模式，对西方长盛不衰的现实主义文学传统造成极大的冲击。奥尼尔敏锐地把握住变革的契机，有意识地避免在作品中直接揭露重大的社会问题，而把观照重心转向人的心理世界，探索隐匿于人间百态表象下内在冲动与理性秩序的矛盾。这种"内倾"倾向贯穿奥尼尔创作生涯始终，其中的典型便是他在创作中期完成的一系列最具代表性的"实验型悲剧"。

在西方现代美学史上，德国哲学家尼采的《悲剧的诞生》是涉及该问题的主要美学著作之一。众所周知，尼采在《悲剧的诞生》中提出了"酒神精神"和"日神精神"两个著名的美学概念，并据此讨论艺术的本质，表达自己的审美理想。日神阿波罗代表的"个体化"的冲动与酒神狄奥尼索斯代表的"融合"的冲动构成对立统一的关系，人生此在的真相从两种自然冲动长期的对立中浮现出来，而悲剧则是两者实现暂时统一后的产物。尼采据此为古希腊文化定性，并在书中驳斥了古典学者把希腊艺术的特征归结为"科学的乐观主义"的表述，进而从"酒神精神"角度解答"人何以承受悲苦人生"的问题。也是在这一问题上，奥尼尔的悲剧意识与尼采的相关学说取得了一致，并且作家曾在公开场合多次提及自己受到尼采的影响，因此，可以将"酒神精神"作为理解奥尼尔悲剧艺术的一个出发点。

底蕴丰富的希腊神话为尼采提出"酒神精神"理论提供了绝大部分灵感。他在《悲剧的诞生》开头的短文《一种自我批评的尝试》中，称该理论为"一种充满着那些更多地像加一个问号那样被冠之以狄奥尼索斯之名的问题、经验、隐秘之物的记忆"，由此可见，"酒神精神"并非一个内涵单一的符号，而是包罗万象的概念，从中又引申和衍生出一系列相关的范畴，如酒神冲动、酒神气质、酒神倾向、酒神艺术、酒神状态、酒神狂欢、酒神智慧等。顾名思义，上述范畴的美学内涵都起源于"酒神"狄奥尼索斯发自生命本原的亢奋情绪和生存体验，属于其在西方文化、艺术形成的不同阶段、不同形式和不同方面的具体表现，而"酒神气质"和"酒神倾向"作为酒神精神推演中的核心概念，则需特别加以说明。前者是由古老神话和祭仪发展而来的酒神文化渗入西方人的潜意识形成的一种文化心理模式，一般表现为某人物个体身上无拘无束的天性、适情任性的浪漫、如醉如痴的迷狂、汹涌澎湃的激情、推陈出新的创造力和对自然事物的亲近；后者实际上是"酒神精神"在艺术表现形态上的反映，其着重强调形式上的两点倾向：一是"酒神精神"的直接外化，即展示人原始本能中的欲望冲动；二是通过考察对象的内部空间，对外部进行"变形"等相应处理，借抽象或具体的形式表现内在情绪波动。总而言之，无论是"酒神气质"或是"酒神倾向"，最终的价值指向都是原始的、情感的和内在的，是反文明、反道德、反理性的。而奥尼尔的悲剧作品之所以呈现出这些"酒神化"的趣味，与美国当时的社会风貌和戏剧发展情况不无关联。

由于受殖民地历史和清教思想约束，美国戏剧起步较晚，一直难以摆脱对欧洲戏剧的模仿，且商业、娱乐氛围浓郁。20 世纪 20 年代前后，奥尼尔的戏剧创作进入丰产期，他博采众长，结合时代特征开创性地完成了美国严肃戏剧的奠基工作，被后人誉为"美国现代戏剧之父"和"美国的莎士比亚"。目前，中外学界普遍把奥尼尔除四幕戏剧《啊，荒野!》以外的其它剧作归入悲剧范畴，认为他的作品以探索 20 世纪西方各阶层人（以底层人群为主）的现实处境和精神需求为宗旨，体现出明显的实验性和批判现实倾向，不仅赢得了东西方文艺界、学术界的高度认可，而且引领美国戏剧一跃进入"黄金时代"，为美国严肃戏剧的民族化进程作出不可估量的贡献。

近一个世纪来，奥尼尔的戏剧吸引了多国学者，许多国家为此建立了奥尼尔研究学会，发行了专门研究奥尼尔的期刊，如《奥尼尔评论》（*The Eugene O'Neill's Review*）等；自 20 世纪 80 年代开始，中国学者对奥尼尔的关注度与日俱增，今天，中国已经成为美国本土以外从事相关研究人数最多的国家。中国学者善于借鉴新理论，以开阔的视野对奥尼尔剧作进行全方位探索，研究范围拓展到文化批评、伦理批评、生态批评等领域，研究内容覆盖悲剧思想、戏剧语言、戏剧结构、文化身份、女性形象、影响研究等多方面，研究成果呈现开放性、多元化的特点。

1990 年前后，一批中国学者试图从奥尼尔悲剧思想产生的根源入手，考察其悲剧的文化内涵。他们主要研究奥尼尔在希腊古典悲剧、叔本华悲观主义唯意志论、尼采非理性主义哲学以及弗洛伊德精神分析理论的影响下，如何通过戏剧形式来反映 20 世纪出现在美国的性别冲突、身份冲突和文化冲突等社会现象。在这类研究成果的基础之上，本书拟以尼采的"酒神精神"理论透视奥尼尔的悲剧艺术及其审美价值与文化价值。奥尼尔本人曾多次在公开场合表明自己对尼采的推崇，简而言之，他的作品汲取了《悲剧的诞生》中的"日神精神""酒神精神"理论和《查拉图斯特拉如是说》中的"超人"学说，这些理论不止体现在他戏剧中的人物形象或者主题类型上，而且贯彻到奥尼尔悲剧的艺术手法和审美层面，形成了他偏重"感性"的创作风格，甚至一定程度上塑造了美国严肃戏剧的总体特征。因此，充分理解作为尼采思想核心的"酒神精神"，对研究奥尼尔的戏剧创作至关重要。

近二十年来，国内的奥尼尔研究相关已积累了比较丰富的成果，但重复研究的现象较为普遍，且侧重宏观的影响研究，缺少文本细读；论点相对分散，整体把握不足。专注于该方面的中国学者，已习惯将奥尼尔的悲剧置于"酒神精神"之下，以尼采"非理性主义"的道德观、价值观作为参照物，进行跨文化的影响研究。尽管他们也非常重视奥尼尔悲剧艺术的"原始主义趣味"和"情感第一性"，但总体仍呈现"重外轻内"的倾向，强调外部条件，较少关注奥尼尔对"酒神精神"进行接受、内化、再创作的过程，特别是着眼于舞台叙事的反向发掘工作还比较欠缺。

基于以上所述，本选题以尼采"酒神精神"学说为理论支撑，但试图跳出横向比较研究的窠臼，既审视奥尼尔如何接受、消化"酒神精神"，还要重点解决"酒神精神"在奥尼尔为现代西方人的精神危机、社会问题进行"诊断"的过程中产生了什么效果，又是如何通过悲剧作品具体表现出来等问题。通过这样的再审视、再研究，一方面是排除先入为主的观念对文本细读产生干扰，把反复出现在奥尼尔戏剧中的种种意象和他的个人经验结合起来；另一方面则经逻辑推理，把结论上升到审美、伦理及文化的层面，彰显奥尼尔对悲剧美学的贡献和对西方社会未来走向的看法。

从"酒神精神"角度出发，通过宏观把握和文本细读，对奥尼尔悲剧艺术与"酒神精神"的关联，或与相关理论深度契合的部分进行深入剖析，对奥尼尔的悲剧进行比较全面的理论概括与总结，可以完善和促进奥尼尔戏剧艺术特色的研究，更好地了解美国戏剧文学的时代特征和发展历程，推进对世界戏剧艺术、戏剧美学理论发展规律的探索。

二、 国内外奥尼尔研究综述

奥尼尔开始从事戏剧创作时正逢美国社会掀起"戏剧改革运动"，他本人即是普罗温斯顿演员剧院（当时戏剧改革运动的主阵地）的主要领导者之一，并于 1928 年加入了"戏剧协会"，具有广泛的社会影响力，因而美国学术界对奥尼尔戏剧的研究起步很早，几乎与其创作同期进行。中国对奥尼尔关注较早，但由于受意识形态等方面的影响，研究进程一直非常缓慢，直到 20 世纪 80 年代后方得到迅猛发展，目前已经趋于成熟。

奥尼尔一生创作了近五十部戏剧，悲剧占到绝大多数，中外学界普遍认为其悲剧意识的形成与家庭环境和早年的生活经历密切相关。奥尼尔的创作生涯一般被分成三个阶段：1913 年至 1920 年为习作阶段，多是以早年航海经历为题材的独幕剧；1920 年到 1934 年是实验型戏剧阶段，以表现主义戏剧为主、吸纳了现代主义各文学流派风格的一系列多幕剧使他声名鹊起；1935 年到 1943 年是成熟阶段，奥尼尔的创作呈现向现实主义回归的趋势，从最平凡的生活场景透视现代人内心的风云激荡。奥尼尔没有直接提出属于自己的戏剧理论，但其作品丰富的思想内涵却吸引着国际上众多的研究者，从多维视角，跨文化、跨学科地进行阐释，力求整体上把握奥尼尔戏剧中包含的多重叙事内涵。

中西方关于奥尼尔的批评论著可以粗略分成两类，一类是剧评家在参观剧院上演的奥尼尔作品后撰写的剧评，另一类是学者针对其剧本开展的批评研究，从后者看，相关的文学批评主要囊括了结合奥尼尔本身经历的外部研究和基于文本细读的内部研究。顾名思义，外部研究是从作品的时代背景、作者身份、社会环境、舞台表现等方面进行的研究，而内部研究主要针对作品本身开展，涉及戏剧文本的类型、结构、主题、语言以及艺术性等。现对奥尼尔研究状况做简要综述。

1. 国外研究综述

奥尼尔的作品被西方学界视为美国现代戏剧的完美典范。从事奥尼尔研究的西方学者（以美国学者为主）为数众多，其中不少都活跃在奥尼尔几个主要创作阶段（从 1924 年到 1944 年）的同时期，具有衔接的便宜。

20 世纪 20 年代，奥尼尔进入创作丰产期，美国本土对其戏剧创作的批评层出不穷。例如乔治·J. 内森（Willian J. Larsen）高度评价了奥尼尔戏剧广阔的背景、精湛的技巧和奔放的感情，认为奥尼尔塑造的悲剧人物蕴含普遍的象征意义，具备人性所有的"美德和缺陷"，不只代表了某些个人或阶层，而是"人类整体的象征"。美国早期剧评家大多身兼文学家或新闻工作者，本身对戏剧鉴赏、舞台艺术有充足的专业知识，他们在《纽约时报》《时代》杂志和《新闻周刊》等报刊上发表评论文章，培养美国普通民众对戏剧的兴趣和鉴赏能力，他们的工作加深了大众对奥尼尔的了解。然而受时代限制，他们的评论主要以散论的形式呈现，缺乏系统性和全局观，学术价值一般。1934 年，索福斯·K. 温泽尔（Sophus K. Winther）出版专著《奥尼尔批评性研究》（*O'Neill: A Critical Study*, New York: Russell and Russell, 1934），分析奥尼尔 30 年代前发表的一系列作品，系统概括其中的社会意义、宗教色彩、伦理道德、创作艺术、现代悲剧特征等，该书确立了奥尼尔作为美国乃至世界著名剧作家的地位。

五六十年代，约翰·H. 拉雷（John H. Raleigh）完成了专著《尤金·奥尼尔的戏剧》（*The Plays of Eugene O'Neill*, Carbondale: Southern Illinois University Press, 1965），打破以往学者从单个剧本或年代顺序切入的惯例，站在形式和历史的视角深入研究奥尼尔的剧作，尤其注重对戏剧中呈现的历史和人性进行反思。70 年代，乔丹·Y. 米勒（Jordan Y. Miller）的专著《尤金·奥尼尔与美国批评家》（*Eugene O'Neill and the American Critic*, Hamden: Archon Books, 1973）关注了发表在各类报刊和其它类型的媒体上、关于奥尼尔剧作的所有评论及公开出版的学术论著，涵盖的内容较早期研究更加全面。这一时期西方奥尼尔研究的重要作品还有奥斯卡·卡基尔（Oscar Cargill）、N. 布瑞林·法金（N. Bryllion Fagin）、威廉·J. 费舍尔（William J. Fisher）三位批评家合著的《奥尼尔及其剧作》（*O'Neill and His Plays*, 1961）；梅德林·史密斯

(Madeline Smith) 和理查德·伊顿 (Richard Eton) 合著的《尤金·奥尼尔，评注性文献书目》 (*Eugene O'Neill: An Annotated Bibliography*，1988) 和玛格丽特·L. 兰诺德 (Margaret L. Ranald) 撰写的《奥尼尔研究指南》(*An O'Neill Companion*，Westport: Greenwood Press，1984)。前两者都属于对 40 年以来奥尼尔传记及其戏剧评论的汇总，后者则从艺术理论到艺术实践对奥尼尔的大部分戏剧进行分析，重点解读其中的人物形象，该书还记录了奥尼尔家庭成员的基本情况，具有较高的参考价值。

奥尼尔于 1953 年逝世后，一部分因各种原因生前未面世的遗作得以发表，适逢西方 60 年代出现文艺理论批评转向，新理论、新视野为奥尼尔研究带来新突破，并在 20 世纪八九十年代的欧美国家再现辉煌。罗尔福·谢伯勒 (*Rolf Scheibler*) 的《尤金·奥尼尔后期剧作研究》(*The Late Plays of Eugene O'Neill*，1970) 和朱迪斯·E. 巴娄 (Judith E. Barlow) 的《最后的几幕：奥尼尔的三部后期剧作的创作》(*Final Acts: The Creation of Three Late O'Neill Plays*，1985) 是奥尼尔后期剧作研究中最具代表性的专著。温尼弗莱·弗雷泽 (Winifred Frazer) 的《〈送冰的人来了〉中的苟活》(*Live as Death in 'The Ice-man Cometh'*，1967) 是一部专门研究晚期悲剧《送冰的人来了》的力作，弗雷泽分析了其中多个人物的生存状态和死亡意象。玛莎·巴沃 (Martha Bower) 的《尤金·奥尼尔的未完成挽歌和后期四部戏剧的构思过程》(*Eugene O'Neill Unfinished Threnody and Process of Invention in Four Plays*，1988) 和劳林·帕特 (Laurin Porter) 的《放逐王子：后期剧作中的时间、记忆和仪式》(*The Banished Prince: Time, Memory and Ritual in the Late Plays*，1988) 主要针对《诗人的气质》和未全部完成的悲剧《更加庄严的大厦》作深入研究。90 年代以后，由迈克尔·辛顿（Michael Hinden）撰写的《〈进入黑夜的漫长旅程〉：天生的雄辩》（'Long Days Journey Into Night'：Native Eloquence，1990）成为这段时期研究《进入黑夜的漫长旅程》最为详尽的专著。

由美国学者主导的西方奥尼尔研究，对其剧作涉及到的各个领域都作了详细探索，除了根据奥尼尔各创作阶段的特点进行宏观把握，相关研究成果还涵盖以下五个主要方面。

（1）奥尼尔戏剧的马克思主义批评

20 世纪三四十年代，美国刚刚经历过资本主义世界严重的金融危机，而与之相对应的苏联社会主义工业化成效显著。这种情形带来的一个重要影响，就是这一时期的西方社会左翼思潮风行，马克思主义批评一度成为文学批评界的主流。维克多·F. 卡尔文顿（Victor Francis Calverton）的《美国文学的解脱》（Liberation of American Literature，New York：Charles Scribner's Sons，1932）利用马克思的理论分析了文学的起源和未来走向，认为文学是社会、阶级和经济的产物，奥尼尔的戏剧也不例外，而无产阶级的文学才是一种新的、充满希望的文学。格兰维勒·希克斯（Grandville Hicks）作为典型的马克思主义批评家，完全在马克思理论的视角下对美国文学展开研究，其代表作《辉煌的传统：内战后美国文学解读》（The Great Tradition：An Interpretation of American Literature Since the Civil War，1933）是目前西方比较系统地实践马克思理论的文学批评著作。但是，希克斯对奥尼尔的戏剧及其它美国文学的评论往往带有过于强烈的革命意识，其客观性受到质疑。当时最有影响的剧作家兼评论家约翰·H. 劳森（John Howard Lawson）在《戏剧、影视写作的理论和技巧》（Theory and Technique of

Playwriting and Screenwriting，New York：G. P. Putnam's Sons，1936）中认为，奥尼尔早期的戏剧是进步的，后期则因为失去了"无产阶级的血液"显露出"病态"。1954 年 6 月，剧作家莱斯特·科尔（Lester Cole）专门针对劳森于同年 3 月发表在期刊《群众与主流》(*Masses and Mainstream*，1954）的文章《尤金·奥尼尔的悲剧》[*The Tragedy of Eugene O'Neill*，Masses and Mainstream Mar. 1954（3）.]，在同一刊物上连发三篇《关于奥尼尔的两个观点》(*Two Views on O'Neill*，Masses and Mainstream，Jun. 1954，7 (6).）回应后者，他认为奥尼尔站在资产阶级的角度观察问题，思想腐朽，其作品自然不能为无产阶级呐喊。这些马克思主义评论家紧密结合相关理论，对文学的社会功能和意识形态功能的认识比较深刻，但他们从事的基本是文学外部的研究，很大程度上忽略了文学的审美功能和内部规律。

（2）奥尼尔在戏剧史上的地位及其剧本的舞台演出情况研究

西方学者对奥尼尔在戏剧史上的地位及其戏剧演出的研究用力颇多。布鲁克斯·艾金森（Brooks Atkinson）最早从美国严肃戏剧发展史出发，指出奥尼尔率先打破传统模式，使美国戏剧从此脱离小剧场表演，成为与日常生活关系更紧密的"严肃的艺术" [*In Memoriam*：*Eugene O'Neill*，1888 - 1953. American Journal of Economics and Sociology，Jan 1954，13 (2).]。威勒德·索普 (Willard Thorp) 在《二十世纪美国文学》(*American Writing in the Twentieth Century*，Harvard University Press，1963）第三章，结合艺术剧院对戏剧改革的影响，论述奥尼尔本人为美国戏剧改革付出的努力，以及他创作的实验型戏剧在美国严肃戏剧史上的作用和地位。迪莫·迪萨南（Timo Tiusaen）的专著《奥尼尔的场景意象》

(*O'Neill's Scenic Images*，1968）把关注点放在奥尼尔戏剧的演出情况，从舞台场景设置的角度探讨奥尼尔戏剧中心意象的构成。1972年，特拉维斯·博加德（Travis Bogard）的《时代的写照：尤金·奥尼尔剧作研究》（*Contour in Time：The Plays of Eugene O'Neill*，New York：Oxford University Press，1988）经牛津大学出版社出版，1988年又进行了一次修订，增补了对奥尼尔未完成的两部系列剧的专门论述。博加德事无巨细地评论了奥尼尔每个创作时期的剧作，并且全程追踪这些戏剧在剧场的演出，对每场演出的大概情况、观众和批评家的反响都进行了可靠的记录，几乎没有遗漏任何细节，该书的深度和广度都为以往所不及，堪称20世纪下半叶关于奥尼尔研究最具影响力的专著。莱昂纳多·查伯罗（Leonard Chabrowe）在专著《仪式与悲情：论奥尼尔戏剧演出》（*Ritual And Pathos：The Theatre of O'Neill*，1976）中探究了奥尼尔戏剧对希腊悲剧的模仿，包括不时在戏剧中出现的、来自狄奥尼索斯、厄勒克特拉、耶稣等神话原型的悲剧人物。罗纳德·韦恩斯科（Ronald Wainscott）的《将奥尼尔搬上舞台：1920——1934年，实验的年代》（*Staging O'Neill：The Experimental Years*，1920‒1934，1988）对奥尼尔创作生涯中第一、二阶段的剧作演出作了系统论述，构成了奥尼尔戏剧演出史的重要组成部分。加里·文纳（Gary Vena）的《〈送冰的人来了〉：首演的重建》（"*The Iceman cometh*"：*Reconstructing the Premiere*，1998）集中观照某一部剧的演出，通过对该剧在不同时期的演出风格和导演的关注点来审视20世纪奥尼尔戏剧舞台风格的流变。此外，学术刊物《尤金·奥尼尔评论》（*The Eugene O'Neill Review*）几乎每一期都设置了"演出评论"专栏来追踪奥尼尔戏剧的演出情况。

(3) 奥尼尔戏剧的女性主义批评

女性主义批评随妇女平权运动盛行于 20 世纪 60 年代末的西方，奥尼尔戏剧中的女性人物也相继进入相关研究者的视野。早期的女性主义批评家认为奥尼尔患有"厌女症"，他一直对妇女持传统观念，围绕男性为中心建立起整个戏剧世界；后来也有部分女性主义批评家注意到奥尼尔对女性优良品质和强烈母性的欣赏，甚至认为他是一位"亲女性"的剧作家。盖尔·奥斯丁（Gayle Austin）在《戏剧批评的女权主义理论》（*Feminist Theory for Dramatic Criticism*，1990）第二章用"抵制阅读理论"评论了奥尼尔的剧作《送冰的人来了》，她认为希基枪杀妻子伊夫琳的情节有意引导对女性的仇视，"剧本事实上是在煞费苦心地为谋杀辩护"。安·C. 霍尔（Ann C. Hall）的《奥尼尔、品特及谢泼德剧作中的女性》（*A Kind of Alaska：Women in the Plays of O'Neill*，Pinter and Shepard，1993）以"奥尼尔的贞女"为小标题，对《送冰的人来了》《进入黑夜的漫长旅程》和《月照不幸人》中的女性形象进行解读，指出奥尼尔的剧作既存在视女性为男性欲望工具的一面，也有对女性克制忍耐、自我牺牲精神的赞美，显得相对客观。此外还有苏珊娜·玻尔（Suzanne Burr）收入论文集《现代美国戏剧的女权主义解读》（*Feminist Readings of Modern American Drama，Rutherford*，New Jersey：Fairleigh Dickinson University Press，1989）中的论文《奥尼尔的魔女们》（*O'Neill's Ghostly Women*），格劳里亚·卡希尔（Gloria Cahill）1992 年发表在第 16 期《奥尼尔评论》（*The Eugene O'Neill Review*）的论文《母亲和妓女：尤金·奥尼尔剧作中的平等过程》（*Mothers and Whores：The Process of Integration in the Plays of Eugene O'Neill*），贝蒂·曼德尔（Better Mandl）1995 年发表于《尤金·奥尼尔评论》（*The Eugene O'Neill Review*）上的论文《〈奇异的插曲〉中的性别设计》（*Gender as Design in "Strange Interlude"*）和汤姆森·沃夫（Tamsen Wolff）2003 年发表于《剧场杂志》（*Theater Journal*）上的《尤金·奥尼尔和〈奇异的插曲〉的秘密》（*Eugene O'Neill and the Secrets of Strange Interlude*）等等。

（4）奥尼尔戏剧的心理学研究

20 世纪下半叶至 21 世纪初，从心理学角度开展奥尼尔研究成为西方学界的热点之一。多莉斯·V. 法尔克（Doris V. Falk）是较早发掘奥尼尔剧作心理深度的评论家，其 1958 年出版的专著《尤金·奥尼尔及其悲剧性张力：戏剧的内释性研究》（*Eugene O'Neill and the Tragic Tension：An Interpretive Study of the Play*，New Brunswick：Rutgers University Press，1958）可以算作从心理学角度研究奥尼尔戏剧的开山之作。该书从心理学、社会学角度研究奥尼尔的自传性代表作《进入黑夜的漫长旅程》，认为现代人陷入无休止的绝望等待，是人性被社会力量异化的结果，具有很强的现代性。法尔克把奥尼尔的每一部剧作都视为一个"三百六十度的圆周"的独立世界，将每一部戏剧作为历史学文献、伦理学文献、心理学文献和哲学文献来考察，指出奥尼尔的创作已经形成了一套表现现实世界的完整体系，其中的任何一部戏剧都可以独立构成"宏观宇宙"下的一个"微观世界"。吉尔·普菲斯特（Joel Pfister）在《舞台深处：尤金·奥尼尔和心理话语政治》（*Staging Depth：Eugene O'Neill and the Politics of Psychological Discourse*，1995）中打破传统的从心理学解读文学作品的模式，采取细读文本的策略揣摩人物的心理动态。提尔里·邦杜斯特（Thierry Dubost）在《斗争、失败或重生：尤金・奥尼尔的人道视野》（*Struggle，Defeat or Rebirth：Eugene O'Neill's Vision of Humanity*，2005）中提到奥尼尔塑造的人物深陷欲望的漩涡不可自拔，内心饱受异化之苦。对奥尼尔戏剧进行心理学分析的大成之作是约翰・P. 迪金斯（John Patrick Diggins）的《尤金・奥尼尔眼中的美国：民主之下的欲望》（*Eugene O'Neill's America：Desire under Democracy*，2007），迪金斯认为奥尼尔剧中的所有人物，都在美国"机会均等"的口号下为实现自己的理想而拼命生活，但无一不因个人欲望走向毁灭，与人性对立的"原始欲望"屡次成为个体实现人生价值、寻求精神自由的羁绊。

（5）关于奥尼尔的比较研究

一部分批评家将奥尼尔与欧洲戏剧家进行了比较研究。约瑟夫・W. 克鲁奇（Joseph Wood Crutch）1932 年编辑出版的《尤金・奥尼尔的九部剧本介绍》（*Introduction to Nine Plays by Eugene O'Neill*，New York：Random House，1932）中，指出奥尼尔的作品呈现出与易卜生、萧伯纳等直接反映社会问题的戏剧全然不同的风格，其价值取向更接近莎士比亚的悲剧（主要是《哈姆雷特》《麦克白》两部）。他认为奥尼尔和莎士比亚的悲剧都展示了人的原始欲望和情感冲动，人物形象具有古希腊悲剧主人公般的旺盛生命力，并因此造成与追求目标相悖的结局。1935 年，理查德・D. 斯金纳（Richard D. Skinner）发表了他的重要专著《尤金・奥尼尔：诗人求索之路》（*Eugene O'Neill：A Poets Quest*，New York：Longmans Green，1935），书中高度评价了奥尼尔的戏剧，认为他的戏剧擅长运用"讽喻"手法表现人类，反映的是人的内心世界和现实生活，不应该只属于"一个剧场"。斯金纳认为奥尼尔甚至超越了萧伯纳和易卜生，因为批判现实传统在后两者的戏剧中体现得过于明显，导致二人都缺乏前者的"诗人气质"，只有奥尼尔能够脱离特定的时代、事件和人物，准确把握人类情感和伦理的核心，这一结论极具开拓性和历史意义，至今仍受到重视。但因为奥尼尔的代表作品主要创作于 1935 至 1943 年间，许多更有比较价值的剧本尚未面世，导致斯金纳完成的工作略显单薄。彼得·埃格瑞（Peter Egri）的《契诃夫与奥尼尔》（*Chekhov and O'Neill*，1986）不止进行了戏剧与戏剧的比较，而且把比较研究延伸到戏剧和小说之间。诺曼·伯林（Normand Berlin）的《奥尼尔剧中的莎士比亚》（*O'Neill，Shakespeare*，1993）在两位不同时代的戏剧家之间进行影响研究；其发表在 1988 年 3 月发行的第 31 期《现代戏剧》（*Modern Drama*）上的论文《贝克特式的作家奥尼尔》（*The Beckettian O'Neill*，1988）则探讨了身为爱尔兰裔的奥尼尔与爱尔兰荒诞派戏剧代表作家贝克特的关系。马克·茂福特（Marc Maufort）在他的《美国经历之歌：奥尼尔和麦尔维尔的意象》（*Song of American Experience：The Vision of O'Neill and Melville*，New York：Peter Lang，1989）将奥尼尔和美国浪漫主义小说家麦尔维尔进行比较，认为他们的作品因作者具有相似的海上生活经验而呈现出众多相近之处。茂福特把自己的研究定义为"汇流"研究，以区别于比较文学中常见的平行研究和影响研究。爱德华·萧纳西（Edward Shaughnessy）的作品《奥尼尔在爱尔兰》（*O'Neill in Ireland*，1988）把奥尼尔受爱尔兰剧作家辛格的影响作为重点部分，但其研究范围更加开阔。

　　早在少年时期，奥尼尔就表现出对中国文化的浓厚兴趣，曾携新婚妻子到上海旅行，并依据老子的思想，将自己在加利福尼亚的别墅命名为"大道别墅";中国作家林语堂也曾以朋友身份赠送给奥尼尔一套老子的书,这些事实启发了西方学者对奥尼尔进行跨文化研究。詹姆斯·R. 罗宾逊(James R. Robinson)的《尤金·奥尼尔与东方哲学:一分为二的心象》(*Eugene O'Neill and Oriental Thouhgt*, 1982)对奥尼尔如何受东方思想的影响进行过系统研究,认为奥尼尔借用东方的"天人合一"解构了西方二元对立的形而上学思维模式。1986 年 5 月,在美国旧金山召开的奥尼尔学术会议专门将奥尼尔与东方佛教、道教的关系作为议题展开讨论,取得的丰硕成果也为中国学者开展相应的比较研究提供了灵感。

(6)奥尼尔的传记研究

作家的个人评传作为一种相对直观的文献资料,虽不能归入文学批评的范畴,却对理解作家的创作动机、思想来源、人物塑造等极具价值。加上奥尼尔进行创作时,常常将自身或家庭成员的性格、经历代入戏剧中的人物、事件,故而其作品或多或少具有自传性质,这点一直颇受西方奥尼尔研究者重视。20 世纪中叶到 21 世纪初从事相关研究的学者主要有巴雷特·H. 克拉克(Barrett H. Clark)、盖尔布夫妇(Arthur and Barbara Gelb)、弗吉尼亚·弗洛伊德(Virginia Floyd)和特拉维斯·博加德(Travis Bogard)。

克拉克完成了关于奥尼尔最早的评传《尤金·奥尼尔》,该书以开放的视角展示了众多关于奥尼尔生活和创作的一手资料,为后来博加德撰写《奥尼尔书信集》提供了优质的平台。考虑到克拉克本人同奥尼尔私交密切,这部评传的内容具有很高的可信度。

亚瑟·盖尔布和芭芭拉·盖尔布于奥尼尔逝世 9 年之后出版了其个人评传《奥尼尔》(*O'Neill*, 1962)。在这部作品的基础上,二人又于 2001 年再出新传《奥尼尔:基督山相伴一生》(*O'Neill*:

Life With Monte Cristo，New York：Applause Books，2000），书中增订了很多鲜为人知的资料，盖尔布夫妇也声称《奥尼尔：基督山相伴一生》较之前一部，不仅仅是文献材料得到完善，或者融入了新的研究方法，更重要的是经过 38 年的不懈努力，两人"领悟、感知能力的转变"，即学术阅历的丰富和经验的积累使新作中对奥尼尔的见解更加深刻。布鲁克斯·艾金森（Brooks Atkinson）高度评价了他们的工作，在为该书撰写的前言中称"盖尔布夫妇还采取警察部门和专访记者的那种巧妙手法和缠住不放的韧劲，对他进行追踪调查。他们采访了 400 多位对奥尼尔捉摸不定的一生多少有些了解的人……盖尔布夫妇证明了奥尼尔剧作和他生平之间的直接联系"。

弗吉尼亚·弗洛伊德为奥尼尔所作评传《尤金·奥尼尔：不一样的评价》（*Eugene O'Neill：A New Assessment*，1984）更在意立传者的主观认识。这部评传非常注重考证细节，作者以时间为序把整部作品划分成四个部分，每部分都有前言和结语，且结语一般来自奥尼尔私人笔记中的话语，情感细腻，适合不同需求的读者。特拉维斯·博加德（Travis Bogard）和杰克逊·R. 波利厄（Jakeson R. Bryer）于 1988 年出版了《奥尼尔书信集》（*Selected Letters of Eugene O'Neill*，New Haven，Yale Up，1988），他们的工作触发学界对奥尼尔私人文件的兴趣，推动了奥尼尔档案、信件、手迹的搜集、整理工作，部分公开发表的内容向公众展示了奥尼尔对演员的要求，对希腊哲学、文化的热衷和对中国之旅的看法。除此以外，约翰·加森纳（John Gassner）的《尤金·奥尼尔》（*Eugene O'Neil1*，1965）、路易斯·谢弗（Louis Sheaffer）的两卷本传记《尤金·奥尼尔：儿子与剧作家》（*Eugene O'Neill：Son and*

Playwirght，1968）和《尤金·奥尼尔：儿子与艺术家》（*Eugene O'Neill：Son and Artist*，1973）、弗里德利·I. 卡彭特（Frederick I. Carpenter）的《尤金·奥尼尔》（*Eugene O'Neill*，1979）、诺曼·伯林（Normand Berlin）的《尤金·奥尼尔》（*Eugene O'Neill*，1982）都是近几十年间出版的、具有相当参考意义的奥尼尔评传，其中一些还附有大量珍贵的图像资料，为奥尼尔研究提供了极大便利。

奥尼尔研究在西方已经形成一门专门的学问。综观西方和奥尼尔戏剧研究相关的系列文献，呈现出由早期自外而内，纵向到横向的单线研究，逐渐发展成后期内外相承、纵横交错的多线交叉研究的走向。这条清晰的演变脉络证明，西方奥尼尔学界的研究视野正在不断放大，对戏剧文本、理论、技巧、舞台演出各方面的研究齐头并进，程度不断深入，未来的研究很可能延续多面重叠，跨学科、跨文化的发展轨迹。

2. 国内奥尼尔研究现状

当下，奥尼尔在中国的知名度极大提升，从事相关研究的中国学者数量仅次于美国，研究的方法、路线已经与西方接轨。中国奥尼尔研究的两次主要热潮出现在上世纪的二三十年代和八九十年代。

前一时期，中国学者大量借鉴西方戏剧理论和形式对传统文学进行改造。20世纪20年代，我国就出现了一批向国内读者介绍奥尼尔的文人学者，包括茅盾、张嘉铸、胡逸云、查士铮、余上沅、胡春冰、钱歌川等。到了30年代，莎士比亚、易卜生、萧伯纳等欧洲著名戏剧家的作品被译介到中国，激发了知识分子对西方戏剧的热情；同时，中国学界对正在进行表现主义戏剧实验的美国戏剧家奥尼尔也抱有极大兴趣。这一时期的中国学者针对奥尼尔开展剧评的理论视阈已经比较宽阔，如袁昌英从哲学和伦理学的视角研究奥尼尔；顾仲彝和曹泰来用悲剧美学理论研究奥尼尔；钱歌川研究奥尼尔的戏剧艺术；萧乾用象征主义理论观照奥尼尔；黄学勤和张梦麟倾向奥尼尔戏剧的社会批判功能探究；钱杏村用马克思主义文学理论批评奥尼尔；余上沅基本是对奥尼尔戏剧的主题进行分析；柳无忌从宗教观切入审视奥尼尔的创作；巩思文完成了 30 年代唯一一部研究奥尼尔等五位美国作家的文学史专著《现代英美戏剧家》，奥尼尔占据了其中大半篇幅。由此可见，中国早期的奥尼尔研究形式多样，基础扎实，已经上升到一定的理论高度，但毕竟受动荡的社会环境和一些传统观念限制，部分学者的主观认识在研究成果中体现得过于明显，文本误读或歪曲的现象也不鲜见。

40 年代，中国社会正经历反法西斯战争和国内战争，奥尼尔这样与时事政治关联不大的剧作家自然得不到足够重视，仅陈纪滢和顾仲彝等人发表了五篇关于奥尼尔的论文，还有荒芜等人翻译的三部奥尼尔剧作问世，中国的奥尼尔研究因为战争缘故而严重受阻。此后一直到 1978 年改革开放前，迫于美苏冷战的国际形势，国内一切学术活动皆以意识形态为导向，对西方资本主义国家文学的研究基本停滞。近三十年时间内，除一份《外国文学参考资料》偶见奥尼尔遗作出版的消息，"美国作家"奥尼尔几乎被排除出了中国文学研究的名单，既无译作问世，也无相关评论发表。

后一个时期，打破新中国成立以来的封闭状态，积极对外开放，外国文学作品、理论翻译工作逐渐开展，中国的奥尼尔研究再次活跃起来。自 1981 年《安娜·克里斯蒂》登上中国舞台，《榆树下的欲望》《悲悼三部曲》等剧陆续在中国剧场上演，观众反响强烈。1985 年，廖可兑在中央戏剧学院创办"奥尼尔研究中心"；
1987 年 2 月，全国第一届奥尼尔戏剧研讨会在北京召开；1988 年 5
月，南开大学和天津电视台联合举办"全国外国文学研究生奥尼尔
学术研讨会"，龙文佩主编、出版了《尤金·奥尼尔评论集》（上
海：上海译文出版社，1988）；同年 6 月，纪念奥尼尔百年诞辰国际
学术会议在南京召开；1988 年 12 月，第二届奥尼尔戏剧研讨会在
北京举办，全国上下，自学术界到民间都掀起了新一轮的"奥尼
尔热"。

1990 年代至今，国家政治和意识形态对学术研究的影响减弱，
中国学界着手吸纳、开创新的理论观点，对奥尼尔戏剧丰富的内涵
进行符合时代需求的探索，这一时期的研究呈现出明显的"内倾"
趋向，主要表现在更多剧本得到翻译，大量英文研究专著、作家评
传被译介，国内相关主题的专著相继出版，各高校研究奥尼尔的硕
士、博士学位论文数量剧增。自 1990 年太原研讨会到 2001 年济南
研讨会，国内共召开 8 届奥尼尔学术会议，会后皆出版了系列论文
集。廖可兑撰写的专著《尤金·奥尼尔剧作研究》（北京：中国美
术学院出版社，1999），对奥尼尔 18 部剧作中的人物、情节、艺术
手法、思想内涵进行了剖析，具有较高的学术价值；由他主编的
《尤金·奥尼尔戏剧研究论文集》（上海：外语教学与研究出版社，
1997）和郭继德主编的同名论文集（上海：上海外语教育出版社，
2004）都集结了上述学术会议提交的优秀论文，成为研究奥尼尔的
重要参考文献。汪义群的专著《奥尼尔研究》（上海：上海外语教
育出版社，2006）涵盖了作家生平、创作、风格、悲剧渊源和国内
外奥尼尔研究派别介绍等内容。卫岭的专著《奥尼尔戏剧的文化叙
事》（镇江：江苏大学出版社，2017）探索奥尼尔如何在异质文化

的冲突、物质与精神的冲突、个体与群体的冲突等多重叙事中揭示人类苦难的根源，反映美国社会的文化价值观。王占斌的专著《多维视角下的奥尼尔戏剧研究》（天津：南开大学出版社，2017）以分析文本为基础，运用解构主义批评、后殖民主义批评、神话原型批评、精神分析批评、女性主义批评、悲剧美学等多套理论话语，宏观把握奥尼尔的叙事风格、审美习惯和伦理追求；其另一部专著《尤金·奥尼尔戏剧伦理思想研究》（北京：北京大学出版社，2018）则选择文学伦理学作为研究视角，诠释奥尼尔戏剧作品中蕴含的道德价值，挖掘文学的"真、善、美"，同时填补中国奥尼尔研究领域相关课题的空缺，实现了文学批评传统的回归。此外还有汪义群 2004 年发表在《英美文学研究论丛》上的《英美奥尼尔研究综述》，以及康建兵 2008 年发表在《山东艺术学院学报》上的《近 20 年国内尤金·奥尼尔研究述评》等综述类文献可供相关研究者参阅。

近三十年来，中国学界逐渐树立起文化自信，灵活运用西方现代文艺理论，广泛尝试新型批评方法，并努力创造和使用自己的方法论，使中国的奥尼尔研究向更加沉稳、深刻和多元的方向发展，贡献了一批极具学术价值的专著和论文，相关成就可从以下八个主要方面略见一斑。

（1）中国对奥尼尔作品、西方相关专著的译介

1980 年代后，奥尼尔随对外开放重返中国人的视野，资深研究者笔耕不辍，青年学者后来居上，奥尼尔作品及相关专著的译介工作在中国迎来高潮。早期从事奥尼尔研究的一批学者，包括荒芜、汪义群、刘海平、郭继德、龙文佩、欧阳基、梅绍武、张冲等，重新着手译介奥尼尔的剧作。由于他们具有扎实的学术功底，对奥尼

尔本人和作品进行过深入研究，译著文辞优美，且最大程度地还原了奥尼尔的创作意图和作品原貌，无论从准确度还是表达效果来看都远超原先的译本。其中的典型有荒芜翻译的《天边外》，汪义群翻译的《上帝的儿女都有翅膀》《榆树下的欲望》《无穷的岁月》和《进入黑夜的漫长旅程》，刘海平翻译的《马可百万》和《休伊》，郭继德翻译的《诗人的气质》，龙文佩翻译的《月照不幸人》等，这批经典译作如今已经成为中国学者研究奥尼尔的主要参考文本。

　　1993 年，陈良廷、鹿金翻译了弗吉尼亚·弗洛伊德的著作《尤金·奥尼尔的剧本——一种新的评价》（上海：上海译文出版社，1993）。1995 年，美国学者博加德编辑的《奥尼尔集：1932——1943》（上海：上海三联书店，1995）经汪义群、梅绍武、屠珍、龙文佩、王德明、申慧辉等人合作重译，内容包含奥尼尔最重要的 8 个剧本和 1 部小说。1997 年，郑柏铭翻译了詹姆斯·R. 罗宾逊的著作《尤金·奥尼尔和东方思想——一分为二的心象》（沈阳：辽宁教育出版社，1997）。

　　进入新世纪后，上海外语教育出版社于 2000 年出版《剑桥文学指南：尤金·奥尼尔》，收入欧美学者论文共十六篇，从奥尼尔戏剧创作背景、艺术成就、剧本舞台演出和影视改编等多个方面进行了详细解读，为中国研究者提供了新的参考资料。2002 年，哈尔滨出版社出版李汉昭翻译的奥尼尔随笔短文《一只狗的遗嘱》，并于次年再出精装版本。2005 年，东方出版社出版徐钺翻译的《进入黑夜的漫漫旅途》。2006 年，由山东大学学者郭继德主编的六卷本《奥尼尔文集》由人民文学出版社出版，共收录奥尼尔的四十四部戏剧和七十二首诗歌，其第六卷下篇还保存了奥尼尔对戏剧和人生的部分散论，成为我国迄今为止最完整的中文奥尼尔作品集，堪称奥尼尔戏剧爱好者和从事相关研究的学者不可多得的珍藏。2007年，人民文学出版社又出版了欧阳基等人翻译的《奥尼尔剧作选》，该书选录了《安娜·克里斯蒂》《琼斯皇帝》《榆树下的欲望》《奇异的插曲》《悲悼三部曲》《诗人的气质》六部经典戏剧。2008年，中国书籍出版社出版王海若翻译的中英对照版《天边外》；2009年，《一只狗的遗嘱》经过王颖冲重译，由长江文艺出版社出版，三年后又出现武汉出版社出版的陈书凯重译版本。上述作品因译者的专长不同而各有特点，为国内学者开展奥尼尔研究提供了较原著更方便阅读、理解的中文译本。同时，相关译作也可以视为中国学者对奥尼尔剧本的再创作，为进一步开展戏剧翻译方面的研究提供了对象，一定意义上丰富了中国奥尼尔研究的成果。

(2) 奥尼尔的悲剧思想研究

1990年代初始，就有众多中国学者关注奥尼尔悲剧思想的丰富内涵。郭继德1990年发表在《文史哲》的论文《对西方现代人生的多角度探索——论奥尼尔的悲剧创作》率先对奥尼尔的悲剧思想进行了系统的论述。刘砚冰1992年发表在《河南师范大学学报》的《论尤金·奥尼尔的现代心理悲剧》认为奥尼尔创造的美国现代心理悲剧受古希腊悲剧思想影响，其不同点在于将造成悲剧的根由归结为人性本身的缺陷。王铁铸1993年发表在《辽宁大学学报》的《悲剧：奥尼尔的三位一体》认为奥尼尔的悲剧作品是悲剧经历、悲剧思想、悲剧创造三位一体的表现，作家以个性化的心理体验反击当时流行的"肤浅乐观主义"。杨彦恒1997年发表在《中山大学学报》的论文《论尤金·奥尼尔的悲剧美学思想》指出，奥尼尔悲剧中的人物往往为理想而饱经磨难，虽然结局难免陷入困厄，但这种抗争体现了人的崇高，悲剧思想中蕴含的乐观态度具有特别的美学意义。孙宜学 2001 年发表在《艺术百家》的论文《论尤金·奥尼尔剧作的悲剧主题》探讨奥尼尔悲剧中"物质主义与人性对立"以及"人的本能欲望与清教主义对立"两大主题，揭示其悲剧的美学价值。武跃速 2003 年发表在《外国文学研究》上的论文《论奥尼尔悲剧的终极追寻》从宗教意义、人性意义、无限意义三方面论及奥尼尔悲剧中隐约呈现的"精神家园"，使心灵世界破碎的人类获得精神上的安抚。张军 2004 年发表在《学术交流》的《论奥尼尔的悲剧创作意识与美学思想》肯定了奥尼尔悲剧的净化功能。华明的《悲剧的奥尼尔与奥尼尔的悲剧》（南京：南京大学出版社，2014）是作者的论文集，其中收录了作者 1986 年到 1997 年间发表的八篇研究奥尼尔的论文，分别从奥尼尔本身、艺术技巧、美学距离、现代性等角度全方位解读奥尼尔的悲剧。甲鲁海 2018 年发表在《东岳论丛》上的论文《"占有者"的毁灭与救赎——解读奥尼尔的〈更加庄严的大厦〉》针对具体作品，分析奥尼尔通过揭示无节制的物欲腐蚀人类灵魂表现出的悲剧意识。这些论文对奥尼尔的悲剧进行了各个角度的探索，深入透视其悲剧思想的根源。周伟然 2020 年发表在《四川戏剧》的论文《奥尼尔戏剧中的悲剧性特点及艺术审美特性》分四个方面探究奥尼尔在创作过程及作品中表现出的悲剧性，借此展现奥尼尔悲剧独特的审美价值。

（3）奥尼尔戏剧的女性主义研究

国内关于奥尼尔的女性主义研究成果数量很多，且受国外女性主义批评的影响较大，主要以学术论文为主。以杨永丽、时晓英、刘琛、夏雪为代表的学者支持奥尼尔是男权话语代表的说法，认为他在剧作中刻意扭曲女性形象和地位，支持男权社会操纵女性命运的合理性，这已经成为从女性主义研究奥尼尔的主流观点。杨永丽

1989 年发表在《世界文学》的论文《"恶女人"的启示——论〈奥瑞斯提亚〉与〈悲悼〉》尖锐指出,《悲悼三部曲》中的莱维利亚是一个男性化的"变态"女性,奥尼尔的剧本借助遗传和潜意识理论,期望表现女性在强硬父权下的从属地位。时晓英 2003 年发表在《四川外语学院学报》的《极端状况下的女性——奥尼尔女主角的生存状态》分析了《奇异的插曲》中的尼娜、《进入黑夜的漫长旅程》中的玛丽、《月照不幸人》中的乔茜三个女性形象,认为奥尼尔对女性的感情十分复杂,其剧中出场的女性人物大多数是按照"男性视觉"塑造的。刘琛 2004 年发表在《吉林大学社会科学学报》的《论奥尼尔戏剧中男权中心主义下的女性观》,对奥尼尔的女性观是"超越陈规"的观点提出异议,并运用社会学和传播学理论,发现奥尼尔戏剧展示了男性中心主义性别结构下女性的自我感动。夏雪 2015 年发表在《社会科学论丛》的论文《尼娜:男性世界中的囚鸟》指出,《奇异的插曲》中的尼娜表面上将身边的男性玩弄于股掌中,实际上处于被牺牲、利用的次要地位,她认为奥尼尔把尼娜人生不幸的根源归于"性欲",属于一种"荡妇羞辱",是要为男权思想寻找托词。

另一些学者不赞成上述主流的意见,认为奥尼尔戏剧中的女性是具有美德的独立个体,万俊、沈建青、卫岭、刘永杰等学者持这一观点。万俊 1997 年发表在《戏剧艺术》上的论文《女性人物塑造和奥尼尔的创作心态》辩证地指出,奥尼尔笔下的女性不仅是推动剧情发展的关键,而且很大程度上恢复了原始时期"母系崇拜"的象征概念。沈建青分别于 2003 年和 2004 年在《外国文学研究》上发表的两篇论文《疯癫中的挣扎和抵抗:谈〈长日入夜行〉里的玛丽》《夹缝中求生存:谈〈月照不幸人〉里的乔茜》,认为奥尼尔赞美了 19 世纪美国女性面对传统性别角色的压力进行抗争的勇气和力量。卫岭 2011 年发表在《学术界》的论文《还原一个真实的奥尼尔——奥尼尔不是男权主义的作家》明确指出，国内女性主义批评存在故意"唱反调"的问题，她通过分析奥尼尔剧作中的"大地母亲"原型，证明奥尼尔是一位"跨越了性别差异"的剧作家。刘永杰的专著《性别理论视阈下的尤金·奥尼尔剧作研究》（北京：中国社会科学出版社，2014）在性别视阈下，从创作方法到两性关系等方面探讨了奥尼尔对女性的态度，反驳了女性主义批评的主流认识。此外，刘永杰还撰写了多篇高质量论文，主要论证奥尼尔并非部分西方学者所称的"男性中心主义者"，相反，他的作品旨在帮助失语的女性找回自我和身份。

（4）奥尼尔戏剧的艺术方法研究

奥尼尔的实验型戏剧一直备受海内外学界关注，不少中国学者也对其中运用的艺术方法（最主要是表现主义手法）进行过详细研究，考察奥尼尔如何表现现代人被异化、被疏离的痛苦。刘明厚 1997 年发表在《外国文学评论》的论文《简论奥尼尔的表现主义戏剧》，分析了《琼斯皇帝》等表现主义戏剧的艺术方法，认为奥尼尔的戏剧围绕"寻找自我"的主题，一直很注重表现人物的强烈情绪，揭示其内心的痛苦与困扰。许诗焱 2002 年发表在《外国文学研究》上的《面向剧场：奥尼尔 20 世纪 20 年代戏剧表现手段研究》指出，面具、合唱队、非现实主义布景以及内心独白和旁白等戏剧手法的运用拓展了舞台空间，深入刻画剧中人物扭曲的心灵，使美国戏剧真正脱离了肤浅与做作。朱伊革 2003 年发表在《天津外国语学院学报》的《尤金·奥尼尔的表现主义手法》，从语言、非语言两种手段探讨奥尼尔戏剧的表现主义手法，及其如何反映现代人的心理真实，结论与刘明厚类似。左金梅、庞敏 2004 年发表在《中国海洋大学学报》的《尤金·奥尼尔的表现主义艺术》同样分析奥尼尔剧作通过象征、变形、内心独白等表现主义手法，挖掘人物内心动态，表现西方人在后工业时代失去身份归属的荒原处境。同年，姜艳在《黑龙江社会科学》上发表了《简论奥剧〈大神布朗〉中的面具表现主义手法》，就《大神布朗》这部作品的剧本和舞台表现，讨论奥尼尔独特的"面具手法"。王艳芳 2018 年发表在《戏剧文学》上的论文《信念·迷惘·幻灭——从〈毛猿〉中表现主义手法的运用看扬克的精神危机》则专门围绕《毛猿》中的语言创新、象征意象及人格异化展开讨论，揭示人类生存的本质。相关主题的论文不胜枚举，结论大同小异。

（5）奥尼尔戏剧的心理学研究

奥尼尔本人一直矢口否认在创作中借鉴了弗洛伊德的精神分析理论，但又不讳言自己身上存在着"俄狄浦斯情结"。国内持相关论点的学者一般以《榆树下的欲望》《悲悼三部曲》《奇异的插曲》和《进入黑夜的漫长旅程》这四部最契合精神分析学理论的作品为例，结合奥尼尔的生平经历分析其悲剧的动因或主题。谢群的专著《语言与分裂的自我：尤金·奥尼尔剧作解读》（北京：北京大学出版社，2005）借助泰勒、拉康的伦理学和心理分析理论解读奥尼尔在戏剧中塑造的"自我形象"。卫岭的另一专著《奥尼尔的创伤记忆与悲剧创作》（北京：中国人民大学出版社，2009）从心理学创伤理论出发，阐释创伤记忆不仅是奥尼尔创作的基础动力，还影响了他的审美与艺术表现。郭勤的专著《依存与超越：尤金·奥尼尔隐秘世界后的广袤天空》（上海：上海译文出版社，2010）首次提出奥尼尔剧作中的"隐秘世界"概念，从精神、社会、文化三个层面剖析其创作思路，展示奥尼尔如何在艺术中超越作为素材的自传性经历。

刘砚冰 1992 年发表在《河南师范大学学报》的《论尤金·奥尼尔的现代心理悲剧》认为，奥尼尔从精神层面认识了现代社会生活的原貌，从而摸索出全人类精神解放的途径。王振昌 1995 年发表在《河北师范大学学报》的论文《论〈榆树下的欲望〉中的人物性格——兼论尼采、弗洛伊德理论对奥尼尔的影响》，从奥尼尔的创作意图追溯尼采唯意志论和弗洛伊德精神分析学说的影响，认为奥尼尔的戏剧体现出古典的悲剧美。李兵 1996 年发表在《西南民族学院学报》的论文《奥尼尔与弗洛伊德》，认为弗洛伊德的"无意识"理论对奥尼尔的剧作影响显著，二人终身都在探索与表现某种"潜在的力量"。邹惠玲 1997 年发表在《四川外语学院学报》的《从〈悲悼〉中奥林的形象看奥尼尔的俄狄浦斯情结观》指出，奥尼尔把自身压抑的"俄狄浦斯情结"经奥林这一人物形象向外宣泄，使之通过艺术手段得以升华。陈立华 2000 年发表在《外国文学研究》的论文《从〈榆树下的欲望〉看奥尼尔对人性的剖析》依据弗洛伊德性本能学说，由三个方面论证贪婪和淫荡的"欲望"摧毁了人自身，唯有精神升华方能获得救赎。龙靖遥同年发表在《四川外语学院学报》的论文《驱不散的俄狄浦斯——解读奥尼尔未定稿剧作〈更庄严的大厦〉》侧重把握人物关系，围绕母子、婆媳、夫妻三组关系展现人物各自的"情结"。卫岭的《创伤记忆与文学治疗——从〈奇异的插曲〉看奥尼尔的悲剧创作》（《安徽教育学院学报》2007，9）继续从"创伤理论"出发，认为奥尼尔通过该剧重新塑造了母亲的形象，使积压的抑郁得以宣泄，实现了内心的相对平衡。郭勤 2011 年发表在《当代外国文学》上的《尤金·奥尼尔与自身心理学——解读奥尼尔剧作中的自恋现象》，将奥尼尔的文学创作与自身心理学结合起来研究，认为奥尼尔具有"自恋"的心理症结，他的剧作即是对自身心理学中这一现象的演示。此外还有周维培的《弗洛伊德理论戏剧化的成功尝试：尤金·奥尼尔的〈奇异的插曲〉》（《剧作家》1998，2）、李霞的《〈琼斯皇〉——荣格集体无意识学说的典型图解》（《名作欣赏》2007，16）、苗佳的《论戏剧〈进入黑夜的漫长旅程〉的心理创伤》（《上海戏剧》2015，1）等，都是就奥尼尔戏剧的心理学内容进行了深入探讨。

（6）关于奥尼尔的比较研究

随着 20 世纪末"比较文学"学科在中国复兴，一部分中国学者将研究重心转移到奥尼尔与东方文学家、东方文化（尤其是中国文化）的关系或奥尼尔与西方思想家、文学家的关系方面。

早在 20 世纪 30 年代，中国剧作家曹禺就接受了奥尼尔的影响，并将其贯穿自己话剧创作的始终，主要体现在悲剧观念、人物命运及一些表现方法上。他的代表作《原野》就显露出《琼斯皇帝》中的艺术元素，但又不是像洪深的《赵阎王》那样简单的模仿，而是发掘、吸收和内化其中体现的悲剧精神，再运用现代戏剧、文学理论和话语，重新创作更容易为中国观众理解、接受的作品，《雷雨》《日出》都体现出中国话剧从接受、模仿西方戏剧，到在中国传统戏曲的基础上进行创造的发展规律。

中国学者针对奥尼尔对曹禺话剧创作的影响进行过详细探究。例如宋宝珍 1995 年发表在《戏剧文学》的《通向欲望追求的悲剧历程——繁漪与爱碧之悲剧人生比较》、龙兆修 1997 年发表在《外国文学研究》的《从〈悲悼〉和〈雷雨〉看奥尼尔对曹禺的影响》、冯涛 1998 年发表在《戏剧》的《美国的悲剧与中国的悲剧——曹禺与奥尼尔的悲剧人物比较》、李艳霞 2002 年发表在《四川外语学院学报》的《曹禺、奥尼尔与古希腊悲剧〈悲悼〉和〈雷雨〉的比较分析》、李大为 2009 年发表在《戏剧文学》的《形式的探索与人物深层的心理的开掘——试论奥尼尔对曹禺创作风格的影响》等，主要从人物形象分析奥尼尔戏剧对曹禺的影响；还有张军 1999 年发表在《戏剧》的《曹禺与奥尼尔悲剧观念之比较》、马宏 2003 年发表在《中州学刊》的《曹禺与奥尼尔关系论》、卢炜 2005 年发表在《艺术百家》的《双向背驰——曹禺和奥尼尔的生成错位比较》、库慧君 2010 年发表在《文化艺术研究》的《走向"崇高"之境——曹禺的悲剧意识与奥尼尔剧作》等，选择对二者的悲剧观念、艺术手法、悲剧美学进行比较研究。

　　中国话剧的奠基人洪深早年曾根据奥尼尔的代表作《琼斯皇帝》，改编出 9 幕话剧《赵阎王》，表现一个贫苦农民在军营逐渐堕落的过程，其中明显借用了"森林幻象"等出自奥尼尔剧中的元素。该剧 1923 年在上海"笑舞台"上演，促进了中国民族戏剧的现代化进程，一定程度上也提高了奥尼尔在中国的知名度。因为国内对洪深改编奥尼尔戏剧的认可度不高，学界在这方面进行的研究较少，主要有吕敏宏 2001 年发表于《陕西师范大学学报》的论文《洪深与奥尼尔》，肯定了洪深通过自己的创作实践推动中国现代戏剧初建的努力；朱雪峰 2012 年发表在《戏剧艺术》上的论文《文明戏舞台上的〈赵阎王〉——洪深、奥尼尔与中国早期话剧转型》认为，《赵阎王》虽经首演惨败，但可视作中国话剧从文明戏向现代转型的缩影。此外还有苏州大学甘滢完成于 2002 年的一篇题为《洪深与尤金·奥尼尔：影响与创造》的硕士学位论文，和叶一木翻译自日本学者饭冢容的《奥尼尔·洪深·曹禺——奥尼尔在中国的影响》，该论文于 1987 年刊登在《云南大学学报》上。

考察奥尼尔与东方文化的关系在西方学界早有先例。奥尼尔曾明确表示对道家学说的推崇，晚年据此将自己的住宅命名为"大道别墅"，加上奥尼尔时常在剧中设置东方意象，甚至直接以中国为背景（虽然充满西方人对作为"他者"的东方的刻板印象）创作了《马可百万》，以上实证都为中国学者开展跨文化研究提供了便利。蒋虹丁 1989 年发表在《外国文学评论》的论文《奥尼尔的创作源泉究竟是什么？与欧阳基先生商榷》反驳了欧阳基"老子哲学思想是奥尼尔写作剧本的源泉"的说法，作者从马克思主义角度认为，奥尼尔的创作绝不单受某一固定哲学思想的影响。郭继德 1994 年发表在《戏剧（中央戏剧学院学报）》上的论文《奥尼尔与道家思想》认为奥尼尔早、中、晚期的剧作都不同程度地汲取了道家"无为""回归""循环论""阴阳对立""和"的思想，但也接受了诸如神秘主义、唯心主义等不良影响。崔益华 2001 年发表在《东南大学学报》上的论文《美国戏剧家尤金·奥尼尔与东方思想关系散论》指出了奥尼尔戏剧与东方思想产生联系的社会文化根源，及其在东西方文化交流趋势中的体现。次年，朱新福发表在《苏州大学学报》的《尤金·奥尼尔作品中的东方宗教思想》认为，奥尼尔能够主动接受东方文化，不仅与他推崇爱默生、叔本华、尼采、斯特林堡等人的学说或创作有关，也和他早年脱离天主教难脱干系。刘德环撰写的评传《尤金·奥尼尔传》（长春：时代文艺出版社，2013）虽然学术性一般，但从中国人的角度去观照奥尼尔的一生，为中国学者开展跨文化研究提供了新的视野。部分中国学者还进行过奥尼尔和巴金、郭沫若、沈从文等作家的平行研究，例如罗义蕴 1991 年发表在《乐山师专学报》的论文《家庭悲剧：比较巴金与尤金·奥尼尔的当代悲剧意识》、陶镕 1994 年发表在《郭沫若学刊》的论文《郭沫若与尤金·奥尼尔》、陈燕 2002 年发表在《西南师大学报》的论文《善与恶的悲剧冲突——从〈天边外〉和〈边城〉看现代悲剧的必然性》等。

另一类专注于奥尼尔与欧洲思想家、文学家关系的研究最早起源于西方国家。奥尼尔很早接受了尼采的超人学说和日神精神、酒神精神理论，坦言"《查拉图斯特拉如是说》比我所读过的任何一本书对我的影响都大"。在贝茨预科学校期间，他就对易卜生的戏剧创作非常熟悉，入学普林斯顿大学后熟读了叔本华的著作《作为意识和表象的世界》。1912 年，奥尼尔在盖洛德疗养院大量熟读了斯特林堡的戏剧，并立志成为戏剧家，因此，他在诺贝尔文学奖颁奖典礼演说辞中把斯特林堡称为"伟大的导师"。此外，当谈及莎士比亚、契诃夫、萧伯纳、陀思妥耶夫斯基、康拉德和吉卜林等人时，奥尼尔也承认或多或少受过他们的影响。

随着国内学者的研究视野不断拓宽，近年来奥尼尔与欧洲思想家、文学家关系问题逐渐得到国内学者的重视。傅鸿础 1983 年发表在《复旦学报》的论文《奥尼尔与尼采》具体分析了奥尼尔作为美国戏剧家为什么会受到德国哲学家影响，以及二者间联系的具体表现。于乐庆 1992 年发表在《外国文学研究》的《奥尼尔悲剧与尼采无意识哲学》认为，奥尼尔和斯特林堡一样强调"自我"对戏剧情节的驱动，促成其作品强烈悲剧效果的基力正是"酒神冲动"。邹惠玲 1999 年发表在《四川外语学院学报》上的《拥抱狄奥尼索斯——论〈送冰的人来了〉的主题思想与尼采哲学对奥尼尔人生观的影响》认为，奥尼尔意在以古希腊悲剧精神为蓝本，创造一种彻底摆脱基督教上帝的新型价值观。杨挺 2000 年发表在《海南大学

学报》的《奥尼尔与契诃夫》和 2003 年发表在《外国文学评论》
的《奥尼尔与易卜生》，分别讨论了契诃夫和易卜生对奥尼尔戏剧
的影响，认为奥尼尔和契诃夫的相似之处在情节弱化和"无所作
为"的人物，而奥尼尔戏剧中的现实主义倾向和象征手法则来源于
易卜生；2006 年，杨挺在《外国文学评论》上再发《奥尼尔与叔本
华》一文，指出奥尼尔戏剧对爱情的诠释，对物欲的反感，对科学
的不信任恰恰体现了叔本华的悲观主义、反理性主义和生存意志
论。陈立华 2008 年发表于《英美文学研究论丛》的《何以解忧唯
有梦想——尼采与奥尼尔悲剧思想探析》认为，尼采思想使奥尼尔
的悲剧充满"形而上"的快感和理想主义色彩。郑飞 2016 年出版
的专著《尤金·奥尼尔爱的主题研究》专门就一部作品展开论述，
其中将奥尼尔的《悲悼》三部曲与古希腊悲剧诗人埃斯库罗斯的
《俄瑞斯忒亚》三部曲进行了比较分析，指出两部作品尽管结构和
人物类似，但前者突出的是"命运"主题，而后者更强调"心理因
素"，这一"心理因素"在《悲悼》中的具体表现就是"爱"，对孟
南家族的所谓"悲悼"实为"爱的悲悼"。另有黑龙江大学国洪丹
2005 年的硕士学位论文《奥尼尔与斯特林堡》和陕西师范大学朱
林 2011 年的硕士学位论文《斯特林堡对奥尼尔的影响研究》对奥
尼尔与斯特林堡表现主义戏剧联系与差异的比较，二者各有侧
重点。

　　由国内学者撰写的一系列平行研究论文也值得注意。比如，丛
郁 1994 年在《外国文学研究》发表的《现代文明中的人的精神困
境：〈毛猿〉与〈弥留之际〉》就是对《毛猿》和《弥留之际》在主
题、人物、写作技巧方面相同之处的探索。吾文泉 2002 年发表在
《戏剧文学》的《"欲望"的悲剧——〈榆树下的欲望〉和〈欲望号

街车〉的比较研究》认为二者展示人类的物欲和性欲，反映出美国高度发达的现代文明下人的精神和道德的堕落。张勤 2004 年发表在《外国文学研究》的《充溢着狂想的历程——评析〈麦克白〉和〈琼斯皇〉的表现手法》评析两剧中的幻象和意象，论证奥尼尔对莎士比亚的间接继承关系。胡媛 2005 年发表在《河北大学学报》的论文《现代社会人类精神荒原的探索者——奥尼尔与乔伊斯创作现代性之比较》则是对二者在反映现代社会文化的断裂、理想的破灭、主体的残缺、人性的肢解等方面共同特点的阐释。

（7）奥尼尔戏剧的后殖民主义研究

进入 20 世纪后，一些中国学者与西方的奥尼尔研究保持同步，开始用后殖民主义理论解读奥尼尔剧作中不时出现的身份认同问题。廖敏 2010 年在《戏剧文学》发表的论文《奥尼尔剧作中的"他者"》认为，奥尼尔作为爱尔兰移民后裔，具有霍米·巴巴提出的"双重身份"和法侬提出的文化"不确定性"，自身就是被多重文化定义的主体；其 2014 年的论文《奥尼尔〈诗人的气质〉中的文化身份叙事》（《电子科技大学学报》2014，1）则通过一部具体作品验证了前文的结论。史永霞 2011 年发表在《四川戏剧》的《论〈毛猿〉中的自我求证》认为奥尼尔安排扬克自我求证，寻求归属，实际展示了后工业时代造成现代人人格异化的悲剧命运。同年，康建兵在《中南大学学报》发表《尤金·奥尼尔戏剧中的爱尔兰情结》，指出奥尼尔的戏剧具有浓郁的爱尔兰气质，不能简单地从国籍或创作流向来判定作家的身份归属。陶久胜、刘立辉 2012 年发表在《南昌大学学报》的《奥尼尔戏剧的身份主题》从话语实践与身份的动态关系这一视角，分四个层次研究奥尼尔戏剧的身份主题，认为奥尼尔的戏剧表达了为社会人重新构建身份的理想。肖利民 2013 年发表于《四川戏剧》的《从边缘视角看奥尼尔与莎士比亚戏剧的深层关联》认为，两位戏剧大师在表现种族"他者"、女性"他者"、宗教"他者"等边缘群体方面有深层联系，不同时代背景下种族、性别、信仰的本质性差异决定他们只能"被言说"。郭建辉 2019 年发表在《外语与外语教学》的论文《爱尔兰族裔美国生存的诗意体验：尤金·奥尼尔悲剧的古典形式和现代意味》，充分考虑到奥尼尔的爱尔兰移民背景，论述其对古希腊悲剧的继承、超越和在美国现代文化建设方面发挥的基础性作用。

（8）奥尼尔戏剧的生态主义研究

最近几年，国内奥尼尔研究又兴起了从生态主义的家庭、社会伦理视角研究奥尼尔的新型批评方法，这方面的文献数量不多，但创新点十分突出，可以作为主流观点的补充。2007 年，马永辉、赵国龙在《齐鲁学刊》发表了论文《伦理缺失道德审判——文学伦理学批评视角下的〈榆树下的欲望〉》，认为伊本最后的觉悟预示他接受了道德审判，反映出奥尼尔对人类走出精神危机，重拾道德规范的希望。刘慧 2010 年发表在《外国文学研究》的《生态伦理视阈下扬克的悲剧》认为，奥尼尔从"毛猿""笼子""人与猩猩握手"三个形象全方位展现人类在工业文明中生存的生态伦理景观，作者判定扬克的悲剧本质上属于伦理悲剧。张生珍 2010 年发表在《英美文学论丛》的《尤金·奥尼尔生态意识研究》认为奥尼尔虽非严格意义上的生态主义者，但他的戏剧作品涉及到对工业主义、商业主义、战争的批判，突出自然主体性地位，透露着生态意识。刘永杰 2014 年发表于《郑州大学学报》的论文《〈悲悼〉中"海岛"意象的生态伦理意蕴》，运用生态伦理的视角对《悲悼三部曲》的海岛意象作了分析，认为符合生态主义提倡的人与自然之间的和

谐关系，有助于解决人类当前面临的困境。吴宗会 2015 年发表在
《外语教学》的《问道与寻道：生态主义视域下的奥尼尔戏剧信仰
嬗变》认为，奥尼尔对待生态二元由"早期分裂转化为晚期浪漫生
态回归"，其生态信仰发生嬗变与吸收老子和尼采的思想密不可分。
赵凌志 2017 年发表在《戏剧文学》上的《生态家园的守护者：尤
金·奥尼尔剧作生态观研究》，将奥尼尔剧作生态观的形成归结为
东西方哲学、宗教思想交融的结果。

　　目前还有一些优秀硕博论文，比如山东大学张生珍 2009 年撰
写的博士学位论文《尤金·奥尼尔戏剧生态意识研究》、郑州大学
刘一涓 2010 年撰写的硕士学位论文《对尤金·奥尼尔〈悲悼〉的
精神生态解读》、曲阜师范大学贺秀秀 2017 年撰写的硕士学位论文
《尤金·奥尼尔戏剧中的生态思想研究》，都选择了生态批评理论，
从不同的突破口研究奥尼尔戏剧反映的伦理道德现象。以上种种说
明，国内奥尼尔学界所做的工作已经融汇到世界奥尼尔研究的体系
当中，未来呈现出可持续发展的稳健态势。

　　3. 发展趋势

　　近年来中西方学者对奥尼尔的研究兴趣较以往有所转变。2001
年发生在纽约世界贸易中心的"9·11 恐怖袭击事件"重创了美国
社会，公众无法相信世界唯一超级大国的国家安全会轻易受到如此
严重的挑战，美国社会自然陷入集体恐慌和焦虑。美国政府为重振
国民信心，鼓励市民"勇敢地进剧场看戏"，这一爱国主义宣传使
奥尼尔反映现代西方人精神和命运的作品再度引起社会关注，具体
表现在奥尼尔的戏剧经过重排，接连在普林温斯顿剧院上演；学术
刊物《尤金·奥尼尔评论》(The Eugene O'Neill's Review) 定期出
版，刊登相关评论；世界最大的奥尼尔研究组织"尤金·奥尼尔协

会"(Eugene O'Neill Society)发行的《尤金·奥尼尔简报》(*The Eugene O'Neill's Newsletter*)及时向业界和大众公布奥尼尔研究的最新成果和动态。

20世纪90年代以来,西方的奥尼尔学界除了延续已经开展的各项研究外,主要围绕三次学术会议出现了三种研究转向:

(1)研究侧重点转向

2011年,美国纽约大学举行了"第八届奥尼尔研究国际会议",会议就"波西米亚式的奥尼尔"(O'Neill in Bohemia)展开了全面讨论。会后,国外学者纠正了以往研究对象过多集中于奥尼尔中晚期戏剧的现象,开始逐渐增加对奥尼尔早期作品的重视,并关注他在美国"戏剧改革运动"中发挥的领头作用。

(2)后殖民主义转向

2012年3月,在美国马里兰州巴尔的摩市史蒂文森大学举行了第三十六届比较戏剧年会。会议启发了美国学者从后殖民主义角度批评奥尼尔的戏剧,其中就包括"后殖民话语""他者""双重意识""东方主义""底层叙事"和"混杂性"等论点,重新审视奥尼尔戏剧反映的身份认同问题和荒原状态。

(3)生态主义转向

2015年3月,在史蒂文森大学举行了第三十九届比较戏剧年会。会议涉及21世纪逐渐兴起的生态主义理论,这一动向也引起了美国以外的奥尼尔学界的重视,下一步的研究内容包括奥尼尔作品对自然元素的偏爱、奥尼尔本人对自然神秘力量的兴趣,以及他对人类精神生态的关怀。

目前,中国学界进行的外国文学研究主要还是针对英美文学,其中现代主义、后现代主义文学正在成为热门研究方向。进入新时期，学界对奥尼尔的研究从深度到热度都有增无减，成果可圈可点，其现状可概括为：研究学者数量增加，传承连贯性强，无断代现象；视角多元化，研究领域极大拓宽，研究对象侧重中晚期的几部代表作品；理论紧随国外研究的步伐，近几年来已趋于同步发展，善于接受、采纳新理论；由早期专注阐发文本，到当下内外兼顾，外部因素方面的研究由奥尼尔本人或家庭成员情况向外延伸；已经出现专业人士对奥尼尔作品翻译、舞台表演艺术、观众或读者接受等开展的对应研究。

中国的奥尼尔研究虽然已经取得以上成绩，但不可避免还存在一些问题，值得国内学者注意。

首先，部分领域存在重复建设的现象。即盲目针对某些方面（主要是女性主义和比较研究）或某几部作品（集中在《琼斯皇帝》《毛猿》《悲悼三部曲》《进入黑夜的漫长旅程》《送冰的人来了》）重复研究，而对其它更具体的细节（如天主教对奥尼尔创作的影响、斯特林堡等对他影响的具体表现）或早期创作经历（如小剧场运动、众多独幕剧）重视程度不够，导致中国大部分研究"重内容轻形式"，缺少对艺术手法应有的关注，结果就是不少研究成果论述单薄，结论近似，反而遗漏了大量有价值的创新点。

其次，中国有不少学者对奥尼尔戏剧进行女性主义批评时，盲从西方，观点过于前卫。相关成果存在单纯从理论出发，脱离文本的倾向，导致部分文献说服力不足，甚至有牵强附会之嫌。不可否认，在当时的美国，男女地位不平等确是事实，而奥尼尔本人也确实对女性怀有十分复杂的感情；但通过文本细读不难发现，奥尼尔的戏剧世界中不仅有男性的存在，也为女性预留下了等量的空间，甚至不少女性形象都展现出男性所不具备的优点。因此，脱离实际情况，执意坚持奥尼尔是男权主义作家是有失偏颇的。

再次，因大众接受度、剧场设施等条件限制，中国奥尼尔研究主要还是学院派文本批评，鲜见舞台演出批评，仅刘海平、徐锡祥于上世纪末出版的一部《奥尼尔论戏剧》（北京：大众文学出版社，1999），从戏剧舞台艺术角度出发，系统分析舞台演出艺术、戏剧批评和剧本梗概等，填补了国内这方面的空白。脱离舞台叙事去看待一个剧作家，显然不利于还原其创作意图，发挥悲剧的净化功能，尤其是奥尼尔的修辞并不出众，如果研究者缺乏观剧经验或想象力不足，单纯观照文本难免会觉得枯燥，以致产生误读。近年来，这一情况已经逐渐得到改善，一些奥尼尔的中后期作品和经过地方戏改编的奥尼尔剧作（比如越剧《白色的陵墓》改编自《悲悼三部曲·归家》、川剧《欲海狂潮》和河南曲子戏《榆树古宅》改编自《榆树下的欲望》）以大众喜闻乐见的形式更频繁地登上了中国舞台。这些带有地域特色的奥尼尔戏剧多次在国内外巡演，观众反映良好。因此，奥尼尔戏剧在不同国家、区域文化背景下的改编、演出和接受情况也应该被纳入奥尼尔研究的范畴。

最后，中国对奥尼尔作品的译介成果丰硕，前文提及的一系列学者都曾为奥尼尔剧本的翻译工作付出努力，他们为我国开展奥尼尔研究奠定了基础。然而，有不少中国学者研究奥尼尔仍要依赖翻译文本，当前专门从事奥尼尔剧本翻译研究的学者，只有天津商业大学外国语学院的王占斌等寥寥数人，未来很可能成为中国学界融入国际奥尼尔研究的短板。这个问题已经引起了中国学界的重视，温年芳 2012 年撰写的博士学位论文《系统中的戏剧翻译——以1977—2010 年英美戏剧汉译为例》，以及钟毅 2019 年发表于《中国翻译》的文章《陌生化语言的翻译与剧本"文学性"的实现——20

世纪八九十年代奥尼尔戏剧汉译本研究》，都对此进行了较为深入的分析，同时也提供了某种研究视角的借鉴。

三、 研究思路与研究方法

笔者非常尊重奥尼尔研究的方家前辈，第一功课便是通过文献检索，梳理国内外与尼采"酒神精神"理论和奥尼尔的悲剧研究相关的权威资料，准确把握学界的奥尼尔研究方法及研究动态。同时，对奥尼尔的剧本进行通读，并尽量创造条件通过剧院或网络媒体观摩相关戏剧的舞台表演，而后初步完成作品的分类、梳理、归纳和核心内容提炼。在此基础上，选取其中最具代表性的数部作品作为本书重点分析的案例，将研究对象的范围大致限定于前期的"格伦凯恩号"组剧、《天边外》；中期悲剧《琼斯皇帝》《毛猿》《上帝的儿女都有翅膀》《榆树下的欲望》《大神布朗》《拉撒路笑了》《奇异的插曲》及《悲悼》三部曲；晚期悲剧《更加庄严的大厦》《送冰的人来了》《进入黑夜的漫长旅程》《诗人的气质》及《月照不幸人》。紧扣"酒神精神"及其延伸概念，综合运用多种文学批评方法，结合作者的生平经历和前人已经取得的成果，重点对上述代表作品中"酒神精神"的渊源，以及在奥尼尔悲剧的主题、人物形象、艺术方法、审美特征等方面的具体表现作出较为深入的阐释，揭示奥尼尔悲剧的美学意义和文化价值所在。

笔者紧扣尼采提出的"酒神精神"理论，主要采用文本精读的研究方法，属于向文学本体研究的回归。古语云，"书读百遍，其义自见"。尽管戏剧是一种偏向于舞台表现的艺术，但其剧本具有很高的文学价值，在以往关于西方戏剧的研究中，"文本精读"一直是国内外学界比较常见的研究方法，但是一般作为辅助手段使用，服务于特定的文艺理论或研究者的视角，在文学研究中长期处于次一级的地位。笔者极为重视奥尼尔悲剧研究过程中的文本精读策略，将其重要性提升至与文艺理论并重的位置。奥尼尔的悲剧开创美国严肃戏剧之先河，他全方位地接受了古希腊悲剧和尼采"酒神精神"学说的影响，借日神形式阐释"酒神精神"，同时结合时代需要，用普通现代人的经历模仿酒神受难、复活的过程，以现代心理悲剧驱逐盛行于美国社会的"肤浅的乐观主义"，为这个推崇科学理性的西方国家重新注入了悲剧精神。据笔者所察，国内从"酒神精神"角度开展的奥尼尔研究，一是系统性的整体把握不足，再是基于文本细读的"回归文学研究"欠缺。因此，采用文本精读策略，针对酒神精神、戏剧家（奥尼尔）、悲剧三者间的内在关联进行深入探讨，是一条切实可行的研究路径。

本书主要章节分别从奥尼尔悲剧的酒神精神探源、人物形象塑造、表现方法选取、审美与文化价值的角度，紧密结合其各个创作阶段最有代表性的剧本探讨奥尼尔的悲剧艺术。第一章主要就奥尼尔作品中"酒神精神"的渊源，阐述尼采有关悲剧的学说与奥尼尔悲剧精神的深层契合；第二章开始，通过细读文本，具体分析"酒神精神"在奥尼尔作品中的表现形式，首先解读奥尼尔笔下具有酒神气质的悲剧人物，其次论证酒神精神与奥尼尔悲剧艺术方法的深度关联，最后对上述内容进行归纳总结，结合文本精读的成果，揭示酒神精神赋予奥尼尔悲剧别具一格的审美与文化价值。

第一章　奥尼尔悲剧中的酒神精神探源

尼采自称"酒神哲学家"，[1]他在文艺方面的观点集中体现在其1872年出版的著作《悲剧的诞生》中。尼采借用希腊神话中的两位神祇："日神"阿波罗和"酒神"狄奥尼索斯（部分引文翻译有出入，以实际情况为准），代指美学上两种不同的心理经验，将"日神精神"和"酒神精神"的概念引入了悲剧理论，并作为其理论体系的两个基点。他认为"在希腊世界里存在着一种巨大的对立，按照起源和目标来讲，就是造型艺术（即阿波罗艺术）与非造型的音乐艺术（即狄奥尼索斯艺术）之间的巨大对立"，[2]日神艺术只是"掌管着内心幻想世界的美的假象"，[3]而"希腊人的狄奥尼索斯狂欢是具有救世节日和神化之日的意义的"，[4]所以"酒神"较之"日神"更加原始，"酒神精神"相对"日神精神"更加

[1]　周国平：《尼采——在世纪的转折点上》，上海：上海人民出版社，1986年，第71页。
[2]　尼采：《悲剧的诞生》，孙周兴译，北京：商务印书馆，2012年，第19页。
[3]　同上书，第22页。
[4]　同上书，第29页。

基础，是尼采美学、哲学思想的实质与核心。[1]

《悲剧的诞生》将希腊文化归结为"悲剧文化"，由酒神仪式演化来的悲剧则是"狄奥尼索斯式认识和效果的阿波罗式具体体现"，[2]可理解为"酒神状态的客观化"。自我意识萌发之初，希腊人发现了个体化生命形态中的匮乏和痛苦，并出于对快乐和统一感的渴求，用酒神艺术去弥补它。尼采一直强调，悲剧中的"阿波罗意识也只是像一层纱掩盖了他面前的这个狄奥尼索斯世界"，[3]"酒神冲动"应当在悲剧演出中占据主导，而"日神冲动"只宜作为舞台上表现"狄奥尼索斯世界"的象征性手段。悲剧终结于"苏格拉底主义"兴起，哲人苏格拉底推崇的乐观主义、实用主义和科学理性成为了社会思潮的主流，"日神"和"酒神"的均势被人为颠覆，伴随希腊人生命意志的衰弱，其文明也走向没落。尼采通过"酒神精神"揭露出西方文明中潜在的"非道德"和"反人类"倾向，美国剧作家奥尼尔对此尊崇备至，曾在1928年的一次采访中公开指认尼采为自己唯一的文学偶像。他不仅接受了尼采关于"酒神""日神"的学说，而且同样抱持"解决人的问题"的目的，深入古希腊文化传统中，在其创作生涯的各个阶段忠实地践行了"酒神精神"。

第一节　尼采悲剧观的核心——"酒神精神"学说

主导了西方哲学史两千余年的"理性主义"，起源于以苏格拉

---

[1] 参见崔文良：《酒神精神与尼采哲学》，《吉林大学社会科学学报》1991年第6期，第85页。

[2] 尼采：《悲剧的诞生》，孙周兴译，第66页。

[3] 同上，第31页。

底为首的一批古希腊哲学家倡导的"理性精神"。进入近代后，西方再次高扬"理性"旗帜，挣脱了宗教神学和封建王权的缧绁，在科技、经济、社会、文化等众多领域建树颇丰，逐渐抢占了发展的先机，用数百年时间一举夺取"全球话语权"，继而自认为占据了道德高地。西方人备受鼓舞，加紧了"向外"的步伐，资本为争夺更多的原料、市场、劳动力，不惜采取暴力手段将势力范围扩张到域外，使欧洲乃至整个世界笼罩在奴役、战争的阴翳下，多元的人类文明一时危如累卵。德国 19 世纪的哲学家叔本华对此进行了反省，他率先抨击西方社会"心智反常"，将人类的主观意志作为重点研究的对象，西方哲学的关注点至此从外部世界转向人的内心世界，实现了从"认识论"到"价值论"的跨越。这次划时代的转向给予西方文明的理性主义传统以一记重击。

尼采部分沿袭了叔本华的思想，认为"理性"扼杀了置身于感性世界中的人的本能，并进一步提出"酒神精神"概念。他阐释道："（悲剧）甚至在其最陌生、最艰难的问题上也肯定生命，生命意志在其最高类型的牺牲中感受到自己生生不息的乐趣——我把这叫做狄奥尼索斯式的（精神），我猜想这才是通往悲剧诗人心理学的桥梁。"[1]"酒神精神"的提出，基于对西方传统价值体系侧重探寻社会、历史、宗教等现象层面的意义，而忽略对生命本体、艺术审美、自然人性进行研究的反思。该学说批判强调个体（因而忽视共相）、敌视生命（因而反对艺术）的"苏格拉底主义"导致西方长期沉溺于虚假的"希腊式的明朗"，[2]是一种把"人"作为审

---

[1]　尼采：《偶像的黄昏》，李超杰译，北京：商务印书馆，2017 年，第 100 页。

[2]　尼采：《悲剧的诞生》，孙周兴译，第 4 页。

美现象的理论与方法。尼采把"酒神精神"作为他的悲剧观，乃至美学、哲学体系的核心，并由此延展出"生命冲动""权力意志""超人学说""一切价值重估""永恒轮回"等一系列概念。

一、 狄奥尼索斯是一切悲剧的主角：
酒神仪式向悲剧艺术的位移

古希腊神话中的酒神狄奥尼索斯（Dionysus），或称巴克斯/巴库斯（Bacchus），关于他的出身通常有两种说法：一说狄奥尼索斯为主神宙斯与忒拜公主塞墨勒之子，塞墨勒在孕育他时遭赫拉报复横死，宙斯将尚在母腹中的狄奥尼索斯救出，缝进自己的大腿，使其得以幸存，希腊文"狄奥尼索斯"的字面意思即为"宙斯的瘸腿"；二说狄奥尼索斯为宙斯与冥后珀耳塞福涅之子，其降生不久便遭嫉妒的天后派遣泰坦神杀害并碎尸，雅典娜奉命抢救出他身体的一部分（依据多数传说，这部分应为心脏，希腊人认为人的心智集中于此），宙斯施法使其转生凡人女子（周国平称其是地母神）塞墨勒腹中重获新生。狄奥尼索斯是希腊神话中唯一由凡人血肉之躯孕育的天神（而非英雄式的半神），《神谱》中记载："母亲是凡间妇女，儿子是神，现在两人同为神明"，[1] 他完成人间的事业后，便赴冥界救出自己的母亲，母子同上俄林波斯山成神，被认为是最后一个登上神山的神祇。在一些传说中，狄奥尼索斯复活前的身份称作查格琉斯（Zagreus），意为"长角的神"，宙斯曾暗示他将

---

[1] 赫西俄德：《工作与日日 神谱》，张竹明、蒋平译，北京：商务印书馆，1991年，第54页。

继承自己的权柄，所以酒神也时以头生双角的形象出现。

据说狄奥尼索斯重生后，由其姨母依诺代为照料。宙斯深恐新生婴儿再遭不测，又将他托付给林中仙女们抚养，于是狄奥尼索斯从山林之神西勒尼处习得了自然的各种奥秘和种植葡萄酿酒的技能，他在希腊及周边很多地区也被奉为植物及丰产之神（直到约公元前 3000 年，酿造葡萄酒的技术才从小亚细亚和埃及传入希腊，"酒神"当是后来获得的身份[1]），用来筛谷的"簸箕"形象一直保留在酒神的徽志中。狄奥尼索斯成年后仍不免受到赫拉的敌视，于是带领一众自愿追随他的"酒神信徒"到处游荡，足迹远及印度和埃塞俄比亚，沿途展示神迹，授人以酿造葡萄酒的方法，所至之处必开怀狂饮，恣情歌舞。经考古发现，地中海东部地区民间的酒神崇拜起源极早，但具体发源地不详，当前能确定的，是相关活动最初在色雷斯地区流行，后来传入希腊并广受欢迎。狄奥尼索斯的神庙曾遍布希腊各地，每逢春秋两季葡萄抽芽及成熟时，希腊人都要举行盛大的狂欢仪式来祭祀这位欢乐之神和丰产之神。酒神赐予人间美酒佳酿和无穷欢乐，酒神祭仪带给人们非理性的感官享受，酒神"死而复生"的离奇经历令古人深信不疑，此三点奠定了"酒神崇拜"的基础，也成为尼采"酒神精神"学说的渊源。

对酒神神话的隐喻性含义一般作如下阐释："酒神的第一次诞生象征万物浑然一体的原始生命状态；酒神被撕碎象征着个体化存在从原始母怀中分离出来；酒神的再生则象征着个体化界限被打碎之后，个体向混沌一体的状态的复归。"[2] 狄奥尼索斯世界的"永

---

[1]　参见曾艳兵：《古希腊酒神考辨》，《世界文化》2018 年第 1 期，第 56 页。
[2]　凌曦：《尼采论"悲剧性"与希腊品质》，《西北师大学报》（社会科学版）2009 年第 3 期，第 20 页。

恒自我创造、永恒自我毁灭"表现出"酒神"自身蕴含的二元性：神话里的狄奥尼索斯由人孕育，降生成神，又常以人的身份显示，天生具有人和神的双重属性，他同时活动在人间和神界，忍受人的无限痛苦（死亡）和享有神的无穷欢乐（不死）；狄奥尼索斯集男性的阳刚气质和女性的阴柔气质于一身，是传统性别分类的解构者，他的画像和雕塑常常显现出诸多女性特征（《金枝》为代表的部分文献也称之为"同性恋"姿态），而追随他的酒神狂女们却比一般男性还要孔武有力；狄奥尼索斯又同时是生者和死者，被信徒奉为"消失和归来之神"，相互对立的存在状态："生命"和"死亡"在狄奥尼索斯身上统一起来；狄奥尼索斯既是播撒欢乐的创造之神，向世人昭告生命不可穷竭的神谕，也是令人胆寒的毁灭之神，指使狂热的信徒为创造"新的"而不断摧毁当前的世界。因此，"这是双重性质的神灵，他既在场又缺席，有关于他的所有神话，出生与显现、面具之神、自身被撕裂、消失与归来等等，都是他的本质的刻画，同时也刻画了整个世界的本质"，[1] 酒神狄奥尼索斯的神话取消了生与死的二元对立，经过形而上学的演绎，在本体论基础上形成了一个关于生命的"永恒轮回"，尼采"醉和梦"对立统一的文艺观与"个体和本体"对立统一的世界观皆由此而来。

《悲剧的诞生》提出："有一个不容争辩的传说是，最古形态的希腊悲剧只以狄奥尼索斯的苦难为课题，在很长一段时间里唯一现成的舞台主角正是狄奥尼索斯。"[2] 尼采认为，在欧里庇德斯之

---

[1] 王展伟：《狄奥尼索斯形象与尼采、叔本华的意志学说》，《安徽师范大学学报》（人文社会科学版）2017 年第 3 期，第 344 页。

[2] 尼采：《悲剧的诞生》，孙周兴译，第 76 页。

前，一切原始悲剧的主题，都是惟一的主角——狄奥尼索斯的受难和复活，所以"希腊舞台上的所有著名角色"，"都只是那个原始的主角狄奥尼索斯的面具而已"，[1] 他们身上表现出来的"悲剧性"并非出自要扮演的具体角色，而是经日神"那种比喻性的显现向合唱歌队解释了他的狄奥尼索斯状态"。[2] 这种将悲剧的诞生追溯到希腊"萨蒂尔（羊人）歌队"在酒神祭祀仪式中吟唱的"酒神颂歌"的"悲剧秘仪学说"，并非尼采个人的发明，而是以大量西方古典时期的诗学和人类学理论为依据的。早在古希腊时期，亚里士多德就借《诗学》完成了对各文艺类别的界定工作，其中关于"悲剧和喜剧都是从即席创作发展而来。前者起源于酒神颂，后者起源于生殖器崇拜的颂诗"的经典论述，[3] 奠定了古希腊悲剧"仪式起源说"的基础。亚里士多德本身距离悲剧肇始的时代更近，掌握的一手证据较后世更为详细丰富，又有泛希腊各区域性文明遗留的狄奥尼索斯剧场遗址作为物证支撑，再经过历代从事戏剧学、艺术理论、考古人类学、古典学等相关研究的学者从多方面进行检验，"希腊狄奥尼索斯秘仪是悲剧文体发生的原点"这一命题已经成为悲剧发生学的公理。尼采从中发现的，是"古代戏剧根植于狄奥尼索斯仪式的悲剧和喜剧的文学表述类型……换言之，是戏剧并非起源于原始的酒神祭祀仪式，而是起源于原始仪式的文字表述"。[4]

　　卡尔·曼茨曾在《剧场艺术史》中描述过希腊时代举行狄奥尼

---

[1] 尼采：《悲剧的诞生》，孙周兴译，第 76 页。

[2] 同上，第 77 页。

[3] 亚里士多德、贺拉斯：《诗学·诗艺》，郝久新译，北京：九州出版社，2007 年，第 15 页。

[4] 彭兆荣：《论戏剧与仪式的缘生形态》，《民族艺术》2002 年第 2 期，第 127 页。

索斯祭祀仪式时倾城出动的盛大场面。游行队伍主要由"酒神""盛装的处女""半人半羊的萨蒂尔""阳物崇拜者""死尸""酒神信徒"组成。"处女""萨蒂尔""阳具"象征酒神旺盛的生命力和"狂醉"状态,"死尸"暗示复活的酒神是死亡的超越者。处女一般携带祭品走在队伍最前端,中间是狄奥尼索斯的神像或手持酒神杖、头戴常春藤花冠、作"酒神"扮相的演员,其余人等紧随其后,他们都用酒液和酒糟沾染面容和服装,有些还戴着标识身份的面具。当抵达祭祀场所(一般是山坡或依山的空旷地带),向酒神奉献祭品山羊时,装扮成羊人萨蒂尔的"合唱歌队"在双管箫的伴奏下,由领唱者带头吟诵叙述狄奥尼索斯生平事迹的"酒神颂歌",或称"山羊之歌",同时众人开始手舞足蹈,纵情狂欢,庆祝酒神的复活。从以上内容不难发现,这种祭祀仪式的原生要素全部隐藏在"萨蒂尔合唱歌队"所要表现的内容之中,即一位"生殖和丰产之神"由降生到死亡再复生的命运循环,因而酒神的祭祀仪式本质上属于一种"生命通过仪式"。弗雷泽在《金枝》中比较了狄奥尼索斯和奥西里斯、阿都尼斯以及内米湖畔的森林之王,认为他们都是由同一位"丰产之神"分化出来的地方形象。"丰产之神"天生肩负着某种证伪"死亡"的使命,并且需要以亲身经历来证实这点,目的是强化信众对神本身代表的农业生产的信心,早先播下的种子破土而出,长成庄稼的过程类似于死而复生,"丰产之神"能否克服死亡直接关乎来年农作物能否丰收,以及依赖这些农作物生存的群体能否衣食无忧。前文提到,悲剧并非简单模仿全部的仪式流程,而是对"通过仪式"中酒神生命形态发展历程的意象化模仿,因此,希腊悲剧侧重于把"命运"放置在主人公的对立面,通常被称为"命运悲剧","命运"也成为戏剧艺术中最具悲剧性意味的一个基本母题。

再者，尼采强调："悲剧原始地只是'合唱歌队'，而不是'戏剧'。"[1] 原始悲剧的全部重心，在于受狄奥尼索斯的激情振奋而向仪式中的众人传布艺术冲动的"萨蒂尔合唱歌队"。根据原始宗教的"模仿律"，合唱歌队在仪式中将自己装扮成"羊人"的行为性质绝非表面上那种角色扮演，而是真正放弃装扮者原来的个性，进入到萨蒂尔们的身体当中。他们在宗教祭仪中"完全忘掉了自己的市民身份和社会地位"，[2] 彻底转化成狄奥尼索斯那些来自山林水泽、疯癫而欢乐的羊人随从。这点不仅为歌队自己认同，也为参与仪式的其他人员普遍认可，并且"整群人都感到自己以此方式着了魔"，[3] 把歌队看成"萨蒂尔精灵"，从内心与他们合而为一，经此过程，戏剧艺术才初步具备了成形的条件。歌队在"着魔"的状态下，从"萨蒂尔"的视角去观照狄奥尼索斯，于是仪式中的神像或者扮演"酒神"的演员毋庸置疑就是活生生的狄奥尼索斯本尊，歌队从自我身份的转变中又看到"自身外的一个新幻景，有了这个新幻景，戏剧就完整了"。[4] 正因如此，早期的希腊悲剧郑重其事地保留了合唱歌队，他们在舞台上要发挥的是与宗教仪式中类似、但性质全然不同的新作用，即"以狄奥尼索斯的方式激发观众的情绪，使之达到陶醉的程度"。[5] 观众取代了仪式中的信众们的位置，融入歌队营造的神秘氛围，集体进入迷狂状态，当那些戴着

---

[1] 尼采：《悲剧的诞生》，孙周兴译，第 66—67 页。
[2] 同上，第 65 页。
[3] 同上，第 64 页。
[4] 同上，第 65 页。
[5] 同上，第 67 页。

面具的悲剧主人公登上舞台，被命运纠缠不休，最终无可避免地走向败亡之际，观众目睹的不再是面具背后的演员，而是在他们意识呈现的幻象中活动的俄狄浦斯、普罗米修斯或俄瑞斯忒斯本身；体会的也不是戏剧虚构的情节，而是奋力拼搏的英雄们切实遭受的苦难，他们观剧的体验就如信众亲眼见到狄奥尼索斯降临，并亲身追随神受难、复活一样。悲剧能够从一种无形的经验成为一门有形的艺术，有赖于萨蒂尔合唱歌队身上氤氲的"酒神精神"。当进入迷狂状态后，歌队找到了一种恰当的客观化表现渠道，即从自身去观照酒神时进入的日神式梦幻状态，通过这种"梦幻状态"将原本置身事外的观众带入同样的境界（醉境），亲历他们见到的"奇迹"。所以尼采"把希腊悲剧理解为总是一再地在一个阿波罗世界里爆发出来的狄奥尼索斯合唱歌队"，[1] 悲剧艺术乃是希腊先民在原始宗教仪式中放纵的酒神冲动借剧场舞台上日神形象的具体体现。

二、 对立与统一： 悲剧艺术中的酒神冲动与日神冲动

尼采在《悲剧的诞生》第一章便揭示了："在希腊世界里存在着一种巨大的对立，按照起源和目的来讲，就是造型艺术（即阿波罗艺术）与非造型的音乐艺术（即狄奥尼索斯艺术）之间的巨大对立。"[2] 尼采美学基本围绕"酒神"和"日神"这对核心概念展开，其中心论点就是：蕴含在两种不同艺术类型中相互对立的艺术

---

[1] 尼采：《悲剧的诞生》，孙周兴译，第 67 页。
[2] 同上，第 25 页。

冲动，通过希腊"意志"力求直观、颂扬自身的作用结合起来，[1]
从中诞生了最初的悲剧艺术。"酒神冲动"和"日神冲动"的原始
概念皆出自希腊神话，尼采认为由狄奥尼索斯和阿波罗这两位希腊
人的文化神祇所代表的艺术精神，能够最直观地把握西方文化的初
始特征，引导现代人消解个体化存在状态，与人生此在融合一体，
回归早期与自然的和谐关系。

阿波罗（Apollo）是希腊神话中的太阳神，宙斯的宠儿，日复
一日驾驶烈焰熊熊的太阳车跨越天穹，给世界带来光明。他同时也
是医药、畜牧、音乐、诗歌、预言之神，在俄林波斯山十二位主神
中的影响力仅次于父亲。他最重要的神殿坐落在希腊宗教的中心德
尔斐（Delphi），希腊人从那里的神庙祭司口中探听阿波罗的神谕，
获悉自己的命运。同时，阿波罗十分热衷插手人间事务，就像庇护
弑母的复仇者俄瑞斯忒斯那样，他用无与伦比的智慧给予人间错综
复杂的是非善恶以公正的裁判。所以在神话世界中，"日神"代表
的是一类具有阳刚气概、强调规范且恪守道德的形象。尼采基于上
述属性，将"日神"作为一个象征性概念吸纳进自己的美学体系，
"造型之神（Bildnergott）的那种适度的自制，那种对粗野冲动的解
脱，那种充满智慧的宁静"，[2]构成了不可逾越的"梦境的美的假
象"。日神代表的是"梦"的艺术世界，自然生成的艺术冲动中存
在对"假象"的渴求，背负着现实的疲劳和困倦的人天生对从梦一
般的"假象"中获取审美快感抱有期待，于是阿波罗这尊"个体化
原理的壮丽神像，其表情和眼神向我们道出了'假象'的全部快乐

---

[1] 尼采：《悲剧的诞生》，孙周兴译，第34页。
[2] 同上，第23页。

和智慧，连同它的美。"[1]"没有什么是美的，只有人是美的"，[2]单纯世界本身并无所谓美丑，是"日神"以其光辉的形象和卓越的智慧赋予了世界"美"的直观形象，从而迎合了人的审美期待。这种外在的"美的假象"也是非理性的，只能在个体的"人"的"内心幻想世界"中呈现，因此必须设置一定的规范，使个体在日神营造的表象能够维持的范围内，为获取"深沉欢愉和快乐必然性去体验梦境"。[3]"在这个意义上，阿波罗象征着人的文化属性，他是文化意义上的'人'"，[4]文明不是自然的产物，而是人对自然的模仿，人类社会在发展出"文明"之前历经了漫长的历史过程，积累了充分的前提条件，也付出了"渎神"和"失乐园"（本质上是与自然身份割裂）的代价，所以"文化给予的自由要求你必先丢弃原有的自由"。[5]一旦遭遇某种例外，个体意志突破了文明所设"柔弱的界限"，文明便站在了人性的对立面，越界者必须接受"日神"严厉的惩罚，从"梦境"中惊醒，对痛苦的现实感到恐惧和绝望。

狄奥尼索斯（Dionysus）是希腊神话中的酒神，带领羊人仆从和酒神狂女们四处漫游，给世界带来美酒和狂欢，他同时是自然、谷物（植物）、生殖和丰产之神。不同于阿波罗高踞十二主神之列，狄奥尼索斯由凡人母亲孕育，幼年时被赫拉唆使泰坦神杀害碎尸，又为父亲宙斯复活，是最后一个登上俄林波斯山的神。祭祀他的秘

---

[1] 尼采：《悲剧的诞生》，孙周兴译，第 24 页。
[2] 尼采：《偶像的黄昏》，李超杰译，第 67 页。
[3] 尼采：《悲剧的诞生》，孙周兴译，第 22 页。
[4] 蒋承勇：《文化的悖谬与文学的反叛——从古希腊神话中的酒神与日神谈起》，《浙江大学学报》（人文社会科学版）2000 年第 6 期，第 81 页。
[5] 同上，第 81 页。

仪曾在巴尔干半岛及小亚细亚部分地区流行，公元前 6 世纪左右传入希腊，受众主要是女性，狄奥尼索斯剧场的遗址至今仍矗立在雅典卫城的南坡，人们崇拜狄奥尼索斯超越死亡的强大生命力；同时，狄奥尼索斯把酿造葡萄酒的方法传授给人，引领他们进入忘我的迷狂状态，突破一切理性戒律，自由宣泄本能欲望。所以在神话传说里，酒神代表的是一类具有阴柔气质、放纵天性和亲近自然的形象，酒神境界是"醉"的艺术世界。实际上，作为神话人物的狄奥尼索斯原本与艺术关联不大，尼采依据神话传说、民间秘仪和节日庆典，创造性地将其作为一种艺术冲动的象征引入美学范畴内，主要是基于以下两点：首先，狄奥尼索斯曾遭泰坦神杀害肢解，尼采认为这是神"亲身经历个体化之苦"，"死亡"几乎一直是人类现实苦难的最高表现形式，"酒神之死"暗示"个体化状态"是人类"一切苦难的根源和基始"；而酒神死而复生则象征着"个体化的终结"，分裂的总体得以整合，现实层面的一切苦难都被克服了，人与自然、个体与本体的统一性重新建立。其次，酒神秘仪中广泛存在的性欲放纵和生殖崇拜"体现了一种泛滥的生命感和力感，其中，甚至痛苦也成了兴奋剂"，[1] 天性解放所指向的"总体生命"是无穷欢乐的。希腊民族从模仿酒神复活经历的象征性仪式中肯定了"生命意志"，在"意志的醉"中获取"力的提升与充沛之感"。[2] 是生命通过艺术挽救了希腊人，当他们发现这一点后，就不再纯粹依靠外观"美的假象"来回避痛苦，而是果敢地直面现实的苦难，"把自己作为完美性来欣赏"，[3] 从生命根基中迸发内在

---

[1]　尼采：《偶像的黄昏》，李超杰译，第 99 页。
[2]　同上，第 58 页。
[3]　同上，第 59 页。

的冲动来超越痛苦，寻求向"总体生命"的"永恒回归"，这种由狄奥尼索斯带来的"形而上的慰藉"是内观的，无附加条件的。由是观之，"酒神"概念的内涵较"日神"概念更加原始，也更加"内倾"。

尼采之前，已经有为数不少的西方学者注意到希腊文化中存在着两种对立的文艺倾向。早在德国启蒙运动时期，席勒、文克尔曼就曾用"感伤与素朴""人与自然"的和谐关系解释希腊艺术繁荣的原因；19世纪，瑞士文化和艺术史研究专家雅各布·布克哈特（Jacob Burckhardt）在《希腊人和希腊文明》中，仔细研究了酒神节日和狄奥尼索斯秘仪，并得出狄奥尼索斯与阿波罗之间存在复杂的对立统一关系的结论；叔本华则揭露了理性表象下作为意志的世界，"意志"就是人的本能欲望，在他看来，人的痛苦源于盲目而冲动的意志永远无法得到满足。但是，真正摆脱西方形而上学的世界二分模式，用狄奥尼索斯和阿波罗来表述希腊艺术，尤其是悲剧艺术中蕴藏的两种自然的艺术冲动，并将其作为美学概念固定下来的人还是尼采。因此，活跃于文化领域的"酒神"和"日神"已经被高度抽象化，很大程度脱离了各自的原型，成为被尼采定义的"酒神"和"日神"。

德国教育家、哲学家叔本华对青年尼采影响最为深远，他以"诚实"的美德和悲观主义唯意志论为尼采树立了榜样。尼采回忆自己初次接触到叔本华的著作时，"目光一投向他的书，我就长出了双腿或翅膀"。[1] 叔本华在代表作《作为意志和表象的世界》中

---

[1] 尼采：《作为教育家的叔本华》，周国平译，南京：译林出版社，2012年，第14页。

着力阐述了两大关系："世界的表象（即客体）受制于主体的存在"和"世界的意志决定主体的生存"。[1] 其中引用了印度教的"摩耶"（Mejaz）概念。所谓"摩耶"即"幻象"，人生在世如瀚海行舟，所恃不过一人一桴而已，"一个个安然在充满痛苦的世界正中坐着的人也就是这样信赖着个体化原则，亦即信赖个体借以认识事物，把事物认为现象的方式"。[2] 尼采认为这点"在阿波罗身上得到了最突出的表达"，[3]"日神"成为"个体化原则"之神，代表着"梦幻"的美，让"做梦者睡得更死了"。瀚海不可能永远风平浪静，一旦个体的人在叔本华"充足理由律"的某个形态中遭逢例外，对现象的惯性认知被打破，"个体化原则"便破裂了。尼采把"日神世界"塌陷时从人的本性中迸发、除去恐惧以外的"那种充满喜悦的陶醉"认定为"酒神"狄奥尼索斯的本质，于是"酒神世界"便表现为一种主体"隐失于完全的自身遗忘状态"。[4]"摩耶的面纱"被"酒神"的魔力撕碎后，"不仅人与人之间得以重新缔结联盟：连那疏远的、敌意的或者被征服的自然，也重新庆祝它与自己失散之子——人类——的和解节日……现在，有了世界和谐的福音，人人都感到自己与邻人不仅是联合了、和解了、融合了，而且合为一体了……人不再是艺术家，人变成了艺术品：在这里，在醉的战栗中，整个自然的艺术强力得到了彰显，臻至'太一'最高

---

[1]　张文初：《叔本华与尼采：生命意义的诗性思考》，《中国文学研究》2010年第 2 期，第 106 页。

[2]　叔本华：《作为意志和表象的世界》，石冲白译，北京：商务印书馆，2012年，第 481 页。

[3]　尼采：《悲剧的诞生》，孙周兴译，第 24 页。

[4]　同上，第 24 页。

的狂喜满足。"[1]

尼采从审美的角度肯定了生命存在的价值，转而批判叔本华"否定意志整体"的悲观主义生命哲学。在尼采看来，阿波罗式的"艺术文化"和苏格拉底式的"理论文化"都不足以概括希腊文化的本质，正统的希腊文化应该归结为一种形而上的"悲剧文化"。希腊人最早意识到了生存的痛苦，为了应对生命中的苦难而人为创造了希腊诸神（阿波罗便在此列，狄奥尼索斯则是外来的），"艺术文化"用"认识你自己"和"切莫过度"把人的实践活动限定在安全范围内，转移人对痛苦体验的注意力；稍晚出现的"理论文化"则要求"摆脱肉体，单用灵魂来观照对象本身"，[2] 以纯粹理性的知识造成的"迷信"消除人对死亡的恐惧。但是，这两种对策"都是假言的方式，假言的方式就意味着局限性，局限于前提可以获得满足的情况"。[3] "艺术文化"和"理论文化"必须依赖一定的前提才可能发挥作用，如果不能满足相应的条件，人感受到的痛感只会更加强烈，因为他掌握有致胜的武器却无法使用。"悲剧文化"则以"事物根本处"强劲的"生命意志"超越痛苦，这种原始冲动即发乎人本能之中的"酒神精神"。作为表象的世界瞬息万变，各种条件亦随之变更，但"酒神精神"的根基却"牢不可破，强大而快乐"，狄奥尼索斯引导个体对生命"永恒同一"的认同，这种对自我的皈依无需依仗外物，明显优越于"日神精神"和"苏格拉底

[1] 尼采：《悲剧的诞生》，孙周兴译，第25—26页。
[2] 柏拉图：《柏拉图对话集》，王太庆译，北京：商务印书馆，2000年，第221页。
[3] 马小虎：《论尼采〈悲剧的诞生〉的核心问题》，《同济大学学报》（社会科学版）2013年第1期，第12页。

主义"。

尼采认为自然中两种长期冲突的艺术力量："日神冲动"和
"酒神冲动"在崇尚"悲剧文化"的古希腊人身上得到高度发展，
并一度取得和解，悲剧由此诞生。"酒神冲动"和"日神冲动"皆
出自人的自然本能之中，他把二者的关系比作男女两性关系："持
续地斗争着、只会周期性地出现和解"，其和解的结果是"产生出
既是狄奥尼索斯式的又是阿波罗式的阿提卡悲剧的艺术作品"。[1]
针对德国古典美学只承认"美（日神）的原则"，尼采肯定了与之
对立的"酒神原则"的存在，并认为可以"通过希腊'意志'的一
种形而上学的神奇行为"使二元对立转化成统一。[2] 首要任务是
判别两种原则对应的艺术冲动中何者为第一性，尼采援引希腊神话
中俄林波斯世界新旧神谱系更迭的历史："原始的泰坦式恐怖诸神
制度演变为奥林匹斯的快乐诸神制度"，[3] 希腊人对苦难的敏感使
其通过神化"个体"，创造出与人同形同性的神，来对抗现实生活
造成的痛苦。因此，以宙斯为首高踞俄林波斯山宝座的"道德神
祇"们实际上是希腊人自己的镜像，神要求信众"适度"和"自
知"，便是希腊人沉湎于由"个体化原则"营造的"自我救赎"幻
象的明证。所以他们才在"阿波罗的美之冲动"指引下用"过度的
智慧"和"身份的僭越"来解释俄狄浦斯、普罗米修斯等英雄受难
的原因。但问题的关键是"希腊人同时又不能对自己隐瞒，他自己
实际上在内心深处也与那些被颠覆了的泰坦诸神和英雄们有着亲缘

---

[1]　尼采：《悲剧的诞生》，孙周兴译，第 19 页。
[2]　同上，第 19 页。
[3]　同上，第 34 页。

关系"。[1] 其自然天性中固有的狄奥尼索斯因素原先一直为日神外观掩盖，现在面临"个体化原则的解体"所导致的痛苦，反而被激发出来，并向希腊民族揭示"他的整个此在"皆依附于"痛苦和知识的一个隐蔽根基"的真相。人越是能领悟到这个真相，越趋向于采取日神"美的形式"来肯定自我，回避痛苦，以期在世界神秘莫测的运行中保全个体的存在。但伴随阿波罗势力扩张，不断附加的行动条件又限制欲望的表达，成为人新的痛苦来源。与阿波罗这位"道德神祇"相异，狄奥尼索斯则是以"泰坦式"的真理，进入文明开化的人类受到约束的生命内部，重新唤起令"快乐"的俄林波斯诸神黯然失色的狂喜，从本原消解了痛苦，尼采由此判定"没有狄奥尼索斯，阿波罗就不能存活！"[2] 在他的阐释中，所谓"酒神冲动"本质上属于对"个体化原则"祛魅后，个体回归生命本体的"意志"冲动；而日神冲动则是在"个体化原则"约束下，个体拘泥于人造现象的"表象"冲动。对照叔本华"作为意志的世界支配作为表象的世界"理论，"酒神状态"的实质是个体的人与隐蔽的自然世界内在根基的统一，尼采把这个"内在根基"命名为"世界的酒神根基"，[3] 而"日神状态"不过是人为营造、意图遮蔽"酒神根基"的假象。既然如此，"酒神冲动"必然先于"日神冲动"存在，"酒神的本原性首先就表现在日神对于它的派生性质，日神冲动归根到底是由酒神冲动发动的。"[4]

［1］尼采:《悲剧的诞生》，孙周兴译，第 39 页。

［2］同上，第 39 页。

［3］尼采:《悲剧的诞生》，周国平译，北京:生活·读书·新知三联书店，1986 年，第 155 页。

［4］周国平:《日神和酒神:尼采的二元艺术冲动学说》，《云南大学学报》（社会科学版）2005 年第 4 期，第 9 页。

但是，希腊民族既然已经认识到对立中的双方本质上"都是醉的概念的类型"，[1]而"酒神冲动"占据本原性地位，更能给生命带来可靠的欢愉，为何还要从中派生出"日神冲动"，使自身陷入矛盾和分裂？根本原因就在"酒神冲动原是一种摆脱个体化原理回归世界本体的冲动，具有毁灭个人的倾向，如果听任它肆虐，就必然对人类生活造成巨大的破坏"。[2]人性是不完美的，尼采讨论的"酒神冲动"自始至终是一个美学上的概念，其中"最粗野的自然兽性"一旦脱离审美范畴，进入现实生活的领域，就极易失控，"造成肉欲与残暴的可恶混合"，[3]必须以"日神冲动"的文化力量加以制约和引导，"避开酒神过程的普遍性"，即如酗酒、纵欲、虐杀等导致人自我毁灭的因素，把"酒神冲动"中足以毁灭人生的力量纳入肯定生命的正轨，此即谓"统一"。

尼采从希腊人创造的悲剧艺术中寻获了这种"统一"实现的迹象，除上文论及，二者在悲剧最原始的形式上达成了"和解"，希腊文化中的"酒神冲动"和"日神冲动"还具备更深层次上的统一。无论是"酒神冲动"还是"日神冲动"，都是从自然中凸显的、前人类的艺术冲动，根本"无需人类艺术家的中介作用"，人类艺术家往往只能凭这两种冲动形成的艺术状态的模仿者身份，选择成为"阿波罗式的梦之艺术家"和"狄奥尼索斯式的醉之艺术家"。《悲剧的诞生》却通过设喻，列举了兼具两者特征的第三类型艺术家："在狄奥尼索斯的醉态和神秘忘我境界中，他孑然一人，离开了狂热的歌队，一头倒在地上了；尔后，通过阿波罗式的梦境感

---

[1]　尼采：《偶像的黄昏》，李超杰译，第99页。
[2]　尼采：《悲剧的诞生》，周国平译，第9页。
[3]　尼采：《悲剧的诞生》，孙周兴译，第28页。

应，他自己的状态，亦即他与宇宙最内在根源的统一，以一种比喻性的梦之图景向他彰显出来。"[1] 进入现实生活领域后，尼采发觉"艺术外观"和"观众接受"对于"模仿自然"的"梦"具有客观需求，从而指出人的生命本身也存在从日神"梦境"获取"完美性"体验的倾向，艺术实践应该给予"梦"和"醉"同等的重视。尼采肯定了人生通过"静观"得到解脱的必要性，他把"做梦的希腊人称为荷马"，而把"荷马称为做梦的希腊人"，在此意义上，"日神冲动"和"酒神冲动"站到同一个起点上，具备了"统一"的前提。而后，随着人类艺术家的参与，"日神艺术"和"酒神艺术"各自获得了具体的形式，如作为造型艺术的雕塑和作为音乐艺术的抒情诗等。两种艺术类型不断斗争和试探，此消彼长，将古希腊历史划分为前后四个阶段，分别为神话（青铜）时代、史诗（荷马）时代、抒情诗（狄奥尼索斯）时代、雕塑（多立克艺术）时代。直到第三类型艺术家代表的"悲剧艺术"自外而内地将两种艺术类型整合在一起，希腊文化才抵达最高层次，所以悲剧被称为西方文学最高的范式。

"萨蒂尔合唱歌队"本身及其对话演出显然属于造型艺术的部分，给予人的是"美的外观"。"日神冲动"敦促"清醒"的人进入"梦境"，希腊人通过"日神艺术"从日常的现实性世界进入审美的艺术世界，寻求对现实痛苦的超脱，阿波罗率先架设起贯通两个原本被严格区分的领域的必经之路。希腊人在追求"美感"的过程中知晓了表象掩饰下的痛苦从何而来，他们在审美领域放心地打开日神的枷锁，感到原来生存的狭窄空间急剧膨胀、破裂，不同身份、

---

[1] 尼采：《悲剧的诞生》，孙周兴译，第 27 页。

地位的个体存在正在被凝固为形象的"酒神颂歌"消融，人类"辉煌"的文明也正在被音乐的感性力量解构，深藏于世界内在根基中的"酒神冲动"接过日神的权柄，通过这种使万物合而为一的"形而上的慰藉"，解放被文明压抑的原始生命意志，将"个体"引导向"本体"。在向永恒生命回归的路途中，原本支撑希腊人生存的"个体化原则"彻底破灭了，生命本体"牢不可破，强大而快乐"的奥秘向万民昭示，人由是获悉，生命个体长此以往身处一个"复活—死亡—复活"的永恒轮回，个体在"日神世界"的一切生存体验不过是片刻的"幻象"。而今，他们从"幻象"中超脱出来，洞见本原的真理，纵使面对现实中痛苦的最高形式——死亡和毁灭也不屑一顾，反而陶醉在"灼热的生命"超越死亡所带来的快感之中。"无论日神艺术还是酒神艺术，都在日神和酒神的兄弟联盟中达到了自己的最高目的"，[1] 现实生活中最直观的表现是"日神冲动"将"酒神冲动"顺利纳入"适度"的范围，让"酒神"以"日神"的方式言说，而真正起作用的内在机制则是后者对前者的召唤，"日神"最终也说起"酒神"的语言。"美感"静观的喜悦转化为生命由衷的狂喜，悲剧艺术由此将希腊文化提升到了那些持"二元对立"观点的后辈们难以企及的高度。

三、　希腊悲剧的消亡：苏格拉底
主义与酒神精神的根本对立

尼采在《悲剧的诞生》第 11 章论及希腊悲剧"消亡"的问题，

---

[1]　尼采：《悲剧的诞生》，周国平译，第 150 页。

这成为西方文论史上"悲剧消亡论"课题之发端。古希腊悲剧的没落自然有其外部的历史因素。尼采认为欧里庇德斯是"悲剧之死"的始作俑者，其创作阶段正值希腊半岛持续二十七年的伯罗奔尼撒战争（修昔底德称之为"伯罗奔尼撒人与雅典人之间的战争"）期间，主要参战的一方便有悲剧文化高度发达的雅典城邦。连年征战对雅典的财政、文化都造成沉重打击，也给希腊人带来危及存亡的实际痛苦，特别是雅典领导的提洛同盟败北后，斯巴达人在雅典推行寡头政治，原来繁荣的民主制度遭破坏。伯罗奔尼撒战争不止给雅典城邦及其领导的提洛同盟造成不可挽回的损失，更是导致泛希腊地区陷入动荡、成熟的奴隶主制度由盛转衰的诱因，古典悲剧也随希腊文明的衰弱而失去了生存的土壤，取而代之的是以批判现实见长的"阿提卡新喜剧"。除此以外，尼采主要着眼内部因素，他将悲剧猝然消亡（而非其它文体那样渐趋湮没）的原因归结为文体自身蕴含"一种难以解决的冲突"，[1] 而悲剧诗人欧里庇德斯趁机伙同哲学家苏格拉底"用自己的悲剧观来反对传统的悲剧观"，[2] 在扼杀"狄奥尼索斯元素"方面扮演了关键角色。

　　尼采的全部悲剧观，乃至其哲学体系都建立在希腊神话中两位神祇所派生的象征性概念上，无论是"日神精神"还是"酒神精神"，皆植根于神话思维。马克思曾经说过："希腊艺术的前提是希腊神话。"[3] 希腊人受"日神冲动"驱使，从对未知事物和苦难的疑惧中创造了宗教和神话，作为他们寄托集体情感的载体。长期以来，希腊民族就是以这种神话思维去观察、理解世界，创造出辉煌

---

[1] 尼采：《悲剧的诞生》，孙周兴译，第81页。
[2] 同上，第88页。
[3] 《马克思恩格斯选集》第2卷，北京：人民出版社，1972年，第113页。

的古希腊文明。希腊悲剧直接起源于祭祀酒神狄奥尼索斯的民间秘仪，舞台上一切著名的悲剧主人公们只是戴着"抗争英雄"面具的狄奥尼索斯，最原始的悲剧情节反映的也是狄奥尼索斯受难并重生，神话蕴含的思维模式是早期希腊乃至西方文明萌芽、成形的基础，甚至于"从这个狄奥尼索斯的微笑中产生了奥林匹斯诸神，从他的眼泪中产生了人类"。[1]希腊神话和宗教的繁荣为悲剧艺术可持续性发展提供了保障，悲剧又通过"日神形象"来表现神话中的"酒神题材"，使"神话获得了它最深刻的内容和最具表现力的形式"。[2]但是现在，实用史学打着增强"可信度"的旗号，将希腊宗教的教义正统化、系统化，破坏了神话自由生长的条件，原先由神话和宗教构造的形而上的世界渐趋没落，悲剧也随之消亡了。

导致神话思维走向没落的根本，在于哲人苏格拉底代表的"理性"与"逻辑"至上的"科学精神"在希腊社会兴起，既然人能够根据个体的意志，用"科学"的方法对事物进行推演、改造，便不必依赖"形而上"的俄林波斯世界；悲剧诗人欧里庇德斯则在创作中严格践行了这种哲学思维，"把观众带上舞台"，[3]自作聪明地迫使悲剧单独为"日神精神"服役，并向"苏格拉底主义"彻底敞开了审美王国的大门，尼采批判了欧里庇德斯剧中体现的这种以"理解"为美的"审美苏格拉底主义"倾向："神话死于你手上，音乐天才同样也因你而死。"[4]首先，悲剧诗人欧里庇德斯被称为"诗人中的哲学家"，他"是一个泛神论者，却不相信希腊神话里面

---

[1] 尼采：《悲剧的诞生》，孙周兴译，第78页。
[2] 同上，第80页。
[3] 同上，第85页。
[4] 同上，第80页。

的天神，不相信个人的永生"。[1]欧里庇德斯早年曾接受阿那克萨哥拉（Anaxagoras）的哲学教育，据说还拜入普罗塔哥拉（Protagoras）和普罗迪科斯（Prodicus）门下学习过一段时间的诡辩术；而苏格拉底被判处死刑的主要罪名正是"渎神"，他企图以逻辑思维和辩证法的"新神"驱逐旧的多神教信仰。欧里庇德斯与苏格拉底"关系甚密，意趣相投"，雅典一度传言是苏格拉底在幕后协助欧里庇德斯写作。苏格拉底对艺术持坚决反对态度，早已放弃观剧活动，但每逢剧场上演欧里庇德斯的新作，苏格拉底必亲临现场观摩。尼采猛烈地抨击欧里庇德斯和苏格拉底结成"反狄奥尼索斯元素"同盟，他指出前者原本拥有不下于莱辛的批判才能，正是受"审美苏格拉底主义"的影响而"感染"上哲学思辨能力，二人一同成为"神话思维的葬送者"和"民众的蛊惑者"，让希腊人"古代马拉松式的、敦实有力的卓越身体和灵魂，随着身心力量的不断萎靡，越来越成为一种可疑的启蒙的牺牲品。"[2]

苏格拉底是最早发现"无知"者，堪称西方世界的启蒙教师，其最广为人知的格言是"知识即美德"和"理解然后美"。苏格拉底主张世界可知论，人无需凭借外物，仅靠自身理性化的思辨能力即可探索人生和宇宙的知识，采用辩证法和因果律的哲学方法发现、串联事物间普遍存在的联系，经过概念、判断、推导、演绎的逻辑程序得出科学的结论。同时在他看来，经理性思考深入事物的本质，辨别真理与谬误乃是人类存在最高尚的、甚至是唯一的目

[1] 罗念生：《罗念生全集》卷3，上海：上海人民出版社，2004年，第157页。

[2] 尼采：《悲剧的诞生》，孙周兴译，第97页。

的，他将这种乐观主义的科学精神上升成道德行为，"引入城邦甚至家庭之中"，[1] 视之为自己神圣的使命。因此，当面对法庭的审判和朋友的援救时，苏格拉底被这种强烈的道德感驱动从容赴死，这也是人类历史上首次出现情愿单纯为"知识"和"理由"而放弃生命者，"赴死的苏格拉底成了高贵的希腊青年人前所未有的全新理想"，[2] 他将后苏格拉底时代的希腊人都转变成"理论人"。尼采认为苏格拉底所坚信不疑的"以因果性为指导线索的思想能深入到最深的存在之深渊，而且思想不仅能够认识存在，而且竟也能够修正存在"的作用机制，[3] 最终意图是将"揭示之后依然隐蔽（真理）的"艺术，[4] 替换为"享受和满足于被揭下来的外壳"的科学，[5] 使此在的事物都显现为可理解的（"赤裸裸"的真理），并且"那种世界趋向所消耗的这个无法估量的力量之和"变得可以被人的意识把握，[6] 运用于一己私利，于是不惜利用"陈旧"的手段——神话也要证实其合理性，使之服务于"个人和民族（个体的扩大化）的实践目的"。[7] 苏格拉底本人所代表的强烈"科学本能"激发了文明社会中人类普遍的求知欲望，"一张共同的思想之网"自这位巨人殉道后"笼罩了整个地球"，"甚至于带着对整个太阳系规律的展望"，[8] 尼采将这种追求知识、专注个体的"科学乐

---

[1] 叶秀山：《苏格拉底及其哲学思想》，北京：人民出版社，1986年，第73页。

[2] 尼采：《悲剧的诞生》，孙周兴译，第101页。

[3] 同上，第110页。

[4] 同上，第109页。

[5] 同上，第109页。

[6] 同上，第111页。

[7] 同上，第112页。

[8] 同上，第111页。

观主义"命名为"苏格拉底主义",其进入审美领域后对应的形态便是"审美苏格拉底主义"。

"苏格拉底主义"是西方"理性主义"的雏形,奉行两个准则:第一是"人为"准则,其次是"求知"准则。通过"人为"准则,希腊人放逐了"日神",觉醒了自我意识,人运用本身的理性和能力便足以解决生存面临的一切问题,拯救自己,那么原先聊以自慰的"梦"自然退居其次。既然如此,就需要更多的知识来解决不断出现的新问题,贪得无厌的求知欲将希腊人的注意力引向更"实用"的理性哲学和科学上,对知识空前的重视湮灭了悲剧艺术拯救人生的信念,"酒神"也被捐弃了。最先承认自己"一无所知"的"渎神者"苏格拉底,就是踏着这两个准则铺平的道路走遍雅典,驱逐了俄林波斯诸神,让自己登上"新神"的位子,对他而言,"只靠本能"的"酒神精神"不符合逻辑性要求,无疑是"相当非理性的东西";悲剧艺术基于非理性的酒神、日神冲动,自然无法"言说(科学的)真理",因此对于他心目中理想类型的人——哲学家没有任何意义,而且悲剧面向的是形而上的总体意义,这点也与通常倡导的个体化存在形态相抵触,苏格拉底据此认为"我们有双重理由远离悲剧艺术"。[1]

"苏格拉底主义"已被证实是"借欧里庇德斯之口说话的恶魔般的力量",欧里庇德斯"在某种意义上也只是面具"。[2]但是,对艺术不屑一顾的苏格拉底要侵入底蕴深厚的悲剧艺术领域,实现将"酒神精神"连根拔起的目的,这张悲剧诗人的面具必不可少。

---

[1] 尼采:《悲剧的诞生》,孙周兴译,第102页。

[2] 同上,第90页。

尼采指控欧里庇德斯的创作至少存在三条有悖悲剧原则之处。其一，在戏剧中设置序幕（开场白）。欧里庇德斯偏爱在悲剧的开场和结尾安插一位"可信"的角色，向观众们做出对神话实在性的担保，这一角色一般由某位神祇充当，此即"臭名昭著"的"机械降神"（deux ex machina）。为了方便观众理解，欧里庇德斯故意放弃悬念，提前交代线索，让原先在幕后支配悲剧人物行动的异己力量被明明白白地摆到台前，命运的神秘感、威慑感荡然无存，希腊人玄之又玄的宿命意识松弛下来，主人公的毁灭便不再那么震撼人心。观众入座时必然满怀对"雄辩又抒情的宏大场景"的期待，他们渴望的是悲剧主人公澎湃的激情，而非已经设计好的情节，序幕妨碍了观众投身到情境中去，他们只有退而求其次，开始斤斤计较人物的含义或冲突的前提，企图在最初的一两场就把握住整部剧的前因后果，舞台上的主人公只是一个与他们毫无瓜葛的戏剧演员。其二，将"平庸"的观众带上舞台。正因欧里庇德斯傲慢地以为，自己从天赋到趣味都远超任何一个观众，才胆敢在交代剧情后，放手让观众们自行对戏剧进行判断，所谓"观众"于他不过是一个数量庞大却毫无意义的词。应当记住，观众们曾在埃斯库罗斯等人的悲剧中扮演过"看不见的合唱歌队"的理想角色。[1] 现在，欧里庇德斯那些提前获晓剧情因果关系的观众也听从苏格拉底的话，他们不再安于以原本的身份端坐观众席上，接受戏剧世界"以真实经验的方式对他们发挥作用"，[2] 而是把自己当作思想家欧里庇德斯和哲人苏格拉底的代表，跃跃欲试地想替代悲剧主角。舞台上戴着

［1］ 尼采：《悲剧的诞生》，孙周兴译，第 87 页。
［2］ 同上，第 55 页。

英雄面具的"酒神"被罢免了,观众不可能再身临其境地与悲剧人物产生共情,得到情感上的净化,而是只顾用自己的言语"观察、商讨和推论"无关紧要的外部因素,悲剧中导致"个体化原则"破灭的重要环节缺失了。其三,削弱合唱歌队的作用。合唱歌队原本是悲剧的主体,负责用音乐贯通横亘于"日神世界"和"酒神世界"之间的鸿沟,将观众带入忘我的迷狂状态,与悲剧人物共担苦难,同享欢乐。但欧里庇德斯却几乎将这一由歌队承载的核心功能,偷换成表现"音响效果"的肤浅修饰功能。在他看来,"入魔"的萨蒂尔合唱歌队是极端反理性的存在,羊人们的胆大妄为令人生畏,必须动用"日神精神"予以驯服,迫使其发出更符合"审美苏格拉底主义"的靡靡之音,而真正富有表现力的"音乐"被欧里庇德斯取缔了,悲剧艺术失去了生产它的母体,自此一蹶不振。欧里庇德斯对"合唱歌队"进行的改革,割裂了观众与内心最深处"酒神世界"的联系,让"平庸"的人们很难找到比"音乐"有效的途径穿透表象,洞察"永恒生命"之欢愉。而悲剧诗人(在此称他为"思想家"或许更合适)的意图亦没有立刻得逞,随着悲剧中"酒神精神"的流失,与之互为表里的"日神形式"也失去了"美感"。

欧里庇德斯自觉地迎合"审美苏格拉底主义"逻辑化的要求,在创作之始便未曾把酒神因素囊括在内,甚至蓄意"把那原始的和万能的狄奥尼索斯元素从悲剧中剔除出去,并且纯粹地,全新地在非狄奥尼索斯的艺术、道德和世界观基础上重建悲剧",[1] 任何只在悲剧中保留"日神元素"的尝试都是徒劳的,因为悲剧本身是"日神冲动"和"酒神冲动"二元对立统一的产物,双重性是其不

---

[1] 尼采:《悲剧的诞生》,孙周兴译,第89页。

可更改的自然属性，既然欧里庇德斯"抛弃了狄奥尼索斯，阿波罗也就离弃了你".[1] 抽离"酒神精神"意味着希腊悲剧的解体，生命意志昂扬的悲剧英雄也随之消失了，欧里庇德斯塑造的那些徒有不完整的日神外观，却无酒神灵魂的悲剧人物被尼采蔑称为"小希腊人"，他们占据了古希腊后悲剧时代戏剧趣味的中心，致力于社会讽刺的"阿提卡新喜剧"从悲剧"死"后的废墟上诞生。到了晚年，欧里庇德斯似乎开始动摇，怀疑自己把狄奥尼索斯元素强行"从希腊的土壤里根除"的努力是否明智，这点通过他晚期的神话剧《酒神的伴侣》反映出来：固执强干如彭透斯，亦不免落入"迷狂状态"走向厄难，"如果有人蔑视神明，让他看看这个人（彭透斯）的死亡，他就会信神了"；[2] 德高望重如卡德摩斯，亦不得不服从"酒神"的指示，"我不能结束我的灾难，不能渡过流入下界的阿克戎河，得到安宁".[3] 尼采评价"这部悲剧（《酒神的伴侣》）就是对他的意图之可行性的抗议"，[4] 最理智的个体也无力颠覆古老的狄奥尼索斯崇拜：轻侮酒神的彭透斯最终牺牲于自己的母亲阿格薇等人之手；年老的卡德摩斯化成一条龙，率领半希腊半蛮族的联军向坐落在德尔斐的阿波罗神庙发起进攻。欧里庇德斯一生秉承"苏格拉底主义"，与悲剧中的狄奥尼索斯元素进行对抗，却在最后时刻"对自己的敌手大加赞美"，[5] 企图收回自己的意图，他在思想上的转变一定程度支持了尼采关于"酒神精神"不可

[1] 尼采：《悲剧的诞生》，孙周兴译，第81页。
[2] 欧里庇德斯：《古希腊悲剧喜剧全集》第5卷，张竹明译，南京：译林出版社，2007年，第297页。
[3] 同上，第299页。
[4] 同[1]，第90页。
[5] 同上，第90页。

根除，悲剧艺术终将回归的判断。

第二节 酒神精神与奥尼尔悲剧精神的深层契合

尼采指出，早期希腊人身心健康的原因之一就在他们敢于直视苦难，对人生的悲剧性有敏锐的感知，因而要用艺术，或者说狄奥尼索斯的艺术安抚动荡的内心，挽救备受责难的生命意志。洋溢着永恒生命之狂喜的"酒神精神"贯穿奥尼尔悲剧创作的始终，其笔下那些富有"酒神气质"的悲剧主人公，或于无限痛苦中坚忍求生，或于奋力拼搏中追问价值，或于濒死绝境中解放自我，无不以狄奥尼索斯在现代舞台上的身份历经苦难，解构表象，让精神从个体象征性的毁灭中复活更生。奥尼尔还在悲剧创作中兼收并蓄，不断实验各种具有"酒神倾向"的艺术手法，遵循"内倾"原则，透视现代人深藏"日神表象"下的心理活动，以"醉"释"梦"，给予人类精神以艺术的救赎。

悲剧自诞生以来，就是一种以"人"为观照对象的"酒神艺术"。奥尼尔认为现代悲剧承载着"古希腊人所赋予的意义"，[1]于是继承相关传统，用狄奥尼索斯旺盛的"生命意志"还原悲剧的原始功能，复苏现代人被压抑的自然情感；又取"酒神狂欢"中非理性的迷狂，延续古希腊人对艺术拯救人生的期待，使现代人从日常琐事中脱身，现代生活变得更加高尚。奥尼尔悲剧精神与"酒神精神"在审美层面的契合，有着历史悠远的古希腊文化作为基础，

---

[1] 尤金·奥尼尔《奥尼尔文集》第 6 卷，郭继德等译，北京：人民文学出版社，2006 年，第 232 页。

以下从奥尼尔悲剧对古希腊悲剧文化的继承、悲剧内涵的"非理性"取向、悲剧主题对"人"的关怀三个方面进行详解。

一、 奥尼尔悲剧对古希腊悲剧文化的传承

1936 年的诺贝尔文学奖颁奖辞对奥尼尔悲剧的评价是"富有生命力的、诚挚的、感情激烈的、烙有原始悲剧概念的",这些关键词无一不指向古希腊悲剧的属性。奥尼尔也曾在评价自己的作品时坦言:"对我的剧本创作影响最大的,是我对各个时期的戏剧知识的了解——尤其是希腊悲剧。"[1] 作为一个站在时代风口浪尖上的现代严肃戏剧作家,他深切体会到美国商业娱乐剧的肤浅和现代工业社会的浮躁,希望能从西方戏剧艺术的文化源头寻找"戏剧能做什么"的答案。奥尼尔首先把复兴古希腊悲剧精神作为自己创作和生活的目标,他看到"对古希腊人来说,悲剧能激发崇高,推动人们去生活,去追求更为丰富的生活","使他们在精神上有更深的理解",[2] 而这点正为精神家园沦丧,失去存在意义的西方社会所亟需。奥尼尔认为当务之急是通过现代悲剧创作复兴"酒神精神",为拘泥于物质文明表象的现代人重树"精神意义的榜样",向他们阐明悲剧艺术最终的指向,纠正部分人把"悲剧"等同于"悲观主义戏剧"的误解。因此,奥尼尔特别钟情于古希腊的悲剧艺术,其作品从主题、素材、结构、风格等多个方面都受到希腊悲剧影响。

---

[1] Nethercot Arthur, "The Psychoanalyzing of Eugene O'Neill", *Modern Drama*, vol. 3 (December 1960), p. 148.

[2] 尤金·奥尼尔:《奥尼尔文集》第 6 卷,郭继德等译,第 232 页。

　　中外学界的主流观点都将奥尼尔视作传统（主要指古希腊）悲剧文化的继承者。通过在古希腊悲剧框架中植入现代戏剧因素，对人的内心活动进行持续追踪和叙写，奥尼尔的作品表现出源自古典又立足当下的现代悲剧精神，其"现代心理悲剧"完成了对古希腊悲剧艺术的超越。奥尼尔从采纳古希腊戏剧的主题入手，借鉴原始悲剧承载的丰富文化内涵，再结合现代美学、悲剧诗学、心理学等理论，使作品达到穿透阿波罗优美的"梦境"，深入生命"酒神根基"，给精神带来"形而上的慰藉"的艺术效果。他的悲剧倾向表现现代人克制有序外表下的潜意识活动，狄奥尼索斯再次从现代悲剧主人公的身上复活，引导内心积压的情绪和欲望尽情宣泄，使人不必再为触手可及的目标沾沾自喜，也不会为难以企及的理想哀声叹息，而意识到自己是在不断进取，因而不得不与身边妨碍他前行的势力生死相搏时，生存的价值才最终实现。这样由悲剧人物无果而终的追求和其本身象征性毁灭引发的精神振奋就是悲剧的胜利，也是"酒神"的胜利。

　　古希腊文化是"以浓郁的悲剧观念、悲剧意识为轴心而形成的悲剧文化"。[1]地中海东岸优越的自然条件孕育了早期希腊文明，较之于当时欧洲其它地区相对"野蛮"的状态，繁荣的经济、强健的体魄、敏锐的思维和先进的文化造就了希腊民族强烈的自信心和尊严感。此时，对人类文明构成威胁的事物主要来自外部自然界，凭个体的能力尚不足以认识和应付这些问题。于是古希腊人把"自然"人格化，将其带给人痛苦和恐惧的精神体验归因于"神"和

────────────

[1] 唐玉宏：《希腊文化中的酒神精神与悲剧精神》，《河南社会科学》2000年第2期，第91页。

"命运"。规避风险、寻求幸福的本能使希腊民族产生了从"必然王国"走向"自由王国"的需求，决定了人天生就要成为"渎神者"，在主体意志的驱使下自觉走上反抗"神"和"命运"代表的异己力量的道路。在这场实力悬殊的较量中，"神"或"命运"往往占据力量上的绝对优势，个体的抗争无异于以卵击石，一般以失败乃至毁灭收场。"欲求自主而不得，反遭其殃"的痛苦体验催生了古希腊人最初的悲剧意识。希腊神话中，"不死者"狄奥尼索斯把丰收喜讯和葡萄美酒带到人间，使众人在狂醉的片刻忘却现实世界之纷扰，是一位"欢乐之神"，希腊人从祭祀酒神的宗教秘仪中发展出悲剧艺术，用以记录下"酒神"超越痛苦体验的最高形式——"死亡"的过程。所以，雅斯贝尔斯（Karl Theodor Jaspers）对古希腊悲剧的定义是"人类为认识神，寻求生存意义和正义的性质而进行的半仪式的绝望的奋斗行为"。[1] 这段话准确把握住古希腊悲剧共同的主题，即个体为了一个难以实现的崇高目标，而与异己力量（命运）发生足以致命的冲突。

奥尼尔对该主题有自己的看法，他认为："人以前是和神斗争，现在则是和自己斗争、和自己的过去斗争以及为试图得到的'归宿'进行斗争。"[2] 随着人类文明的发展，现代悲剧人物反抗的对象不单是来自外部世界的未知力量，还有外部世界引起的内心世界的异变，"物"对人的异化、"欲望"对人性的扭曲取代了"神"和"命运"的作用，成为他致力于在现代悲剧中反映的主题。早期作

[1] 卡尔·西奥多·雅斯贝尔斯：《悲剧的超越》，亦春译，北京：工人出版社，1988年，第9页。
[2] 龙文佩主编：《尤金·奥尼尔评论集》，上海：上海外语教育出版社，1988年，第351页。

品中，奥尼尔习惯寻找某种实在的象征物来代表这股神秘的异己力量。譬如《归途迢迢》以"海洋"象征水手们不可摆脱的命运，奥尔森十八岁以前都在农场干活，后来为了生计，服从大海的召唤成为水手，如今他早已厌倦了船上繁重的体力劳动，买好返乡的船票，准备用积攒两年的工资购置一些地产，回归农场生活。弄潮的水手意欲前往陆地寻找归宿，显然违背了"海神"的意志，人追求幸福的举措无意间与命运的定数相抵触，于是奥尔森被酒店伙计下药迷倒，不仅失去了所有的工资，还被拐骗上以虐待水手、航程艰险而臭名昭著的"阿明德娜号"，多年来为回归陆地付出的努力前功尽弃，人在与海洋的较量中落败。就像俄狄浦斯王逃脱不掉杀父娶母的宿命，奥尔森也摆脱不了海洋的掌控，但是个体的意志被他执着于追求理想的反抗精神放大，成为人类的总体意志，超越了现实生活造成的痛苦体验，生命在精神领域大获全胜。

中期悲剧中，愈发神秘的异己力量不再频繁的以具体可感的象征形象出现，而是依附于隶属外部环境的意识形态，或转移到内部环境的潜意识中，以社会习俗、观念和内在驱动力的形式共同作用于人寻求高远理想的行动当中。《毛猿》中的扬克为了否定外界强加的"毛猿"身份，重拾为"人"的尊严，在复仇欲望的驱动下奋起追寻、求证自己的身份归属，饱经羞辱和折磨后主动拥抱死亡，人类社会的"毛猿"被动物园里真正的毛猿扼杀，人的行动再次被异己力量打断。扬克之死显露出些许荒诞的意味，但生命存在的价值由此彰显，平凡司炉工的受难给观众和读者带来的震撼丝毫不亚于伟大英雄的覆灭。《琼斯皇帝》中，琼斯的统治遭到属下土人反对，他不得不踏上摒除"白人意识"、回归种族身份的逃亡之旅，潜意识中的"集体无意识"几番凝聚成幻象向他显现，阻挠其求生行动，琼斯在应付叛乱的同时不断与心理幻象对抗，最终心甘情愿地牺牲自己拯救黑人种族的文化传统。他虽然被叛军士兵用"银子弹"射杀，逃亡行动失败，但心灵却在向刚果"鳄鱼神"的献祭中得到净化，从戴着"白面具"的个体重新融入人类整体。土皇帝琼斯并非寻常意义上的"英雄人物"，他贪婪狡诈，甚至连"好人"也算不上，但并不妨碍奥尼尔从本体论角度把他作为"黑人"乃至"人类"的典型，在对抗社会意识和自我构成的困境中彰显出生命"崇高"的一面。《榆树下的欲望》中，伊本和继母爱碧原本为占有田庄财富的物质欲望相争，继而因肉体和情感欲望和解，内在的物欲和情欲成了主导人命运走向的"新神"。悲剧结尾，二人为追求纯洁的爱情，在同外在和内在欲望的抗争中被毁灭，爱碧为爱情杀害亲子，伊本为爱情和情人共担责任，二人身陷牢狱之灾，以致面临死刑判决。但个体生命虽然消亡，人类却生生不息，他们对自由爱情和正常家庭伦理的追求反过来战胜了自身的贪欲和压抑人性的清教主义。

　　到创作的后期，奥尼尔对人类悲剧的根源有了更加清晰的认知。如果说古希腊悲剧表现的是人对自身不足的认识，则奥尼尔悲剧表现的是个体的失败和痛苦本身，[1]他几乎取消了人物在外部环境中同异己力量发生激烈冲突的戏剧模式，而将这一过程完全置于心灵深处的内部环境，使人物不自觉地与外界隔绝开来，"更陷于孤独、异化与疏离感"。[2]尽管明面上的矛盾被一定程度地弱化，但弥漫全剧的压抑氛围暗示推动剧情发展的动因已经转入精神领域，表明人同异己力量的斗争已经升级。《送冰的人来了》中，

---

[1]　时晓英、刘振前：《奥尼尔的悲剧人物观：个体英雄主义的困惑》，《山东大学学报》（哲学社会科学版）2007年第3期，第136页。

[2]　同上，第136页。

酒徒们不甘受物质社会摆布，进入霍普旅馆"自我隔绝"，依靠纵酒狂欢和做白日梦对抗现实生活带来的死亡威胁，在醉境继续拓展人类生存的空间，争取生命和人性的延续。《进入黑夜的漫长旅程》中，金钱代表的物质文明左右着蒂龙一家的命运，成为四名家庭成员人生不幸的根源。他们蜷缩在与世隔绝的避暑别墅里，互相责难又迅速和解，从毒品和酒精营造的幻觉中汲取人文关怀，试图抵制外来的"物"对家庭伦理关系的侵蚀。随着后期作品中异己力量的内移，单靠表现某一个体的遭遇就显得缺乏普遍意义，已经很难吸引观众和读者，奥尼尔为此塑造了"群像式"的悲剧主人公，并求助于"酒神精神"对"个体化原则"的超越，重新联结个体与生命本体。同时，矛盾内化意味着悲剧人物反抗的对象变成了自身，过分激进的毁灭冲动（自杀）反而成为怯懦的逃避，"值得为之死"的理想转而成为"值得为之生"的理想。悲剧主人公们不再用传统方式争取精神的解放，而是凭坚忍不拔的生命意志，从绝境中探寻一线生机，这种转变是悲剧性的转变，而非悲剧精神的转变。

王富仁指出："西方悲剧中，悲剧精神往往就是悲剧人物的精神。"[1] 奥尼尔在希腊悲剧文化的烛照之下，还借用了众多来自希腊神话中的人物原型。《悲悼》是对古希腊悲剧诗人埃斯库罗斯代表作《俄瑞斯忒亚》的模仿，这部创作于1931年的三幕悲剧袭用了《俄瑞斯忒亚》的三联剧结构，《归家》《猎》《祟》分别对应《阿伽门农》《奠酒人》《复仇神》；情节上也有很大相似，《归家》和《阿伽门农》同表现远征归来的丈夫被不忠的妻子和存在血缘关

---

[1] 王富仁:《悲剧意识与悲剧精神（上）》,《江苏社会科学》2001年第1期，第123页。

系的情夫谋杀，《猎》和《奠酒人》都表现死者的子女为父报仇，
私刑处决自己的母亲及其情人，《祟》和《复仇神》反映弑母的子
女随后陷入异己力量的纠缠之中。在希腊悲剧中，俄瑞斯忒斯一路
被复仇女神追杀，直到逃往阿波罗的神殿，在日神的调解下得到了
宽恕；而现代悲剧中的人物已经失去获得救赎的途径，只能在自我
逼迫下趋于毁灭：儿子奥林无法忍受内心的自责开枪自杀，女儿莱
维妮亚则因酿成全家的惨剧自我禁闭，内在的心理创伤取代外在的
法理审判，成为摧毁人的力量。

　　《悲悼》的人物原型直接来源于希腊悲剧和神话。父亲艾斯拉
将军的原型是希腊联军主帅阿伽门农，母亲克莉斯丁则是王后克吕
泰墨斯特拉；克莉斯丁的情夫卜兰特船长是艾斯拉叔叔的私生子，
对应克吕泰墨斯特拉的情夫、阿伽门农的堂弟埃癸斯托斯；艾斯拉
和克莉斯丁的一双子女莱维妮亚和奥林，是厄勒克特拉和俄瑞斯忒
斯在现代的化身，只是两者在形象上稍有出入：古希腊悲剧中，弟
弟俄瑞斯忒斯是主要行动者，姐姐厄勒克特拉起辅助作用；《悲悼》
则颠倒过来，弟弟奥林性格软弱，受人利用，姐姐莱维妮亚则是心
狠手辣的主导者。不仅如此，奥尼尔还在孟南姐弟身上植入了由
《俄瑞斯忒斯》和《俄狄浦斯王》中引申出来的"恋父／恋母情结"。
《俄瑞斯忒亚》从悲剧性质上看属于"必然性悲剧"，主人公为父弑
母或杀父娶母的举动实为受命运操纵的无奈之举，观众、读者的反
应更倾向"怜悯"；《悲悼》则属于"或然性悲剧"，孟南姐弟有意
识地和父母进行"精神上的乱伦"，[1] 艾斯拉和克莉斯丁关系不

────────────

[1]　李昊：《论奥尼尔的〈悲悼〉与希腊悲剧〈俄瑞斯忒亚〉的审美差异》，
《西南农业大学学报》（社会科学版）2008 年第 6 期，第 156 页。

和，故将夫妻之情分别转向异性子女，莱维妮亚获悉父亲猝死真相，利用弟弟对母亲的特殊感情铲除了母亲的情人，间接报复、逼死了母亲，达到复仇的血腥目的，带给观众、读者的更多是"不适"，所以两者的审美效果截然不同。这种区别是奥尼尔有意为之，"已经触及到了现代悲剧与希腊悲剧最为关键的差异"，[1] 属于现代悲剧精神的体现，说明奥尼尔在继承古希腊悲剧文化的同时，确实完成了对古希腊命运悲剧的超越。

二、 奥尼尔悲剧内涵的"非理性"取向

在古希腊祭祀酒神狄奥尼索斯的仪式上，信徒们为庆祝酒神不死，狂饮烂醉，放浪形骸，无视一切清规戒律，任凭自然欲望宣泄。尼采遂以"酒神"概念象征人的激情迷狂状态和相关的艺术形式，由此提炼出"酒神精神"的概念，其最显著的特征就是"非理性"，这也成为尼采美学和哲学的基本属性。尼采认为："唯有作为审美现象，世界之此在才是合理的"，[2] 除此以外，世界和人生不存在任何目的和意义，所以只有艺术才能拯救人生此在的痛苦，赋予世界意义，而"艺术的进展是与阿波罗和狄奥尼索斯之二元性联系在一起的"，[3] 即一切艺术冲动皆源于日神和酒神状态。其中，"酒神"较之"日神"更加原始，"日神冲动"从属于"酒神冲动"，

---

[1] 李昊：《论奥尼尔的〈悲悼〉与希腊悲剧〈俄瑞斯忒亚〉的审美差异》，第157页。

[2] 尼采：《悲剧的诞生》，孙周兴译，第9页。

[3] 同上，第19页。

"酒神精神"较之"日神精神"更加重要，"因此，尼采就把理性从艺术这个神圣的殿堂里赶了出去。在尼采的文艺园地里，理性的根已被他彻底铲除了。"[1] 悲剧从"酒神颂歌"的合唱队产生，是"酒神状态的客观化"，其外在形式表现为日神"梦"的形象，内在实质则是酒神"醉"的冲动，所以尼采还是将悲剧归为酒神艺术。正因如此，"奥尼尔悲剧效果的基力，主要源于酒神冲动"，[2] 其悲剧内涵天生包含大量非理性的因素。

　　奥尼尔一直把尼采放在"大师的地位"，奉这位德国非理性主义哲学的代表人物为唯一的文学偶像，并在 1936 年获诺贝尔文学奖的致辞中公开称尼采为自己的"导师"。他生平阅读尼采的著作达到痴迷的程度，评价《查拉图斯特拉如是说》是所读过的书籍中对他影响最深的一本，而《悲剧的诞生》是"历来关于戏剧的最好的一本书"。奥尼尔从书中接受了尼采"非理性"的文艺观点，并运用在自己的悲剧创作中，主要表现为对现代人"生命意志"的观照；蔑视一切道德、宗教信条；肯定原始趣味；向往迷狂状态等，其作品体现的悲剧精神与尼采提出的"酒神精神"高度契合，通篇充斥着形而上的狂喜感。除了受尼采的影响，奥尼尔所处后工业时代的社会风貌和现代人的精神状态也让他对人类所谓的"理性"产生了质疑。20 世纪是目前人类文明发展史上最为极端的一百年，正如霍姆斯鲍姆（Eric Hobsbawm）形容的："它（这个世纪）为人类兴起了所能想象的最大希望，但是同时却也摧毁了所有的幻想与

---

[1]　郭昌瑜：《尼采文艺思想的反理性特征》，《内蒙古社会科学》（文史哲版）1989 年第 2 期，第 65 页。

[2]　于乐庆：《奥尼尔悲剧与尼采无意识哲学》，《外国文学研究》1992 年第 2 期，第 51 页。

理想。"[1]一方面,现代科学技术取得突破性进展,机器生产提高了商品生产效率,同时大幅拉低了价格,成熟的消费市场对产品进行有序分配,再向生产者提出新的要求,人类对物质的需求获得了前所未有的满足,对由自己一手创造的工业文明的信心极大增强,西方社会似乎距离启蒙思想家们描述的"理性王国"只有咫尺之遥;另一方面,物质生活的丰富引发了一系列的社会问题:机器和金钱崇拜取代了传统的基督教信仰,"上帝之死"引发社会传统价值体系崩塌,人类的精神家园失守,信仰危机爆发;伴随精神家园失守的,是"物"对"人"的异化,人从此失去"万物灵长"的尊严,沦为"物"的奴隶,身份危机爆发;现代人为追求经济利益尔虞我诈,国家间的利益冲突直接导致了两次规模空前的世界大战,对自然资源掠夺式的利用破坏了生态平衡,战争和灾害造成灵与肉的双重创伤,人类不得不再次面临生存危机。三大危机及其带来的一系列连锁效应同时摧毁了西方人对延续数百年的"理性"思维体系的信仰,在苏格拉底式的"科学精神"和"乐观主义"指导下建立起来的现代工业文明,非但没有像设想中那样将人类送往"天国",反而愚弄人的心智,禁锢人的自由,威胁人的生存,把现代人放逐到"荒原"之上。奥尼尔为现代人遭遇的困境痛心疾首,在尼采的指引下,转而向人类"理性"的对立面谋求出路。

奥尼尔在塑造人物形象时,尤为注重凸显其性格中"感性"的一面,他笔下的悲剧主人公或多或少存在"恋父/恋母情结""施虐/受虐癖""人格分裂""神经衰弱""暴力倾向""妄想症"等心理

---

[1] 霍布斯鲍姆:《极端的年代》,郑明萱译,南京:江苏人民出版社,2011年,第2页。

问题，行动受非理性思维的影响较多，故而显得"疯癫"。首先，奥尼尔塑造了大量非道德的悲剧人物，他们性格乖戾，行为离经叛道，无法以现实中的道德标准评判，与古典和近代悲剧中受"理智"支配的英雄人物大相径庭。《鲸油》中的肯尼船长是这一类人物的典型，他不顾捕鲸船已经困于冰海数月之久，船上食物消耗殆尽，水手合同到期预备暴动，妻子精神濒于崩溃等实际的危机，执意等待融冰后继续北上捕鲸炼油。肯尼船长如此一意孤行的目的，并非理性思维中对金钱利益的追逐，而是出于保全个人声誉的考虑，仅仅为一己虚荣便无视法律和伦理，残酷虐待水手，逼疯妻子，只身犯险，证明他早已不受理性制约，行事全凭主观意愿。其次，奥尼尔经常以大篇幅的内心独白表现某个人物的意识流动，有些悲剧完全由单个人物的独白构成。如独幕剧《早餐之前》，罗兰太太起床后喋喋不休的抱怨构成了戏剧主体，其间偶尔穿插罗兰先生细微的动静，表明他在这个家庭中长期处于"失语"状态，罗兰太太长篇累牍的独白串联起家庭生活的始末，发泄对丈夫执迷于文学创作，不能为家庭创造收入，全然依赖自己一个女人养家的不满情绪，她故意揭穿丈夫在外与爱好文学的青年女性保持"暧昧关系"的秘密，成为压倒罗兰先生的最后一根稻草，他选择悄无声息地自杀来了结现实生活的痛苦。该剧没有为"理性"因素预留空间，罗兰太太的牢骚和罗兰先生的轻生都发自人物内在的感性冲动。再次，"酒"或者能产生类似效果的事物（如吗啡）是奥尼尔的悲剧中不可或缺的关键道具，他经常描写人物进入迷狂状态后的活动，酒精及其替代品使人进行理性思辨的能力弱化，不由自主地暴露出潜意识中的"深层自我"。《毛猿》的主人公扬克刚出场时曾要求喧闹的工友们不要阻碍他"思考"，但很快就在酒精作用下放弃了，跟随其他人一起狂饮谈笑起来。他要寻求身份归属的初始动机同样不是出自理性思考，而是受到米尔德里德侮辱后从本能中爆发的复仇意志，扬克最终在失智状态下撬开兽笼，被"野物"大猩猩杀死；《进入黑夜的漫长旅程》中，蒂龙父子三人唯有醉酒后才能实现正常的交心，家庭主妇玛丽依赖毒品营造的幻觉才敢吐露真实的想法，这些必须由"醉"驱使的无意识行为毫无疑问是非理性的。

　　偏向主观化的叙事风格是奥尼尔悲剧创作的另一大特点，不同于一般的现代悲剧，奥尼尔的作品从叙事线索到叙事技巧都呈现出"向内转"的非理性指向。首先，奥尼尔会采用一种带"意识流"性质的叙事方法，情节发展受到叙述人主观态度的操纵。如《早餐之前》，悲剧的叙事没有遵循一条线性线索发展，罗兰一家的生活经历根据作者的安排发生了极度个体化的断裂，而后让牢骚满腹的罗兰太太代替作者成为全剧叙事的主体，对事件进行重组，她必然将对丈夫的不满情绪表现在叙述中，这就让作品存在一个提前设定好的情感取向。主观化的叙事一旦取代客观化的叙事，观众和读者会自然而然被引导站在叙述者的角度，谴责罗兰先生自命清高，逃避现实，对婚姻、家庭不负责任，但是结尾罗兰先生的自杀又提醒观众和读者，罗兰太太叙述的内容是否一定符合实际情况？那封信是否确如罗兰太太所说，是丈夫"另觅新欢"的佐证？罗兰先生如何欠下巨债，由一个集百万富翁的独生子、哈佛大学毕业生、诗人、全城的红人等头衔于一身的社会精英，沦为酒精中毒、神经衰弱、躲在房间怯于见人的酒徒？罗兰先生本人无法对这些问题进行解释，作者亦没有现身进行说明，观众和读者能获得的关于罗兰家的一切认识都源自其中一方"不可靠"的叙述，事实真相游走在客观和主观之间不得而知。

　　奥尼尔悲剧中的叙事结构并不固定，而是根据叙述者的主观需要进行调度，不仅场景时常依据情节进展发生跳跃，幕与幕、场与场间的时间跨度也相对自由。《上帝的儿女都有翅膀》的第一幕共分为四场，第一场与第二场间隔九年，第二场与第三场间隔五年；奥尼尔将十余年的时间压缩在一幕当中，白人艾拉和黑人吉姆的关系在此期间经历了合—分—合的过程，每一场的人物都是对上一场自己的否定，从而形成了一个较独立的分段式闭锁结构。奥尼尔作为叙述者，把白人艾拉和黑人吉姆结婚前零散的记忆片段依次填充到这个结构中相对应的位置，作为对悲剧主体部分，即二人当下婚姻、人生不幸的原因的补充，形成了类似倒叙的效果。这种环形叙事结构在长达九幕的《奇异的插曲》中也可以见到，奥尼尔将其运用到整部剧的范畴，有意安排悲剧始于父女关系又终于"父女"关系，反映出的是尼采"永恒轮回"的观点。尼娜自从遇到初恋情人戈登·肖，前后二十多年间经历了一系列的生活变故，最终伴随丈夫埃文斯逝世，情人达雷尔离去，儿子戈登·埃文斯和女友远走高飞，又回归"小姑娘"的状态，从"代理父亲"马斯登的怀中获得了安宁，"我们的人生仅仅是上帝父亲惊人手笔之中的奇异而阴郁的插曲罢了"。[1]悲剧在结尾回归了常态，打破安宁者正是归还安宁者，命运起始的谜题在命运的收场得到了解答，造成悲剧人物们人生变故的幕后主使——"欲望"随着情节进展逐渐浮现出来，并由马斯登在最后揭晓"他（马斯登自己）超越了欲望，最终拥有了

---

[1]　尤金·奥尼尔：《奥尼尔文集》第3卷，郭继德等译，第487页。

全部的好运气"。[1] 奥尼尔把人非理性的原始冲动作为衔接环形叙事结构的关键节点，配合极富主观化倾向的叙事风格，使"心理悲剧"的表现效果实现了最大化。

三、 奥尼尔的悲剧主题对"人"的关怀

西方严肃戏剧一直沿袭"人文主义"的文学传统，奥尼尔的悲剧也不例外，这种以人为本，关怀人的生存处境的人道主义精神的源头，最早可以追溯到古希腊文明。希腊文化中的"人文主义"集中体现在人—神关系和个体—城邦关系上，希腊人与诸神的关系不是内在的，而是外在的，因为人和神同形同性，神超越人无非体现在外在的智慧、技能、力量等方面，而内在精神品格上无太大差异。况且神时常和人一样不能越过命运的羁绊，因而人的价值丝毫不亚于神，这就注定了希腊的神祇无法建立起基督教上帝般的权威，希腊人也不会像中世纪的欧洲人那样臣服于神的大能。希腊人是城邦的动物，民主制度下的公民必须对城邦负责，个体的素养和能力直接与城邦的兴衰相连。城邦对培养什么样的公民提出了明确的要求，个体的人从集体中获取了自我完善的渠道和动力。"因此，希腊人文主义者全部激情的焦点在于对灵魂的塑造、对心灵的关切以及培养人的理性的高贵，以实现理性基础上的个人与自身、个人

---

[1] 尤金·奥尼尔:《奥尼尔文集》第 3 卷，第 488 页。

与城邦、个人与社会之间的和谐状态"，[1] 联系上下文，引文中所谓"理性"，指的是荷马时代"神的力量与克制"，是"一种理性精神的美"，概念上更接近尼采的"日神精神"，而与后来的"苏格拉底主义"没有关系。所以作为日神民族，希腊人的高明之处就在"给过于强大的本能套上了美的枷锁"，[2] 从这种"心灵"（酒神冲动）与"理性"（日神冲动）势均力敌的"和谐状态"之上形成了希腊人文精神，其在文学上最初的体现就是史诗和悲剧，两种叙事文学归根到底都是日神外观和酒神内容的结合体。荷马史诗侧重创造形象，充分彰显人热烈奔放的自然天性和自我约束的高贵品格，先肯定现象继而肯定意志本身；希腊悲剧则借完全无形的音乐唤起形象，通过二元冲动在"酒神合唱歌队"上的神秘统一使个体享有精神的愉悦。就此意义而言，希腊史诗和悲剧都是赞美人、愉悦人的人文主义艺术。

由希腊悲剧文化史引申出的"酒神精神"最终指向艺术对"人"的救赎。尼采认为，希腊人最先意识到锐意进取的人和阻碍他前进的力量发生冲突给生命带来的痛苦体验，所以要用审美的方式消解"个体"，让人体会到融入本体后"形而上的快感"，以此超越现实人生的悲剧性。"酒神精神"秉承古希腊文化重视"人"的传统，着眼人类的生存问题，张扬人的天性，把"人"提升到"神"的位置，本质上具有人文主义的内涵。奥尼尔目睹现代人的生存空间受物挤压，精神世界为物异化，人类文明面临被物质文明

---

　　［1］　黄伊梅：《希腊古典人文主义的内涵与特质》，《学术研究》2008 年第 12 期，第 38 页。
　　［2］　周国平：《日神和酒神：尼采的二元艺术冲动学说》，第 10 页。

颠覆的危机，转而回顾古希腊文化，寻求"时代病"的治疗方案。他学习、继承了古希腊悲剧的基本主题，并从中选取了三个比较重要的命题方向——"复仇""乱伦""追寻"进行现代叙写。同时，奥尼尔还将"酒神精神"引入现代悲剧作品中，让悲剧主人公的失败和毁灭展现出美学价值，恢复现代人身上属于"人类"的情感和尊严。奥尼尔的悲剧艺术是融合了希腊文化和现代背景、立足于"人"的艺术，他从文学角度重新发现了"人"这一命题含义的丰富性，其悲剧主题充满对人类共同命运的思考和关怀。

胡志毅的《神话与仪式：戏剧的原型阐释》从古希腊神话、悲剧中总结出三个主要的母题：复仇母题、乱伦母题、婚变母题，除此以外，追寻、死亡、自我救赎等也是其中频繁涉及的母题。[1]奥尼尔的剧作囊括了不少希腊悲剧中的常见主题，出现频率较高的主要有复仇、乱伦和追寻，基于现代悲剧精神，作家对上述三个主题囊括的内容进行了深化，集中反映当前社会环境下，个体的人在原始欲望和理性秩序间的挣扎。"复仇"是生物以自保为目的，对侵害自己的力量予以反击的自卫行为，既是"人类社会实践历程中都盛行过的一种特殊的历史文化现象，同时复仇又是以超常态的极端性方式为特征的人类自然法则的体现"，[2]从伦理角度来说，复仇行为反映出个体对自我生命意志和人格尊严的维护，是一种"野蛮的正义"。王立认为复仇情节"深植于种族集体无意识之中"，

---

[1] 胡志毅：《神话与仪式：戏剧的原型阐释》，上海：学林出版社，2001年，第60—65页。

[2] 桂萍：《论希腊神话中的复仇母题》，《重庆工学院学报》2006年第7期，第129页。

"是远古时代血族复仇遗留下的深层文化寄存",[1] 复仇由一种个体性行为上升为社会行为,甚至在一定历史语境下形成了相关的成文法和制度,自古希腊时代便以主题的形态在西方叙事文学中延续下来。

《毛猿》是经奥尼尔重写的现代版"王子复仇记"。远洋邮船上的司炉工头目扬克一直以"前进的人"自居,夸耀自己是让全世界运转的动力来源,却在一次与资本家小姐的偶遇中无故受到对方侮辱,被斥为"肮脏的畜生",扬克自觉尊严遭到践踏,又从社会改良主义者勒昂口中得知"她爸爸是个混蛋的百万富翁,一个臭资本家","我们也全都是她的奴隶",[2] 遂决心报复上流社会,讨还人格意志。"人"的身份正是在他一步步实行复仇计划的同时被解构了,扬克在复仇的道路上找不到同行者,一切可以联合的势力都选择了明哲保身。他只能孤身一人与庞大的资本主义体系,及其背后的支柱——物质文明抗衡,仿佛哈姆雷特别无选择,只能以柔弱的身躯肩负起重整乾坤的使命,与强大的奸王克劳迪斯周旋,其结局必然是走向毁灭。扬克最后主动接受了"毛猿"的身份,但并不意味着他放弃了复仇,相反,他把这一令资本家恐惧、厌弃的新身份当作复仇的新武器。尽管知道现实状况难以改变,"他们会把笼子造得更坚固一些","我们要在乐队伴奏中死去",[3] 他仍邀请真正的毛猿一起"打一次最后的漂亮仗"。扬克最后没有被人类社会的敌对势力击败,而是高呼"死也要在战斗中死去",命丧"盟友"

---

[1] 王立:《中国古代复仇文学主题》,长春:东北师范大学出版社,1998 年,第 45 页。

[2] 尤金·奥尼尔:《奥尼尔文集》第 2 卷,郭继德等译,第 433 页。

[3] 同上,第 460 页。

大猩猩之手，"毛猿"被毛猿否定了，扬克之死等同自杀，他用复仇的行动维护了人之为"人"的尊严，实现了存在的价值，人类失去的自然身份因悲剧主人公惨痛的失败得以恢复。

"乱伦"在字典中的定义是"在法律或风俗习惯不允许的情况下与近亲之间发生性关系"，[1] 表明其判断的标准需要具备一定的社会基础。与异性亲属发生性关系的行为在人类文明出现以前就存在，中外都有大量创世神话保留了父女、母子、兄妹、姐弟之间进行婚配的内容，其中典型便是希腊神话中地母盖娅与其子乌拉诺斯乱伦，生下俄林波斯第一代神祇。"乱伦禁忌"是直到人类社会发展到一定阶段，认识到近亲生殖的弊端，开始实施外婚制度后产生的，即人类天性中对于异性亲属的性欲望受到了理性规则和道德感的否定，才使"乱伦"成为日常必须避讳的话题。弗洛伊德却从对神话和儿童心理的研究中发现，这种与生俱来的性欲望并未随着文明进步被消除，而是一直压抑在人的潜意识中，他据此提出了心理学上著名的"恋父/恋母情结"，西方文学中的"乱伦"主题也由此获得了科学的支持。奥尼尔 1926 年接受了汉密尔顿博士主持的心理分析治疗，他事后对朋友麦克葛曼坦言，自己"正在遭受着俄狄浦斯情结的折磨"，[2] 在其作品中，涉及"乱伦"的主题也不止一次出现。《悲悼》是该主题的集中反映，剧情始于艾斯拉·孟南的父亲和叔父因为共同爱上一个法国女佣而关系破裂，这次不伦之恋为孟南家后代无法摆脱的命运埋下隐患。孟南夫妇感情不和，而将

---

[1] 中国社会科学院语言研究所词典编辑室编：《现代汉语词典（第 5 版）》，北京：商务印书馆，2005 年，第 895 页。

[2] Arthur Gelb and Barbara Gelb, *O'Neill*, New York: Harper & Brothers, 1960, p. 596.

这份情感分别寄托在一双儿女身上，导致父亲艾斯拉和女儿莱维妮亚，母亲克莉斯丁和儿子奥林进行了精神上的乱伦，父女、母子构成实质上的"夫妻"关系。畸形的家庭伦理氛围摧毁了孟南家的每一个人，造成艾斯拉被妻子和情人（也是堂弟）谋杀，克莉斯丁被儿女逼迫自杀，卜兰特被侄儿枪杀，奥林无法忍受"弑母"的自责饮弹自尽，莱维妮亚失去所有亲人后选择终生自闭，潜意识里无法控制的乱伦欲望造成悲剧人物精神上的极端痛苦。这种隐秘的体验必定是奥尼尔亲身感受过的，因为他承认"至高无上的自我"就是"每一篇故事的主角"。[1]作家一度为此丧失生活的信心，在1912年选择自杀来寻求解脱，未遂后便因抑郁成疾住进疗养院。休养期间，奥尼尔博览群书，并开始尝试创作戏剧，终于在艺术中找到宣泄内心积压情绪的渠道，通过"把他的（乱伦）幻想塑造成一种新的现实"而重获新生。[2]

《悲悼》中的乱伦主题尚停留在精神层面，这是多数作家对该主题叙事的底线，但奥尼尔在《榆树下的欲望》中作出了突破性举措，悲剧主人公伊本与继母爱碧基于欲望发生了实质上的乱伦关系，由此毁灭了自己的家庭和人生。伊本身上也表现出浓郁的"恋母情结"，他憎恨父亲凯伯特，同情因过度操劳早早谢世的母亲，时常独自在房间中对着母亲的"幽灵"说话，并坚持认为田庄是母亲个人的遗产，视之几乎等同母亲本身，伊本费尽心思争夺田庄继承权的行为，可能不止出于对物质利益的追求，还有"恋母情结"

---

[1] 西格蒙德·弗洛伊德：《弗洛伊德论美文选》，张唤民、陈伟奇译，北京：知识出版社，1987年，第34页。

[2] 邹惠玲：《从〈悲悼〉中奥林的形象看奥尼尔的俄狄浦斯情结观》，《四川外语学院学报》1997年第1期，第5页。

的作用。爱碧的身份是伊本的继母，原本只是他名义上的"母亲"，但当二人冰释前嫌，在停放过伊本母亲遗体的客厅中坠入爱河时，伊本亲生母亲的"灵魂"就附着到了爱碧身上。"你占了她（妈妈）的位置——在这儿，她的房间里——在这个客厅——她曾经（在这个屋子里停留过）——"，[1] 爱碧从伊本名义上的"母亲"成为了实质上的母亲，她满足了伊本对母亲的爱恋，二人关系的性质也从青年男女的相互吸引转变成母子乱伦。尼采认为，悲剧中的乱伦属于一种体现狄奥尼索斯智慧的"反自然的可怖之事"，这种"预言性的神奇力量打破了当前和将来的界限、僵固的个体化原则"。[2] 奥尼尔继承了尼采文艺观的非道德主义倾向，他的悲剧艺术不能用世俗道德的框范去衡量，乱伦行为违背社会习俗而必然要遭惩罚，伊本和爱碧的关系在对抗清教主义的隐性目标下逐渐超越受肉体和物质刺激引发的原始冲动，以致提升到了爱情的高度，因此不可避免地遭遇异己力量的围剿。伊本和爱碧犯罪的起因是"乱伦"，即尼采所谓"对自然的犯罪"，二人共同承担杀婴罪责双双下狱，等待他们的或是绞刑的判决，但是人发自本能的欲望得到"酒神智慧"认可，从清教道德的压抑下解放了出来。"乱伦"从来不是奥尼尔悲剧创作的目的，"人"的情感受到重视，"人"的灵魂获得净化才是奥尼尔期待的戏剧效果。

　　承担"追寻"的主体一定是人，人将自身对探索未知、掌握尚未掌握事物的内在渴望转化成实际行动的行为就是"追寻"。神话中阿基里斯追寻荣耀、俄狄浦斯追寻真相，戏剧中哈姆雷特追寻生

---

[1] 尤金·奥尼尔：《奥尼尔文集》第 2 卷，郭继德等译，第 600 页。
[2] 尼采：《悲剧的诞生》，孙周兴译，第 71 页。

命意义，小说中堂吉诃德追寻公平正义，都是"追寻"在艺术中的呈现，西方叙事文学很早便将"追寻"作为一个主题纳入其中。人类首先要满足生存的需求，对物质的追寻是人类最原始的动物本能，高度发达的现代文明正是人类千百年来积极追寻物质满足的成果。在此基础上，人类还存在精神上的需求，解决生存问题之后，人继而面临的就是如何更好地生存，由此产生了追寻理想、追寻归属、追寻正义、追寻自由等等动机，简而言之，人类追求精神满足的一切行动都是对"幸福"的追寻。如果人在追寻幸福的过程中受到阻碍而没有达到目的，甚至走向与目的相悖的结局，人生的悲剧性便暴露出来。西方的"现代病"就表现为人过度追寻物质满足，堕入享乐主义，漠视精神建设，欲望无限膨胀。而有限的物质无法满足无限的欲望，进而导致现代人被"物"异化，旧的价值体系崩塌，信仰危机、身份危机、生存危机相继爆发，现代人不得不在个体生命难以承受的重压下艰辛求生，以上构成了奥尼尔悲剧中"追寻主题"的基本内涵。

　　为奥尼尔赢得1920年普利策文学奖的作品《天边外》，表现的即是人对于理想和自由的追寻。罗伯特是一个理想主义者，他渴望探索外部未知的世界，年轻时树立的人生理想是"到处跑跑，不在哪一个地方扎根"。但在机缘巧合之下，他意外地与邻家姑娘露丝相恋，遂放弃已经提上日程的出海航行计划，草率地组建了家庭，片刻间的情欲冲动将他准备"追求那隐藏在天边以外的秘密"的一生禁锢在父亲的农场里。[1] 正如花瓶里不可能长出橡树，为物欲或情欲蛊惑而放弃的精神追求，将成为人在余生中无

---

[1]　尤金·奥尼尔：《奥尼尔文集》第1卷，郭继德等译，第336页。

法摆脱的精神羁绊。平淡的婚姻、稳定的家庭都没有带给罗伯特预想的幸福，他反而因为一成不变的务农生活和得不到妻子的真心，染上了严重的心理和生理疾病。罗伯特个人的痛苦进而也给妻子露丝、女儿玛丽和顶替他出海的兄长安德烈带来不幸。弥留之际，罗伯特听从内心的召唤，走出那间拘禁他一生的屋子，登上高堤眺望远方，从曾被牺牲的"天边外的秘密"中"最后得到幸福了"。个体的生命终结了，但"那不是终点，而是自由的开始"，[1] 人追寻精神自由的进程没有随之终结，而是"从农庄里解放出来"，"得到了旅行的权利"。具有"酒神气质"的罗伯特在"日神世界"里是一个彻头彻尾的失败者，靠爱情维持的幻梦并不长久，庸碌无为的生活令他"受尽了罪"，没有感受过一天的幸福，与周围环境格格不入的天性也时刻折磨着自己和亲人。但罗伯特在"酒神世界"的持续"追寻"赢得了胜利，人的意志最终穿透"死亡"的表象，荡涤了现实生活带来的痛苦体验，生命又回归到本体无限自由的境界。

《琼斯皇帝》反映的是被异化的现代人对金钱和身份的追寻。黑人逃犯琼斯流亡到一座海岛上，凭借狡猾的头脑和"银子弹"的谎言（一种愚昧的迷信）成为土著黑人们的皇帝。他刻意将自己的宫殿渲染成白色，用从白人社会学到的理论"治国"，谋划借皇帝的身份作掩护谋取经济利益，"把所有见得到的钱都搂走"，然后远走高飞去国外过富豪生活。奥尼尔赋予琼斯的行为以两点基本内涵：其一是对金钱的追寻，他出任皇帝的最主要目的就是从土人身上搜刮足够的钞票，存进外国银行供自己今后享乐；其二是身份的

---

[1] 尤金·奥尼尔：《奥尼尔文集》第1卷，第416页。

异化，他极力回避自己原始的种族身份，依照白人社会制定的规则
对自己的黑人同胞们实施高压统治，以致土人不堪忍受而发动叛
乱。在现代语境下肯定"人"的生命意义，首先需要疏导人对物质
利益的欲望，其次是恢复人对身份归属的认同。奥尼尔安排琼斯在
逃亡过程中不自觉地一件件褪下皇帝的华服，最终周身只保留一块
裹腰布，人的身体暴露在自然中，象征性地初步完成了上述流程，
但至此还远远未实现对"人"的救赎，于是，奥尼尔又在琼斯的逃
亡旅程中安插了数幕源自"种族无意识"的幻象，强化了表现效
果。外部社会施加于琼斯身上的金钱欲望和白人意识，随着"没模
样的小恐惧""杰夫玩骰子""白人狱卒鞭笞黑囚""黑奴拍卖""贩
奴船"等幻象依次出现一步步被解构，赤身裸体的琼斯最后不自觉
地融入刚果巫师祭祀鳄鱼神的仪式中，回归了黑人的种族身份。他
又通过把自我献祭给"黑色种族的神祇"找到"一种解救的办法"
（与早期的酒神祭祀仪式中以活人献祭的目的类似），救赎了在白人
语境下失声已久的黑人文化传统。表象层面的"追寻"一般以主人
公的死亡收场，琼斯追寻金钱和享乐的历程伴随叛军士兵的枪响戛
然而止，在银子弹出膛之前，他已经完成了从一个戴着"白面具"
的黑人向纯粹的黑人的身份转变。为人津津乐道的种族叙事实际仅
构成了《琼斯皇帝》的一个方面，本剧的核心内涵在物质异化
"人"的问题和"人"身份错位的问题同时得到艺术的拨乱反正，
《琼斯皇帝》的"追寻"主题遵循的仍然是对因为"物"的影响而
失去精神归属的"人"的终极关怀。

第二章　酒神气质与奥尼尔悲剧中的人物形象塑造

　　国外有人认为，奥尼尔的艺术功力主要在人物性格的刻画上。[1] 他笔下的大部分人物性情各异，又在某些方面保持了高度一致性，若效仿美国文化学者本尼迪克特（Ruth Benedict）区别北美印第安部落文化模式的标准（她通过研究这些部落的宗教祭祀等文化行为，借鉴尼采的妙语以"酒神式"和"日神式"来定义他们），可以依据这些悲剧人物的总体特征，将他们称为"酒神型"的，其生来具有狄奥尼索斯般无拘无束的天性、适情任性的浪漫、如醉如痴的迷狂、汹涌澎湃的激情、推陈出新的创造力和对自然的亲近感，即所谓"酒神气质"。从灵感来源看，这些人物多带有自传性质，性格上呈现出与奥尼尔相似的敏感、情绪化、理想主义；同时，作家还从古希腊、基督教神话中汲取原型，由弗洛伊德、荣格的心理学说，叔本华、尼采的非理性主义哲学理论中得到启发，这也决定了他塑造的人物形象总体偏"感性"，身上"满带着毁灭

---

　　[1] 参见任增强：《"女性"即"母性"：奥尼尔"母性情结"的价值取向》，《译林》（学术版）2012 年第 5 期，第 94 页。

人的理智的力量"。[1] 在奥尼尔的剧作中不乏人物进入"出神"（或者换一种说法：迷狂）状态，从中获取"顿悟"或"救赎"的桥段，多少令人联想到狄奥尼索斯神话和与之相关的祭祀秘仪。

从创作意图来看，奥尼尔的悲剧人物是指向现实的，他们并非个体，而是具有普遍性的现代西方人的化身，这决定了其作品表现的对象必须兼顾社会各个阶层，是"群像式"的悲剧主人公。奥尼尔根据美国戏剧改革运动的实际需要圈定了自己的人物范围，他主要接纳了最熟悉的社会底层人群和美国文学尤其重视的女性群体作为自己的悲剧主人公。这样，"群像式"悲剧主人公与传统的"个体式"悲剧主人公的对立，形成了对美国商业剧中理想化的"个人英雄"的解构，消除了观众与艺术形象的隔阂；"群体"意味着否认"个体化原则"，是向人类生命"同一性"的回归；主角能代表群体的范围越广，其社会影响力也会随之增加，演出就能给更多观众带来震撼心灵的体验，"艺术救赎"的覆盖面才有保障。

第一节　奥尼尔悲剧中的社会底层人物群像

受家庭出身、生活经历等主观因素影响，奥尼尔不可避免会对几个特定社会群体给予更多关注，除了部分取材于历史或神话传说的作品，奥尼尔悲剧里绝大多数都是处在社会边缘的底层人物。他们内心孤寂，从事机械且繁重的工作，饱受来自社会的异己力量捉弄，奋力建构又不断被否定自己的身份和价值，终于在同自然、社

---

[1]　露斯·本尼迪克特：《文化模式》，王炜等译，北京：生活·读书·新知三联书店，1988 年，第 167 页。

会等外部势力的冲突中，在内心世界受压抑情感的猛烈迸发中毁灭了自我，近似于原始悲剧主人公的所作所为。尤其到创作晚期，奥尼尔的艺术手法已经炉火纯青，经过他的书写获得美学价值的社会边缘群体，极大增强了晚期悲剧的艺术感染力，再次引发西方戏剧界的轰动。奥尼尔敢于将自身潜意识里的情感冲动通过舞台上这些底层人物形象宣泄出来，无论是船上、田间艰辛谋生的劳动者，还是下等酒馆里混沌度日的酒徒，身上都具有尼采所描述的"狄奥尼索斯气质"。

一、 奥尼尔的"萨蒂尔"们

希腊神话中的"萨蒂尔"（Satyrs）是一类半人半羊形象的山林田野之神，他们集兽性与神性于一身，性欲旺盛，行为疯癫，代表着原始自然和田园牧歌情调，经常和牧神潘（Pan）混同起来。"萨蒂尔"是狄奥尼索斯忠实的随从，希腊文悲剧"Tragoidia"的字面意思即"山羊之歌"，指的就是由这群半人半羊的小神组成的歌队在祭祀狄奥尼索斯的仪式上合唱的酒神颂。因此，尼采才称"悲剧产生于（萨蒂尔）合唱歌队"。[1]"萨蒂尔"们经音乐的作用陷入"迷狂"，忘却自身，感受到狄奥尼索斯的存在，"狄奥尼索斯的智慧由萨蒂尔之口道出"；[2]而当他们从"迷狂状态"中清醒，便又恢复了自己现实中的身份。如果说"酒神"是一切悲剧的主人公，

---

[1] 尼采：《悲剧的诞生》，孙周兴译，第58页。
[2] 同上，第58页。

"萨蒂尔合唱歌队"便是悲剧本身。

据亚里士多德的定义，悲剧的主人公应该是"比我们优越的人物"，且是"行动中的人"，[1] 悲剧只宜摹仿"高贵者"的受难，引起观众的怜悯和恐惧，从而获得最佳的表现效果。文艺复兴后，"人本主义"思潮风靡欧洲，文学作品把关注的对象重新转移到"人"身上，这一时期的悲剧主人公形象基本沿袭古希腊的设定，地位显赫、品行高尚的正面人物依然在舞台上长盛不衰，但就具体作品而言，也曾出现过一些特殊案例，比如莎士比亚塑造的麦克白、李尔王等，这些人物不能简单以"正面人物""反面人物"的单一标准划分。到了古典主义时期，大部分悲剧理论依然走"崇古"路线，但有少数作品已经开始把普通人吸纳进悲剧主人公的队伍，高乃依是为这一派的代表，他提倡以平民入戏的进步观点直接影响了后来悲剧中人物形象的设置。

18 世纪，莱辛创立"新市民剧"，作为古典主义的叛逆者，他有意反其道而行，选择市民阶层做悲剧的主角，引发西方悲剧人物形象理论史上的一次变革。19 世纪的悲剧中，人物构成更加多元，无论是市民阶层还是王侯将相，都能在悲剧舞台上占有一席之地，别林斯基总结："悲剧的对象便是具有一切复杂因素的生活。"[2]进入 20 世纪，西方迎来现代主义思潮的反传统转向，要求文学更加注重"内观"，古典时代的"英雄"和"神"从悲剧中隐退，取而代之的是"一种普通人的悲剧"。艾瑞克·本特利（Eric Bentley）说："中世纪世俗与文艺复兴个人主义这一大的历史对立构成了伊

[1] 亚里士多德、贺拉斯：《诗学·诗艺》，杨周翰、罗念生译，第 7 页。
[2] 别林斯基：《诗的分类》，伍蠡甫编：《西方文论选》下册，上海：上海译文出版社，1979 年，第 383 页。

利莎白时期悲剧的基础，社会组织与现代个人主义这一大的历史对立则构成现代悲剧的基础"，[1] 这一历史性转折为现代悲剧的诞生创造了理论和实践的条件。

现代悲剧中以普通人物取代英雄人物成为主人公是大势所趋，其中自然也包含基数庞大的社会底层人士。"底层"（subaltern）这个词汇最早出现在意大利左翼思想家安东尼奥·葛兰西（Antonio Gramsci）的《狱中札记》中，指的是前资本主义社会结构中的产业无产者。美国文学理论家斯皮瓦克（Gayatri C. Spivak）认为，底层人群是被边缘化的、无法表达自己的社会群体，他们"不能说话"。[2] 正因如此，早期的现代悲剧对底层人物的表现尚显不足，"现代戏剧之父"斯特林堡和易卜生笔下的悲剧主人公，大部分仍属于中产家庭，如《玩偶之家》里的娜拉和《朱莉小姐》里的鲍德温太太（朱莉）。[3] 作为后起之秀的奥尼尔则近乎颠覆了传统的悲剧人物设定，他把以往受剧作家轻视的社会底层人物的生活纳入自己作品表现的范畴，让底层日常从事的那些不值一提的琐事乃至造成不良影响的"坏事"取代目标明确的严肃行动登上舞台，展现西方传统的基督教价值观崩塌后"人"的异化和个体与社会、自然的对立。这一改动看似与希腊悲剧的人物设定出入较大，实质上部分还原了"萨蒂尔合唱歌队"在原始悲剧中的功能。

奥尼尔塑造的底层悲剧人物，与神话角色"萨蒂尔"们存在诸

---

[1] Eric Bentley, *The playwright as Thinker*: *A Study of Drama in Modern Times*, New York: Harcourt, Brace and World Inc., 1967, p. 34.

[2] 佳亚特里·斯皮瓦克：《从解构到全球化批判：斯皮瓦克读本》，陈永国等译，北京：北京大学出版社，2007年，第128页。

[3] 参见陈兴：《奥尼尔戏剧艺术的北欧渊源》，《四川戏剧》2019年第4期，第45—46页。

多相似之处。他们虽是现代人，身上却充满野性气息，往往嗜酒如命，情绪极易冲动，行为略无忌惮，一旦借机进入"迷狂"便开始阐述生命"牢不可破，强大而快乐"的道理。这类悲剧主人公的产生与奥尼尔的生平经历和所处的时代背景不无关系。1888 年 10 月 16 日，奥尼尔出生在美国纽约州一个信仰天主教的爱尔兰移民家庭，当时，外来移民备受本土盎格鲁-撒克逊人的歧视。其父詹姆斯是一个靠扮演"基督山伯爵"出名的职业演员，而"戏子"在卫礼公会天主教徒看来是低贱的，"剧院"更是滋生罪恶之所；其母原出身中产阶级家庭，下嫁后与亲友断绝了联系，因难产时过量使用吗啡产生了药物依赖，无法再被"有身份的群体"接纳。[1]在兄长的蓄意误导下，奥尼尔不到十五岁时便染上酗酒的习惯，此后近三十年间，除到洪都拉斯探险和因疟疾暂住疗养院期间，他把大部分时光消磨在"地狱洞"酒吧，日夜同形形色色的社会底层人士和饱受种族歧视的爱尔兰人狂饮厮混。1913 年肺结核病痊愈后，他又先后在一艘前往布宜诺斯艾利斯的三桅帆船和另一艘英国不定期客轮上当水手谋生，[2]度过了人生中最为潦倒的几年。以上经历让奥尼尔得以亲眼目睹西方社会存在的复杂矛盾和现代人的心理状态，了解到现实生活的无比荒诞，为以后的悲剧创作提供了第一手的素材，也成为他热衷描写社会底层人员的生活经历、心理状态的主要动机。

　　奥尼尔认为，戏剧"给观众一个机会"，让他们"好好见识一

---

　　[1]　卫岭：《奥尼尔戏剧的文化叙事》，镇江：江苏大学出版社，2017 年，第 13 页。

　　[2]　同上，第 15 页。

下社会底层人们的生活，领略一下他们的负担、痛苦和低劣条件。"[1] 在作家生活的环境下，水手、农夫、工人以及酒徒，是他日常接触最密切（甚至就是他本身）、也最符合"底层"定义的社会群体。因此，这几类人物形象频繁出现在奥尼尔各创作阶段的作品中，且身份时常互相重叠。奥尼尔有意对他们个性化的一面进行了模糊处理，使每个对应以上身份的具体人物都显现出极大的相似性：尽管出身、经历有细微差别，但他们无不深陷无路可走的境遇，渴望得救却一筹莫展，人生失去意义，人自然也与"崇高"脱离了干系，只能日夜纵情狂饮，沉湎醉乡聊以自娱。奥尼尔让他的每位悲剧主人公都能独当一面，代表对应的社会群体"说话"，他们或因受教育程度有限而显得"理性不足"，或因生存环境恶劣、个性难以伸张而"目无法纪"，在新的上帝出现前，反倒是这群"萨蒂尔"们最先醒悟，拒绝与"物"和"物质文明"继续合作，他们在现实中走投无路，唯有醉生梦死、放浪形骸，他们身上散发着狄奥尼索斯的气质，映射出现代西方人整体的生存窘况。

二、 酒神气质在"水手"形象上的反映

19 世纪，西方发达的捕鲸业、航海运输业催生了数量庞大的水手群体，他们通常来历复杂、社会地位低下，终年在海上从事危险而艰苦的体力劳动，可以说这一群体身上汇集了属于"底层人"的

---

[1] 尤金·奥尼尔：《奥尼尔文集》第 6 卷，郭继德等译，第 228 页。

大部分特征。同为美国作家的麦尔维尔在《白鲸》的开头写到："几年前——别管它究竟是多少年——我的荷包里只有一点点、也可以说是没有钱，岸上也没有什么教我特别留恋的事情，我想我还是出去航行一番。"[1] 这是当时绝大多数水手真实生存境况的写照。受多年海上工作经历的影响，奥尼尔塑造的水手形象主要集中在以"格伦凯恩号"组剧为代表的前期剧作中。"格伦凯恩号"组剧完全以水手们的海上生活为题材，包括《东航卡迪夫》（1916）《在交战区》（1917）《归途迢迢》（1917）《加勒比群岛之月》（1918）四部，反映底层水手艰辛乏味的谋生日常和他们为实现理想进行的抗争。通过一系列主题不同但彼此关联的独幕剧对水手群体的行为、心理进行极其细腻的演绎，这种创作风格在美国戏剧史上实属首创，尽管奥尼尔本人对这些作品的评价不高，但在当时确为初出茅庐的作家赢得了声誉。

"格伦凯恩号"组剧共同的悲剧性体现在，每一个试图掌握自我命运的水手，都注定在与某种神秘异己力量的生死较量中一败涂地，这种异己力量被奥尼尔具象化为"海洋"。海洋把来自社会底层的悲剧人物们限定在一个迥异于陆上"文明世界"的封闭空间，在由其带来的关乎存亡的考验中，水手们必须"通过生存的一般界限和限制的湮灭来追求这样（生存）的价值"。[2] 他们并非在来自陆上文明的"理性"指导下有目的地完成这一过程，而是在强烈的生命意志下化身酒神型人物，进入"醉"的状态"寻求在他最有价

---

[1] 赫尔曼·麦尔维尔：《白鲸》，曹庸译，上海：上海译文出版社，2007年，第1页。

[2] 露斯·本尼迪克特：《文化模式》，王炜等译，第80页。

值的一刻得以摆脱五官所强加给自己的界限，突入另一种经验秩序"。[1]《东航卡迪夫》在下午 6 点到 8 点的值班时间即将结束之际拉开序幕，工作以外的时间可以由个人支配，这样的时间安排方便展示水手们最自然的想法和行为，一群人拥挤在船舱中说故事、互相打趣、抱怨船长，旁边的铺位上躺着失足摔成重伤的扬克，因为缺少相应的医疗条件，他只能卧床等待死亡，这幅场景对"理性"的人们来说是残酷且荒诞的，水手们却似乎习以为常。而后，德里斯科尔开始安抚垂死的扬克，扬克对着共事多年的伙伴诅咒海上生活，倾吐了想在陆地上安家的愿望后不治身亡，弥留之际见到了"一个穿黑衣服的漂亮女人"。扬克在临近死亡的重要时刻，突然出现看似和剧情关联不大的幻觉，作家如此安排有其深意，这名"黑衣女性"实际上是扬克潜意识的外化。评论家博加德（Travis Bogard）认为这名黑衣女性是奥尼尔剧作中出现的首位母性形象，加上扬克曾在对话中一再强调希望葬在陆地而非海中，有充分的理由相信，"她"就是给漂泊的水手们带来希望的"大地母亲"——"陆地"的拟人化形象。扬克在同"死神"和"海神"的角力中毫无胜算，"日神"也已经抛弃了他，个体的败亡是必然的，生命意志却在搏击风浪，追思故土的过程中释放，得到了"酒神"许给的无限自由。

《归途迢迢》讲述攒够了本钱预备回乡置办农场的年轻水手奥尔森，动身之前在伦敦的一家地下酒吧中被人灌醉下药，不仅失去了两年的工资，而且被拐卖上"所有海船里最孬的船"——"阿明德娜号"，回归陆地的一切努力皆成泡影，等待他的是危机四伏的

---

[1] 露斯·本尼迪克特：《文化模式》，第 80 页。

未来。在这部剧中，奥尔森极力摆脱的大海和渴望回归的陆地联合对水手进行迫害，凶险的海洋令水手一生漂泊，吃尽苦头；邪恶的陆地则设下圈套摧毁水手赖以为生的希望，让辗转于二者之间寻求"救赎"的"人"受尽了"夹板罪"。奥尔森看似因酒误事，实则借杯中之物换取个体生命难以承受的重压之下的短暂慰藉，唯有"酒神"营造的"醉境"支撑起他追求理想生活和命运自主的信念。正因如此，尽管奥尔森找出种种借口极力推拒，他也不可能真正戒酒，"借酒浇愁愁更愁"形成了一个让人无法逃离其中的死循环。奥尔森太过年轻，尚未领悟生活中痛苦体验的根源，仍寄希望于"理性"的人会懂得怜悯，他还将滞留在这个循环中继续奋争，直到"个体化原则"被彻底打破。

《在交战区》写于 1917 年，彼时美国正式向轴心国宣战，紧张的战争气氛弥漫在整部作品中。神经高度紧张的水手们因为一次不经意的发现就判定史密蒂是德国间谍，并私下策划了一场"锄奸"行动，最后真相大白，盒子里保存的是情人的信件而非预料中的炸药，众人自讨没趣，留下本已经因为失恋而情绪低落，又无端遭到一番羞辱的史密蒂独自一人在甲板上。水手个人的不幸被战争的势态扩大了数倍，美好的感情受到了战争的玷污，上升成为人类的苦难。被同伴控制住的史密蒂疯狂地想要阻止别人打开盒子但终归徒劳，亦如挣扎着追求理性目标的人类不可避免地走向失智的疯癫，奥尼尔最终想要表现的远不止战争的危害，而是"感性"遭到"理性"碾压对现代人精神的伤害。

《加勒比群岛之月》较之其它三部，氛围略微轻快一些，但岸上土著黑人举办丧仪时哀怨的歌声自始至终回荡在水面上，伴随着水手们狂饮，同妓女胡闹，发生打斗，直到最后偷运酒水到船上的女商贩贝娜被大副驱逐，一切又归于平静。"酒神"带来片刻的狂欢，使青年水手们短暂地忘却现实生活中的痛苦体验，他们与妓女嬉闹，尽情宣泄原始冲动，但随着大副出现，理性秩序被恢复了，每个人重又陷入那歌声引起的无尽忧郁当中。表象世界中，"酒神冲动"长期被"日神冲动"限制，为了更好地凸显这一点，奥尼尔有意设置了"老汤姆"这个角色。只有老汤姆在面对黑人歌声的时候置身事外，这和他信奉不瞻前顾后、只注重眼前生活的处世哲学有关，他说："我从来不曾让回忆过分打扰我"，"并不是我从没碰过不幸的事情，而是我能把这些东西从脑瓜儿里赶出去，并且把它忘掉。"[1]老汤姆固执地坚守"奴隶的明朗"，[2]信奉"肤浅的乐观主义"，他的生命意志已经极度衰弱，成了狄奥尼索斯的弃子，因而没有受到船上秩序崩溃和恢复的影响，同"酒神型"的年轻水手们形成了对照。尼采认为悲剧从"音乐精神"中诞生，音乐是最纯粹的酒神艺术，而奥尼尔安排全剧在原始宗教奏响的哀歌中进行，是在向原始悲剧，乃至其前身"酒神仪式"致敬，这样看来，活跃在甲板上的每一个狂欢者都被赋予了新的神话身份。

西方文明主要发源于地中海地区，得天独厚的水文条件有利于通过水路开展商业贸易和殖民活动，很早便催生了成熟的航海技术和以此谋生的社会群体；探索可能隐藏在海洋尽头的"黄金国度"，攫取巨额财富的幻想，为历代西方人出海冒险提供了源源不断的动力，西谚"a tide taken at the flood leads on to futune.（试译为：若得搴舟中流，便可功成名就）"最能反映他们对航海事业的热情。因

---

[1] 尤金·奥尼尔：《奥尼尔文集》第 1 卷，郭继德等译，第 297 页。
[2] 尼采：《悲剧的诞生》，孙周兴译，第 85 页。

此，作为航海业支柱的水手们，代表着海洋民族乐观、自信的性格和开放、竞争的文化特征，常以勇敢、坚忍、机智、浪漫的形象活跃在西方作家创作的文学作品中。奥尼尔的时代，水手群体大多数是年轻力壮的体力劳动者。由于当时平民能够接受较高水平教育的机会非常有限，这群来自不同种族、信仰、家庭的人极少受到社会传统价值观念和理性思维方式的约束，而更倾向遵循本能引发的感情冲动行事，偏爱参照经验遗留的感性记忆解决问题。远洋海轮上远离陆地和人群的封闭环境，使他们长期置身文明世界的"化外之地"，每日的劳作使他们不得不同自然保持密切的联系。这些客观因素强化了水手群体激情饱满、百折不挠的总体性格特征，使他们明显区别于那些落入"日神精神"营造的幻觉和"苏格拉底主义"窠臼，变得迂腐、狡诈的"陆地人"，成为酒神的"选民"，自觉肩负起抵抗现代文明持续异化人类精神的重任。奥尼尔在塑造这些"扬克""奥尔森""史密斯"的时候，没有因为自己曾是其中一员而回避他们身上普遍存在的陋习，甚至有时故意借助这些缺点制造转折，但这般处理并未引起观众和读者的反感，特别在他们身陷险境，仍坚持以自我的方式同强大的外部神秘力量相抗衡，企图在"迷狂"的漩涡中摧毁一切，主导自身命运的时候，尼采所称的那种源自本体的生命意志表现得淋漓尽致，这便是奥尼尔所塑造的水手形象身上浓郁酒神气质的来由。奥尼尔着意让这群朴素的开拓者们在狄奥尼索斯的注视之下抛弃"个体化原则"的桨，重挂希腊先辈们的风帆，从"摩耶"之海超脱出去，为人类精神开辟新的栖身之地。

三、 酒神气质在"农夫""工人"形象上的反映

农业和工业是现代国家建立的基石，也是决定人类文明能否继续存在和延续的关键。美国这般体量的西方发达国家为了确保自身国际地位稳固和战略目的之实现，必须以超出世界绝大多数国家的工业、农业实力作为保障，其国内存在足够数量依靠出卖劳动力来换取必要的生活资料的农夫、工人群体，这些生活在最底层的人物实际上是维持美国社会、经济平稳运行、发展的关键支柱之一。但是，由于资本主义体制存在固有的矛盾，大量社会财富掌握在上层社会手中，为生产这些资料输出劳动力的农民、工人们反而要为此承担更大的风险。尤其进入现代以后，高度发达的物质文明进一步拉开西方社会各阶层的差距，农夫、工人的工作、生活条件没有随生产力提高得到改善，反而被剥削得更加严重。创造物质者最终沦为了物质的奴隶，一般无二的"人"被依据资产的多寡划分成对立的阵营，他们的处境被奥尼尔敏锐地把握并反映在作品中，控诉西方文明的繁荣是以现代人精神的空虚和人性的堕落为代价的。一些西方左翼批评家却曲解其意图，攻击奥尼尔丑化劳动者，是"资产阶级作家"，这一评价是不公允的，其中期的悲剧作品《榆树下的欲望》和《毛猿》是反驳该说法的有力佐证。

《榆树下的欲望》写于1924年，正值美国经济大繁荣，物质主义大行其道的时代。全剧围绕"欲望"主题展开，主要表现了信奉清教主义的新英格兰农场主凯伯特与其儿子伊本、后妻爱碧三人间错综复杂的利益纠纷和伦理关系。青年农夫伊本刚出场时就不是一个本分的庄稼人，他似乎有些特别的浪漫情调，情不自禁地赞叹着

落日带来的美感，奥尼尔形容伊本"像一头被困的野兽"，"每天对他都是一个牢笼，他发现自己被困在里面，却又不甘屈服"。[1]原因在于其父凯伯特恪守清教徒的教条（教会的实践是敌视生命的），[2]常年以专制家长的姿态强迫儿子们为他干活却不肯给予报酬；加之伊本的母亲嫁给凯伯特后，因丈夫待人苛刻，过分操劳而早早辞世，使伊本对父亲怨恨有加，以至"但愿他早死"。[3]伊本与父亲的纠纷并不仅限于表面上的感情不和，矛盾背后实则隐藏着经济利益上的冲突：对田庄继承权的争夺。伊本固执地认为田庄是母亲留下的遗产，只有他才是唯一合法的继承人，正是这种思想促使他盗取了凯伯特的钱财，说服两个异母兄长远走加利福尼亚淘金，以便排挤掉潜在的竞争者。而凯伯特是绝对不允许儿子威胁自己的地位和利益的，于是迎娶了第三任妻子爱碧，这一行动无疑增加了伊本的忧虑，田庄代表的物质财富和父亲象征的传统观念构成了束缚伊本的囚笼。伊本起初将野心勃勃的继母视作头号仇敌，她对田庄的一切都充满了占有欲，与怀有同样想法的伊本的交锋是不可避免的。经过短暂的针锋相对后，她身上那种"骚动、野性和不顾一切的气质"发挥了奇异的作用，爱碧和伊本确实是同类型的人，他们都不敬权威的上帝，追求感官刺激和享乐，心灵容易受强烈的情绪驱使而变得疯狂，而这些都是构成"酒神气质"的要素。双方的关系由于本能的性冲动发生了微妙的转变，起初伊本尚且出于利益考量和道德羁绊逡巡不前，但随着他身上占有母亲、报复父亲的"俄狄浦斯情结"在爱碧的情感攻势下得到满足，二人终于发

---

[1]　尤金·奥尼尔：《奥尼尔文集》第2卷，郭继德等译，第558页。
[2]　参见尼采：《偶像的黄昏》，李超杰译，第28页。
[3]　同[1]，第561页。

生了"不伦"之恋。首先是在伊本的房间，爱碧被继子所接受；继而在停放过伊本母亲遗体的客厅（伊本一直认为母亲的灵魂还停留在那里，爱碧初次进入时也"暗中好像觉得有什么东西"，这间屋子代表着"母亲"身份，爱碧在这里完成了与伊本生母合二为一的"仪式"，儿子"进入"了母亲，二人至此实现了真正意义上的乱伦），[1] 伊本和爱碧在狂热情欲和对凯伯特仇恨情绪的驱使下走到了一起，互相占有了对方。《榆树下的欲望》前两幕向观众和读者展示了人类原始的生命冲动（性欲望）是怎样复苏并预备向一个存在信仰危机和物质崇拜的社会采取报复行动的，为悲剧在最后一幕达到高潮积蓄着力量，因而奥尼尔有意将氛围营造得极其压抑。

尼采说："感性的升华叫做爱：它是对基督教的伟大胜利"。[2] 伊本与爱碧的感情急剧升温，他们的儿子诞生了，只有被清教思想"阉割"了的凯伯特被蒙在鼓里，[3] 从而引发了更激烈的冲突。凯伯特为了打压儿子，诈称爱碧早已计划把伊本赶走，所以故意让他放松警惕，而自己已决定要将田庄全部留给爱碧和婴儿，"一根木头一块石头都没有你的份"。[4] 凯伯特的谎言极大刺激了以为胜券在握的伊本，感情受欺骗的屈辱和占有田庄的欲望使他如奥赛罗一样丧失了理智，重新燃起对爱碧的仇恨，甚至疯狂到"想要杀死她"，[5] 并决意步两位兄长后尘远走加利福尼亚。伊本突如其来的

---

[1] 参见吾文泉：《欲望的幻灭——从〈榆树下的欲望〉到〈欲望号街车〉》，郭继德主编：《尤金·奥尼尔戏剧研究论文集》，上海：上海外语教育出版社，2006年，第97页。

[2] 尼采：《偶像的黄昏》，李超杰译，第28页。

[3] 同上，第27—28页。

[4] 尤金·奥尼尔：《奥尼尔文集》第2卷，郭继德等译，北京：人民文学出版社，2006年，第611页。

[5] 同上，第612页。

态度转变令爱碧心碎不已，她也同时陷入不择手段阻止爱人离开自己的疯狂之中，如希腊神话中的美狄亚一样亲手杀死了自己的儿子，以证明自己爱伊本"胜过世上的一切"。[1] 爱碧残忍的行为激起了伊本强烈的反感，他在第三场的结尾一边高唱"加利福尼亚"的歌，一边冲向警察局告发这桩谋杀的罪行。爱碧在痛失一切后终于向凯伯特摊牌，冷静下来的伊本为自己的冲动懊悔并求得了爱碧的宽恕，但此刻，一切都已经无法挽回。伊本向警长坦白自己对该案也负有责任，二人手挽手被带走，临行前没有向上帝祷告，而是虔诚称颂日出的自然之美。《榆树下的欲望》的两位主角都是"酒神型"的人物，伊本和爱碧起初都受到"苏格拉底式"理性引诱，视占有田庄财产为终极目标，用畸形的情欲控制对方。他们强烈的激情和生命意志却因此得到宣泄，逐渐超越了对物质的欲望，也突破了理性思维的审慎，而用禁忌的"乱伦"方式反叛凯伯特一手建构的清教徒式家庭秩序和伦理道德。当反叛遇到阻力时，他们又在迷狂状态中彻底破坏了阻力的来源——"个体化原则"，表现为爱碧弑婴、伊本自首，猛烈的激情支配着悲剧人物不计后果的行为，致使事态失去控制，最终彻底毁灭了田庄。戏剧结尾，田庄里每个人的欲望和为此耗费的心机都落空了，但伊本和爱碧却沉浸在酒神赐予的纯洁爱情中，无视理性秩序即将宣判的死亡，表明他们曾被欲望扭曲的人性获得了净化，认识到"死亡"只是表象；脱离个体化状态的二人从此摆脱外物摆布，意味着生命可以遵从内心真实意愿自由地驰骋，人类精神活动的空间得到了拓展，这些都是"爱情"的胜利，也是"酒神"的胜利。

---

[1]　尤金·奥尼尔：《奥尼尔文集》第 2 卷，第 616 页。

《毛猿》是奥尼尔晚年自认为"最好的一部戏".[1] 主人公扬克是一艘远洋邮轮上的司炉工,他和农夫伊本一样,是一个"关在笼子里的野兽"。钢铁构成一个压抑的空间,这些生了一幅"旧石器时代中期尼安德特人"面孔的"文明的白色民族"工人们,夜以继日在充斥着煤灰和高温的底舱内用血肉给机器当齿轮。工业和资本维持的"理性"秩序,在赋予这些底层工人"现代文明人"身份的同时,也塑造了他们"野兽般"的形貌和性情。"主人"还是"奴隶"?"人"还是"兽"?对身份认同的障碍扎根在每个工人的心中,最终全部集中反映在工人群体的头目——扬克身上。实际上不论是"罗伯特·史密斯"(扬克的真名)还是"扬克"(意为美国佬),对这个群体而言都只是一个毫无意义的符号,仅仅"代表着一种自我表现、他们身份的最后评价和他们的最高度发展的个性"。[2]

悲剧在工人们的狂饮和祝酒歌中开场,扬克却在一片喧哗中不合时宜地进行"思考"。他思考的内容不得而知,也许正是上文提及的问题,但扬克或者说他所代表的群体本身所具有的那种与文明对立的特性,注定他不是能够承载理性思考的主体,所以扬克的思考是无法得出任何结论的。尤其当他原本的认知遭到上流社会的米尔德里德小姐否定后,扬克陷入了极大的屈辱和愤懑,他在强烈的复仇情绪推动下积极实施了相关行动,以期确认自己的身份归属,反驳米尔德里德下的定义,同时实现自身的生存价值。不幸的是,

---

[1]　Louis Sheaffer, *O'Neill*: *Son and Artist*, Boston: Little Brown & Company, 1973, p. 579.

[2]　尤金·奥尼尔:《奥尼尔文集》第 2 卷,郭继德等译,第 410 页。

已经高度工业化（工业化程度往往成为衡量文明与否的标准）的（西方）人类社会断然不肯接纳扬克这样带着"毛猿"特征的人，他先后在纽约五马路富人区、布莱克韦尔岛监狱、世界产联分会办公室等地碰壁，打破"笼子"的努力反而强化了"笼子"的约束力，寻求认同的行动指向了相反的结果。逐渐陷入迷狂的扬克最终放弃在人类社会的努力，来到现代都市中野性尚存的角落——动物园，认猴房中的大猩猩为"兄弟"和"盟友"，并撬开铁笼的锁，邀请这头真正的野兽一起"打一次最后的漂亮仗"。在大猩猩致命的搂抱下，扬克筋断骨折，被丢进铁笼子里，"像一堆肉，瘫在地板上，死去"，断气前自嘲为"唯一地道的野毛猿"。[1] 他在"日神世界"反叛人类文明，在"苏格拉底主义"宰制下重返原始野性的企图也遭到彻底失败。

　　用奥尼尔的原话讲，扬克的悲剧性在于"人已经失去原先与大自然的和谐，当人作为动物时，本来存在这种和谐，但迄今还未能在精神上获得它。由于既不能在地上又不能从天上找到这种和谐，于是他就停留在中间，想和双方都相安无事，却'从两方面受尽了夹板罪'"。[2] 简而言之，又要回归最初提及的那个问题，即人类作为自然界生物的本质属性和人类凭理性自封的"万物灵长"身份之间的矛盾。人从自然的动物界中脱离出来，创世之初的平衡被打破；人类社会的发展是以征服、利用自然为代价的，物质愈丰富，社会阶层差距愈大，人与自然的罅隙愈深，精

---

　　[1]　尤金·奥尼尔：《奥尼尔文集》第 2 卷，郭继德等译，第 461 页。
　　[2]　中国社会科学院外国文学研究所编：《外国现代剧作家论剧作》，北京：中国社会科学出版社，1982 年，转引自刘永杰：《精神困惑的叩问与生命意义的探寻——〈毛猿〉精神生态的灵魂叙事》，《外国语言文学》2009 年第 1 期，第 50 页。

神愈空虚，致使扬克和他的工友们成了一群被现代文明排斥在外的"野兽"。他们不屑于"日神精神"提供的那种文雅、节制的生活方式，源自天性的"感性冲动"常常漫过"理性"的堤防，经过剧作家艺术化处理，获得了"酒神"的眷顾。扬克身上的"酒神气质"主要体现在他对社会现状感到不满，并果断采取措施重新确认"我是谁"，即使四处碰壁也要追究到底，至死方休。"强悍的原始生命力是这种气质的动力源泉，非理性的迷狂是激情的外化形态，而个性自由则是它寻求达到的生存价值"，[1]扬克原先并不突出的个性，在脱离早期依靠酒精作用达到的暂时性迷狂状态后得以张扬，使他进入了一种更具原始宗教意味的癫狂，或称"醉境"。外界对其误解越深、压抑越重，其反抗和追求便越激烈，以致要放弃人类身份，去同真正的野兽结盟，以肉体毁灭作为代价完成向生命本体的回归。

四、 酒神气质在"酒徒"形象上的反映

奥尼尔未成年时便染上酒瘾，早年更是因为生活不如意，长期混迹低等酒馆，同聚集在那里三教九流的社会边缘群体纵情狂饮，所以他笔下那些挣扎在社会底层的悲剧人物，无论现在的职业和过往的经历，绝大部分都是嗜酒如命的"酒徒"。20世纪的西方社会，上帝死后留下的精神真空和工业文明划分的阶层鸿沟使这些底

[1] 吴品云：《论繁漪性格中的酒神文化气质》，《福建师范大学学报》（哲学社会科学版）1995年第2期，第43页。

层人物对"活着"十分迷惘，也对死亡本能地感到恐惧。他们首先察觉到现代社会存在的无意义，[1] 进而产生强烈的绝望情绪，由于无法再向传统的基督教价值体系寻求出路，他们只能依靠自己摸索解脱苦难之道，于是纷纷躲进"白日梦"中苟延残喘，凭借酒精造成的幻觉串联起过去、现在和将来。尼采曾概括过这类"狄奥尼索斯式的人"的特征：他们因为"一度真正地洞察过事物的本质"，认识到"行动丝毫不能改变事物的永恒本质"，从而"厌恶行动"。[2] 酒徒和"酒神"的关系不言自明，他们在阿波罗建构的世界四处碰壁，无路可走，于是心甘情愿地皈依狄奥尼索斯，以便短暂进入"迷狂"状态体验生命本体的无穷欢乐，从片刻感官享受中领悟"形而上的慰藉"，获得继续与"现象"对抗的勇气。奥尼尔发表于 1946 年的悲剧《送冰的人来了》是集中反映上述状况的一部力作，从文本来看，《送冰的人来了》准确表现出现代西方人失去精神家园后所处的"荒原"状态；从更深层的创作意图来看，该剧表明了奥尼尔放弃基督教（天主教）信仰后，在尼采非理性主义哲学的影响下对"酒神精神"展开的追求。

这部四幕悲剧的情节全部发生在哈利·霍普旅馆的酒吧间和里屋。由于"雷恩斯法"规定只有领有执照、具备十间以上客房，且能向顾客提供食品的酒店才允许在周日卖酒，因而霍普旅馆的里屋名正言顺地成为周日和其它每天打烊以后销售烈酒的地方。奥尼尔在序幕中特别介绍，酒吧间和里屋实际只"由房中央拉起的一块肮

---

　　[1] 邹惠玲：《拥抱狄奥尼索斯——论〈送冰的人来了〉的主题思想与尼采哲学对奥尼尔人生观的影响》，《四川外语学院学报》1999 年第 3 期，第 27 页。
　　[2] 尼采：《悲剧的诞生》，孙周兴译，第 59 页。

脏的黑帘子"分割开来，[1] 供应的食物也只是"餐桌上讨厌的装饰品"，[2] 如此的"合法销售"多少带有自欺欺人的意味，明显在讽刺理性规则漏洞百出，"这爿店的规矩是一天二十四小时都供应酒"。[3] 一切社会身份的差异在霍普旅馆这爿"法外之地"被酒精解构了，尽管出现在场景中的人背景不同，种族各异，但无一例外都是整日喝得昏昏沉沉的酒徒，连店主和伙计也经常参与其中。幕启时的场景便是夜间招待罗基在给拉里倒一杯威士忌，座中的各位都因醉酒昏睡着，不时有人惊醒又睡着，或者喃喃梦呓着讨要酒喝。奥尼尔通过主线人物拉里之口罗列了一份详尽的"酒鬼名人录"，他们曾经或现在仍是皮条客、无政府主义运动支持者、政客、警官、售票员、退役军官、黑人赌场的老板、哈佛法学院的大学生、五金推销商、报纸通讯员等，但如今全都"想方设法把自己灌醉，成天沉浸在自己的白日梦里，这就是他们对生活的全部要求"。[4] 酒徒们在"威士忌"带来的陶醉里"联合了、和解了、融合了，而且是合为一体了"，[5] 即便是曾在战场上兵戎相见的敌人，是冲突频仍的不同种族，他们也可以互称"兄弟"，"表现为一个更高的共同体的成员"。[6] "在狄俄尼索斯这样的葡萄神的仪式上喝葡萄酒并不是欢闹的行为，那是一顿庄严的圣餐"，[7] 上述剧

---

[1] 尤金·奥尼尔：《奥尼尔文集》第 5 卷，郭继德等译，第 148 页。

[2] 同上，第 148 页。

[3] 同上，第 162 页。

[4] 同上，第 171 页。

[5] 尼采：《悲剧的诞生》，孙周兴译，第 26 页。

[6] 同上，第 26 页。

[7] 弗雷泽：《金枝》下册，徐育新、汪培基、张泽石译，北京：新世界出版社，2006 年，第 475 页。

情安排暗示社会身份背后那种体现秩序、平衡的"日神世界"已经衰落，取而代之的是酒神式的不受拘束、激情冲荡，这片旅店已然是"酒神"的领地，酒徒们即将在此举行"圣餐"，庆祝真神的永生，分享充满神性的永恒生命力量。

至此，"酒神崇拜"尚未完全确立，因为酒徒们还怀有对旧身份的留恋，不算狄奥尼索斯最"虔诚"的追随者，他们一直在等待"希基"，指望他与往常一样准时到场，为大家的开怀畅饮买单。希基的出现"使大家都站起来"，"甚至连雨果也从昏迷状态中苏醒过来"，[1] 他仿佛基督唤醒众人，邀请酒徒"敞开肚子喝吧"，自己却只饮清水，声称"我已经戒酒，这辈子再也不喝了"，并且"把那个害我活受罪的该死的白日梦扔到海里去了"。[2] 希基身上显现出基督教式理性、节制、博爱的美德，他还尝试扮演救世主，要把酒徒们"从白日梦里拯救出来"，鼓励他们将空想付诸行动。正如基督教价值体系对原始多神教的渗透和颠覆，希基在霍普的寿筵上充当了"酒神"的叛徒，他"不像过去的希基了"，[3] 反而转向用基督教秉承的理性原则去瓦解"酒神"的王国，拉里因此戏称这是贝尔谢札的第二次宴会，而希基就是那只题字暗示国王统治要被终结的手。希基甚至一度说服众酒徒放弃做白日梦，去采取行动恢复旧日的秩序，在现实世界实现真正的安宁，这套说辞同启蒙思想家们为人类勾画的"理性王国"类似。但人类社会的发展早已偏离了设计的轨道，众人行动的失败将证明希基带来的"救赎"徒劳无功。

---

[1]　尤金·奥尼尔：《奥尼尔文集》第 5 卷，第 199 页。

[2]　同上，第 202 页。

[3]　同上，第 208 页。

从第三幕到第四幕，众酒徒听从希基的劝说，分头离开旅馆去实现自己的期望，"酒神精神"短暂的让位于成家、立业、谋职、归国的世俗热情，但随着店主霍普的退缩，一切又恢复如常，酒徒们纷纷回归了"酒神"的乐土。希基倡导的传统拯救模式被宣告无效，他以"减轻痛苦"为由枪杀自己无辜妻子的罪行却暴露出来，正如推崇理性的传统价值观鼓吹自由博爱的理念，却不自觉地把人类精神推到"荒原"状态中。耶稣被钉十字架，于是上帝在基督中道成肉身，基督教福音的核心就是劝导人从"原罪"和"死亡"中"灵魂得救"，原来希基兜售的不是真正的救赎而是死亡，是抛却正常的情感、生存需求，以指向来世的"肉体毁灭"去解决一切关于此在的问题，恰好应验了尼采"上帝是死亡说教者"的说法。[1]酒徒们经过这次尝试认识到自己根本无力也不愿实现虚无的白日梦，便在"酒神"的世界里愈发沉沦，秉承"实践"的态度，"以狂喜取代冷漠，以对生活的肯定取代对生活的否定"，[2]把生命延续的唯一希望寄托在"酒神"支配的明天。奥尼尔借助《送冰的人来了》一剧，戏剧化地演绎了整部西方文明发展史。戏剧开场时，霍普旅店对应着早期的希腊文明，希腊文化是悲剧文化，希腊人是"人类的儿童"，他们刚刚脱离蒙昧，身心皆无比澄澈，在与异己力量的接触中建立起对狄奥尼索斯的信仰，从中寻求对现实苦难的超脱；随后，希基的到来象征"苏格拉底主义"及后来的"基督教信仰"被引入西方社会，取代了原始的酒神崇拜，人类文明希望能在

---

[1] 尼采：《论道德的谱系》，周红译，北京：生活·读书·新知三联书店，1992年，第 19 页。

[2] Barrett Clark, *Eugene O'Neill：The man and his drama*，New York：Dover Press，1947, p. 12.

"理性"的指引下奔向光明，实则已经"误入歧途"；希基的失败暴露了理性文明的无能为力，人类的生命意志只会被"物"消磨殆尽，直至形神俱灭；最后众酒徒的回归则暗示奥尼尔为身陷绝境的现代人寻得的另一条"得救"之路：正视人本身的原始冲动，以审美的方式将其宣泄出来，让人类借助悲剧艺术重新皈依"酒神"，实现生命的"永恒回归"。

第二节　奥尼尔悲剧中的女性形象

女性形象在奥尼尔塑造的全部人物中占比约三分之一，是其悲剧艺术的重要构成部分。奥尼尔笔下的女性角色同样来源于日常生活中的普通人，她们的性情、经历或多或少带有奥尼尔母亲、妻子或者接触过的其他女性的影子，用作者本人的话讲，每一个女性形象都是"怀着深切的怜悯、谅解和宽恕的心情，用血掺和着泪"精心塑造出来的。这些身份、性情各异的女性人物，较之男性情感更加细腻、充沛，欲望更加炽热，也更少受理性思维体系的制约，她们往往反感宗教和社会秩序的规约，崇拜自然和自我，有些行为离经叛道，以致以身犯禁去追求个性解放。由于身处男性社会群体和父权文化（属于物质文明的一个分支）的夹缝中，她们也时常作出违心的选择，或者奋斗的结果悖离最初的愿景，与男性人物一样陷入被动的境况。奥尼尔对待女性的态度可谓一言难尽，这点与尼采的女性观迥异，尽管他囿于时代风向，不免站在男性角度去审视、评价、书写女性，但也给予了女性群体相当的理解和同情。

一、 奥尼尔的"酒神狂女"们

早期的巫术仪式中，"谷精常常是女性的"[1]，而在不少画作中，狄奥尼索斯的形象一般也呈现偏阴柔的气质，他披散微卷的长发，眉目含情，皮肤细腻，举止温文尔雅，又乐于同女子作伴，体现出诸多女性化的特征。狄奥尼索斯最初是一位植物神，一位丰产之神，代表着原始的生命力，这一点与人类社会早期对女性生殖能力的崇拜关系密切；狄奥尼索斯作为酒神，象征的是一种极端情绪化的"非理性"状态和享乐本能，而"在正常的公民社会中，非理性的无意识的冲动和直觉的对快乐的渴望被认为是女性的特质"[2]，因此，"酒神"对女性具有特殊的吸引力，他召唤女人们离开丈夫、儿子，走出家庭回归自然，是女性的"解放者"。狄奥尼索斯的信徒也以女性居多，被称为"酒神狂女"。传说中，她们抛弃家庭和生产，挥舞着酒神杖和火把，成群结队地追随"酒神"的马车，在极端狂热的宗教情绪中肆意酗酒和歌舞，以行为癫狂、举止放纵著称，曾经在迷狂中使用暴力撕碎天才音乐家俄尔浦斯和底比斯国王彭透斯。

由此可见，古希腊时期的酒神祭祀活动尚遗留有母系社会的特征，其间组织的游行活动也具有摧毁传统的、基于性别的社会行为规范，解放被家庭束缚的女性的性质。参与游行的人员以女性为主，她们在每年的酒神节庆典上装扮成"酒神狂女"，游荡在山野

---

[1] 弗雷泽：《金枝》下册，徐育新、汪培基、张泽石译，第 472 页

[2] 车骁：《尼采的狄奥尼索斯——〈酒神的伴侣〉与〈悲剧的诞生〉》，《戏剧艺术》2012 年第 5 期，第 68 页。

林间。当狂欢达到高潮时，狂女们就会无视任何社会规约，抢掠沿途村庄的财产，用茴香杆攻击胆敢阻拦她们的男性，撕裂并生食路上遇到的一切鸟兽，甚至是婴孩，冀望可以同狄奥尼索斯的神力联系在一起。狄奥尼索斯幼年时曾遭泰坦神肢解吞食，狂女们象征性地模仿该过程，为的是"吃了神的肉，他就分得神的特性和权利"[1]，与酒神合为一体，获得其生命力和自然力。罗素也认为酒神仪式中出现这种"生啖血肉"的野蛮现象，并非由于信徒们"未经教化"，而恰恰是过度的文明教化所导致的一种反叛："正像许多开化得很快的社会一样，希腊人，至少是一部分希腊人，发展了一种对于原始事物的爱慕，以及一种对于比当时道德所认可的生活方式更为本能、更加强烈的生活方式的热望。对于那些由于强迫因而在行动上比在情感上来得更加文明的男人和女人，理性是可厌的，道德是一种负担与奴役。这就在思想方面、情感方面与行为方面引向一种反动。"[2]罗素点明了"酒神狂女"身份的真实内涵：原始欲望受环境压抑的女性，通过极端手段反叛向其施压的社会条件，争取以此恢复精神自由。出现在奥尼尔悲剧中的女性人物往往就是这类具有自然神性或者强烈反传统个性的"酒神狂女"。

　　早在古希腊时期，亚里士多德便将妇女列为"不完善的人"。尼采则是西方公认的"反女性主义者"典型，他仅有的一次追求女性失败后便终生未婚，在《悲剧的诞生》中指责女性存在"好奇、说谎欺骗、不堪诱惑、淫荡"等恶习；[3]也曾在《查拉图斯特拉

---

[1]　弗雷译：《金枝》下册，第 475 页。

[2]　罗素：《西方哲学史》上册，何兆武、李约瑟译，北京：商务印书馆，1963 年，第 38 页。

[3]　尼采：《悲剧的诞生》，孙周兴译，第 74 页。

如是说》中留下"你到女人那里去？别忘带你的鞭子！"[1] 这样极富争议的词句（有部分人认为，原文中此句出自嫉妒心发作的"老女人"之口，并非尼采的本意）。但是，尼采针对女性开展的批判基本是属于哲学观念上的，他认为现实中"关于女人的一切都是一个谜"。[2] 直到奥尼尔的时代，西方女性的境况并无太大起色，男女平权在美国仍然只是奢谈，绝大部分女性不仅在生活、工作方面遭受不公正待遇，而且缺乏对造成这种不幸的原因的认识以及改善自身处境的能力，她们只能接受被男性定义的身份，或者以自欺欺人的方式回避现实。西方女性的不满情绪经过第二次世界大战的催化，在 20 世纪 60 年代前后达到临界点，女权运动作为一种政治诉求迅速席卷了整个西方社会。奥尼尔悲剧中的"酒神狂女"们一反社会对女性的刻板印象，她们是生活中的强者，拥有远超大部分男性的控制欲和行动力，能够以母亲的胸怀包容屡弱的"儿子们"，《大神布朗》中的西比尔、《奇异的插曲》中的尼娜、《月照不幸人》中的乔茜都属于传统性别体系的颠覆者。作家提前预见到两性之间地位的不对等会导致社会矛盾的全面爆发，于是用戏剧提出并阐释了一个人类需要共同面对和解决的问题。

奥尼尔对女性的情感非常复杂。幼年时的奥尼尔家庭生活不幸，未能从母亲那里得到足够的关爱，致使他染上"俄狄浦斯情结"，成年后迫切渴望从女友或妻子身上补偿这一缺憾；一生中的三段婚姻都未能完全满足奥尼尔对"爱情"的期望，前两次失败的

---

[1] 尼采：《查拉图斯特拉如是说》，钱春绮译，北京：生活·读书·新知三联书店，2007 年，第 72 页。
[2] 同上，第 70 页。

婚姻经历和晚年与卡洛塔失和更加剧了心灵创伤，令他对两性关系进行过深刻反思，这些因素决定了作家在塑造女性悲剧人物形象时必然带有自己的主观偏好。奥尼尔悲剧中出现最频繁的女性角色可大致划分成三类：前两类是"妓女"和来自神话的"地母"，由这两类女性又衍生出他独创的"地母—妓女"复合型人物；另一种是"家庭主妇"，或曰"母亲和妻子的混合体"。这三类女性身份相差悬殊，唯一的交叉点正在她们对待男性的"情感"方面。奥尼尔并未以社会主流的道德标准去衡量女性的价值，他所关注的是这些生命意志旺盛的"酒神狂女"们能否满足自己对情感的需求，上升到审美层面来说，就是反传统的女性悲剧人物能否安抚人类精神上的创伤。奥尼尔将自己日常生活中最熟悉的女性们搬上悲剧舞台，正是要通过艺术将他身边女性的命运和遭际向观众和读者展示，令久浸于"个体化存在形态"中的众人产生共情，联想到自己的母亲、姐妹、妻女，引导西方社会重新反思已经在现实中被内化成"公共认识"的两性地位差距，再以此为突破口，填补现代人"人类情感"的虚空。

二、 酒神气质在"地母"形象上的反映

地母即"大地母亲"，这一女性形象的原型主要来自各原始多神教中的创世女神。比如希腊神话中著名的诸神之母盖娅（Gaia），盖娅是大地的神格化，《神谱》称她为"所有一切以冰雪覆盖的俄

林波斯山峰为家的神灵的永远牢靠的根基"。[1] 第一代神王乌拉诺斯、第二代神王克洛诺斯、泰坦巨神等一众最古老的神祇皆由她所出，最初两代神王失势亦有她的参与，她是命运的容器，死者的灵魂进入她里面，又从中降生。[2] 另外，欧里庇德斯在《酒神的伴侣》中也将农业女神德墨忒尔称为"地母"，[3] 可见古希腊时期，"地母"概念也与极度依赖土地资源的农业生产存在一定关联。从历史根源看，"地母"是宇宙万物的发源和归属，赋予万物"生"和"死"的双重特性。人类社会在发展初期经历了母系社会向父权社会的过渡，原始先民尚未形成一夫一妻制的稳定婚姻关系时，母亲需要承担孕育、分娩、哺育、照顾幼儿的全部责任。所以在人类的早期经验中，女性身体＝容器＝世界，女性支配男性，无意识支配自我和意识。[4] 从文化层面看，"地母"是早期母系社会的遗产，仍保留有旺盛的原始生命力，具备改造现代男权社会的潜质。德国学者埃利希·诺依曼（Ehrlich Neumann）在《大母神——原型分析》中指出："作为原型女性的一种形态，大母神一词乃是后来的抽象概念，它以高度发展了的思辨意识为先决条件……'母亲'不只涉及子女对父母的关系，而为关系到自我的一种心理状态。"[5] 从心理学层面看，"地母"指向个体的生存意义，是人类心理的原始意象之一，体现出"内倾"审美方式对世俗价值的超越

---

［1］赫西俄德：《工作与时日　神谱》，张竹明、蒋平译，第30页。
［2］参见埃利希·诺依曼：《大母神——原型分析》，李以洪译，北京：东方出版社，1998年，第163页。
［3］参见欧里庇德斯：《酒神的伴侣》，《古希腊悲剧喜剧全集》第5卷，张竹明译，南京：译林出版社，2007年，第228页。
［4］同［2］，第42页。
［5］同上，第11页。

和对工具理性的反拨。受长期存在于西方文化中的"地母"原型影响，奥尼尔在自己的作品中塑造了多位具有类似属性的女性形象，她们不一定在舞台能表现的情节中占明面上的主导地位，但往往在幕后扮演了关键角色，《大神布朗》中出场的妓女西比尔是其中的典型。

根据译者鹿金给出的注释，奥尼尔选用"西比尔"命名这一女性角色是有意为之。"西比尔"影射的是古安纳托利亚人崇拜的大地女神——西比莉，西比莉女神最初的职能是维持自然万物的繁育和平衡，后来逐渐演化成生养万物的慈母形象，所以被奉为"大地母亲"。[1]奥尼尔在《大神布朗》这部现代心理悲剧中，很大程度地恢复了神话传说中的女性象征概念。[2]尽管西比尔出场次数有限，但关于她"地母"身份的明示、暗示随处可见。这位女性首次出场于戏剧第一幕第三场，是个二十岁左右，"结实、安静、肉感"的金发姑娘，她的举止体现出"兽性"的气质，"像一条圣牛"。人类学家中的社会学派把"大母神"同农业联系在一起，称其为"兽类的女主人"，她经常以动物的面貌示人，母牛就是最常见的形态之一，比如古埃及神话中，"母牛作为第一个从原始洪水中产生的生物，是创世之母的真正象征"，[3]印度至今保留着对于"圣牛"的崇拜，这些可能都与包含在"乳房"母题中的象征含义有关，总之，"女神作为母牛，统治着提供食物的牛群，是历史上最早的崇拜对象之一"。[4]西比尔首次出场时，自动钢琴演奏的音乐是"一

---

[1]　尤金·奥尼尔：《奥尼尔文集》第3卷，郭继德等译，第130页。
[2]　卫岭：《奥尼尔戏剧的文化叙事》，第98页。
[3]　埃利希·诺依曼：《大母神——原型分析》，李以洪译，第222页。
[4]　同上，第123页。

支以'妈妈啊——妈妈'为主题的集成曲",[1] 苏格拉底式的人物
布朗出资供养着她的生活，而狄奥尼索斯式的人物迪昂则在她的客
厅中卸下了用以自卫的面具，伴随着乐声像婴儿一样酣睡。戏剧的
第二幕第一场依然安排在西比尔的客厅，七年后，迪昂因患严重的
心脏病已经时日无多，他那张变得像苦行僧、殉道者的脸上散发出
平静和仁慈的光芒。西比尔仍像"一尊不动的大地母亲雕像"，她
许诺当迪昂"睡熟"（死去），会用"被子"把他裹好（就像大地掩
埋了死者一样），迪昂在现实生活中万念俱灰，唯有从西比尔身上
才能汲取到"活下去的力量"，[2] 也获得了精神支撑，而随后赶到
的布朗则以强横的态度要求西比尔不得再与前者见面。本幕的最后
一场中，迪昂同布朗发生争执，心脏病发作而死，布朗的诡计得
逞，占有了他的"面具"开始在生活中同时扮演两个人的角色。到
了第四幕的第二场，戴着迪昂面具的布朗被"面具人格"控制，因
涉嫌"杀死自己"遭到追捕，他痛苦地向上帝祈祷，却没有得到任
何回应，只能咒骂上帝已经抛弃这个世界。西比尔的出现给予了他
唯一的安慰，布朗向西比尔坦白了自己一人分饰两角的真相，这个
靠剥削他人的劳动为自己谋利的谋杀者也在"土地是温暖的"赞叹
中死于西比尔的怀中，从而获得了永恒的安宁。

　　"地母原型"和"面具因素"的加入，使《大神布朗》成为一
部用古老的"多神教"形式表现现代社会的杰作。迪昂是一个兼具
"使徒"和"塞利那斯"（希腊神话中的森林之神）性格的人物，情
感丰沛，心灵洁净，具有极高的艺术天赋，却不得不以一副玩世不

---

　　[1] 尤金·奥尼尔:《奥尼尔文集》第3卷，第128页。
　　[2] 同上，第134页。

恭的假面示人，躲避现实世界对他的利用和迫害；布朗是一个典型的美国商人，巧取豪夺的实用主义者，习惯以商业思维衡量一切的"价值"，并试图在上帝失位之后强迫世界接受自己的价值准则，成为新的"大神"。这两者实际上构成了人类社会对立的两方面，如果单独奉行各自的理念互相纠缠，只能双双走向毁灭的结局。而西比尔象征的"大地母亲"则是万物的发源和归宿，她精力充沛，充满温情，视万物如一，不仅抚慰了为"生命"殉道的迪昂，也宽恕了伪造"上帝"的布朗，让万物在其怀抱中诞生、变化、回归，完成最初始的自然循环。同时，"大地"与"天空"相对，在德语、法语等一些西方语言中，"天空"往往是阳性词，神话里"天上"的主宰者们永远是乌拉诺斯、阿波罗、上帝等"父神"，而代表女性的"大地"则长期处于被"天空"压制的状态。在《大神布朗》中，作为"人子"的迪昂和想要假扮"父神"的布朗向"上天"求告无门，却双双在"母神"的怀抱中获得生命永恒的启示，他们依靠"大地"的力量战胜了来自"天空"的痛苦体验，奥尼尔做如此安排，或许是为了暗示 20 世纪人类获得拯救的关键，就在"母神"能否从文化上实现对"父神"的反制，更贴合前文意思的表述是"酒神精神"能否突破"日神精神"提出的限制性条件，完成对"苏格拉底主义"的扫荡。尼采认为："超人就是大地的意思"，[1] 从上述"地母"形象的起源、内涵以及具体的戏剧表现来看，奥尼尔剧中的"地母"可以视作一种以女性形象呈现的"超人"概念。

　　除此以外，西比尔的身份也值得引起重视，她是奥尼尔笔下最

---

　　[1]　尼采：《查拉图斯特拉如是说》，钱春绮译，第 7 页。

著名的"地母—妓女"复合形象。如果从尼采非道德主义的价值观出发，以审美的眼光来审视，现实社会中的"妓女"与来自神话世界的"地母"不过是一体两面，后者作为前者在形而上意义上的文化依据，前者为后者充当表象中的存在形式，即"面具"。尼采基于对蒙昧时代"酒神崇拜"的反思，把"肉体"和"大地"等同，[1] 出卖肉体的妓女和容纳亡者的大地都在各自的语境中扮演着"生命容器"的角色，几乎不加条件地容纳形形色色的个体进入、离开，审美层面的所谓"妓女""地母"，不过是两个对立的世界依据各自原则对同一女性身份所赋予的符号。而西比尔这个艺术形象成了将两种世界统一起来的媒介，她一半存在于艺术世界的客厅中，一半作为悲剧人物活跃在现实舞台上，西比尔同时是实在的和审美的，她让"妓女"身份成为"地母"的"日神形式"，又使"地母"保证"妓女"不改其最本质的"酒神内核"。这一由奥尼尔创造的复合型女性形象完成了把悲剧艺术从审美领域推向社会救济的重任。"父神"之死给西方带来金钱至上、阶层分化、信仰危机等一系列问题，这让由男权主导、建立在基督教价值体系上的理性社会难以招架，人类永失其精神家园，不得不接受自我放逐的惩戒。尼采为此大声疾呼："忠于大地吧，不要相信那些和你们侈谈超脱尘世的希望的人！"[2] 他抨击基督教教义，批驳死去的上帝只是人造之神，呼唤原始宗教中代表女性（同时也是酒神）生命意志的"地母"重新降临，以"广大的同情、慈悲、了解、安息"安抚

---

[1] 尼采：《查拉图斯特拉如是说》，钱绮春译，第30页。
[2] 同上，第7页。

人类浮躁的灵魂,[1] 使其在"母亲的怀抱"恢复精神上的自由。奥尼尔主动接纳西比尔这个来源于狄奥尼索斯时代的女性形象进入作品,强调的正是女性身上无法抗拒的生命力和广博爱意,此举是对"母亲"和"自然"的肯定,也是对"酒神精神"的肯定。

三、　酒神气质在"妓女"形象上的反映

前文曾提到奥尼尔对女性的态度是复杂的,他眷恋母亲的柔情关怀,又怨恨母亲的反复无常;渴望婚姻带来安全感,又畏惧婚姻失去新鲜感,因此,他把中后期悲剧中的部分女性塑造成了矛盾的统一体。她们的形象脱离了传统戏剧中非黑即白的二元模式,时常"集母亲、妻子、妓女等不同的身份于一身",[2] 被整合成"具有辩证意义上的多重性格的复杂女性",[3] 这点在那些富有争议的"妓女"形象上表现得尤为突出。

现实中,妓女一般只与客人保持基于经济利益的肉体关系,这种关系是炽热的性欲和物欲的混合体,人性在妓女面前不带任何理性修饰,是一丝不挂的。《大神布朗》中,西比尔戴上面具后的身份是一名妓女,她丰乳肥臀的形貌给人的印象不止有"地母"般宽

---

[1]　张爱玲:《张爱玲文集》第4卷,合肥:安徽文艺出版社,1992年,第70页。

[2]　Torrey Jane, "O'Neill's Psychology of Oppression in Men and Women", in Richard F. Morton, Jr. eds., *Eugene O'Neill's Century: Centennial Views on America's Foremost Tragic Dramatist*, New York: Greenwood Press, 1991, pp. 166–170.

[3]　张小平:《整合的女性形象——奥尼尔中晚期剧作中的女性》,《南京航空航天大学学报》(社会科学版)2007年第2期,第72页。

厚的博爱，还有"妓女"身上勾人心魂的原始生命冲动，这两种异质特性融洽地集于西比尔一身，给迷茫的迪昂和布朗带来慰藉。《进入黑夜的漫长旅程》是奥尼尔参照自己的家庭生活撰写的自传性作品，剧中的玛丽对应的正是他自己的母亲，已经成为美国文学史上的"悲剧核心女性"形象。这位女性打破了戏剧中程式化的女性形象，融合了"天使"和"恶魔"的双重属性：她既是爱丈夫和孩子，悉心料理家务的贤妻良母，为了丈夫在外演出时不感孤独特意追随去旅店照顾他；也是对吗啡上瘾，躲藏在幻觉中疏离家人的"瘾君子"，一个不称职的母亲，长子詹米甚至把她同"妓女"相提并论，因为当时只有妓女才吸毒。玛丽渴望家庭又被家庭禁锢，爱丈夫和孩子却被他们毁了一生的幸福，她长期为记忆捆绑，过去就是将来，也可以说只存在当下的困境，毫无"未来"可期。玛丽身陷困境的原因早已由恩格斯揭示出来，因为财产权主要掌握在男性一方手中，资本主义制度下的婚姻关系无异于合法的长租"卖淫"，从这层意义上讲，玛丽在蒂龙的家庭中不仅扮演着妻子、母亲的角色，这些都是在当时女性不能实现经济独立，话语权缺失的背景下，由理性社会规定的性别角色；当她通过吸食毒品，剥离"正常"的伦理关系，从社会、家庭身份中跳脱出来取得自我意志后，就会发现本身隐含的"妓女"身份。这种生命意志被压抑导致的人格分裂，正是造成玛丽人生不幸的根源之一，偏袒"父权"的阿波罗不会是"女性"的伴侣，他曾经协助过俄瑞斯忒斯打着"为父报仇"的旗号处决自己的母亲；只有成为狄奥尼索斯的信徒，借助神力制造的"醉境"，玛丽才能突破"奴隶的明朗"，重建过去、现在、未来的联系，并如同着魔的"酒神狂女"一样把握喘息和反击的机会。

　　《月照不幸人》是《进入黑夜的漫长旅程》的续作，剧中的"杰姆"实际就是玛丽的长子"詹米"。[1]《月照不幸人》的女主角乔茜是一个美国佃农的女儿，她相貌平平，却拥有超过一般男性的健壮体格，并不符合男性社会认可的审美标准。乔茜缺少女性魅力，扮演的也是传统女性的角色，但奥尼尔却对"她"青睐有加，国外新近的评论也认为她是"未遭剧作家放逐的女性"。[2]乔茜起初将自己伪装成一个"淫妇"，关于她与不同男人鬼混的丑闻传遍左邻右舍，父亲霍根调侃她"天生就是个很放荡的女人"，而乔茜自己颇以"有过那么多情人"为傲，甚至扬言"一直在考虑参加做生意的女人（妓女）那一行"，因为"那种生活可比种庄稼省事多了"，[3]只有追求者杰姆相信她其实是个"清白无辜的处女"，"那些浪里浪荡的事儿都是自己吹牛做假"。[4]事实是，乔茜自以为"是个难看的母牛似的大胖娘们"，出于对自己外貌条件不佳，得不到男性真心爱慕的自卑心理，她不惜编造滥情的丑闻来掩饰自己"缺爱"的真实处境，以此维护自尊心和虚荣心，向外界证明自己具备吸引男性的能力。当醉酒的杰姆在月下向她告白，二人即将共度良宵时，杰姆竟将乔茜与火车上遇见的肥胖金发妓女混淆起来，这对刚刚卸下"面具"的乔茜无异致命一击，她绝望地发现自己所爱之人的性爱观是扭曲的，"行尸走肉"般的杰姆只有本能的冲动，根本不具备"爱"的能力，于是牺牲了自己的爱情和幸福，像母亲

---

　　[1]　陶洁：《从两个女性形象看奥尼尔的妇女观》，廖可兑主编：《尤金·奥尼尔戏剧研究论文集》，北京：外语教学与研究出版社，1997年，第159页。

　　[2]　时晓英：《极端状况下的女性——奥尼尔女主角的生存状态》，《四川外语学院学报》2003年第4期，第39页。

　　[3]　尤金·奥尼尔：《奥尼尔文集》第5卷，郭继德等译，第509页。

　　[4]　同上，第536页。

般温柔地搂抱着杰姆，倾听他的忏悔直到天明，并祈祷他终得精神上的安息。一个高大健壮、以"妓女"自居的处女，怀抱一个沉湎酒色的成年男性"死婴"，这颇具荒诞意味的一幕是对"圣母怀抱圣子"的戏谑模仿，已经成为西方戏剧史上的经典。乔茜之所以与奥尼尔笔下的其他女性不同，在于她拥有旺盛的生命意志和干净淳朴的心灵，精神和肉体上都保持着希腊式的健康，这种"酒神状态"是不容于现实世界的，所以她必须戴上"面具"来适应，或者说欺瞒它。乔茜虽然仍未跳出传统婚姻、家庭的约束，但较之玛丽名为"妻子"实为"妓女"，她选择坦荡地公开叛逆性的"妓女"身份，同时明确地认识到这个身份只是虚构的"面具"，从而在狄奥尼索斯的神力下完成了真正的女性解放。"她不是男性欲望的被动反映者……因为她自觉地选择了扮演圣母的角色"，[1] 这正是乔茜远超那些"被动"地承载着由男性强加的社会、家庭角色的女性们的过人之处。

由这些女性形象可知，奥尼尔并不在意"处女"和"妓女"的区别，重要的是她们能否以母亲的胸怀去抚慰那些脆弱的男性，这种充满叛逆情绪的复合型女性形象实属奥尼尔的原创。在原始社会初期，女性会因其具有旺盛的生殖能力受到崇拜，那时"处女""妓女"的概念都不具备存在的根基，这两种身份划分是人类进入父权社会以后"文明"的产物，西比尔要为迪昂和布朗提供同等的庇护，必须藏在"妓女"的面具之下行动，不然就会面临断绝生活来源的"惩罚"；玛丽因婚姻失去同过去亲友的联系，丈夫和儿子

[1] James Joyce, *Letters of James Joyce*, New York: The Viking Press, 1957, p. 53.

们表面上的温情掩饰不住内心的嫌恶和不理解，她只能用吗啡麻痹自己；乔茜渴求却得不到爱情，只能借"淫妇"身份作伪装实施单方面的无私奉献。奥尼尔从这些女性身上看到了暗流涌动的"酒神气质"，于是在艺术层面剥离掉一切外部事物附加的价值，突出她们对性本能冲动的反应，让人尽可夫的"妓女"成为博爱的"母亲"。她们用丰沛的生命意志从内部去拯救走入误区的现代社会，解构现行的理性价值观念，唤醒被压抑的自然人性，个体化原则就此打破，精神重归生命本体的无限自由，使"人"由当下迷惘、躁动的状态恢复婴孩般的安宁、纯净。这种"妓女"拯救男性的舞台叙事模式是对以往"妓女"遇到好男人而从良的俗套的反讽，奥尼尔虽然不可避免仍受限于当时的社会观念，但他已经迈出把人类命运的主导权重新交还女性手中的第一步，并促使这一意愿与每个人内在的生命激情产生碰撞，那些充满"酒神气质"的女性人物便是相应意图的执行者。奥尼尔还重写了西方文学中的"妓女"和"母亲"主题，他摒弃社会上流行的、关于两性关系中女性一方的"道德化"要求，正视女性正常的原始欲望，赞美她们个性解放焕发出的生命意志，涉及上述主题的作品凭借前瞻性的眼光，对现代西方社会物化、消费女性、毒害正常家庭伦理关系的问题发起了振聋发聩的叩问。

四、　酒神气质在"家庭主妇"形象上的反映

19 世纪的美国社会曾大肆宣传"贤妻良母"型的女性形象，各类育儿书籍和时尚杂志都在鼓吹女性应该牺牲工作和自我回归家

庭，由内而外调节自己去胜任一个妥善照顾丈夫、子女的角色，这就是所谓的"家庭天使"，"它占据着整个社会对女性角色全部的想象力"。[1] 与此同时，女性平权运动也已经在起步阶段，新型的女性社会角色被提出，西方对两性关系的传统定义即将发生变革。奥尼尔出生于 1888 年，其创作生涯正值关于女性地位的讨论在全美愈演愈烈之际，特殊的家庭环境和对母亲、妻子复杂的感情令他敏锐地捕捉到美国社会家庭结构中性别角色的转变，两性关系将是导致西方社会陷入危机的主要矛盾之一。到了创作后期，技艺的娴熟和思想的深入使奥尼尔更为确信，美国"家庭天使"们的处境实际上是现代人整体处境的一个缩影，因为造成他们痛苦体验的根源是一致的，他开始有目的地从投身家庭的女性们的命运切入，来透视整个现代西方社会的弊病。奥尼尔在中后期作品中塑造了一些极具争议性的家庭主妇形象，诸如尼娜（《奇异的插曲》）、玛丽（《进入黑夜的漫长旅程》）等，她们充当了这次文学创新的试验品和社会变革的先行者。奥尼尔强化了这些本该"为丈夫、孩子牺牲一切"的家庭主妇性格中的"酒神气质"，通过表现她们如何运用生命意志应对由"理性"的男权社会施加的种种压力，提炼人类灵魂深层结构中获得救赎的潜力，用悲剧艺术为这个几近病入膏肓的时代开出自己的处方。

特拉维斯·博加德（Travis Bogard）在为奥尼尔撰写的传记《尤金·奥尼尔的戏剧》中评价悲剧《奇异的插曲》，称其"是标志着奥尼尔走向全面成熟的第一部剧作，奥尼尔对此剧倾注的精力比

---

[1] 张小平：《客观透视：男性的建构与女性的反应——奥尼尔晚期戏剧中的女性再现》，《广州大学学报》（社会科学版）2005 年第 4 期，第 23 页。

对以往任何剧都多"。的确，这部完成于 1927 年的"女人戏"（奥尼尔戏称其为"我的女人戏"）虽然长达九幕，每场演出需要耗费五个多小时，但自从首次上演便大受欢迎，为奥尼尔赢得了生涯中第三次普利策戏剧奖，授予了他世界一流戏剧家的桂冠，即使称之为奥尼尔在 20 年代创作的最重要的作品也不为过。剧中的女主角尼娜不再是模式化的"妓女"或"地母"，而是一个真正的"酒神狂女"，她全面展示了一个女性同时身兼女儿、妻子、情人、母亲等社会身份时不同的心理状态。尼娜对生活有无限的欲望，二十余年费尽心机，企图控制身边的男性来满足自己的需求，最终欲望受挫，苦心经营的一切都成空。尼娜以外的其他主要人物也经受着与行动相悖的潜意识的折磨，人人负担着身份错位的痛苦。《奇异的插曲》化用尼采式的主题（权力欲表现为情感占有欲），[1] 为观众和读者展现了两种不同的戏剧模式：尼娜的悲剧是"酒神"式的悲剧，而其他几位男性的悲剧是"日神"式的悲剧。尼娜与父亲利兹教授居住在清教氛围浓郁的新英格兰的一个大学城里，利兹教授竟日埋首故纸堆中，研究古代文化经典以逃避现实，他的书房"宛若一座精心营造的圣殿"，散发令人精神倍感压抑的禁欲气息。出于独占女儿的爱的自私心理和传统的"门当户对"观念，利兹教授阻挠青春年少的尼娜和即将奔赴战场的爱人戈登结婚，朝气蓬勃的青年人追求恋爱自由的生命意志被清教主义思想和男权性质的家长作风无情打压。

　　戈登·肖是传统意义上的完美男性，他体魄强健，容貌俊美，不仅擅长体育运动，而且学业优异，更富有强烈的家国责任心和荣

---

　　[1]　时晓英：《极端状况下的女性——奥尼尔女主角的生存状态》，第 36 页。

誉感，堪称"日神"美德的典范。他在战事结束前夕坠机身亡，象征着战争撕裂了"日神"营造的"美的假象"，"父神"从天上的宝座跌落，传统的价值体系走向解体。尼娜失去了戈登，她过去崇拜的依附于传统价值体系的一切都随之而去，难免会产生精神上的空虚和失落感。戈登虽死，但他的"幽灵"还时时纠缠着尼娜，尼娜无论采取何种行动也不可能彻底摆脱"戈登"的影响，直到这种来自"日神"的影响毁了她的一生，尼娜第一次做了"上帝父亲"的牺牲品。

尼娜为了缓解未能在情人离去前"献身"的创伤，毅然离开父亲的"至圣之地"去疗养院做护士，她天真地认为把肉体奉献给和"戈登"一样的伤病员就可以弥补内心的负罪感。年轻人宣泄欲望的正常渠道被高度理性化的清教观念阻断，尼娜痛恨父亲葬送了自己的爱情，为了惩罚自己也报复父亲，于是采取"自虐"的方式放纵肉欲，这是她早期对传统道德采取的抗议，却不知不觉中堕落成"害人精"，给他人和自己造成更严重的心理负担，并走向精神崩溃的边缘。达雷尔医生为尼娜开出的处方是"嫁给埃文斯"，希望以建立家庭为契机，有效地疏导尼娜的生理欲望。重视名誉的利兹教授受到女儿行为的严重刺激，在埋首书斋的孤独中去世，父亲的死是对尼娜又一次沉重的打击，"她最终认识到她对什么事都没有感觉了"，[1] 现代人失去了体验情感的能力，奥尼尔再次暗示了"父神"信仰的没落。随后，善良但平庸的埃文斯顺理成章地求婚，尼娜只是出于拥有孩子和找寻"自我"的渴望与他结合，这是一场缺乏情感基础的婚姻，甚至连最基本的欲望冲动也不够强烈，尼娜对

---

[1] 尤金·奥尼尔：《奥尼尔文集》第3卷，郭继德等译，第310页。

丈夫"仅仅是一种对朋友的爱"。

奥尼尔对家庭抱有过高的期望，因此几次婚姻的体验都不尽如人意，他也把这种个人情绪带入作品中，婚姻生活不同于达雷尔的科学实验有明确指向，注定还要给尼娜和埃文斯带来痛苦。埃文斯太太私下向儿媳透露了埃文斯家族的隐秘——遗传性精神疾病，彻底摧毁了维系尼娜和埃文斯组建的家庭的纽带，但迫于"道德约束"，事实已经无法更改。精神疾病是游荡在埃文斯家的"幽灵"，老埃文斯便是饱受病痛折磨而辞世的，埃文斯太太已经成为失败婚姻的牺牲品，她唯一的愿望就是让自己的儿子得到幸福。出于对后代重蹈覆辙的担忧，埃文斯太太力劝尼娜放弃这个孩子，"瞒着丈夫走出去，从从容容地找一个男人，一个健康的男人，跟他交配，就像牲口那样，这样就能使我爱的男人有个健康的孩子"。[1] 她曾经屈服于社会压力扮演了一个"家庭天使"，于是唆使尼娜去做"酒神狂女"，完成她潜意识中想做却碍于传统观念不敢为之事。

尼娜因此陷入恐慌，决定听从埃文斯太太的建议，说服为自己治疗的医生达雷尔做了她孩子的父亲。在"强烈的肉体吸引力"面前，达雷尔终于臣服于尼娜（或者说臣服于欲望），二人"通奸"生下了小戈登。尼娜把现实生活中的痛苦体验归罪于"上帝被创造成一个男人的形象"，且"上帝的上帝——顶尖人物——一直是个男人"，[2] 因此女性失去了自主权，必须对男性唯命是从。她幻想以"上帝母亲"来取代"上帝父亲"，世界诞生于"上帝母亲"分娩的阵痛中，所以人生而受苦，其生养万物，万物凋零后又重归其

---

[1] 尤金·奥尼尔：《奥尼尔文集》第 3 卷，第 341 页。
[2] 同上，第 319 页。

怀抱享受安眠。相较于因为讲求理智显得过分严厉、强硬的"上帝父亲",这里的"上帝母亲"又恢复了原始宗教"大母神"的基本特征,给人类一种饱含温情的"慰藉",自然而然地与狄奥尼索斯精神产生了联系。尼娜决心在"父神"信仰的废墟上重建"母神"信仰,她要亲自成为这个"上帝母亲",将身边的男性玩弄于股掌之中。然而,现实条件是不允许这种"渎神"行为发生的,"戈登"依旧阴魂未散,美国社会仍是一个男权社会,她只能无形中继续受制于父亲利兹、旧情人戈登、丈夫埃文斯、情夫达雷尔、代理父亲马斯登和儿子小戈登。

为了实现生存的意义和价值,尼娜再次以不顾一切的勇气挑战传统道德,代价是毁灭了达雷尔医生光明的前程。小戈登自幼将和自己同名的戈登·肖视作榜样,愿意亲近"父亲"埃文斯而厌恶生父达雷尔,对母亲和医生关系过于亲密心怀不满,尼娜和达雷尔几次险些将真相坦白但又被适时制止,在一次大学赛艇竞赛中,埃文斯因"儿子"险胜过于激动突发严重的中风,数月后溘然长逝,至死仍蒙在鼓里。尼娜还企图控制小戈登,这是她自私心理和强烈占有欲的表现,她用旧情人的名字命名自己的儿子,"死去的父神"经过女性的身体又被生产出来,说明尼娜的反抗没有起到实质效果,她连自己也无法掌控。尼娜破坏儿子和马德琳订婚的计划失败了,小戈登带着女友远走高飞,生命意志旺盛的新生一代已经有能力冲破常年困扰前辈们的陈规旧俗,自由地规划自己的人生。达雷尔多年来独自承受年轻时欲望冲动种下的苦果,他失去了"妻子"、亲生儿子和研究项目,还要接受死去的埃文斯那五十万美元的科研经费"羞辱","为这场掺和付出了昂贵的代价",也决意离去继续从事科学研究。最后只留下尼娜和利兹教授过去的挚友、与尼娜保持着精神恋爱关系的老人马斯登，两人一同回归利兹教授的旧居厮守余生。马斯登也是一个墨守成规的清教徒式人物，他在剧中一直扮演着尼娜父亲的替身，从这层意义上看，马斯登同样是死而不僵的"父神"遗留在人间的影子。尼娜树立"上帝母亲"反叛传统信仰模式，探索遵从内在生命冲动的新生活模式的努力彻底宣告失败，她将在结尾的安眠中忘掉生命中这段"奇异的插曲"，重新服从凭理智"超越了欲望"的"父神"制订的道德法则，做一个乖巧的"女儿"和称职的"主妇"。

第三章　酒神倾向与奥尼尔悲剧的表现方法

　　传统的戏剧注重情节的连贯性及动作的表现力，而缺乏对内心世界的演绎，奥尼尔的悲剧创作则偏向后者。他毕其一生致力于美国戏剧改革，其作品基调历经过三次转变：早期（1913—1920）的独幕剧基本是现实主义的，中期（1921—1938）的实验型戏剧接受了现代主义思潮影响，晚期（1939—1943）的作品又呈现向现实主义回归的趋势。但是，这并不意味着奥尼尔的悲剧作品完全依据创作的时间段划分成泾渭分明的两种风格；相反，奥尼尔本着用悲剧艺术"解决人的问题"的初衷，早已认识到现代主义的表现手法是可以通过某些媒介为现实主义的创作意图服务的，而尼采所提供的"酒神精神"理论恰好充当了二者衔接的平台。在作品中，奥尼尔紧扣"情感第一性"原则，自始至终尝试用具有"酒神倾向"的表现方法，更好地实现"使生活变得高尚"的现实目的。

　　所谓"酒神倾向"，是一种由"酒神精神"概念衍生出来、指向"内观"和"原始趣味"的艺术倾向。尼采的非理性主义哲学是现代主义文艺思潮形成的重要理论基础之一，其核心"酒神精神"强调对精神世界的关怀，解除理性对生命本能的压制，这与奥尼尔的创作目标不谋而合。较之欧洲传统戏剧的"写实"倾向，奥尼尔的悲剧致力于刻画人物的主观领域，擅长运用内心独白、象征和变形等手段透视人物心理，再结合"面具""幻象"等舞台手段加以表现，使悲剧人物的内在体验外化出来，映射西方世界当前的处境。奥尼尔之所以能与瑞典戏剧家奥古斯特·斯特林堡（August Strindberg）并称为表现主义戏剧的代表作家，正因他善于尝试、创造新的戏剧表现手法，探索、拣选顺应时代需求的悲剧主题，将剧中人物的潜意识，及其对人物行动的反作用展现在观众、读者眼前，引导他们深入思考，发挥现代心理悲剧不同以往的"净化"功能，从而达到社会"治愈"的效果。

第一节 酒神倾向与精神分析方法之互通

奥尼尔在创作过程中"一直敏感地意识到一股潜藏在生活背后的力——命运、上帝、我们以往的经历对目前的影响，不管你叫它什么，反正是神秘莫测的力"。[1] 他把自己对这种"神秘莫测的力"的感知纳入剧本，创造出表现人与这种异己力量抗衡的"光荣的、导致自我毁灭的永恒悲剧"。[2] 那么，单就奥尼尔的悲剧作品而言，何为这种"神秘莫测的力"？其具体表现形式如何？与传统的"命运""上帝"有何区别？他一生创作的戏剧近五十部，其中反映人直接、间接与自我内在因素对抗的"现代心理剧"占有极大比重。奥尼尔创作《悲悼》时曾在笔记里写道："我高兴，因为我达到了我主要的创作目标，即不借用古希腊作品中的超自然力量，

---

[1] 汪义群：《奥尼尔研究》，上海：上海外语教育出版社，2006年，第43页。

[2] 复旦大学外国文学研究室编著：《外国文学》，上海：复旦大学出版社，1980年，第207页。

而纯粹使用现代心理学来大致再现古希腊悲剧中的命运感。"[1]因此，要回答上述问题，必须重审奥尼尔的创作与"现代心理学"的关系。

一、 奥尼尔悲剧中隐含的"恋父/恋母情结"

奥尼尔给一位从心理学角度分析其作品的教授回信时称："在任何作品中，我都没有有意识地使用过心理分析的材料。"[2]尽管坚决否认自己"运用心理学理论的理性眼光来审视生活"，[3]但奥尼尔的艺术实践与弗洛伊德"精神分析"理论的高度契合已经是不争的事实。作家本人曾对该现象进行解释："如果说《榆树下的欲望》中有弗洛伊德主义，那一定是通过'我的无意识'进入作品的。"[4]奥尼尔的悲剧艺术受"酒神精神"的指引，侧重观照人类精神世界中最原始、隐秘的本能冲动（性欲望），正是在这层意义上与弗洛伊德的心理学研究成果取得了一致。他未曾刻意用心理学理论去指导文学创作，而是受共同目的驱使，使两个学科无意间产生了融合，这种"殊途同归"的最典型案例便是弗洛伊德最广为人知的"俄狄浦斯情结/厄勒克特拉情结"在《悲悼》三部曲中的体现。《悲悼》取材于古希腊悲剧作家埃斯库罗斯的《俄瑞斯忒亚》，

[1] 尤金·奥尼尔：《奥尼尔文集》第 6 卷，郭继德等译，第 349 页。
[2] 同上，第 254 页。
[3] 郭勤：《尤金·奥尼尔与自身心理学——解读奥尼尔剧作中的自恋现象》，《当代外国文学》2011 年第 3 期，第 14 页。
[4] 同 [1]，第 253 页。

该剧不仅塑造人物形象时借用了《俄瑞斯忒亚》的神话原型，反映的主题也有不少近似之处。《悲悼》中的孟南一家人和神话里阿特柔斯家族的成员一样，在一种"神秘莫测的力"的支配下发生激烈冲突，进而自相残杀，最后被动地走向覆灭。这股"神秘莫测的力"在《俄瑞斯忒亚》中被诠释为"诅咒"或"命运"，而在更具现代色彩的《悲悼》中则复杂得多，暂且借用弗洛伊德精神分析学中的概念"力比多"（libido）来代指。中国学者普遍认为，《悲悼》的"力比多"主题是奥尼尔内心深处"俄狄浦斯情结"的一种外向反馈。[1]

　　弗洛伊德认为，"无意识"行为占据了人类精神活动的绝大部分，并决定了一个人的命运走势，其主要内容是"人的原始冲动、基本本能以及与本能有关的各种欲望，而且主要是性的欲望"，[2]"力比多"正是这些内在冲动的驱动力。随着人的成长，"力比多"愈发受到外界的社会习俗、道德、法律等成文或不成文规定的压抑，本能诉求在现实中难以得到满足，又无恰当渠道发泄，久而久之就在意识阈下形成"情结"，成为一切精神疾病的动因。奥尼尔本人一生都未能摆脱"俄狄浦斯情结"，他的母亲玛丽·埃拉·昆兰因为盲目地同名演员詹姆斯·奥尼尔结婚，与亲友断绝了一切往来，年复一年随丈夫四处奔波巡演，奥尼尔便出生于一家旅馆的床上。这次生产给整个家庭带来了更大的不幸，由于吝啬的詹姆斯不肯多出钱雇佣更高明的医生，庸医给难产的玛丽使用了超过剂量的

---

　　[1]　邹惠玲：《从〈悲悼〉中奥林的形象看奥尼尔的俄狄浦斯情结观》，第 1 页。

　　[2]　李兵：《奥尼尔与弗洛伊德》，《西南民族学院学报》（哲学社会科学版）1996 年第 6 期，第 19 页。

吗啡镇痛，导致她从此染上毒瘾，常年精神恍惚，时而情绪失控，对丈夫心存怨恨，对子女缺乏应有的关怀和引导。幼年奥尼尔被乳母照顾长大，进入寄宿学校学习，此后一直孤身闯荡社会。母亲为生育遭受的痛苦让奥尼尔愧疚不已，也加深了他对父亲的仇视；母爱的缺失给他的心灵造成严重创伤，从而一生都执着于向其他女性寻求能够代替"母爱"的情感补偿。这种"恋母情结"在奥尼尔的不少作品中都有流露，例如《榆树下的欲望》《大神布朗》《奇异的插曲》，而《悲悼》则是一次最集中的宣泄。

孟南家是新英格兰一个信奉清教主义的世家大族，莱维妮亚和奥林姐弟是这个家族的新生一代，他们各自与父亲艾斯拉和母亲克莉斯丁保持着精神上的恋爱关系和潜意识中的乱伦欲望，二人都爱慕异性家长而憎恶同性家长，甚至为维护这种"恋父/恋母情结"对亲生父母痛下杀手。姐姐莱维妮亚自出生起便没有得到过母亲克莉斯丁的爱，严肃死板的家庭氛围把她培育成一个清教道德的"卫道士"。相反，克莉斯丁是一个生命意志旺盛的女性，她对女儿天生的反感和冷淡。莱维妮亚一直对此怀恨在心，竭力避免同母亲接触，却对父亲艾斯拉异常亲热，以致当着父母的面表示"我爱的人只有你（父亲）一个，我要同你住"。[1]她在艾斯拉从战场归来前就判定"爸爸需要我"，发现父亲被母亲毒杀的真相后更是疯狂筹划为父复仇，直至借父之名除掉母亲的情夫，再逼迫克莉斯丁自杀，牵制住奥林，达成自己不可告人的目的。弟弟奥林出生时，父亲艾斯拉远赴异国征战，克莉斯丁把对丈夫和孩子的爱一齐投注到

---

[1] 尤金·奥尼尔:《奥尼尔文集》第4卷，郭继德等译，第50页。

儿子身上，"他一向是我的小乖乖"，[1] 母亲的溺爱导致奥林形成了"妈妈比爸爸重要一千倍"的印象，[2] 在战场受伤昏迷时还"老是跟妈妈说话"；潜意识里的"弑父"动机让奥林认定父亲总是联合姐姐莱维妮亚来反对母亲和自己，以致在听闻艾斯拉的死讯时表现得相当冷漠，甚至嘲讽遇害的父亲"又是一具死尸"，只有重见母亲的喜悦能让他忘记一切不快。莱维妮亚利用这点，故意向奥林透露卜兰特船长和母亲保持着暧昧关系，她清楚地知道奥林绝不能容忍别的男性和他分享母亲的爱，尤其是对方还和他憎恨的父亲存在亲缘关系。奥林为独占母亲，多次向克莉斯丁表白"你（母亲）是我的唯一爱人"，[3] 企图以情感攻势阻拦母亲与卜兰特继续交往。莱维妮亚接着设计让奥林偷听到克莉斯丁和卜兰特的私密谈话。得知母亲早已计划好抛下自己，与情人远走"幸福岛"，甚至还嘱咐情人防备自己，嫉妒的奥林在"恋母情结"驱使下枪杀了卜兰特。在他看来，卜兰特"真像爸爸"，[4] 也是因为父亲强迫他离开母亲入伍参战，卜兰特才趁机占有了母亲。奥林杀死的不只是一个"情敌"，也是自己潜意识中的"父亲"。

　　克莉斯丁得知情人的死因后开枪自杀。失去双亲的奥林与莱维妮亚前往南太平洋上的海岛旅行，旅程结束后，奥林又把对母亲的情感冲动转移到由内而外都变得与克莉斯丁非常相似的姐姐身上。在与人类文明相对的远洋岛屿上，姐弟二人的外貌和性情都发生了巨变：莱维妮亚"完成了我的解放"，褪去黑袍换上了克莉斯丁最

　　[1]　尤金·奥尼尔：《奥尼尔文集》第 4 卷，郭继德等译，第 71 页。
　　[2]　同上，第 97 页。
　　[3]　同上，第 89 页。
　　[4]　同上，第 114 页。

钟情的青色衣裳，发式和体态也和母亲如出一辙，"美丽""神秘"的自然环境让她抛下理性文明的成规旧俗，做回"母亲的女儿"，和克莉斯丁一样以高涨的生命意志去享受爱情的欢愉；奥林则在对母亲之死负有责任的心理暗示下精神崩溃，成了"爸爸的儿子"，用清教主义道德标准指责姐姐"轻浮"。在无意识的引导下，奥林"现在处于爸爸的地位"，[1] 而莱维妮亚的天性得到了狄奥尼索斯的救赎，她"就是妈妈"，孟南夫妇的悲剧注定要在姐弟二人身上重演。"母亲"被其他男性再次夺走的威胁让奥林脆弱的神经始终处于紧张状态。得知姐姐曾亲吻岛上的土人男性，他激动到"要杀死你（莱维妮亚）"，并警告准备同男友成婚的莱维妮亚"不许你丢下我去嫁彼得"。莱维妮亚已经从"醉境"中窥见生命本身的乐趣，奥林现在成了她奔向精神自由的障碍，如同母亲克莉斯丁一样，她拒绝了弟弟疯狂的感情，并诅咒他"罪该万死"。奥林遭受了"母亲"的两次背叛，"恋母情结"无法彻底摆脱，也找不到可以托付的对象，只能放弃"生存本能"，从"力比多"包含的"死亡本能"中寻求解脱。莱维妮亚经过一系列由曾经"理性的自己"造成的变故，失去了爱人和被爱的资格，于是像俄狄浦斯王刺瞎双目、自我流放一样，选择"和孟家的死鬼住在一起"，将自己独自幽闭进坟墓般的孟宅中慢性自杀。和奥林一样，莱维妮亚也为自己的"恋父情结"付出了高昂的代价，但对于一个得到"酒神"启示的新人而言，这更像是对过去那个崇拜"苏格拉底"的"旧我"的严惩和否定，生命的价值正是在一边毁灭，一边创造的过程中实现的。莱维妮亚的结局虽然仍指向人类潜意识中的"死亡本能"，人

---

[1] 尤金·奥尼尔：《奥尼尔文集》第 4 卷，郭继德等译，第 152 页。

的精神却已在死亡之前得救。

《悲悼》展示了丧失精神依托的现代人如何被内心郁积的各种无意识冲动扭曲、异化，让"旧我"站在了"新我"的对立面上，是奥尼尔对现代人心理的一次成功探索。他提倡让悲剧中的酒神精神除去现实世界中"莱维妮亚"和"奥林"们的"日神"面具，引领人类前往狄奥尼索斯的"幸福之岛"解放自我，自由宣泄被现代理性文明压抑的原始冲动（尤其是性欲望），疗养造成现代人精神痛苦的症结。奥尼尔在此方面的思路与弗洛伊德针对各种精神疾病总结出的"自由联想"疗法不谋而合。所谓"自由联想"疗法，脱胎于心理医生为了解致病原因采用的"催眠暗示法"，在此基础上，弗洛伊德大幅减少了医生在治疗过程中对患者的引导，而鼓励患者主动释放、宣泄心理压力，具体情形可参考欧文·斯通（Irving Stone）在《弗洛伊德传》中的记录："请您（患者）躺在这个沙发上，我（弗洛伊德）就坐在您的背后。不要去瞅那些书架上的书和墙上挂的工艺品。您追忆一下自己的过去，我认为问题就出在那里。把您儿童时代记得最清楚的一个场景说给我听。"[1] 上述"自由联想"疗法的实施过程，令人联想到《悲悼》中莱维妮亚和奥林自叙心理活动的诸多场景，特别是叙述中关于"父女""母子"等家庭关系的部分。奥尼尔在整合剧情的同时，也有意识地鼓励悲剧人物把压抑内心的"情结"暴露出来，以便"酒神精神"介入，安抚、愈合现代人的心灵创伤。

值得一提的是，尽管学界经常把弗洛伊德的精神分析理论视作

---

[1] 欧文·斯通：《弗洛伊德传》，刘白岚译，北京：北京十月文艺出版社，1999年，第539页。

"文学和文化的非理性主义者的理论资源",[1] 批评史上一度兴起文学心理学研究的热潮，但弗洛伊德归根结底还是一位从事自然科学方面研究的医务工作者，他观照人类命运悲剧性的前提是对"理性"回归的期许，采用的主要也是理性主义的实证方法。要从事跨学科的奥尼尔研究，必须避免异想天开，不经考证的直接把心理学理论随意、生硬地套用到文本分析上，这也是奥尼尔一再强调自己从未直接使用心理学材料写作的缘故。当然，文学和心理学本质上都是围绕"人"及其精神世界进行表达和诠释的学科，我们不能不为奥尼尔和弗洛伊德这两位巨擘，在关于人性至深奥秘的研究中展现出的投契而叹服。

二、 奥尼尔悲剧中反复出现的"人格分裂"

瑞士心理学家卡尔·荣格师承弗洛伊德，提出了"集体无意识"理论中关于"人格结构"的观点："每个人的人格从一出生便是一个整体，被称为'精神'或者'灵魂'，他不是各部分的简单累加。人格具有原始统一性，人生来就具有完整的精神，所以人不必致力于构建完整的人格。但是并非每个人都能保持住这份完整和平衡。一旦人格内部各个因素相互冲突抵触难以调和，就有可能会导致人格分裂或者人格内部结构的不平衡，人的精神的完整性就会

[1] 刘智跃、金红：《自由联想：从心理治疗到文学叙事——以茨威格小说为中心》，《韶关学院学报》（社会科学）2006 年第 11 期，第 28—29 页。

破裂，精神碎片会导致人格的扭曲。"[1]荣格认为每个人天生具有完整的人格，只是后天受外界因素干扰，破坏了人格中诸要素的平衡，使之产生分裂，使人失去发展的方向和存在的价值，所以要通过自我探索、自我实现来加以纠正。这套心理学理论与奥尼尔悲剧的深层思想内涵不谋而合，以致奥尼尔"惊讶地发现他（荣格）的某些看法像一种光，照亮了我那被一种潜伏的动机所支配的经验"。[2]

　　"人格分裂"现象在奥尼尔的悲剧主人公身上并不罕见，《大神布朗》《拉撒路笑了》《进入黑夜的漫长旅程》《月照不幸人》等剧中，都曾出现过"人格分裂"的人物。他们大多因为自身过于浓郁的"酒神气质"，长期承受来自社会、家庭等方面的压力，日常生活中被迫以另一重与本性不符甚至完全颠倒的人格示人，才能勉强迎合外界要求而自我保全。原始的生命意志被"普世"的理性压抑，人无法伸张其个性，尽失其生存价值，正好印证了荣格"等级人格结构"理论中的"从众求同原型"。[3]因为人格内部结构平衡被打破，用来对外展示的子人格长期占据主导地位而变得过分强势，以致构成"人格面具扩张"，[4]不断排挤、抑制其它子人格，强势子人格和弱势子人格的冲突在潜意识中积蓄了大量负面情绪，达到一定程度时，就会造成人格的异化。

　　[1] 荣格：《荣格性格哲学》，李荣德译，北京：九州出版社，2003 年，第 5 页。

　　[2] 廖可兑主编：《奥尼尔戏剧研究论文集》，北京：中国戏剧出版社，1988 年，第 223 页。

　　[3] 荣格：《荣格心理学纲要》，张月译，郑州：黄河文艺出版社，1987 年，第 38 页。

　　[4] 同上，第 40 页。

《大神布朗》中的人物不断切换的"面具"就是不同的子人格的具象化。尼采曾说:"高贵者的危险,并不在于他成为善人,而是在于他会成为厚颜无耻者、嘲笑者、否定者",[1]迪昂最初主导的子人格是酒神忠实的追随者"潘神",他尝试以狄奥尼索斯那种来源自然、不受拘束的生命力去直接抗衡由商业和工业文明主宰的美国社会,当屡遭挫折不得不作出让步后,他只能用"靡菲斯特"式的玩世不恭来进行"隐晦"的嘲讽和否定。直至迪昂连生命也被一直躲藏在成功人士面具下的"吸血鬼"布朗剥夺,早前失势的酒神精神终得从死灰中复生,返回失控的人间重整乾坤。《月照不幸人》与之类似,贞洁的处女乔茜为了掩饰自卑、缺爱的实情,不得不戴上"淫妇"的面具,甚至高调宣称要做"妓女"。乔茜的人格分裂始于人类本性中追求爱情和肉体欲望满足的正常需求被压抑,只有"让人疯狂的"月光才能让她获得解放,吐露真情。情人杰姆的醒来和离去让乔茜从"醉境"重返现实世界,她清楚地知道"再也不会有今晚这样的乐趣和激动啦".[2]在这部悲剧中,奥尼尔绕到《大神布朗》的反面,展现人格分裂因为酒神世界的转瞬即逝未能愈合,留在现实世界中的人将继续忍受生存的痛苦,直至打破"个体化原则",回归统一的生命本体。以上成为《月照不幸人》悲剧性的重要构成因素。

《拉撒路笑了》利用基督教传说重写了一个以古罗马为背景的"超人"故事。罗马"副帝"卡利古拉一心想篡夺蒂贝留斯的权势,成为新一任"凯撒"(正帝),明面上却俯首帖耳甘为蒂贝留斯的鹰

---

[1] 尼采:《查拉图斯特拉如是说》,钱春绮译,第44页。
[2] 尤金·奥尼尔:《奥尼尔文集》第5卷,郭继德等译,第587页。

犬，行屠戮生灵的勾当，这是卡利古拉人格的首次分裂；随后"狄俄尼索斯的转世"——拉撒路复活，[1]并在民间传授以"笑"对抗死亡的方法，让追随他的人都得到解脱，狄奥尼索斯的福音取代了耶和华的福音，具有极强的酒神倾向。卡利古拉的人格结构受"酒神精神"影响再度发生变化，他在"迷狂状态"中一面承担起守卫"酒神"的责任，高呼"拉撒路，我来救你啦"，和他一同欢笑，共同创造新秩序；一面又成为"酒神"实际的行刑者，咒骂他是魔鬼，并举剑刺死被处火刑的拉撒路，摧毁了"个体化原则"。卡利古拉的人格一直在狂妄嗜杀的暴君和纯良温和的孩童间不断变换，这是被"权势"异化的人性与"酒神精神"连续冲突的结果。他在接受"生命本体"净化的同时，还残存着"个体化"的欲望，直至亲手"处决"了拉撒路，"个体"被毁灭换取"酒神"复生，才彻底清除了"理性"秩序遗留在自己精神上的负担，让这个"人格分裂"的凡人诚心忏悔并皈依"酒神"。拉撒路原是《圣经》中的人物，是"上帝"神力的见证者，由于西方传统价值体系崩溃，"旧神"已经无法兑现承诺，以宗教手段（神学真理）向现代人提供救赎，奥尼尔代之以狄奥尼索斯，让"新神"整合分裂的人格，在"上帝"的位子上通过审美手段拯救灵魂，一统人类的生命意志。

《进入黑夜的漫长旅程》反映了荣格"人格结构"理论中"面具扩张"和"面具污染"的问题。[2]家长詹姆斯和玛丽属于前者，二人迫于社会与家庭的"专制应该"或"专制不应该"违背本

[1] 尤金·奥尼尔：《奥尼尔文集》第3卷，郭继德等译，第208页。
[2] 朱建军：《你有几个灵魂——心理学咨询与人格意象分解》，北京：中国城市出版社，2007年，第125—127页。

心，[1] 进而 "自我" 被人格面具占据，最终发展成 "人格分裂"，给整个家庭造成不幸。詹姆斯曾是一个凭出演莎士比亚剧作得到业界高度评价的演员，后来为追求经济效益长期饰演基督山伯爵，彻底戴上了这个角色的 "面具"，演艺生涯再无进展；玛丽出身中产阶级家庭，受过良好的教育，在钢琴演奏上颇有天赋，梦想去欧洲做一名修女，但受到 19 世纪流行美国的 "家庭天使" 观念影响，她选择回归家庭做一个 "贤妻良母"，戴上 "面具" 并未使她收获幸福，相反，追随丈夫四处巡演的生活漂泊无定，难产染上的吗啡毒瘾让她整日精神恍惚。蒂龙夫妇时常在醉酒或白日梦状态下，追忆早年享有的天才赞誉和美好时光，借助酒神形而上的慰藉获得短暂的安宁，但是很快，主导的人格面具再一次扩张，重新挤压詹姆斯和玛丽的其它子人格，日趋恶化的 "人格分裂" 推动他们继续向麻醉剂寻求慰藉，长此以往，精神的痛苦成倍增长，还将被 "污染" 的人格传递给下一代。詹米和埃德蒙自幼受到父母不良行为模式影响，内化了他们的一部分人格，这部分被 "污染" 的人格会在儿童成长的过程中阻碍其个性正常发展。詹米本是聪敏健康的优等生，但因父亲酗酒的恶习和母亲态度冷淡，故意戴上 "潘神" 的面具，并发展为主导人格，从此对一切都报以讥讽或无所谓的态度，甚至故意诱导弟弟重蹈覆辙；埃德蒙由外到内更像母亲，具有敏感的诗人气质，但在父母和兄长错误的引导下也沦为一个失败者，即便借助出海逃离原生家庭、修复心理创伤也是徒劳。蒂龙全家都是生活在 "面具" 之下的重度人格分裂症患者，他们对自身的情况具

---

[1] Doris V. Falk, *Eugene O'Neill and the Tragic Tension——An Interpretive Study of the Plays*, New Brunswick, NJ: Rutgers University Press, 1958, p. 81.

备相当的认识，也曾向"酒神"祈求精神的安宁，但他们都没有足够勇气和能力去捅破"日神"在现实生活中虚构的假象，完成对"酒神"的皈依，自然永陷"人格分裂"的漩涡，无法体会《拉撒路笑了》中死而后生的狂喜感。

三、 奥尼尔悲剧中频繁穿插的"白日梦"

弗洛伊德的"精神分析"学说把"漫无边际的幻想创造"命名为"白日梦"。白日梦不同于夜间睡眠状态下人的生理机制制造的"梦"，也非尼采阐述"日神精神"时提到的"梦幻世界"，而是"童年时代曾经做过的游戏的继续，也是这类游戏的替代物"，"当一个孩子长大成人再不做游戏时，在他工作了几十年后，以相当严肃的态度面对现实生活之时，有一天他可能会发现自己处于再次消除了戏剧与现实之间的差别的精神状态之中"[1]。简而言之，弗洛伊德提出的"白日梦"概念指的是某些现时的事件触发主体的心理活动，使其追溯早年得到实现的愿望，在意识中虚构出与未来相关的场景，让曾经的愿望再次得到满足的情况。弗洛伊德曾将"白日梦"现象与作家的文艺创作联系起来，他认为："作家有两种类型：一种是利用现成的材料，例如古代史诗作者，另一类则是创造性作家，即在'光天化日之下'做白日梦，创造出艺术材料的作

---

[1] 西格蒙德·弗洛伊德：《弗洛伊德论美文选》，张唤民、陈伟奇译，第30页。

者。"[1]弗洛伊德显然不是发现并对此现象作出阐释的唯一一人，奥尼尔也曾密切关注过"白日梦"对西方人生存状态的影响。他不仅亲自"做梦"，突破现实世界的局限，进入世界的"酒神根基"为现代人寻求精神救赎，还据此进行了多次极具意义的文学实践。

《送冰的人来了》是奥尼尔对自己早年混迹地狱洞酒吧、吉米神父酒吧和花园旅馆时真实见闻的艺术反映。他向观众和读者展示了一个与秩序井然的"日神世界"截然不同的"酒神世界"，表现的对象是一群挣扎在社会底层，依赖"白日梦"和"威士忌"维持生存的现代西方人，他们仿若神话中狄奥尼索斯的追随者，常年聚集在霍普开设的旅馆，借助酒精产生"醉"的效果，进入更高的"迷狂状态"，从中获取生命的意义，对抗现实的死亡威胁。奥尼尔早中期作品中那种奋起反抗的悲剧主人公在本剧中消失了，作者无处不在向观众和读者传达这样一种认识：西方人曾经的精神支柱——基督教信仰和科学理性在现代社会已经式微，外部世界推崇的"苏格拉底主义"造成了内心世界的焦虑和迷惘，人类亟需一种能够赖以为生的"想象力"来抵御无所不在的绝望情绪。寄居霍普旅店的酒徒们并非天生的失败者，他们中大部分人都曾拥有一定的社会地位或者经济实力：老板霍普曾经是具有一定影响力的政客；刘易斯和韦乔恩分别是布尔战争交战双方阵营的军官；麦格洛因做过警官；乔开过黑人赌场；威利毕业于哈佛大学法学院；雨果以前是无政府主义刊物编辑。现在，这群人无差别地醉倒在酒吧间里，现

---

[1] 王宁：《弗洛伊德主义与文学初探》，《南京师范大学学报》（社会科学版）1988年第1期，第55页。

实生活让他们"怕得发抖",过去的身份已经成为一种负担。旅店老板计划外出开展社会活动,宣布明天就重返政界;前军官们吹嘘当年的神勇,期待明天衣锦还乡;革职警官准备打点关系,争取明天官复原职;赌棍夸耀自己的盈利手段,谋划明天扩大经营;大学生穿戴整齐,准备明天应聘体面的职业。霍普旅馆的酒徒们日复一日把梦想实现的希望寄托在还未到来的明天,又慑于现实的压力不能为实现理想采取任何实际行动,当"明天"真正到来,又在酒精的作用下找借口把它推给下一个"明天"。希基试图用"苏格拉底式"的说教唤醒他们的白日梦,并一度成功鼓动酒徒们走出旅店,去外界为自己寻找出路,重获世俗意义上的成功;但不出一日,这群人便彻底丧失掉应付外部世界的耐心,一个个重返原地将白日梦延续下去。苏格拉底无惧死亡,"肉体"死亡恰是他所热切欢迎的,[1]众酒徒发现希基的"救世"方案对填补人的精神空白一无是处,其借口帮助妻子脱离痛苦而将其杀害的恐怖行径反而招致肉体死亡的潜在危险,"只有白日梦才把生命赐给了咱们这伙不走运的疯子"。[2]现实处境已经不容现代人遵循传统途径取得"成功",以此作为向"上帝"的献礼,"酒神精神"才是真正支撑人类精神、延续人类生命的真理。

《诗人的气质》的主人公梅洛迪也是一个依靠白日梦过活的人。他的父亲老梅洛迪曾是爱尔兰的酒店主,靠放高利贷和勒索房客发家,跻身绅士阶层,一心要把儿子培养成一个"有地位"的人。梅洛迪背负父亲的厚望,在贵族式的家庭环境中长大,大学毕业后加

---

[1]　柏拉图:《柏拉图对话录之一:斐多》,杨绛译,沈阳:辽宁人民出版社,2004年,第16—19页。

[2]　尤金·奥尼尔:《奥尼尔文集》第5卷,郭继德等译,第154页。

入英国第七龙骑兵团服役并官至少校。他在塔拉韦拉战役中一战成名，成为全军的英雄，后来因为与西班牙情妇的丈夫决斗，将对方杀死，被迫离开军队移居美国，经营梅洛迪酒店维持生计。梅洛迪极力回避父亲不光彩的发家史，把老梅洛迪塑造成"一个品德高尚的高尔韦人"，并对早已时过境迁的贵族生活方式念念不忘，日常生活中处处装模作样地效仿贵族风度，在白日梦中一遍遍回味成为过去的荣耀，具体表现为常常顾镜自怜，反复吟诵拜伦《恰尔德·哈罗德》中的诗句，仿佛自己就是其中一个不容于世的"拜伦式英雄"；为了维持军官派头和绅士风度，宁愿一家人吃不饱肚子也要精心伺候他的骏马；喝醉后到处吹嘘年轻时的风流韵事；每逢塔拉韦拉战役周年纪念日，必定穿上他珍藏的军礼服，不顾拮据的经济状况，让妻子准备丰盛的晚宴招待昔日部下和"吃白食"的客人；得知女儿受辱，首先想到用"决斗"这种传统的方式去解决问题。妻子诺拉软弱的性格更加助长了梅洛迪的"幻想型自恋"，[1] 她对丈夫的盲目崇拜和无原则迁就，使梅洛迪愈发执着于做（白日）梦，对周围同族的爱尔兰移民不屑一顾，认为他们地位低下，却向当地的"名门之家"谄媚，想利用女儿与哈福德家族结亲来稳固自己的"贵族地位"。标榜"贵族身份"的梅洛迪实则与《送冰的人来了》中的一帮酒徒并无二致，他们都是早年曾"实现过愿望"，但后来遭受现实生活的打击一蹶不振，沦为世俗意义上的失败者，只能沉溺"白日梦"逃避现实，把"得救"的希望寄托在未来。唯一的不同在于，梅洛迪企图采取一种拙劣的折衷方式，在"白日

---

[1] 郭勤:《尤金·奥尼尔与自身心理学——解读奥尼尔剧作中的自恋现象》，第19页。

梦"上嫁接已经过时的"贵族精神"（实则是一种"个体化原则"），自欺欺人地"维持"着"日神世界"和"酒神世界"之间虚假的平衡，用"抵抗理性文明的英雄"身份强调自己刻意回避理性文明的合理性，从中获取虚妄的精神满足感。

正如《送冰的人来了》安排希基去"唤醒"霍普旅店里沉迷"醉境"的酒徒们，奥尼尔也给梅洛迪设计了一次突破"个体化原则"的契机。哈福德家的律师加兹比在塔拉韦拉战役周年纪念日当天来访，传达了哈福德先生坚决反对萨拉与其子西蒙交往的消息，并要求梅洛迪一家迁离此地，梅洛迪感觉尊严被践踏，前往哈福德家提出决斗邀请，结果不仅未能见到哈福德先生的面，反遭仆人羞辱，他遂与众仆扭打在一起，并被赶到的警察用武力制服。哈福德太太德博拉曾说哈福德一家都是"大梦想家"，他们的梦是建立在依靠"个人奋斗"实现利益最大化基础上的"美国梦"，这也是希基在做的梦，二者都属于阿波罗的"梦幻"，同具有酒神倾向的"白日梦"成对立关系，因此哈福德先生根本不必露面，便可以利用现成的社会秩序毫无忌惮地蹂躏梅洛迪苦心经营的尊严。[1] 为避免事态扩大影响声誉，哈福德先生出资保释了"肇事者"，经过这次教训的刺激，梅洛迪洞察到人生痛苦的来源，他不再像往常那样忸怩作态，而是义无反顾地陷入"迷狂"。他开始胡言乱语，用决斗的手枪射杀了骏马，又埋葬了视若珍宝的军礼服，向众人宣告第七龙骑兵团的梅洛迪少校已死。妻子为梅洛迪的疯狂忧心忡忡，女儿萨拉却清楚地看出在这些疯狂举动的背后，"他头一次神志清

---

[1] 廖敏:《奥尼尔〈诗人的气质〉中的文化身份叙事》,《电子科技大学学报》（社科版）2014年第1期，第68页。

醒过来"。[1] 与《送冰的人来了》中仍在苦苦支撑的众酒徒不同，梅洛迪最终卸下了伪装自我的"文化面具"，他同过去标榜的"贵族身份"彻底告别，投身"酒神"通过"白日梦"揭示的真理，坦然承认自己是"父亲的好儿子"，恢复了"自然身份"。"少校永远安息啦，我获得了自由"，希基用传统理念引诱"梦中人"追逐世俗功利的尝试失败了，顿悟了的酒徒们依旧躲在"梦"里等待"戈多"；梅洛迪则由"白日梦"果断地迈入"希腊式的明朗"，他从"少校"的躯壳里解放了天性，转身去酒吧间同那些生命意志旺盛的底层青年们痛饮庆祝。奥尼尔通过发生在"做白日梦者"身上的悲剧性经历，为身处相似困境而无所适从的现代人指明了一条出路，即站在艺术审美的高度，以自我毁灭的雷霆手段破除"个体化原则"，解放受压抑的自我，纠正被理性秩序扭曲的天性，重拾人的自然身份。

第二节　酒神倾向与表现主义方法之实践

第一次世界大战后，尼采、弗洛伊德、伯格森所代表的非理性主义思潮席卷欧洲，几乎同期，欧洲大陆上产生了一批打着"表现主义"旗号的艺术家。他们既不满现实主义、自然主义对现实"照相"式的反映，也反对印象主义对事物瞬间印象的描摹，表现主义流派追求的是一种不拘泥形式，能够表现生命"内在冲动"的艺术效果。表现主义思潮的影响范围涉及音乐、绘画、诗歌、小说、戏

---

[1]　尤金·奥尼尔：《奥尼尔文集》第 4 卷，郭继德等译，第 481 页。

剧、电影等多领域,[1]尤其在德国戏剧界大行其道,进而对美国20世纪20年代兴起的"小剧场运动"产生了影响。作为"小剧场运动"的主要领导者之一,奥尼尔立即对这种以夸张、变形的艺术手法穿透外在表象,深入发掘人物内心体验和主观情感的新型戏剧表现出浓厚兴趣。受瑞典表现主义戏剧先驱斯特林堡的启迪,他在自己中期的创作中大量实践了这种"属于明天的戏剧"形式,[2]其中以《毛猿》和《琼斯皇帝》两部悲剧的国际认可度最高,影响力最大,奥尼尔也因此被列入表现主义戏剧的代表作家之列。

　　奥尼尔能如此迅速地接受表现主义戏剧,并取得相当的成就,与他悲剧意识中蕴含的酒神倾向是分不开的。无论是拒绝相信表象,反映内在真实的非理性指向,还是探索现代人精神世界的核心理念,表现主义思潮都与"酒神精神"学说保持着相近的审美趣味。艺术风格上,表现主义文学摒弃了细节描写、连贯的情节和对传统形式美感的强调,代之以"人物内心的意识流","把我们自己从真实里解放出来,不是依靠它来超越真实,而是更加热切的倾诉、洞察力和对清晰性的渴望,通过感情的强烈爆发力,来战胜和支配它",[3]正好对应"酒神精神"反对"日神外观"和"苏格拉底主义",欣赏"总体生命"之大美,鼓励原始冲动的自由宣泄;表现手段上,表现主义文学"把剧中人物内心的各种潜在动机和意

---

　　[1]　朱伊革:《尤金·奥尼尔的表现主义手法》,《天津外国语学院学报》2003年第2期,第58页。

　　[2]　董衡巽　等编著:《美国文学简史》下册,北京人民文学出版社,1978年,第96页。

　　[3]　马·布雷德伯里、詹·麦克法兰编:《现代主义》,胡家峦等译,上海:上海外语教育出版社,1992年,第225页。

识活动直接外化为舞台上的直观形象",[1] 凭主观想象对世界进行变形、夸张等非常规处理,有时还会根据具体的演出要求使用各种幻象,文学不再是现实世界的"镜像",而把"自我"作为表现对象进行演绎,体现出"酒神精神"以"迷狂"和"纵欲"驱逐理性外观,观照"生命本体",实现精神超越的效果。

一、 情感第一: 奥尼尔悲剧中的内心独白

作为美国戏剧改革运动的领袖,奥尼尔参照表现主义原则,"在戏剧允许的范围内,采用、改革、新创了大量的语言手段和非语言手段"。[2] 他反对商业娱乐剧"浮夸、闹剧式的语言风格","追求表现主义所谓'原始语'的艺术感染力",[3] 朴素而富有表现力的戏剧语言成为奥尼尔悲剧艺术的重要组成部分。传统戏剧中常见的语言手段,如对话和旁白,大多是人物在理性的操控下完成的,本质上仍属于一种意识活动,观众只看到演员们戴着"面具"出演,而大量隐藏在内心世界的无意识活动由此被忽略。奥尼尔的创新在于,他先安排悲剧人物通过酒精、毒品或者幻觉的作用进入"醉境",在"迷狂状态"下进行"内心独白",展示现代人深藏在无意识中的痛苦和无助,以此来衬托主题、推动情节、表现冲突、

[1] 任如意:《背叛与灭亡——〈琼斯皇〉中表现主义戏剧手法的研究》,《河南师范大学学报》(哲学社会科学版)2011年第2期,第196页。

[2] 朱伊革:《尤金·奥尼尔的表现主义手法》,第58页。

[3] 王晓燕、张丽娟:《简论奥尼尔表现主义戏剧的审美价值》,《西北农林科技大学学报》(社会科学版)2004年第3期,第130页。

塑造人物。

内心独白的运用明显借鉴了"意识流"小说的表现技巧。奥尼尔让剧中的人物不仅站在舞台上作有意识的发言，还要把各自深藏在内心的想法直白地袒露在观众和读者面前，这样一来，受众和角色间便生成了"意识错位"，与传统戏剧中受众几乎只能从角色间的对话、动作中捕捉、揣测信息不同。作为"现代心理悲剧"，奥尼尔作品的"内观"倾向因为"意识错位"更显突出，观众和读者可以通过大段的内心独白，比剧中其他人物优先掌握更多的"心理动态"。该设计降低了观众"入魔"的门槛，使其易于获得较高的参与感，直接提升了悲剧演出的审美体验，成为奥尼尔的作品一经上演便大受欢迎的关键。《奇异的插曲》便在剧情中穿插了大量内心独白和旁白。据说为实现在舞台上同步展示人物表里的效果，该剧导演菲利普·莫勒（Philip Moeller）一度颇感为难，因为根据已有的舞台经验，没有剧本的观众很难清楚地区分人物对话、旁白和内心独白，这可能导致演出毫无章法。但他从一次乘坐火车的经历中得到启发，采用了"定格"手法，[1] 安排演员们在剧中其他人物吐露内心想法的过程中突然从正常的活动切入静止状态，只留独白者在台上继续表演，面对观众娓娓道来。[2] 这一天才的设计准确把握住奥尼尔使用内心独白的初衷，使剧中角色能够与观众进行最直接的心灵交互，发挥"萨蒂尔合唱歌队"引人入胜的作用，可谓锦上添花。

---

　　[1] 郭继德：《大胆的探索，无奈的"回归"——评奥尼尔的悲剧〈奇异的插曲〉》，郭继德主编：《尤金·奥尼尔戏剧研究论文集》，第 120 页。

　　[2] 李大霞：《简论尤金奥尼尔的〈奇异的插曲〉》，廖可兑主编：《尤金·奥尼尔戏剧研究论文集》，第 112 页。

　　奥尼尔笔下悲剧主人公们梦呓般的内心独白，倾诉着人类失其所属的茫然和诗意栖居的愿望。大篇幅的"自言自语"构成了八场独幕剧《毛猿》的主体，其中一些看似对话的部分，也因为答非所问或者人物神志不清，实际上可以作为内心独白来看待。第一场以司炉工们居住、工作的狭窄前舱为背景，扬克醉酒后向工人们宣讲自己的身份认知：他就是"机器的一部分"，是工业时代的"基础"，是推动世界进步的力量源头；扬克唾骂向上帝求救的救世军是"一群废物"，蔑称头等舱里的资本家们是"不顶事"的"臭皮囊"，嘲讽派迪代表的"自然之子"是不能适应新时代的"孬种"。第二场则由天生孱弱的资本家小姐米尔德里德阐述她对这个时代的看法。第三场与第一场类似，扬克的身份优越感至此膨胀到极点。进行到第四场，扬克固有的认知被突如其来的侮辱动摇，加上勒昂的煽动，他因强烈的复仇欲望丧失"理智"，也从心底开始质疑自己的真实身份。五、六两场便是扬克求证身份归属的历程，他不断尝试用理性分析的结果说服自己重拾作为"开动世界的力量"的信心，却在潜意识中趋于认同米尔德里德给他下的定义。第七场中，扬克近乎精神崩溃，外在的"原动力"表象被各种痛苦体验撕破，失去身份认同的扬克不得不承认"现在我不是钢铁啦，世界管我啦"。第八场是全剧的结尾，奥尼尔将场景别出心裁地设置在动物园猴房，本场纯粹由扬克的独白构成，他深夜向大猩猩倾诉苦衷，在"迷狂"中撬开兽笼，死于毛猿的攻击。至此，扬克从"前进的人"沦为"唯一地道的野毛猿"，再成为瘫在地上的"一堆肉"，主人公的实际行动固然荒诞，但由其"内心独白"更好地表现了现代人如何被自己创造的物质文明剥夺了"人"的身份。

　　与之类似的还有《上帝的儿女都有翅膀》和《进入黑夜的漫长

旅程》中关于艾拉和玛丽的内心独白。白人姑娘艾拉受流氓拳击手诱骗，怀上身孕后被抛弃，不仅与家人断绝了关系，婴儿也患病夭折，只能嫁给一直爱慕她的黑人吉姆，在黑人聚集区定居。不可否认，艾拉对丈夫怀有真挚的爱意，她称赞吉姆"是世界上独一无二的白人，心地善良的白人"，但潜意识里的种族歧视观念又让她不时表露出白人的优越感，毫无根据地认定黑人"丑陋不堪""愚昧无知"。非理性的"潜意识"和理性"意识"的矛盾终于让艾拉精神分裂，正常时，她鼓励丈夫努力学习通过律师考试，"成为全国最出色的律师"，让那些不安好心的白人"看看自己嫁给了什么样的男人"；病症发作时，她自言自语，辱骂丈夫是"邋遢的黑鬼"，无意识的心理活动还是暴露出西方白人强烈的种族优越感以及对有色种族的刻板偏见。"我猜你准是忘记了自己的身份吧！事情总是这个样子！好心待你，把你当个人看，没过三天，你就头脑发热了，以为自己是个了不起的大人物了，到处大摇大摆，拿起架子来了……（同情地喊）吉姆！（然后，惶恐地抽噎道）说不定他通过啦！说不定他通过啦！（心乱如麻）不能！不能！他不会的！那样的话，我就要杀死他！我要杀死我自己！"[1] 艾拉内心恐惧且拒绝相信黑人吉姆能通过个人奋斗取得和白人同等的成就，那将直接动摇"白人至上主义"存在的现实根基。奥尼尔不是从社会层面对美国的种族歧视现象进行直接批判，而是用大段的内心独白，表现种族主义情绪对一个嫁给黑人的白人女性心理的扭曲，让观众的情感受到刺激，自行作出判断。

　　《进入黑夜的漫长旅程》中的玛丽因为年少时的情感冲动脱离

---

[1]　尤金·奥尼尔：《奥尼尔文集》第 2 卷，郭继德等译，第 552 页。

了自己出身的阶层，下嫁名演员詹姆斯，并响应社会号召成为一名
"家庭天使"，后因难产染上毒瘾，终日在吗啡制造的幻觉中浑浑噩
噩地度日。玛丽对丈夫和孩子确实怀有爱意，她总是温柔地照顾丈
夫，关心幼子埃德蒙的情绪和健康，袒护不成器的长子詹米，但她
潜意识里认为，正是繁琐的家务限制了女性个人的自由发展，精神
和肉体上的痛苦始终在蠢蠢欲动。当毒瘾发作导致精神异常时，玛
丽竟怀着报复的快感谴责家人"你们都罪有应得"，自陈"从来没
有感受到这是我自己的家"；面对结婚时穿过的礼服，她怅然若失，
"我找的究竟是什么？我知道是我丢失的一件东西。（她从蒂龙身边
退了一步，意识到他现在仅是她的出路的障碍）"，[1] "我非常需
要这样的东西，我记得我有这样东西的时候，我从来就不觉得孤
单，从来也不害怕。总不会永远失掉这样东西吧，要是我那样想，
那只好死去。因为要是那样就完全没有希望了。"[2] 此时的玛丽就
仿佛狄奥尼索斯的女信徒，借由麻醉剂脱离了现实生活中"理性"
的约束，在潜意识里追寻自己失去的东西，她不记得那是什么，只
知道其失去与丈夫的出现、家庭的组建有关，并且确信他们还在继
续阻碍自己找回这样东西。奥尼尔通过悲剧人物无意识的内心独白
暗示，"苏格拉底主义"主导的社会秩序严重抑制了人类生命冲动
的表达，借"爱情"名义组建的家庭无"爱情"之实，已经成为阻
碍"家庭天使"们乃至现代人个性解放的累赘。更进一步，则是在
以"理性"的名义创建的后工业文明的压抑之下，整个西方社会陷
入空前的信仰、身份、生存危机，对"知识"和"美德"的追求阻

---

[1] 尤金·奥尼尔：《奥尼尔文集》第5卷，郭继德等译，第454页。
[2] 同上，第455页。

碍了人类寻回曾经的精神家园。

二、 逆向演化："酒神"影响下扬克的变形表现

"变形"是传统的文学主题，也是表现主义文学的基本手法之一。艺术的"变形"，不止停留在对事物的外观、属性进行简单改变，满足观众和读者的猎奇心态，而且是"作家对客观世界的主观映射"。[1]这意味着表现主义所说的"变形"回归了人最原始的思维方式，不仅需要呈现外界对剧中人物精神状态的影响，还要直观地反映作者的审美取向及对主题的把握。"变形"手法突破了传统西方文学的"写实性"要求，将现实生活"有序"表象下荒诞、混乱的一面展示给观众和读者，这种"反常"以强大的震撼力实现了作者的创作意图，在怪异丑陋的真相中发掘出生命"美"的形式。《毛猿》是奥尼尔运用"变形"手法进行悲剧创作的代表作品，扬克从"人"到"猿"的"变形"过程使其成为西方戏剧史上极富"原始趣味"、表现现代人身份错位和人格异化的力作。

《毛猿》中的"变形"表现为一种"逆向演化"。就主体而言，"逆向演化"即现代人的"重新动物化"，这一提法来自尼采非理性主义哲学和达尔文的生物演化理论。19世纪，尼采宣布"上帝死了"，西方传统价值体系依附的理论根基荡然无存，"一切价值重估"向人类中心主义发出质疑。"酒神精神"揭露人类无意识中潜伏有动物本能的生命冲动，"我们不再从'精神''神性'寻求人类

---

[1] 王晓燕、张丽娟：《简论奥尼尔表现主义戏剧的审美价值》，第130页。

的根源，而是将人回置到动物中去。我们视其（人类）为最强大的动物，因为它（人类）是最狡猾的：结果之一就是他的精神性。另一方面，我们提防一种即便在此也想再次发出声音的虚荣：仿佛人已经是动物发展伟大的隐秘意图。"[1] 文艺复兴以来，人类便自诩为上帝的完美造物，秉持"理性"观念一路走上神坛，大有取代"上帝"之意。人早已习惯了用极自恋的态度看待自我和世界，以为天生优越于其它一切物种，因为"最高荣耀"——理性，只为人的意识独有。但是，这份独一无二的天赋很快使人类落入"演化陷阱"（evolutionary trap），原本用以从自然竞争中脱颖而出的制胜法宝而今惨变成铸造"牢笼"、自取灭亡的工具。到了 19 世纪，达尔文等人的发现抹除了人和一般意义上"动物"的界限，科学研究证明生物的演化只以适应环境、传递基因为目的，不存在高低优劣之分；目前认为现代智人起源于上新世的古猿，在分子生物学上与其它动物并无二致，精神能力方面也和较高级的哺乳动物没有实质差异，人类被从生理上完全划归动物界。[2] 尼采的理论进一步破坏了"人类"身份的同一性。马克思指出"有意识的生命活动把人同动物的生命活动直接区别开来"，[3] 既然人类的"理性"精神已经失落，其导致的"有意识的生命活动"随即停滞，人自然失去了继续为"人"的资格，从文化意义上也重归"毛猿"祖先的行列。

《毛猿》的主人公扬克是现代人逆向演化的典型。奥尼尔将他

---

[1] 尼采：《敌基督者》，余明锋译，北京：商务印书馆，2019 年，第 18 页。

[2] 斯蒂芬·杰·古尔德：《自达尔文以来》，田洺译，海口：海南出版社，2008 年，第 130—139 页。

[3] 《马克思恩格斯文集》第 1 卷，北京：人民出版社，2009 年，第 162 页。

的形貌塑造成"胸脯上毛茸茸的"、"长臂，力大无穷，凶恶、忿恨的小眼睛上面额头低低的向后削去"，[1] 全然是"一副猩猩面孔"。不仅外形上近似，扬克的行为和性情也体现出"毛猿"的特征："他一只手里拿着他的铲子，凶恶地在头上挥舞，另一只手捶着胸膛，像个大猩猩一样大叫"，[2] 当发现米尔德里德时，扬克"发出一声嚎叫、杀气腾腾的咆哮，蹲下身子想向前扑，嘴唇向后咧，紧贴在牙齿上，他的小眼睛闪着凶光"。[3] 扬克由外而内没有体现太多人类"理性"的特点，"兽性"特征反而十分突出，尽管如此，他仍试图作理性的"思考"来维持"人类"身份，但这种企图很快被饮酒的享乐本能代替，现代人"理性"的表象只是一层伪装，下面隐藏着空虚的灵魂和原始的欲望。奥尼尔在本剧中设计的另一次"变形"仍和扬克的身份认知有关。身为美国社会最底层的司炉工，扬克对自己的处境并无清晰的认知，他身陷钢铁打造的"笼"中，却崇拜制造钢铁的机器体系，盲目自信"钢代表一切！而我就是钢——钢——钢！我就是钢里面的肌肉，钢背后的力量"，[4] 是"我们这些人在前进，我们是基础，我们是一切"。[5] 他不知不觉地践行了"奴隶道德"，把恶劣的工作条件看做展现"主人"力量的良机，对派迪描绘的前工业时代，水手们与自然融为一体的和谐状态嗤之以鼻。上层社会的情况并没有因为垄断经营和资本积累有所不同，与扬克类似，上流人士们被"变形"成米尔德里德那样喜欢装

---

[1] 尤金·奥尼尔：《奥尼尔文集》第 2 卷，郭继德等译，第 410 页。

[2] 同上，第 429 页。

[3] 同上，第 430 页。

[4] 同上，第 419 页。

[5] 同上，第 420 页

腔作势的"贫血病人",或者纽约五马路上冷漠麻木的"活动木偶"。后工业时代的机器化大生产的确让物质得到极大丰富,但也导致生产资料和产品分配不均,西方社会贫富差距悬殊且阶层固化,同时造成环境污染、物种灭绝等一系列生态问题,人类与自然的关系急剧恶化。现代人不自知地用血肉给工业文明当齿轮,反误以为是自己在主导人类社会甚至地球历史的走向,实际上却从出身的自然界割裂出去,被异化成物质的奴隶。"扬克"们和"米尔德里德"们面临的困境,是理性文明引领世界进步的假象下,人类精神的集体倒退。

奥尼尔用"变形"表现困境,也用"变形"解构困境。米尔德里德异想天开的举动,颠覆了扬克旧有的身份认知,一部分人最先从物质文明带来的虚假精神满足中醒悟。对新身份的不适激发了扬克潜意识里的生命意志,他被强烈的复仇欲望驱动,先后前往纽约五马路富人区、布莱克韦尔岛监狱、世界产联第五十七分会办公室等地,试图在现实中寻求与"变形"的结果——"毛猿"身份对抗的途径,重新证明"人"的生命意义和存在价值。像一切古希腊悲剧的主人公一样,扬克为现代人寻求身份认同的努力逐渐指向与行动目标相悖的方面,用理性化的常规手段,比如社会改良运动,逆转人类"逆向演化"的趋势不具可行性。但求证过程引发的痛苦体验扫荡了扬克对"人类理性"的最后幻想,他抛弃"苏格拉底式"的旧身份认同,完全进入"迷狂状态",外在表现为语无伦次、精神崩溃,实则掌握了酒神智慧,进而主动接纳了新的身份。戏剧第八场,扬克来到了动物园的猴房,向大猩猩倾诉现代人"从两方面受尽了夹缝罪",称赞生长于自然环境的真正毛猿"是这个世界上唯一顶事的",他在"毛猿俱乐部"完成了最后的"变形"。至此,

扬克的身份探索与"逆向演化"的历程同步抵达终点，他受"酒神
智慧"启迪转而认同派迪的说法，"阳光温暖，没有云彩，却吹着
微风。不错，我完全感受到了——正像派迪说的，那才是过瘾的好
饮料"。[1] 酒神悲剧的效果在引导人修复与社会、与他人、与自我
之间的裂隙，复归自然获取统一感，[2] 因为畅饮了狄奥尼索斯赐
予的"好饮料"，扬克放弃了人类中心主义情结，"失散之子"与自
然母亲重新联合，人的肉体和精神合二为一。这种返璞归真的狂喜
感促使他撬开了"文明社会"约束"野兽"的铁笼，释放出代表最
原始生命意志的真正毛猿，并在它强力的搂抱下死去，"个体化原
则"失效了，生命回归本体，"个人"成为和其它动物无差别的
"一堆肉"。酒神的老师西勒尼告诉国王弥达斯（Midas）："绝佳的
东西"是"不要存在"，而"次等美妙的事体便是——快快死
掉"，[3] 扬克个体生命的毁灭包含着一种肯定，首先从美学、哲学
意义上肯定"痛苦"和"死亡"，才能在精神层面完成对二者的超
越。现代人极度衰弱的"生命意志"通过扬克"最高类型的牺牲"
强化，他们目睹"扬克"面具下狄奥尼索斯的复活，为生命之不可
穷竭欢欣鼓舞，大方承认了自己"毛猿"的自然身份，从"理性"
宰制下恢复精神的平和与自由，因此奥尼尔在剧终写道："也许，
最顶事的，毕竟还是毛猿吧。"[4]

---

　　[1]　尤金·奥尼尔：《奥尼尔文集》第 2 卷，郭继德等译，第 459 页。

　　[2]　贺丽丽：《作为悲剧主角的酒神狄奥尼索斯》，《贵州民族学院学报》（哲学
社会科学版）2007 年第 6 期，第 153 页。

　　[3]　尼采：《悲剧的诞生》，孙周兴译，第 32 页。

　　[4]　同 [1]，第 461 页。

三、 逃亡之路：《琼斯皇帝》具有酒神意味的布景

奥尼尔对传统戏剧的"表现主义"改造还体现在"非语言手段"上，他结合现代技术重新设计了"内倾"风格的舞台布景，"把人物内心的各种潜在动机和意识活动直接外化为舞台上的直观形象"。[1] 奥尼尔式舞台布景与传统布景的区别在于，被摆上舞台、直接供肉眼观察的实物道具，代表的并不一定是戏剧场景中的实在之物，而很可能是一种源自人物意识或潜意识中的"幻象"。由此可见，奥尼尔的确深谙人类心理，他十分清楚"视觉"在人认识世界的各种感官中占据首要地位。为了方便直接向观众展示，这些"幻象"均进行过与原型相适的艺术化处理，再依据情节需要进行调整，就可以避免用旁白解说的传统方式，将内在的精神状态和各种心理活动诉诸视觉感官，拓展"舞台叙事"的表现范畴。《琼斯皇帝》设计了一整套颇具"原始趣味"的布景体系，演出中相继展现了"一群没模样的小恐惧（隐藏在林中、看不清全貌的小野兽）""杰夫玩骰子""白人狱卒鞭笞黑囚""拍卖黑奴""贩奴船""刚果巫师召唤鳄鱼神"六个主要幻象，将琼斯在逃亡途中的个人无意识、种族无意识及人类无意识一一揭示，[2] 是"内心客体化"（externalization）的典型表现。全剧又配合以土著黑人由远及近的手鼓声，同时将听觉感官纳入"内心客体化"的进程中，立

---

[1] 周红兴主编：《外国戏剧名篇选读》下册，北京：作家出版社，1986年，第711页。

[2] 张勤：《充溢着狂想的历程——评析〈麦克白〉和〈琼斯皇〉的表现手法》，《外国文学研究》2004年第2期，第85页。

体演绎琼斯在暗夜森林中逃亡时遭受来自个人和种族集体的痛苦体验纠缠，由自信到恐慌最终崩溃的心理动态，让舞台上这条"鬼影幢幢"的逃亡之路成为美国深肤色种族忍辱负重的心路历程。

　　奥尼尔倡导美国严肃戏剧改革的初衷之一，便是要从舞台上驱逐那些纯粹以盈利为目的，缺乏思想深度的商业娱乐剧。《琼斯皇帝》将人类无意识的精神活动外化成舞台布景，用数种直观、可怖的心理幻象消解观众和读者的享乐意识；让主人公琼斯在实体化的"心魔"逼迫下陷入"迷狂"，消灭"文化面具"，重新融入自己的种族身份，刺激观众和读者接受心灵净化。全剧体现出"审丑"的美学价值，同作者预期的效果相符。美学意义上的"丑"同样为尼采所重视，他"以反传统形而上学的思维方式，以价值重估的解构策略"，[1] 打破传统的依附于意识形态的美丑判断标准，指出现代的"美和丑是参考一个'特定'的模型来定义的"，[2] 即"人"自身的标准，所以根据个体"生命意志"的强弱，"丑"也被划分成积极和消极两种类型。尼采美学、哲学理论中的"生命意志"就是由不同的本能欲望构成的"内在冲动"，他认为内在冲动作用在事物上时，往往无视道德规范，解构此在的现实来探求生命更广泛的存在可能性，从而引发颠覆性的连锁效应，本身"带着某些恐怖和残酷的色彩"，[3] 正如狄奥尼索斯"欢乐之神"的身份下"隐匿着

---

　　[1] 罗孝廉、彭萍：《尼采的丑观及其与强力意志的关系》，《河北学刊》2014年第1期，第84页。
　　[2] 翁贝托·艾柯：《丑的历史》，彭怀栋译，北京：中央编译出版社，2010年，第15页。
　　[3] 同 [1]，第84页。

恐怖和带有恶魔魅力的性质"。[1] 因而，就这层意义上来讲，《琼斯皇帝》的布景表现的是"积极的丑"，是狄奥尼索斯般手段残酷而目的高尚，是另一种"美"的象征和隐喻。

《琼斯皇帝》的开场安排在宫殿的谒见厅，这里的墙壁、地砖和柱子都是白色的，暗示琼斯已经背弃了自己从属的黑人种族，被白人文明同化。他在岛上对土著黑人横征暴敛，绞尽脑汁从自己的"同族"身上榨取金钱利益；他玩弄权术，朝令夕改，"自己刚刚颁布法令，马上就把它破坏"，"大搂大抢他们就封你当皇上，等你一咽气，他们还会把你放在名人堂里"，这套"强盗"理论就是他"在火车卧铺车厢里干了十年，从那些白人的高谈阔论里学到的东西"。[2] 西方白人创造的现代工业文明正是建立在对自然无节制索取，对其他种族屠杀、奴役、殖民掠夺所积累的原始资本之上的，黑人琼斯因为长期接触白人社会，耳濡目染地接受了这套白人话语，一有机会便在自己的"同胞"身上实践起来。《琼斯皇帝》的悲剧性就在白人主导的话语误导、削弱了其他种族的身份认同，生活在白人社会黑人羞于回归本种族的文化传统，也不能为白人文化接纳，从两边受尽了"夹缝罪"，所以土皇帝琼斯和司炉工扬克一样，都是在强势的西方理性文明阴影下丧失了身份归属的现代人。

土著黑人反叛的手鼓声催促琼斯踏上了隐藏在暗夜森林中的逃亡之路，也是一条重新确认自我身份归属的回归之路。从第二场琼斯寻找预先储藏的食物，准备进入森林开始，直到第八场琼斯被反

---

[1] 罗孝廉、彭萍：《尼采的丑观及其与强力意志的关系》，第85页。
[2] 尤金·奥尼尔：《奥尼尔文集》第2卷，郭继德等译，第167页。

叛的土人士兵枪杀，奥尼尔按照历史事件发生的倒序，连续变换六次舞台布景来表现琼斯如何层层剥下"白人面具"，一步步逼近自己原本的种族身份。首先是树林暗处爬出来一些眼睛发光、外形模糊的小动物，它们代表开始弥漫在琼斯无意识深渊里的紧张情绪。因为事前储藏的食物消失不见，饥饿的琼斯不禁怀疑自己搞错了逃生密道的入口，顺利逃亡的信心遭到打击，他用人类工业文明的造物——枪械和铅子弹暂时驱散了幻象，鼓起勇气踏上逃亡之路。然而物质文明赋予人类的安全感是虚假的，精神家园失落造成的创伤却是永久的。紧接着出现的是因为赌博出千被琼斯杀死的黑人茶房杰夫，"杰夫玩骰子"的场景提醒琼斯他正是因为杀害同胞被捕入狱，最后流落到这个海岛，成为皇帝继续欺压土著黑人的，"黑鬼"引起琼斯内心的不安，他再次开枪打破幻象换取逃生的信心，但从自相矛盾的内心独白可知，支撑琼斯精神的"白人面具"开始解体，他内心的恐惧正在蔓延。第三次，琼斯看到了入狱服刑时监督自己劳动的白人狱卒，他一时受"文化面具"控制，竟情不自禁地服从其命令干起活来，并在"迷狂状态"下重现了自己反抗白人狱卒并成功越狱的经过。他向"白人狱卒"射出的一枪标志着禁锢黑人的镣铐被破坏，这是"权力意志"的一次闪现，白人制定的社会规则对琼斯造成的影响已经脱落，美国黑人种族长期受压抑的生命意志得以释放。

经过前面三场幻象，琼斯已经消解了一部分"个体化原则"，他实现了从"个体生命"迈向"总体生命"，因此接下来两场出现的布景不再展示琼斯个人的遭遇，而是和琼斯所属的整个黑人种族的命运联系起来。"集体无意识"先把琼斯带回到 20 世纪 50 年代，美国南方举办的一场黑奴拍卖会上，台下满是看热闹的白人，而他像自己的祖先一样被奴隶贩子当做牲口竞拍，最后归出价最高者所得；继而又把琼斯置于一艘贩奴船的底舱，奴隶们随着海浪的颠簸在舱内摇晃，琼斯不由自主地和这些刚被捕获准备卖往新大陆种植园做奴隶的黑人祖先们挤在一起哀嚎。琼斯作为黑奴在现代社会的后代，没有亲身经历过祖先的不幸，加上强势的白人文化长期排挤异质文明，因而误入歧途，信奉起白人的行为准则和制度。奥尼尔经由狄奥尼索斯的"醉境"恢复了琼斯潜意识中的种族记忆，这种"破坏性的醉"调动起强悍的生命意志，摧枯拉朽般扫荡了琼斯旧有的认知，还原其本来的身份，并引导他来到最后一场设置的布景当中。第八场的布景充满非洲原始宗教的神秘意味，这种原始趣味一向为狄奥尼索斯钟爱。至此，琼斯已经完全成为"酒神"的信徒，他觉得举行祭祀仪式的圣树、石头还有河流都非常熟悉，因为这些都属于黑人文化传统的一部分。作为非洲黑人的后裔，琼斯在潜意识中尚且保留着相关的种族记忆，所以他不自觉地随刚果巫师的舞蹈虔诚地跪拜，"用手打着拍子，上半身左右摇摆晃动。那种舞蹈的精神意义，已经全部渗入了他的体内，成为他自己的精神。"[1]

早期人类思维与现代人存在差异，"对我们来说是知觉的事，对他来说则首先是和主要是与神灵、与灵魂的交往"，[2]较之表象特征，先民更信赖"梦"或"幻象"，希望通过举行宗教仪式影响意识中的"神秘力量"来满足自身生存的需要，比如维护部落安全、保证人丁兴旺、控制天气或获取资源。《琼斯皇帝》最后一场

---

[1] 尤金·奥尼尔：《奥尼尔文集》第2卷，郭继德等译，第189页。
[2] 列维-布留尔：《原始思维》，丁由译，北京：商务印书馆，1985年，第53页。

呈现的非洲原始祭仪，明显是向代表神秘自然力量的鳄鱼神献祭以换取族群的安全，琼斯在无意识驱动下自愿作为奉献给"神灵"的活祭品，换取黑人种族的安全。全剧开场时曾交代，只有那颗象征"原始宗教迷信"的"银子弹"才能杀死琼斯（尽管是一个谎言），而土著黑人最终掌握了这颗决定生死的"银子弹"，他们开枪打破了琼斯身上的"个体化原则"，而琼斯的精神已经在为种族献祭的仪式中净化，到达了"酒神精神"的最高境界——"意志的醉"。奥尼尔通过具有"酒神意味"的布景，将悲剧人物抵制异化的身份，在"象征性"死亡中超越个体和集体蒙受的苦难，赢得肉体和灵魂解放的心理过程搬上舞台，使观众们从"醉"的审美体验中领略到尼采所谓"形而上的慰藉"。

第三节　酒神倾向与象征主义方法之运用

尼采在《悲剧的诞生》中对构成悲剧艺术的诸多要素进行过仔细辨析，最后认定悲剧诞生于"音乐精神"，在其发展的任何一个阶段，"音乐"都是唯一的核心。他用"酒神精神"定义并具象化了该结论，指出音乐是"酒神精神"的最佳体现，能够以理性难以把握的力量渗透到事物的本质当中，揭示内在的"原始冲动"和"原始痛苦"。带有上述"酒神倾向"的艺术观，在 19 世纪末 20 世纪初期俄国象征主义文艺理论及创作实践中也得到了体现。[1] 象征派推崇的是一种综合性的新艺术，在他们看来，音乐是"体现一

---

[1] 王彦秋：《尼采的酒神艺术与俄国的象征主义》，《俄罗斯文艺》2000 年第 S1 期，第 68 页。

切创造的原动力的形而上的力量”，是“创造的最高形式”。勃洛克断言未来文学发展的前途是和音乐融合，因为“音乐创造世界，她是世界的精神之躯”。别雷在写于 1903 年的《作为世界观的象征主义》中指出“音乐最理想地表达象征。象征也正因此永远赋有音乐性。从批判主义向象征主义的转型必然伴随着音乐精神的觉醒。音乐精神是意识转折的标志。尼采不仅针对戏剧，而且针对整个文化作出了如下宣告：‘用常春藤在额上加冕吧，把酒神的神杖攥在手心，且不要诧异虎豹在您膝前的温顺缠绵……您应该追随狄奥尼索斯信徒的狂欢队伍……’现代人类因为内在的音乐向意识表层的靠近而激动不已。”[1] 以上可以一窥象征派引领的文艺思潮和尼采理论核心之间的互通之处。

“象征主义”是西方现代主义文学思潮的重要组成部分，其倚重的“象征”手法也对其它文学流派产生过不同程度的影响。奥尼尔便在自己的剧作中大量运用了象征手法，并自述各种象征性“意象”使剧本“意味深长”，其中“海洋”“月光”“面具”是他比较常用的核心意象。意象作为一种“心理表象”，是作家通过客观事物对以往心理经验的再现，“海洋”“月光”“面具”成为奥尼尔悲剧意识的主要载体，经作家的艺术构思和演员的舞台表现传递给观众，让他们追随那些散发出酒神气质的男女主人公在审美领域身陷命运、现实或者身份的掌控，复以绝境中的呐喊、沉沦或求索，呼唤狄奥尼索斯回归人间，在现代文明给人类精神留下的疮痍上重建一个新的“神话国度”。

---

[1] 安德烈·别雷：《作为世界观的象征主义》，王彦秋译，《世界文学》2002年第 4 期，第 280 页。

一、 从"海洋"意象分析酒神倾向

"海洋"是奥尼尔作品中出现频率最高的意象，围绕这一中心，还衍生出"海岛""海雾"等意象，几乎构成了一个意象群。"海洋"意象跨越了奥尼尔创作生涯的三个阶段，它既是实在的自然物，又是抽象的神秘力量，人与海之间错综复杂的关系，源于人类主动脱离自然界后无处栖身的恐慌。由于该意象群的存在，奥尼尔与"海"相关的作品不可避免要包含一些"海洋"的衍生意象，这些都应该纳入中心意象（海洋）的审美范畴进行统一考量。综观奥尼尔的悲剧艺术，海洋通常被赋予两种象征含义：其一是"不可抗拒的命运"，其二是"无法返归的自然"，分别适用于"海上生活者"和"陆上生活者"两个迥异的社会群体，"海"和"陆"是人类最主要的活动空间，这两个群体相加约等于整个人类社会。

前者的代表《安娜·克里斯蒂》是奥尼尔向成熟阶段迈进时期的作品，他本人并不看好这部戏，认为"是我所有戏剧里最陈腐的作品，既因为演用过多，也因为在我全部创作里这部戏的编剧手法最因袭传统"。[1] 但这部以海洋为背景的四幕悲剧却广受中外观众及评论界好评，甚至为他赢得了第二次普利策奖。这一反差可能与奥尼尔设置了一个"幸福的结局"有关，但他曾就此申明"喜剧结尾仅仅只是在华而不实的引号从句后面的一个逗号，整个句子的主

---

[1] Travis Bogard and Bryer Jackson edit. , *Eugene O'Neill's Selected Letters*, New Haven：Yale University Press，1988，p. 522.

句还没写完",[1] 可以预见，奥尼尔会把续写"主句"的任务继续交付给"海洋"来完成。剧中，人类与自然的冲突具化为克里斯家族与大海的纠纷，剧情在弥漫的海雾中展开，掀起雾气的海洋是这个家族的宿命所在，老克里斯家除他以外的所有男人都葬身于大海，女人们则因为丈夫被海洋夺去生命而终年守寡。老克里斯憎恨海洋，咒骂它是"老魔鬼"，却一辈子都在海上谋生。他年轻时在帆船上做舵工，成长为一个出色的水手长，后来做了运煤船的船长，结尾又同女婿签约到同一条海船上，海洋也将成为老克里斯逃脱不掉的归宿，他无计可施，只能靠酒精缓解愁绪。为避免女儿安娜重蹈克里斯家族成员的覆辙，他出海前特意将其安置在妻子表兄妹的农庄上，并时常通过信件嘱咐她远离大海，希望陆地能够为女儿提供庇护，不想安娜在农庄被当做奴仆使唤，甚至遭到表兄弟强暴，最终逃到圣保罗做了妓女。大海磅礴的力量已经牢牢控制住克里斯一家，无论他们藏身何处都不能逃离其影响力。这点还体现在青年水手马特与安娜的意外相遇。马特的船在海上失事沉没，他经过五天的漂流，和幸存的另外四人被救上克里斯的货轮，偶遇并爱上前来探亲的安娜。克里斯家族的女人终于避免不了与海洋产生联系，由此引发了三人之间的矛盾冲突。

老克里斯深谙海上生活对家族造成的创伤，坚决阻止安娜同马特交往；而马特过分迷信"人"的力量，他想扮演一个世俗意义上的英雄，坚持"海才是他唯一的生活"，两个意见不合的男性不惜拔刀相向。安娜制止了这场争端，并向他们坦白了陆地生活曾给她

---

[1] G J. Nathan, *George Jones Nathan: An Essay of Drama*, New York: Isaac Goldberg Press, 1926, p. 154.

带来的不幸。二人为此陷入震惊和痛苦，克里斯惭愧自己过去没有尽到做父亲的责任，继续把罪责推卸给海洋及其代表的命运；马特一开始无法接受事实而离去，后来又在情欲驱使下返回安娜身边，并自信可以把她改造成一个"全新的女人"，他最终凭"老天爷（海洋）帮忙"与安娜结合，全剧在青年人的婚礼和翁婿同签"伦敦德里"号的巧合中落幕。海洋再次驱使迷雾笼罩了一切，它将继续保守人类"往何处去"的秘密，男人们又一次抛下女人出海，克里斯一家仍将面对不测的命运，奥尼尔否定《安娜·克里斯蒂》"喜剧结尾"的说法从"海洋"的象征含义中得以验证。

人生的悲剧性在于被称作"命运"的神秘异己力量所左右，使他的奋斗偏离预期目标，直至走向失败和毁灭，一如克里斯一家枉费心机逃离大海，最终还是沦为海洋的牺牲品。但个体的失败体现出原始意志和永恒力量，人可以通过战胜生存的悲剧性而实现生命的价值。[1] 老克里斯被海洋夺走了所有亲人，知其难以捉摸，所以尽量回避问题来减轻痛苦，他早年把女儿寄养在陆地，造成安娜堕落；得知女儿来访，碍于情面只能拜托酒吧服务员驱逐自己的情人玛莎；拒绝承认是自己失职给女儿带来不幸；百般阻挠马特和安娜的婚姻，最后还是作出妥协。老克里斯极力避免和异己力量发生正面冲突，想绕过海洋去开辟新的生存空间，这是不可能实现的。马特则作为老克里斯的对立面出现，他是一场海难的幸存者，因此常吹嘘自己的勇力和强大，嘲笑老克里斯懦弱。他对海洋的了解过于浅薄，甚至抱有不切实际的想法，以为凭一己之力就可以同自然

---

[1] 吴金涛：《酒神精神与人的艺术的救赎》，《名作欣赏（评论版）》2007年第8期，第137页。

正面对抗，把自己塑造成一名挑战命运的"理性骑士"。但安娜泣诉的真相将他轻易击垮，几近崩溃的马特也选择沉溺醉乡逃避现实，而后自欺欺人地请求安娜收回那一番话，幻想自己有能力把安娜调教成理想中的妻子，他最终认同了老克里斯"这是大海玩弄的最肮脏的鬼把戏"的结论。较之两个男性角色，安娜更具"酒神狂女"的气质，她一方面抛弃社会道德，出卖肉体以换取自由，与萍水相逢的马特交往来争取爱情；另一方面编造谎言满足父亲和情人的幻想，仓促结婚以掩饰不堪的过去。安娜确实曾经以强劲的生命意志从逆境中寻找一条出路，试图争取自我命运的支配权，结果仍鬼使神差地嫁给水手，难逃克里斯家族女人们的宿命，新婚燕尔便要独自等待父亲和丈夫从下一次生死未卜的航行中归来。剧中的三个人物采取了三种不同的抗争方式，都在海洋的意志下化为泡影，但是生活仍要继续，即便迫于无奈，他们还是选择向惊涛骇浪中求生存，以强者之姿与大海代表的异己力量缠斗下去。古希腊式的悲剧精神在20世纪奥尼尔的作品中得以重现，克里斯家族的悲剧即是人类共同的悲剧。

与《安娜·克里斯蒂》不同，《天边外》和《悲悼》中的"海洋"意象代表的是"无法返归的自然"。是否应该离开田庄去"天边外"冒险的抉择贯穿了罗伯特的一生，天性浪漫的他原本已经作出决定，只因邻家少女露丝在临行前夜表露真情触发了心灵悸动，罗伯特冲动地放弃出海计划，与露丝组建了家庭，而务实的安德鲁代替弟弟上了"圣代号"帆船远航，兄弟二人的一生自此被改写。乏味的务农生活和恋爱激情消退，给具有诗人气质的罗伯特带来极大的精神痛苦，并间接导致了他的死亡，临死前罗伯特决心走出家门，爬上堤岸眺望远方，从曾被牺牲的"天边外的秘密"中得到了慰藉，那是天尽头的大海安抚了死者错位的灵魂。《悲悼》三部曲参考了古希腊悲剧《俄瑞斯忒亚》，主要情节发生在美国新英格兰地区，"孟南家的每个人都企图打破家族的和社会的障碍，怀着逃到南太平洋一个叫幸福群岛的避难所去的心愿。他们住在一个海港城市里，每次眺望地平线时，总会想起被命运困住在新英格兰的陆地上"。[1] 戏剧开场，《申纳杜》的歌声响起，"这首歌比任何别的歌曲更含蓄着大海的深沉的节奏"，[2] 歌声贯穿于整部悲剧的始末。艾斯拉在归家之夜提及要和妻子克莉斯丁赴海岛旅行，弥补婚姻罅隙的愿望；克莉斯丁因丈夫缺乏生活激情，期盼与情人卜兰特船长远走南太平洋群岛享受蜜月；卜兰特船长假意追求莱维妮亚，透露了"幸福之岛"和岛上"快乐的秘密"；莱维妮亚前往海岛旅行后性情大变，完成了自我的解放；奥林一直希望到"幸福之岛"疗养战争造成的心理创伤，恋母的他还把克莉斯丁比作"世界上最美丽的岛"。[3] 孟南家所有人对离开陆地、奔赴海岛的热望，可以概括为陆地人对"海洋"的憧憬。

《天边外》和《悲悼》中的人物都存在欲望膨胀致使本性迷失的问题，这也是现代物质文明下西方人的通病。罗伯特因情欲冲动临时变更生涯规划，在现实生活的重压下贫病交加而死；安德鲁因对金钱的欲望，将多年辛苦所得全部投入投机买卖，赔得血本无归；露丝企图同时占有罗伯特的浪漫情调和安德鲁的实干才能，落得抑郁终生，三人完全在个人欲望的支配下选择了各自的人生道

---

[1]　弗吉尼亚·弗洛伊德：《尤金·奥尼尔的剧本——一种新的评价》，陈良廷、鹿金译，上海：上海译文出版社，1993 年，第 375 页。

[2]　尤金·奥尼尔：《奥尼尔文集》第 4 卷，郭继德等译，第 4 页。

[3]　同上，第 89 页。

路。他们对"未来"没有预期，对"当下"缺乏把握的能力，又无法改变"过去"，物质文明鼓吹的享乐欲望蛀空了他们的精神，使罗伯特、安德鲁、露丝囿于"个体化原则"，不知如何在个体有限的生命中实现无限的存在价值。[1]《悲悼》中，克莉斯丁无法控制肉体欲望而毒杀丈夫，计划与情人私奔，最终被亲生儿女联手逼死；卜兰特受为母报仇的欲望驱使，淫人妻女，被侄儿亲手射杀；莱维妮亚为了满足控制全家的私欲，利用弟弟除掉母亲的情人，并逼迫母亲自杀，结果众叛亲离，永不见天日；奥林畸形的恋母欲望被残酷的战争放大，遭到姐姐利用，饱受负罪感折磨而饮弹自尽。他们为了个人欲望的满足，无视亲情伦理，不择手段地相互利用和攻讦，不仅践踏良知谋杀至亲，而且自食其果，从肉体到精神严重异化。正因自然人性被现代文明压抑，这些悲剧人物才不约而同地成为"自然的崇拜者"，寄"得救"的希望于"海洋"，渴望在"酒神"的审美乐园中正确疏导肉体欲望，解放饱经苦难的灵魂，让灵与肉回归原初的统一，重拾生命的意义。罗伯特的一生都在做无用功中荒废了，他弥留之际挣脱田庄的束缚远眺天边外，代表人只有向自然回归，才有安放自己灵魂之处，使精神得到安息；莱维妮亚为维护"家庭秩序"制造了一系列家庭惨剧，她在海岛上受"月光下温暖的土地""可可树丛里的贸易风""礁石上的波涛"和"裸体土人们的舞蹈"感染，"忘掉死亡"，重获"爱的精神"，[2]生命意志从藏在"清教主义"黑袍下的肉体上复苏，这些都是狄奥尼索斯对人类精神的救赎。

---

　　[1] 赵凌志：《生态家园的守护者：尤金·奥尼尔剧作生态观研究》，《戏剧文学》2017 年第 3 期，第 117 页。

　　[2] 尤金·奥尼尔：《奥尼尔文集》第 4 卷，郭继德等译，第 143 页。

二、 从"月光"意象分析酒神倾向

"月亮"在中西方文学中均被赋予了独特的审美内涵。西方文化语境下，"月亮"的原始意象起源于希腊神话中的月亮女神阿尔忒弥斯，因此，其最初的特征都与这位女神的性格和身份有关。西方月亮意象代表的实际是女性的神性和原则，正如美国文化人类学家 M. 艾瑟·哈婷（Esther Harding）在《月亮神话：女性的神话》中阐述的："人的本性之一是女人明显区别于男性的女性特征，而不是男人与女人的相似。这一差别的超越一切的象征符号便是月亮。无论在当代还是古典诗歌中，以及时代不明的神话和传说里，月亮代表的就是女人的神性、女性的原则。"[1] 波伏娃在其极负盛名的《第二性》里也提到女性月经周期与月亮运行周期的关联，所以月亮是"生育之源"，是"女人的主人"。夜空中的皓月，天生关联着女性的生殖本能和情感冲动，而作为文学意象的"月亮"再现了这点，注意表现隐性的、私人化的生存形态，具有显著的"非理性"特质。除此以外，月亮的原始意象还延伸出诸多相关的含义，其中有一类象征含义凸显人受到"月亮"影响进入酒神式的"迷狂状态"，对应着西方文化中"月色令人发狂"的典故。

奥尼尔不时在作品中提到"月色令人发狂"，这源于西方人的认知中，月亮阴晴圆缺的变化能够操纵人们的情绪，引发神经错乱

---

[1] M. 艾瑟·哈婷：《月亮神话：女性的神话》，蒙子等译，上海：上海文艺出版社，1982年，第18页。

和性欲冲动。"西方医学之父"希波克拉底就认为，人会因为"月亮女神"的探访而出现失智、癫狂等症状。拉丁文中的"月亮"写作"Luna"，从词源学来看，以此为词根的衍生词汇都与"精神异常"有关；拉丁词汇"Lunaticus"专指月光引起的精神疾病，由此衍生的英语词"Lunes"不仅有"半月形"的意思，还是名词"精神病发作"；"Lunacy"指"精神失常"，而"Lunatic"意为"疯子、精神病患者"或"疯狂的、精神错乱的"。直到20世纪末，美国仍有很多医学专家相信，既然月球引力能引起地球水体的潮汐运动，而水分含量占据成人体重的70%左右，那么同理，月亮也会给人体造成类似的"生物潮汐"（biological tides）反应，他们不断尝试用实验数据和临床病例证明"望月与谋杀、自杀、癫痫症、变狼狂想症（lycanthropy）、谈情说爱等有着十分密切的关系"。[1]

　　奥尼尔通过悲剧把"令人发狂"的月亮意象与尼采的"酒神精神"理论联系起来。"月亮"出现在"日神"隐匿之时，月光成为触发现代人生命意志的催化剂，照亮深藏于表象世界"夜幕"之下的内在冲动。《大神布朗》的序幕中，戴着少女面具的玛格丽特刚上场便吟唱着"啊，我的欢乐的月亮，永远不知残缺！"她对功利主义者布朗低声下气的追求置之不理，一直对着月亮赞美富有酒神气质的迪昂，甚至认为迪昂就是令她为之疯狂的"月亮"。布朗对迪昂的艺术才华心怀嫉妒，责备戴上面具的他是个疯子，"要月光使你变得更疯狂吗？"[2]此时迪昂和玛格丽特尚且年轻，前者虽然戴着"潘神"的面具与人接触，但还不时摘下来变回"热情洋溢而

　　[1] George O. Abell, 'Moon Madness', *Science and the Paranormal*, New York: Charles Scribner's Sons, 1981, pp. 95-96.
　　[2] 尤金·奥尼尔:《奥尼尔文集》第3卷，郭继德等译，第113页。

极多愁善感”的孩子，后者戴着一个“同她的相貌一模一样的、几乎透明”的面具，说明青年人的天性还未完全被面具代表的社会属性压抑，他们激情饱满，拥有旺盛的生命意志。玛格丽特被迪昂的艺术家气质吸引，二人因为“疯狂的月亮的缘故”开始了热情奔放的恋情，大学校园中的青年与社会接触较少，富于理想主义，不甘受现实生活的条条框框约束，精神上更加自由。奥尼尔将序幕设置在露天，与后来四幕以室内（办公室、起居室、客厅、书房）为背景的剧情产生对照，表示西方人精神家园失落的过程和缘由，暗示人若要恢复乐园，必须同“日神”建构的文明世界和“苏格拉底”主导的理性秩序决裂，向代表自然和生命的“酒神”寻求援助。

独幕剧《加勒比群岛之月》以“月”冠名，开场的布景：“一轮明月挂在半空。月光照在甲板上。海水平静。船身静止不动。”水手和司炉工们或坐或倚在货舱口，月光照在他们身上，陆地上传来哀怨的土著黑人歌声，歌声自始至终贯穿全剧，令人心烦意乱，给水手们“带来非常糟糕的回忆”，成为人难以摆脱的悲剧性命运的象征。贝娜偷运朗姆酒上船成为水手们枯燥而艰辛的海上生活的转折，令人迷醉的月光和酒精共同发挥作用，让生活在繁重劳动和严格纪律下的底层水手进入狄奥尼索斯的乐园，从“酒神狂欢”中得到暂时的解脱。他们彻底抛弃理性道德和规则的约束，宣泄原始的本能欲望，走出囚笼般的艏楼，在音乐伴奏和月光漫照下纵情狂饮，和妓女调情，人人忘乎所以，手舞足蹈，快乐得仿佛天神。这一幕是对古希腊酒神秘仪中信徒们进入“迷狂状态”的还原，而落幕前的打斗则模仿了信徒们破坏一切阻拦游行队伍前进事物的行为，飘荡在水面上的黑人歌声已经抛之脑后，“酒神精神”实现了对现实苦难的超越。但是，大副的出现终结了这场狂欢，作为船上规则的制定者和执行者，他的行为完全由"理性"支配：根据"协议"拒绝付款，依照"法律"提起控告。"苏格拉底"重新夺取了甲板上的控制权，酒成了"惹祸的东西"，黑人伤感的歌声再次从海面上飘来，水手们重归现实的压抑中，"酒神精神"的缺失成为现代人生命意志衰弱，无法掌控自我命运的根源。

《月照不幸人》同样在标题中暗示了月亮意象对全剧所起的关键作用。第二幕之前，乔茜一直以一个情人遍地的"放荡女人"面目示人，直到夜幕降临，她才敢卸下现实中用以自卫的面具，恢复"处女"的真实身份。乔茜自认外貌条件欠佳，得不到男性的真情，所以故意编造"淫乱丑闻"来掩饰潜意识里对爱情的渴求，她的症结就于在现代人正常的欲望冲动长期被社会观念压抑，导致心灵异变，最后以"精神分裂"的形式表现出来。这种表里不一致的痛楚只有在深夜的月光下才能流露出来，乔茜原本计划趁机灌醉杰姆，协助父亲上演一出"捉奸"的好戏，迫使杰姆签署地皮转移手续，谋取实际的金钱利益，也好报复杰姆的约会迟到；但在月光和情感冲动的作用下，杰姆向对自己怀有好感的乔茜表白了爱意，二人在"醉境"中全然忘却了现实的利益瓜葛，互相倾诉衷肠，他们热烈地拥抱、亲吻，准备放纵人类本能的欲望，"连月亮都肯定在笑话咱俩呐"。

直到即将共度良宵，杰姆突然在意乱神迷中把恋人同火车上遇见的金发妓女混淆起来，卸下伪装的乔茜又被动地戴回"面具"，她发现自己的爱人其实是一个放弃了一切希望、丧失了爱的能力之人，乔茜"精神上几乎垮了"，悲哀地感觉到"除去月亮和梦想之外，一切都远远离我而去，无关紧要——你也包括在内"。[1] 尽管如此，月亮和酒精还是使他们身上发生了质的改变，乔茜的灵魂变得更加纯净，她整合了分裂的人格，由此获得"圣母"身份；杰姆则看到乔茜身上散发的"母性"，把她当做过世母亲的替身，成了她"死去的孩子"，两人的关系从情侣转化成母子。乔茜搂抱着杰姆，整夜倾听他对自己亲生母亲的忏悔，她回归了自己的真实身份，像"月光"般用母性的温情抚慰杰姆；而杰姆卸下了玩世不恭的假面，向乔茜真诚地赞美、怀念自己的母亲，倾吐来不及向母亲诉说的情愫，在她的怀中得到了拯救。第三幕落幕时，杰姆朗诵了莎士比亚悲剧《奥赛罗》中的经典台词："这正是月亮的过错，她比往常更接近大地，使男人都变得疯疯癫癫。"[2] 奥尼尔解构了《圣经》中上帝借玛利亚处子之身诞生圣子，为人类赎清原罪的神话，让"一个处女在夜间生了一个死孩子，天亮时她还是处女"。[3] 月亮见证了酒神创造的"伟大的奇迹"，[4] 乔茜的人格归于统一，"活死人"杰姆灵魂得救，奥尼尔本人对"母爱"的需求得到补偿，剧中人、作者和观众同时经历了精神的净化。

三、从"面具"意象分析酒神倾向

"面具"是人类原始宗教名目繁多的祭祀仪式中最常用的道具，

---

[1] 尤金·奥尼尔：《奥尼尔文集》第5卷，郭继德等译，第555页。
[2] 同上，第573页。
[3] 同上，第577页。
[4] 同上，第576页。

巫师戴上面具,就通过"模仿律"成为对应的"神灵",先民便取得了直接与神沟通的渠道。前文提到,面具在各地的狄奥尼索斯祭仪中被普遍运用,由古希腊酒神祭仪演化来的古典悲剧自然继承了使用面具标识人物身份这一要素;中世纪的欧洲宗教剧、神秘剧用面具表示异乎寻常的人或物;文艺复兴时期,面具一般用在喜剧中增强演出效果。此后,随着近现代戏剧形式逐渐成熟,面具在舞台上出现的频率降低,直到 20 世纪初又重新获得关注。

奥尼尔继承了古希腊悲剧使用面具的传统,他认为:"面具可以给演员们提供一个机会,去进行一种全新的表演。如果演员扮演戴面具的角色,哪怕只演一两个季度,也能极大地开发他们所具有的表演潜力。"[1] 不同的面具代表不同性格、能力、命运的人物,赋予戏剧中的虚构人物以实体,使之具有"图式特征"而且易于被观众识别,[2] 成为奥尼尔早中期戏剧中较常用的艺术手段之一,在《大神布朗》《无穷的岁月》《梦孩子》《上帝的儿女都有翅膀》《拉撒路笑了》《悲悼》等剧作或其草稿中皆有体现。面具是静止的,掩盖了演员脸上所有靠肌肉运动传达的表情和情绪,为了更好地表现悲剧人物频繁的心理活动,参演《大神布朗》的男女演员们都经历过数月戴着面具的训练,到了最后的彩排阶段,他们的"身体都变得异常生动和充满表现力",[3] 也在演出过程中享受到前所未有的自由。能让凝固的面具充分焕发内在表现力,靠的不仅是戏

---

[1] Berlin Normand, *Eugene O'Neill*, New York: St. Martin's Press, 1982, p. 87.

[2] 王晓燕、张丽娟:《简论奥尼尔表现主义戏剧的审美价值》,第 129 页。

[3] 许诗焱:《面向剧场:奥尼尔 20 世纪 20 年代戏剧表现手段研究》,《外国文学研究》2002 年第 3 期,第 63 页。

剧演员的演技，还有戏剧本身蕴含的"酒神精神"的功劳。

　　《大神布朗》是一部典型的"现代心理悲剧"，面具和原貌不停的转换反映出现代人精神、身份的分裂。迪昂和布朗的真实自我都被"面具"包裹，只有如此才能在接触社会时保全自己或者有所成就，他们的天性已经被严重压抑。迪昂是一个周身充斥着酒神气质的形象，他先后用"潘神"式的惊惶疯癫和"靡菲斯特"式的冷嘲热讽，隐藏圣者般纯净的内里，时刻准备承受外界施加的迫害，比如布朗对他才华和思想的掠夺。迪昂同时也忍耐着表里不一的煎熬，只有在特定场合才敢卸下伪装，比如西比尔的客厅，西比尔的"面具人格"是一个妓女，她以向布朗出卖肉体换取生活来源，面具之下却是"大地母亲"——自然的化身。富有艺术家气质的迪昂被物质文明挟来的商业体制挤压得无处容身，唯有借酒浇愁或尝试与自然重新结盟，才能让精神得到"日神秩序"以外的短暂喘息。但这样的机会是罕有的，正如布朗一再将迪昂从西比尔的客厅驱逐，勒令西比尔不得同迪昂接触，现代文明对人性中"回归自然"倾向的警惕一刻不曾松懈，稍有苗头便要加以纠正，即使戴上人格面具，示人以玩世不恭的态度，绕过"日神"的监督，迪昂仍不可避免地成为"苏格拉底主义"的牺牲品。他当面控诉布朗的"邪恶和非正义"，被扼住脖颈引发心脏病而死。迪昂名字的英文"Dion"来自"狄奥尼索斯"英文的缩写，他的身份指向"现代酒神仪式"（悲剧）中的"主角"（狄奥尼索斯），"迪昂之死"再现了尼采描述的"悲剧的消亡"，实质是基督教价值体系崩溃后，"苏格拉底主义"长期霸占西方社会意识形态主流话语的格局却未被撼动，其摧毁了人的精神世界，进而杀死了酒神。

　　剧中人物"面具"的变化是另一个关注的焦点。迪昂的妻子玛格丽特刚上场的时候,"脸上戴着一个同她的相貌一模一样的、几乎透明的面具",这时候的她还是一个涉世未深的少女,自然会钟情富有浪漫情调的迪昂,而对讲求实际的布朗不屑一顾。几年以后,现实生活的艰辛让玛格丽特满心忧愁,她的面具成了"一个漂亮的年轻主妇",玛格丽特正是戴着它去见布朗,请求布朗给迪昂提供一个稳定的职位,保证有供养家庭的收入来源,尽管生活捉襟见肘,但自尊心仍驱使玛格丽特用光鲜的"面具"来掩饰难堪,维持"体面"的表象。最后,心力交瘁的玛格丽特去公司向布朗讨要精神濒临崩溃的"迪昂"时,她的面具人格看上去依然勇敢、幸福。随着生活压力增加,这个女性面具与其主人原貌的差别越来越大,玛格丽特的面具被用来掩饰现代人幸福、体面的外表下憔悴不堪的内心世界,反映出"酒神精神"失落后,依赖"个体化原则"为生者只能用"日神精神"营造"美"的假象,缓解现实中的痛苦体验。

布朗杀害自幼相交的朋友以后,夺取了迪昂的面具,并从其"面具"上继承了迪昂的人格,从此饱受折磨,独自在癫狂的"迪昂"和体面的"布朗"两个身份间不停转换,直到最后属于迪昂的人格完全侵占了布朗的身体,"我们快变成双胞胎了",[1]被他埋葬在花园土地(生命容器)里的"不死者"迪昂借布朗之躯复活了,现在"满街都是拉撒路"。[2]迪昂和布朗的面具都完全人格化了,"这种人格化了的面具不仅代表人物的性格,有时就真的被作

---

[1] 尤金·奥尼尔:《奥尼尔文集》第 3 卷,郭继德等译,第 169 页。
[2] 同上,第 168 页。

为'一个人'来看待"。[1] 随着狄奥尼索斯逐渐占据上风，布朗作为"成功商人"的表象被死而复生的"酒神"解构了。他无法再忍受两个身份日复一日的冲突，回到书房，卸下迪昂的面具和衣物，想要回归自己最初的身份，布朗赤身裸体地向"上帝"寻求拯救，但传统的基督教上帝早已失去与人间的联系，他只能绝望地长叹"一起死"，"让全世界痛苦吧"！上帝死了，失去"乐园"的现代人不能确认自己的身份归属，也找不到生命的意义，只能在现实造成的痛苦中彷徨，等待肉体死亡了结一切。布朗因为贪图知识和利益，异化成一个双重人格的怪物，他首先摧毁了迪昂的肉体，后来又在"迷狂"中以迪昂的身份杀死了"自己"，较之"消失"又"归来"的迪昂，信奉"苏格拉底主义"的"伪神"布朗"死后连复活的机会都没有"。[2]

希腊神话中，酒神死而复生，向万民证实了生命之无穷。奥尼尔要以酒神取代上帝，必须在《大神布朗》中复活酒神，让迪昂"代人管理天堂"。[3]"地母"西比尔推开了布朗的房门，布朗中枪后以自己原初的身份在西比尔怀中死去，正如死者已经丧失了所有文明社会附加的理性价值，仅仅以"人"的原始身份被土地埋葬，这就是警官上楼搜查，询问死者的姓名时，西比尔仅以一个"人"字作答的缘故。土地一视同仁地接纳了迪昂和布朗的肉体，也无差别地抚慰了他们的灵魂，使布朗在死前得到"爱的启示"，放弃了对"理性"的执念。在这部颇具神秘主义气息的悲剧中，"面具"

---

[1]　姜艳：《简论奥剧〈大神布朗〉中的面具表现主义手法》，《黑龙江社会科学》2004年第6期，第96页。

[2]　尤金·奥尼尔：《奥尼尔文集》第3卷，郭继德等译，第158页。

[3]　同上，第158页。

背后的人并非真的死去了，他们只是突破了"个体化原则"，将在"永恒生命"的下一个轮回中重获新生，因为西比尔对着布朗的遗体念诵了一段关于"春天总是带着生命又回来"的颂词，对应的正是神话传说中狄奥尼索斯总会在春天来临时复活，同时唤醒土地下沉睡的生命，适时，"文化面具"将和"自然本体"合而为一，为物质文明毁灭灵魂的现代人，他们将随"酒神精神"的复苏而得救。但在此之前，人类还将在阿波罗和苏格拉底的秩序下度过一段漫长的、忘记"人"的写法的时光。

《上帝的儿女都有翅膀》反映的也是现代人"人格分裂"的问题。与《大神布朗》不同，奥尼尔把种族叙事与面具意象结合，以古希腊文化叩问现代美国的社会现实。戏剧第一幕开场，白人女孩"脂粉脸"艾拉和黑人男孩"乌鸦"吉姆建立了孩童间纯洁的友谊，他们没有受种族身份的影响，反而互相羡慕对方的肤色，想变成对方的样子，这就打破了"白色种族天生优越"的谬论。尼采说："孩子是纯洁，是遗忘，是一个新的开始，一个游戏，一个自转的车轮，一个肇始的运动，一个神圣的肯定。"[1] 人的不幸是都曾做过孩子，仅九年以后，艾拉便受社会影响成为了种族主义者，宁可委身白人流氓拳击手米基，与家庭断绝关系，也不愿再搭理正直的黑人吉姆。奥尼尔以"肤色"作为孩子们的绰号是有深层用意的，艾拉"像涂了脂粉一样的脸"是原貌，而吉姆一天喝三次白石灰水就能变白的天真想法却表明他自幼就对"白面具"产生了一定认同，这种认同并非发自内心，而是迫于社会观念的压力。第二幕开场，美国黑人吉姆家的墙壁上装饰着"一个从刚果弄来的原始黑人

---

[1] 尼采：《查拉图斯特拉如是说》，钱春绮译，第 23 页。

面具"，这个"黑面具"是种族自尊心强烈的海蒂送给弟弟吉姆的结婚礼物，其作用不是戴在脸上，而是作为黑人身份的象征物安置在一个企图戴上"白面具"的黑人家中，时刻提醒他原始的种族归属。奥尼尔自然不曾听说过产生于七八十年代的"后殖民主义"理论，但爱尔兰移民的身份曾使他饱受不公正的待遇，这样的经历刺激他从文化角度关注美国社会种族歧视的痼疾，把这部悲剧纳入了他探索人类出路的尝试之中。

　　成年后的艾拉嫁给了吉姆，但潜意识里经常流露出种族优越感，她从内心深处歧视、厌恶黑人。"白面具"似乎不只是人种的象征，还是"美德"的标志，"黑面具"则是"丑陋不堪""傻乎乎的"。[1]她对海蒂送来的"黑面具"保持着天生的警惕和反感，初次见到便大惊失色，后来更是在得知吉姆考试再次失败所引发的精神错乱中，用刀捅穿了"黑面具"，因为这个面具来自黑人文明的中心，是美国黑人文化传统的标志。艾拉阉割了吉姆的文化身份，也在一定程度上满足了吉姆戴上"白面具"的愿望，所以她在破坏"黑面具"后激动地说："现在我把它杀死啦，因而你再也用不着担心害怕了。"[2]西方白人（尤其是日耳曼人）在很长的历史时期内扮演了欺压、奴役世界其他种族的角色，其中给非洲黑人造成的伤害尤甚，黑人的文化传统一直被西方白人文明轻视，被贴上野蛮、落后、劣等的标签，部分极端种族主义者甚至提出"重演论"，意欲将人种概念偷换成物种概念，美国黑人既无法回归本种族文化，也为白人文明所排斥。吉姆是这个群体的代表，他因"黑面具"遭

---

[1]　尤金·奥尼尔:《奥尼尔文集》第 2 卷，郭继德等译，第 541 页。
[2]　同上，第 554 页。

到破坏、"白面具"不被承认而感到"浑身没有一点劲"。

法侬在《黑皮肤，白面具》中指出，"想使自己的人种变白的黑人与鼓吹仇恨白人的黑人同样是不受欢迎的"。[1] 吉姆内心默认了以肤色判定人格高下的荒谬标准，行为上出现了"受虐癖"的症状，竟然主动要求戴上祖先们百般努力才砸碎的镣铐，做回白人艾拉的"黑人奴仆，把您当做神仙来顶礼膜拜"，不仅平时默默忍受妻子的人格侮辱，甚至还找"生病"的理由为她开脱，千方百计阻挠姐姐海蒂的介入，可谓遵守"奴隶道德"的典型。吉姆一心想通过律师考试来实现社会阶层跨越，让外界承认他是"白人当中最纯洁的人"。在当时的美国社会，"律师"向来是被中产阶级白人垄断的理想职业，受经济实力和教育程度限制的黑人普遍只能从事一些收入低微、工作条件恶劣、不受人尊重的行业，绝无踏足律师一行的机会，先入为主的种族自卑感导致他反复多次因过度焦虑而考试失败。吉姆还寄希望于基督教的泛人性论，面对婚礼时明显对立的黑人白人群体，他用《圣经》中"我们都一样"的说辞自欺；海蒂实事求是地提议把艾拉送到精神病院接受治疗，吉姆却斥责她"抓住黑人和白人的问题瞎扯一通"；直到艾拉病危时，吉姆仍凭"宗教的虔诚之心"祈祷上帝"让他做一个有价值的人"，能配得上这个白人女子。然而，早在19世纪，尼采就已经宣告了旧上帝，一个被人为制造出来、混合了阿波罗和苏格拉底基因的"大神"的死亡。吉姆对已经失去根基的旧信仰模式心存幻想，不愿意面对现实和自我，也是他被"白面具"轻易蛊惑，主动舍弃自己的种族身

---

[1] 弗朗兹·法侬：《黑皮肤，白面具》，万冰译，南京：译林出版社，2005年，第2页。

份，最终走向毁灭的原因之一。

　　奥尼尔设计"白面具""黑面具"的用意绝不止为呼吁种族平等摇旗呐喊，他把这种歧视现象的根源追溯到西方以"理性"为主导的社会意识形态层面，人冒用"自然"的名义，参照自己的标准去判断、区别事物，在觊觎"上帝"宝座的同时切断了同原始身份的联系，这就是"白面具"的本质。黑人和白人其实都是"白面具"的受害者，吉姆企图靠个人奋斗证明自己，获得白人世界的认可；艾拉为了"爱情"放下成见，和黑人吉姆成婚，他们都曾针对这种违背人本性的社会意识形态进行过激烈的抗争，但吉姆一次次在律师考试中落榜，心力交瘁；艾拉患上严重的精神疾病，命不久矣，这是他们为彼此"反自然"行动付出的毁灭性代价。为了阻止"白面具"对人性的持续摧残，奥尼尔相应地设计出"黑面具"，向站在"文明"对立面上的"原始趣味"寻求力量，于是"酒神精神"在戏剧中得以彰显，而吉姆、艾拉及他们所代表族群遭受的苦难经过"酒神艺术"的作用被消解，人类顽强的生命意志在"酒神精神"对"白面具"的超越中重获新生。

第四章　酒神精神影响下奥尼尔悲剧的
审美价值与文化价值

　　尼采说："没有什么东西是美的，只有人是美的。全部美学就
建立在这个朴素的观念之上，它是美学的第一条真理。我们马上为
其补充第二条真理：没有什么东西是丑的，只有退化的人是丑
的。"[1] 尼采哲学根本的形而上前提就是"生命意志"，这也是其
悲剧美学的本体论基础。尼采批判基督教价值体系抑制人类天生的
生命冲动，嘲讽基督教的上帝是"病人的上帝……标志着诸神类型
退化的顶点"，[2] 主张"一切价值重估"，摒弃否定原始本能的
"奴隶道德"，推崇改造、提升人性的"主人道德"。其一切哲学、
美学思想的核心——"酒神精神"，作为"生命意志"的最高表现
形态，本质意义在于对"人"的生命价值进行肯定，表现为一边创
造一边毁灭，永不满足的强劲生命力量。尼采把人存在的意义归结
为同时承认生命的虚无和服从生命的动能，[3] 因此，即便称其哲
学为"研究生命的哲学"亦不为过。奥尼尔的悲剧创作显然也受此

---

　　[1] 尼采：《偶像的黄昏》，李超杰译，第65—66页。
　　[2] 尼采：《敌基督者》，余明锋译，第24页。
　　[3] 参见李昊：《尤金·奥尼尔戏剧创作思想对尼采哲学的继承与反叛》，《成都大学学报》（社会科学版）2006年第3期，第57页。

影响。

20 世纪的西方社会正在经历一场前所未有的变革，奥尼尔有感于"现代人没有宗教，无法用以躲避生活"，[1] 在尼采"研究生命的哲学"提供的基础上建立起自己的悲剧艺术，以求"从现代生活中找到乐趣"，"证明并坚持在他（人）之外生活没有意义"。[2] 其创作的核心思想就在对人类"生命"的关怀，围绕"人同自己命运的斗争"这一"戏剧的唯一题材"和"悲剧的永恒审美特性"，[3] 奥尼尔展示了他对"存在"和"死亡"两个哲学概念的理解。在他的作品中，二者的冲突随处可见，不管是现实和理想的对立、灵与肉的对立，还是两性或种族的对立，不同主题的悲剧铺陈情节的根本前提都要追溯到"存在"与"死亡"的矛盾（即"生"或"死"的终极问题）。现实"存在"给心灵造成的痛苦体验需要靠象征性的"死亡"来摆脱，"死亡"解放了"存在"的强力意志，为精神"存在"（意志）带来新生的希望，又反过来减轻了人对"死亡"本能的恐惧。这对根本矛盾构成了酒神艺术的深层结构，身处"生死场"中的人物，则以自我奋争和求索弘扬"崇高"的悲剧精神，上述种种赋予奥尼尔的悲剧以高度的审美和文化价值。

第一节　从酒神艺术看奥尼尔悲剧对"生命"价值的审视

奥尼尔一生共创作 21 部独幕剧，28 部多幕剧（包括被销毁的

---

[1] 尤金·奥尼尔：《奥尼尔文集》第 6 卷，郭继德等译，第 235 页。
[2] 同上，第 237 页。
[3] 徐良：《论奥尼尔悲剧的美学精神》，《齐鲁艺苑》1993 年第 2 期，第 28 页。

和未完成的），其中只有《啊，荒野!》一部喜剧，加上他沉郁的性格和对酒神型悲剧人物的偏爱，评论界经常有人称其为"悲观主义者"。但奥尼尔对此并不认可，他公开批评这些肤浅的"乐观主义者"们让生活变得没有希望，自述"悲剧是人生的意义，生活的希望"，[1] "我生来对悲剧有一种狂喜感"。[2] 这种"希望"和"狂喜感"因何而来？作家在 1923 年给克拉克的信中说："我认为生活是一场混乱，但它是个了不起的反讽，它正大光明，从不偏袒，它的痛苦也很壮丽。生活的悲剧给人类带来了无穷的意义。"[3] 奥尼尔认为，悲剧"无穷的意义"表现在人为了控制命运，让生活服从自己"求好"的意志，在永远不利的环境中进行毫无胜算的奋斗，如果人能认识到这点且将斗争坚持下去，就能从中得到快乐。

简而言之，奥尼尔所说对悲剧的"狂喜感"是"人的天性中渴求幸福和充满快乐的狂喜本能"，[4] 来源于古希腊戏剧中"蕴含的某种宗教精神"，即"酒神精神"。后工业时代，西方社会陶醉于资本、科技、物质营造的享乐主义幻景之中，人格物化、人类情感麻木、人际关系恶化，各类骇人听闻的暴力、犯罪活动亦随之变得频繁。单纯依靠个人英雄不计后果地奋起反抗，而后不可避免地遭受失败，只会加深大部分人现实生活中的痛苦体验，引起整个社会的恐慌，成为人类无法克服自身弱点的又一例证。唯有引入"酒神精神"，从艺术审美的高度去看待，令英雄的失败和毁灭能够体现"生命"价值，人类的尊严才得以维护，悲剧的净化功能才得以施

---

[1] 尤金·奥尼尔：《奥尼尔文集》第 6 卷，郭继德等译，第 220 页。
[2] 同上，第 237 页。
[3] 同上，第 236 页。
[4] 于乐庆：《奥尼尔悲剧与尼采无意识哲学》，第 52 页。

展，精神荒原上的现代人才有机会从古老悲剧创立的新信仰模式中
得到救赎。

一、　悲剧精神：　个体毁灭后生存价值的实现

西方悲剧美学的发展主要经历古典、近代、现代三个阶段。古
典悲剧的重心在英雄人物与"命运"的冲突；近代则将矛盾转移到
英雄人物与自身的性格缺陷方面；现代悲剧深化了这种"内倾"的
取向，探索普通人潜意识中不为人知的本能欲求。尽管人物形象和
表现形式上有所改变，但悲剧艺术的审美内核始终是恒定的，其表
现的主题都是主人公对不可抗力的反抗，"从人类在实践过程中的
不幸、苦难或生命毁灭的现象里面发现其中蕴含的美，对悲剧人物
在遭受到不幸或毁灭时所持的态度进行审美的判断和评价"。[1] 因
此，"悲剧美"主要体现为"以艺术抑制恐怖"的"崇高感"。[2]

尼采的悲剧美学把"古希腊悲剧精神归源于代表原始生命力的
狄俄尼索斯"，[3] 生命内部的"酒神冲动"是产生悲剧艺术的原始
动机，与悲剧美感的形成密不可分。在尼采看来，非理性的"生命
意志"是世界的本体，它导致人的行动生来就是盲目的，也是无果
的，个体必然失败的探索与得不到满足的欲求构成了难以协调的内

---

[1]　郭玉生：《悲剧美学：历史考察与当代阐释》，北京：社会科学文献出版社，
2006 年，第 2 页。

[2]　尼采：《悲剧的诞生》，孙周兴译，第 60 页。

[3]　蒋承勇：《酒神与日神：西方文学的双重文化内质——兼谈文学的人性意
蕴》，《江西社会科学》2012 年第 2 期，第 96 页。

部矛盾，现代人遭受的全部苦难便由此而来。一言以蔽之，"酒神精神"和"苏格拉底主义"的根本对立是现代人一切痛苦体验的根源。但是"痛苦"不能否定生存的价值，所以个体的人如果能自觉顺应内在的酒神冲动，突破日神表象的制约，主动承受"个体化原则"解体的最高痛苦，便能从源头化解矛盾，重新与"总体"融合，体会到"形而上的慰藉"。就悲剧人物而言，"最高尚的永远是最悲的"，[1]个体被摧毁是悲惨的，由个体奋争实现本体的存在价值是高尚的，这种突破死亡表象后显现出来的"生命乐趣"无异于高层次的乐观主义精神。但一些奥尼尔研究者对美学概念和具体现实不加区分，脱离悲剧艺术的酒神精神内核，专门留意其中属于日神外观的部分，将"悲剧精神"与"悲观主义"混为一谈，批评奥尼尔的作品"格调阴郁"，主人公"人格病态"，整体风格偏向神秘主义和宿命论。作家曾出面驳斥上述看法："这远远不是什么悲观主义者……要是不在跟命运的斗争中失败，人就成了个平庸愚蠢的动物……命运永远不能征服勇敢者的精神。"[2]在奥尼尔看来，表现普通人生活的现代悲剧和古希腊悲剧一样蕴含着某些振奋人心的"原始宗教精神"，悲剧中的"失败""死亡"都是象征意义上的，勇者于无望的抗争中看到精神提升的希望，并将完成超越的喜悦传递给观众和读者，"酒神艺术甚至要使我们相信生存的永恒乐趣"，[3]这才是悲剧独有的审美特征和价值。

悲剧所要表现的斗争，过去是与神或者命运，现在则在人自

---

[1] 尤金·奥尼尔：《奥尼尔文集》第6卷，郭继德等译，第220页。

[2] 同上，第236页。

[3] 尼采：《悲剧的诞生》，杨恒达译，南京：译林出版社，2007年，第100页。

身、人与自己的过去以及寻找归属的努力之间进行。这意味着现代悲剧中，站在人的对立面的异己力量不再像过去所谓"命运""性格缺陷"那么宏观，古希腊悲剧和莎士比亚悲剧中尸横遍野的惨象从舞台上消失了，取而代之的是各种无意识幻象和心理疾病，表明现代悲剧更关注个体经过内心挣扎，愈合分裂的人格，统一错位的身份，实现精神自由的内在生命历程。奥尼尔在创作初期就相当重视这点。独幕剧《东航卡迪夫》中的扬克，受伤前是一个精明强干的水手。大海是水手们不可摆脱的宿命，海上生活艰辛异常，"尽是倒霉天气"，"干的牛马活，拿的低工资，吃的猪狗食"，[1] 还要时刻提防发生海难事故，"死活没人管"。但他都凭顽强的生存意志承受下来，而且"从一条船做到另一条船"，长期与宿命抗争。典型事迹是"老多维轮"沉没时，扬克作为救生艇上唯一神志清醒的人，"全靠他掌舵"，才使德里斯科尔等水手经过七天七夜的漂流幸存下来。工作中的一次失误导致扬克从货仓顶部摔落，身负重伤，但他"没吭一声"；此时受天气影响，距离下次靠岸还有超过一周的时间，船上也没有配套的医疗条件，他只能躺在床上听天由命。海洋似乎在博弈中占据了上风。即便身处濒死的绝境，扬克仍以其强悍的生命意志继续抵抗死亡和带来死亡的大海。他至死怀揣在陆地上安家的理想，认为"失去（现在）这样的生活，没什么可难过的"，好像"死亡"仅是通往"新生"的路径之一。弥留之际，他只向德里斯科尔索要"一杯啤酒"，并在饮下代替"酒"的"水"后看见了"大地母亲"的幻影。扬克于困境中奋而反抗不断向水手施加迫害的海洋，酒神冲动引导他脱离了个体化状态。扬克之死肯

---

[1] 尤金·奥尼尔:《奥尼尔文集》第 1 卷，郭继德等译，第 98 页。

定了生存的价值，不仅没有传递悲观情绪，反而彰显出人的生命力量。他死后，长时间笼罩在海上的浓雾随即散去，预示尼采所说"生命的永恒回归"。

奥尼尔的中期剧作艺术技巧更显娴熟，表现范围也更广泛，风格较前期有所转变。但是，尼采通过"酒神精神"理论告诉世人："尽管现象千变万化，但在事物的根本处，生命却是牢不可破，强大而快乐的"。[1] 无论戏剧的内容和形式作何改变，酒神精神所要揭示的最大意义是不变的，人为改善其生存处境而舍身一搏的审美价值是恒久的。《毛猿》中，司炉工扬克积极采取行动反抗工业文明对"人"身份的异化，在此过程中吃尽苦头，最后从酒神的智慧中得到启示，主动寻求自然对"个体存在的恐惧"的解脱，以近乎"自杀"的方式重获"不可遏止的生存欲望和生存乐趣"，[2] 维护了"人"的尊严；《榆树下的欲望》中，伊本和爱碧之间因物质和肉体欲望生成的鸿沟被酒神精神带来的"统一感"消融，二人携手对抗压抑人自然天性的清教主义，最后共同承担因"爱"而获的罪名，以胜利者的姿态走向牢狱，期待"重获新生"；《拉撒路笑了》中，"超人"拉撒路先用"是"肯定了死亡，进而以"笑"超越死亡。尼采在《查拉图斯特拉如是说》中提出了著名的"精神三变"论，拉撒路曾如负重的"骆驼"饱尝生活苦难，他第一次复活后开始返老还童，来到卡普里岛行宫时见到了被强权钉死在十字架上的"狮子"，而后经历象征性的第二次死亡成为"孩子"，直至返回"母亲的子宫"，实际对应着"精神"从骆驼到狮子再到孩子的变化

---

[1] 尼采：《悲剧的诞生》，孙周兴译，第58页。
[2] 尼采：《悲剧的诞生》，杨恒达译，第100页。

过程，[1] 这也是人动员"生命意志"战胜必然性，突破"死亡"表象，进而将其证伪的过程，全剧弥漫着"生命不朽"的狂欢氛围。

　　进入创作晚期，奥尼尔的悲剧趋于回归现实，表现的更多是日常生活中的"失败者"与自我进行的心理斗争。悲剧人物往往因"生命意志"被强势的"苏格拉底主义"弹压，在反抗中显得孤立无援，只有借麻醉剂向"白日梦"寻求安慰，反映出奥尼尔对于悲剧美学的新认识。《送冰的人来了》里，那些患上"时代病"的酒徒们曾经都是有一定身份地位的人，而今慑于社会压力遁入醉乡逃避现实，不可避免地产生出心理落差。实际上，他们一直处于同自我的激烈斗争中，因此才受到希基蛊惑走出霍普旅馆寻找新的身份定位，其实就是遵循传统的价值观念，向站在"上帝"背后的"苏格拉底"（真正的死亡说教者）妥协。在奥尼尔看来这是非常荒唐的，发觉真相的众人不可避免要折返"醉境"，重新开启"酒神狂欢"，以此抵制无意义的牺牲。抱持"救赎"的信念，以生命的延续应对逃离无望的困境，就是在极端恶劣的环境下赋予人的生存以价值。《进入黑夜的漫漫旅程》与之类似，蒂龙一家竭力维持着关系和睦的表象，实则貌合神离，各自把人生不幸的缘由归咎于家人。蒂龙年轻时为经济利益牺牲演艺天赋，成日靠酒精自我麻痹；玛丽因仓促结婚被家庭禁锢，生产时染上毒瘾，常年依赖毒品逃避现实；詹米自幼受到不良家庭氛围侵染，从品学兼优的"好孩子"堕落成游手好闲的"虚无主义者"；埃德蒙天生体弱敏感，又被兄长的处世态度影响，感到前途无望，选择去海上谋生，自我放逐。

---

[1]　尼采：《查拉图斯特拉如是说》，钱春绮译，第21—23页。

他们不断互相埋怨，又很快后悔和解，爱意和怨恨每日循环往复，"过去就是现在……也是将来"，现实的痛苦永无止境。在蒂龙的家庭中，人人暗中与他人和自我对抗，落得无"家"可归；人人把幸福寄托在过去，忍受当下和未来的苦闷，只有通过酒精和毒品营造的"白日梦"追忆美好时光，换得精神的片刻安宁。即便如此，他们仍愿意为"得救"的希望努力延续生命，保留"爱"的能力，期待有朝一日解除精神上的重负，回归正常的家庭伦理关系。奥尼尔用酒神艺术表现普通人的痛苦和挣扎，解构"日神"表象和"苏格拉底主义"，并取由悲剧精神所揭示的无穷生命乐趣以飨观众和读者。

二、 情感净化： 郁结于胸的痛苦得以宣泄

黑格尔在评价近代悲剧时已经注意到人物本身的欲望对其反抗行动和行为动机的影响，"近代悲剧人物所依据的指导行动和激发情欲的动力并不是目的中的什么实体性因素，而是思想和感情方面的主体性格，他们要力求满足自己性格中某些特殊因素。就连在上文所引的那些例子里，像追求荣耀和爱情的西班牙悲剧英雄们也是把他们的目的内容看做完全属于主题性格的，所以它们所涉及的权利和义务都直接吻合他们自己内心中的希望。"[1] 黑格尔的观点对侧重表现内在冲突的现代悲剧同样适用。奥尼尔"现代心理悲剧"

---

[1] 黑格尔：《美学》第 3 卷下册，朱光潜译，北京：商务印书馆，1981 年，第 321 页。

主要表现的内容，大多是人本能的欲望和社会道德、观念、习俗之间的冲突，即酒神精神倡导的"粗野冲动"的生命意志与日神精神倡导的"适度自制"的个体化原则之矛盾。悲剧是"日神冲动"和"酒神冲动"共同作用的产物，因此，悲剧精神往往体现在人为满足原始欲望，力图突破妨碍其目的达成的一切限制性条件，即使以苦难和毁灭为代价也在所不惜的抗争行为方面。简而言之，悲剧精神产生于人类被压抑的原始欲望得以肆无忌惮宣泄的基础上。

那么，原始欲望的宣泄为何会引起抗争行为呢？人类的祖先原本从属于自然界的生物群落，后来为了适应生存环境经历了漫长的演化，直到发展出文明，从生物群落中分离出来。原始社会建立之初，人类先民因为生产工具落后，长期依赖从自然界直接获取生存资料，活动受外部因素的限制较大，也缺乏相应的认知能力，于是保留了对各类自然事物的敬畏，与环境的关系相对和谐。随着生产方式进步，人类文明迅速发展，对自然资源的需求攀升，人的欲望也不断膨胀。这种物质欲望一定程度上推动了社会的前进，但很多时候也造成人类对自然掠夺式的利用，一系列环境、社会问题接踵而至，将人类文明推向危机边缘，致使享受着工业文明提供的丰富商品的现代人患上了"时代病"。奥尼尔通过悲剧艺术大声疾呼，绝境中的人类必须重新审视自身，皈依代表"自然"的酒神："在狄奥尼索斯的魔力下，不仅人与人之间得以重新缔结联盟；连那疏远的、敌意的或者被征服的自然，也重新庆祝它与自己的失散之子——人类——的和解节日。"[1] 酒神精神不仅有鼓舞人的生命意志、使其投身抗争中去的刚性的一面，还有"通过所有原始人类和

---

[1]　尼采：《悲剧的诞生》，孙周兴译，第 25 页。

原始民族在颂歌中所讲的烈酒的影响……在激情高涨时，主体便隐失于完全的自身遗忘状态"的柔性一面。[1] 狄奥尼索斯的"醉境"就像所有宗教里描述的"天国""乐园"等概念，是一种超验的境界，通过一定"仪式"进入其中的人则成为酒神的追随者，他们完全忘却自我在现实中的存在形式，以超强的生命意志释放原始的欲望，无视"日神"制定的任何道德标准和清规戒律，从中体验到生命本体不可穷竭的欢愉。当意识从"醉境"返回日常生活时，"信徒们"便洞悉了日神"美"的表象之虚妄，觉察到现实的一切都荒诞不经，令人难以忍受，"一旦那日常的现实性重又进入意识之中，人们便带着厌恶来感受它了"，[2] 由此而生打破现状的勇气，面向不可违背的必然性以死相争，把"个体"存在托付给"本体"存在，此即奥尼尔悲剧的"净化"功能。这种酒神式"净化"明显是内向型，且以情感为首要指向的，有别于亚里士多德所指悲剧摹仿"比我们好的人"之毁灭以"引发怜悯和恐惧"的古典"净化说"。[3]

奥尼尔习惯从审美的角度观照世界，把现实的人看做悲剧中的人物，"我们本身就是悲剧，是已经写成的和尚未写的悲剧中最令人震惊的悲剧"，[4] 而人的悲剧是由"自己的悲剧性缺陷、荒谬的本身的一种弱点所造成的"。[5] 他认为人的本能欲望，如性欲、物

---

[1] 尼采：《悲剧的诞生》，孙周兴译，第24页。
[2] 同上，第59页。
[3] 亚里士多德：《诗学》，陈中梅译，北京：商务印书馆，2016年，第97页。
[4] 王宁主编：《诺贝尔文学奖获奖作家谈创作》，北京：北京大学出版社，1981年，第125页。
[5] 弗吉尼亚·弗洛伊德：《尤金·奥尼尔的剧本——一种新的评价》，陈良廷、鹿金译，第265页。

欲等得不到正确疏导，盲目地挤压和膨胀是造成其悲剧性命运的主要原因。因此，奥尼尔从未放弃过将那些源自现实生活的悲剧人物们引入酒神"醉境"中，让原始冲动自然地流露，矫正、净化人性被异化的部分，继而从象征性的"毁灭和死亡"中彰显人类高扬的生命意志，在尼采看来，这种不可遏止的"生命意志"就是"美"。早期独幕剧《加勒比群岛之月》中，奥尼尔就已经开始进行类似的尝试。常年禁锢在海洋、规则和工作中的水手们，无处发泄各种本能欲望，只有商贩贝娜携妓女来船上贩卖商品（其中夹带了朗姆酒）时才能从酒精和异性身上获取短暂的解放。在狂醉和音乐构成的酒神世界里，他们抛弃了给心灵造成压抑感的日神因素，体验到发自生命本身的乐趣，即使为此流血负伤也值得。设置"醉境"也极大缓解了观众和读者欣赏悲剧时必然产生的"痛感"，使《加勒比群岛之月》的总体氛围较"格伦凯恩号"三部曲的其它两部略显轻快。

顾名思义，《榆树下的欲望》是奥尼尔对人类欲望的一次集中探索。剧情围绕伊本和爱碧二人的欲望角逐展开，作家通过大量的内心独白展现悲剧人物受欲望诱导产生的复杂心理活动。"醉境"的出现是全剧的转折点，二人爱恨交织的畸形欲望得到狄奥尼索斯的救赎，升华成为纯净的爱情，生命价值得到肯定的伊本和爱碧带着新生的狂喜，坦然携手走向作为"创造者"必须经历的"辛酸的死"。[1]彼得、西蒙、伊本的父亲老凯伯特恪守清教教条，以异常严苛的态度强迫全家人夜以继日地劳动，他吝啬、狡猾而强大，"比你们两个（儿子）加起来还强"。儿子们长期生活在父亲强权的阴影下敢怒不敢言，三子伊本的叛逆情绪尤为强烈。肉欲得不到满

---

[1] 尼采：《查拉图斯特拉如是说》，钱春绮译，第 92 页。

足，就会转向精神上寻求补偿，引起扭曲的报复心，他一方面心怀母亲被父亲"虐待"而早逝的强烈仇恨，从占有父亲曾拥有的东西和异性中寻求报复的快感；另一方面因为受田庄代表的物质利益诱惑，处心积虑想将其占为己有，他感到"有一个东西在我心里往上长，越长越大，总有一天会爆发出来的"，[1] 实际上就是他被父权和清教主义压制的生命意志。老凯伯特的第三任妻子爱碧也是一个浑身被欲望填满的女性，她第一次踏进家门，就惊呼"我不是能相信这真是我的"，说明爱碧愿意嫁给年老的凯伯特，全部目的就是占有凯伯特家的田庄和经年积攒的财富。这一动机自然与伊本独吞田庄的想法产生冲突，二人初次见面即发生了一些带有微妙情绪的摩擦。但伊本执着地占有父亲拥有的一切的想法，加上"恋母情结"和荷尔蒙的作用，让他和继母爱碧经过一系列有意无意的试探和欲拒还迎的挑逗，终于抑制不住情欲冲动陷入乱伦关系。即便已经成为实质上的情侣，二人因田庄产权而生的猜忌尚未消除，他们的感情起初就建立在本能的性欲冲动之上，一旦面临物质利益的诱惑便摇摇欲坠。

直到经历了杀婴事件，二人关系的性质才发生根本转变。爱碧作为一个年轻女性，整日面对老迈的丈夫和乏味的田庄生活，只能从继子伊本身上获取正常情感欲望的满足。这种肉欲与物欲的混合体因为婴儿的孕育逐渐具备了爱情的特征，这个婴儿不再是欲望的产物，而是爱情的结晶，正是这点导致爱碧想到杀死孩子向伊本证明爱意。爱碧和伊本的孩子可以视作狄奥尼索斯的化身，他是宙斯的私生子，在希腊神话中被古老的泰坦神杀死，而后重生，给人类

---

[1] 尤金·奥尼尔：《奥尼尔文集》第 2 卷，郭继德等译，第 566 页。

带来丰收的欢愉和生命不朽的信念。具有酒神气质的爱碧经过自然的方式恋爱和受孕，和狄奥尼索斯产生了联系，先是她内心积压的情欲得到正常表达，最初对田庄财富的物欲也随之净化，伊本受老凯伯特挑唆质疑她动机不纯，促使爱碧内在的酒神冲动最终突破了理智防线，她杀死婴儿的行为一定程度上模仿了狄奥尼索斯之死（据说部分酒神狂女为向酒神致敬，会在追随狄奥尼索斯漫游的途中杀死自己的子女，例如不敬酒神的彭透斯，便是遭到自己母亲带头围攻，被撕成碎片）。但狄奥尼索斯就是生命意志的化身，他以"复活"证明了"死亡"之虚妄，酒神不仅自己亲历个体化之苦重获新生，还将"酒神狂女"爱碧引入"醉境"一同经历这一过程，向她揭示生命永恒的真相。伊本身上存在和爱碧一样的"野性、骚动和不顾一切的气质"，他们都属于"酒神型"人物，而"咏唱酒神颂歌的狄奥尼索斯信徒只能被自己的同类所理解"。[1] 伊本因为怀有对爱碧的真情也得到酒神的眷顾，认识到各种本能欲望就是生命意志的体现，无需用"日神精神"或"苏格拉底主义"进行干涉。二人放下顾忌，不再作任何掩饰，于"醉境"中抛弃理性的约束纵情宣泄，净化被扭曲的情感，享受放任生命自由舒展的乐趣，最后从容欢欣地迎接、超越作为表象的"牢狱之苦"和"死刑"。

三、 艺术救赎： 新信仰模式下精神人格的提升

悲剧从古典美学进入现代美学范畴，呈现出"道德教化"到

---

[1]　尼采：《悲剧的诞生》，孙周兴译，第30页。

"文化反思","社会拷问"到人类"终极关怀"的转向。[1]奥尼尔发表对"小剧场运动"的看法时称:"剧场恢复了它作为一座神庙的最高的、唯一有意义的作用,在那里,把那种对生活富有想象力的诗意解释和象征性赞美的宗教灌输给人类,人类在窒息灵魂的日常斗争中精神饥渴,如同面具生涯中的面具一样。"[2]很明显,奥尼尔以此解答了他创作之初提出的问题,把为现代西方人寻找"新上帝"的希望寄托于最高的文学形式——悲剧,理性王国失落后,悲剧需要重新承载起过去扮演的角色,人唯有依靠艺术提供的人文关怀才能拯救失其所归的精神。亚里士多德最早提出悲剧起源于"酒神颂歌",后来的悲剧起源理论大多建立在该提法的基础上。酒神颂歌是一种纪念狄奥尼索斯两次降生的民间秘仪,起源于母系社会,最初是流行于乡村地区庆祝丰收的仪式,先民们用集体歌舞的形式祭祀这位掌控自然界万物生长的大神,向他奉献牺牲,模仿他受难、死去又重生,祈求今年收割的农作物的"灵魂"返回土地,来年五谷丰登。久而久之,专门主持酒神颂歌的祭司产生了,据专家推测,他可能从仪式的领舞者演化而来,戴上面具后直接化身为"人神",表演狄奥尼索斯的遭遇,于是从酒神颂歌中产生了悲剧的雏形,也确定了悲剧最原始的内涵:个体须经历苦难和死亡才能实现生命之永恒。

公元前6世纪前后,雅典城邦在僭主庇西特拉图(Peisistratos)的统治下一片繁荣,他将民间盛行的酒神秘仪官方化为公民宗教,

---

[1] 何双、修偶:《西方悲剧美学的现代发展与变异》,《江西社会科学》2017年第1期,第126页。

[2] 中国社会科学院外国文学研究所编:《外国现代剧作家论剧作》,第82页。

并将酒神庆典定为国家节日，向全体公民推广酒神崇拜。其中一项
举措便是举行盛大的悲剧竞赛，竞赛一般有三位参赛者，为期三
天，每天三出，最后以一出萨蒂尔剧（羊人剧）结尾。所有公民和
妇女、奴隶、外邦人均可观看，演出期间政府会发放生活津贴，竞
赛获胜者由 10 位来自不同群体的公民代表选出，据说忒斯庇斯
（Thespis）是首位上演悲剧并获竞赛奖项的演员。[1] 到了公元前 5
世纪，出现了埃斯库罗斯、索福克勒斯和欧里庇得斯三大悲剧作
家，将古希腊悲剧艺术推向巅峰。悲剧最初作为一种政治手段，与
城邦公民的政治义务和宗教信仰捆绑在一起。此时，虽然悲剧演出
已经基本与宗教仪式区分开来，参加竞赛的悲剧作品也不再将狄奥
尼索斯作为悲剧舞台上的唯一主角，但正如尼采所说："最古老的
形态的希腊悲剧只以狄奥尼索斯的苦难为课题，在很长一段时间里
唯一现成的舞台主角正是狄奥尼索斯。但我们可以同样确凿地断
定，直到欧里庇得斯，狄奥尼索斯向来都是悲剧主角，希腊舞台上
的所有著名角色，普罗米修斯、俄狄浦斯，等等，都只是那个原始
的主角狄奥尼索斯的面具而已。"[2] 从古至今，一切悲剧主人公都
只是"酒神"的替身，悲剧艺术的本质属性始终如一，是一种模仿
酒神死而复生的宗教活动；又因为"希腊人的狄奥尼索斯狂欢是具
有救世节日和神话之日的意义的"，[3] 所以悲剧必然要包含、展示
"受难"（死亡）和"得救"（复活）的主题，彰显生命意志对现实
苦难的超越。

---

[1]　希罗多德：《历史》，王以铸译，北京：商务印书馆，2005 年，第 26—27
页。
[2]　尼采：《悲剧的诞生》，孙周兴译，第 76 页。
[3]　同上，第 29 页。

"尼采的哲学被人们认为是一种'新宗教',而这是一种艺术的宗教,也许与佛教不无可通之处,却是与基督教这种伦理的宗教势不两立的",[1] 奥尼尔对悲剧的认识和创作完全把握住其中"艺术救赎"的核心内涵。既然从伦理道德的标准评判,物质、世俗的事物会向精神施加压力,使人倍感"由于丰富和过于丰富而引起的困厄";[2] 人生短暂而欲望无穷,充斥着"种种矛盾带来的痛苦",那么,就有必要以审美的批判代替道德的批判,以美学观点代替(理性)哲学观点,以"艺术家之神"代替上帝,为现代人建立一套后上帝、后工业时代的新信仰模式,"唯有艺术才能把那种对恐怖或荒谬的此在生命的厌恶思想转化为人们赖以生活下去的观念"。[3]

《拉撒路笑了》是奥尼尔最接近原始悲剧的作品,主人公拉撒路就是尼采所说的"神圣的欢笑者",[4] 或者说"超人"(尼采以"大笑者查拉图斯特拉"称呼"狄奥尼索斯恶魔",[5] 此三者实为同一概念),作家在剧中明示"拉撒路是这位神灵(狄奥尼索斯)的再生之躯",而第二幕第一场出现的希腊人合唱队身披山羊皮,用酒糟涂抹面具和身体也是"模仿酒神狄俄尼索斯的昔日追随者的做法"。[6] 拉撒路和狄奥尼索斯的经历相似,都体现出强烈的悲剧意识:一样两度受难,又一样死而复生;酒神带着狂醉的信徒们四

---

[1] 成芳:《尼采在中国》,南京:南京出版社,1993年,第121页。

[2] 尼采:《悲剧的诞生》,孙周兴译,第9页。

[3] 同上,第60页。

[4] 尼采:《查拉图斯特拉如是说》,孙周兴译,上海:上海人民出版社,2009年,第379页。

[5] 同[2],第15页。

[6] 尤金·奥尼尔:《奥尼尔文集》第3卷,郭继德等译,第204页。

处游荡，拉撒路走到哪里都能吸引一批欢笑的追随者；酒神被国王彭透斯无端监禁，后来指使国王的母亲带头撕碎了他，拉撒路受"凯撒"贝蒂留斯残酷审讯，后来借"副帝"卡利古拉之手刺杀了他；酒神之死证明了死亡对于生命本体而言并不存在，引导人类尽享"永生"的欢愉，拉撒路之死也是一样。《圣经》中，基督复活了死者拉撒路，证明耶稣是救世主，上帝全知全能；但在这部悲剧中，除了借用原来的叙事框架，保留复活主题和个别人物外，看不到更多体现基督教的因素。奥尼尔十五岁与天主教决裂，虔信的上帝在家庭遭难时"装聋作哑"，给其心灵造成严重的创伤，他选择在一个最广为人知的基督教传说的模板上重写一出弘扬"酒神精神"的悲剧，其创作意图昭然若揭。尽管目睹神迹的人们口称"赞美上帝"，合唱队唱出的却是"救世主、救世主！狄俄尼索斯，人子，神明！"[1] 真神乃不死者，那被宣判死亡的只可能是人造的赝品，奥尼尔有意要把上帝的权柄交付给狄奥尼索斯，用生命永恒的欢乐替换天国虚妄的欢乐，让艺术的救赎取代宗教的救赎。所以，《拉撒路笑了》虽然是一部彻头彻尾的悲剧，其中不乏令人心生怜悯或恐惧的场景，落幕时更是血流成河，通篇却弥漫着生命克服苦难而绵延不绝的狂喜感，奥尼尔以此驳斥了把悲剧创作等同于宣扬"悲观主义"的论调。

　　《大神布朗》是一部本着驱逐伪神、艺术救赎的目的创作的悲剧，主要人物布朗和迪昂其实都是这场现代"酒神仪式"中戴着面具的"演员"。布朗扮演的角色是一个务实、精明的成功商人，他本身资质平庸，但依靠巧取豪夺他人创造的价值，甚至通过谋杀冒

---

　　[1]　尤金·奥尼尔：《奥尼尔文集》第3卷，郭继德等译，第205页。

用他人身份维持着"体面"的生活，想要给这个缺少精神支柱的时代树立一个"靠自我奋斗实现成功"的新偶像；迪昂（Dion）的名字直接取自狄奥尼索斯（Dionysus），是现代舞台上的"酒神"，当之无愧的悲剧主人公，他拥有令人称道的艺术天赋和单纯圣洁的心灵，这种酒神般的气质和亲近自然的属性，与物质、资本至上的社会大环境格格不入，成为现实世界屡屡对他实施迫害的根由，为了获取基本的生活保障来养活家人，悲剧主人公迪昂不得不进入实利主义者的公司谋生，牺牲自由和天性，接受"伪神"布朗的盘剥和利用。这种来自现实的痛苦体验是如此强烈，以至于酒神的追随者——杂糅兽性和神性的牧神潘（迪昂最初的面具）已经无法保护"狄奥尼索斯"。尼采曾在《悲剧的诞生》中转达："伟大的潘死了！"[1]"潘神之死"是希腊神话的终点，"潘是宇宙的普遍性和完整性的抽象标志，具有启迪奥林匹斯诸神的能力，所以潘神的死亡预示着一个以多神教为表征的蒙昧时代的结束"[2]，基督教自此取代了原始的多神教。"死去"的"潘神"因为其半人半兽的形貌和强烈的性欲冲动，被崇尚理性、禁欲的早期教会视作"魔鬼"，魔王撒旦和靡菲斯特一般以头上生角（第一章提到过，狄奥尼索斯前世的身份被称为"角神"），足上有蹄的形象出现，其实就是基督教篡改了原始神祇"潘"的身份塑造出来的反面形象。所以，迪昂后来戴上的"靡菲斯特"面具，实际上是来自古希腊的"潘神"在一个推崇"理性"的新时代被污名化的表现。

---

[1] 尼采：《悲剧的诞生》，孙周兴译，第 82 页。
[2] 王宇：《希腊神话中潘神的文化解读》，《辽宁大学学报》（哲学社会科学版）2016 年第 3 期，第 146 页。

俄林波斯山的赫拉从不放弃任何杀死狄奥尼索斯的机会，现实社会也不会给迪昂喘息之机，旺盛的生命意志被压抑在一副生于世俗世界的孱弱皮囊里，迪昂只能通过酒精或者拜访妓女（地母）西比尔逃避现实，这使得他原本的性格中又增添了"圣者"般的忍耐。尽管酒神一再变换他的"外形"（"角神"曾数度变换形态来逃避泰坦们的追杀），"苏格拉底"势力还是找到了对酒神痛下杀手的时机，迪昂死于布朗扼颈引发的心脏病，并被埋葬在商人的花园里，但他的灵魂早已在装扮成妓女的"地母"西比尔那里得到"形而上的慰藉"。酒神从肉体上被毁灭了，作为自然之神，他像自己掌管的种子一样回归大地母亲的怀抱，不再以个体形态出现，因而个体遭受的苦难也随之不复存在。随后，迪昂的人格通过被窃取的面具占据了布朗的躯体，布朗成为"大神"的企图落败，因为他依靠的不过是商业手段、金钱财富等表象之物，真神狄奥尼索斯必然超越死亡而复活，登上上帝曾坐过的宝座。"伪神"被"归来之神"取代，回归"人"的身份的布朗从"大地之母"和死前的"迷狂"中得到了酒神智慧的启示，也甘愿抛弃"个体化原则"，他先给予死亡充分的肯定，而后从狄奥尼索斯复活的"土地"上获悉了"春天总是带着生命又回来"的真理，于是坦然地接受了"制裁"。"地母"西比尔面对布朗的遗体宣告"春天又带来了不可忍受的生命之杯"，即证明死亡在酒神的强力意志下已经被消灭，原本信奉"苏格拉底主义"的布朗痛饮生命之杯中的美酒佳酿，抹除了自己伪造的"神"的身份，恢复了"人"的原始身份，人类的精神人格在酒神艺术中得到了救赎和提升。

第二节　从酒神狂欢看奥尼尔悲剧对"人"的价值的审视

"醉"是酒神精神最突出的表现形态，尼采把这种类似酒精作用的迷狂状态称为"一种健康的神经病"或"民族少年时期和民族青春期的神经病"。[1] 这种心醉神迷的"癫狂症"是让早期希腊人身强体健、活力迸发的力量源泉，一旦他们沾染上"苏格拉底主义"，发现了原本的"无知"，渴望变得"更科学""更乐观"，希腊民族便走向衰落和毁灭，尼采判定："正是癫狂——用柏拉图的一句话来说——给希腊带来了极大的福祉"。[2] 苏格拉底的弟子柏拉图注意到了艺术中存在的非理性因素，提出了"迷狂"这一命题。他认为诗人靠自我的理性摹仿现实世界创作出来的作品是蹩脚的，只有经"神力附着"后进入迷狂状态，回忆起"理念世界"的美，才能获取灵感创作出为人称道的杰作。这也意味着从古希腊开始，感性迷狂现象就通过艺术创作作用于人的身上，酒神冲动引发的艺术行为具备沟通外部现实和内心世界、宣泄人类的本能欲望、激发生命快感的功能。早期的希腊人是第一批品尝到这种忘我欢乐的群体，他们顺理成章地成为人类最无忧无虑的"儿童"。

"这种说醉话一样的创作状态，很可能来自狄奥尼索斯的宗教灵感。"[3] 古希腊酒神颂歌由两个核心要素组成，其一曰"癫狂的性放纵"，其二曰"永恒生命"。前者是生命本能的表征，要求抛却一切道德规范，直面人生的悲剧性，将痛苦转化为喜悦，给后者创

---

[1] 尼采：《悲剧的诞生》，孙周兴译，第8页。
[2] 同上，第8页。
[3] 陈炎：《西方艺术中的感性迷狂》，《山东师范大学学报》（人文社会科学版）2015年第3期，第13页。

造实现的条件，因而酒神祭仪最引人注目的部分就是信徒们放纵性欲、狂歌乱舞的"酒神狂欢"。宗教意义上的酒神狂欢是"一种个体的'整个情绪系统激动亢奋'与'情绪的总激发和总释放'狂欢状态"，[1] 唯一的追求是包容和承认与生命对立的、"在假象和节制基础上建立起来、并且受人为抑制的世界"；[2] 然后解除个体化之束缚，保证人享有灵魂自由和融入世界本体之至高乐趣，酒神的追随者坚信唯有遵循此道，狄奥尼索斯才会如期复活，给世界带来生机。"酒神狂欢"概念进入审美领域后，首先适应了具有共同源头的悲剧艺术，仅施展的空间稍有变动，功能与原先基本一致，直到 19 世纪末 20 世纪初现代悲剧登上舞台依旧如此。酒神狂欢几乎在奥尼尔全部的悲剧中都有体现，以下着眼奥尼尔悲剧的文化价值，分三个部分论述"酒神狂欢"与"人"的价值的关联。

一、　回归"自然"后人类感情的复苏

两千余年的苏格拉底-基督教式文化传统，加上三百年左右的工业化进程，使理性崇拜和机器崇拜深深植根于现代西方人的意识中。"理性"是科学思维模式形成的前提，科学思维模式又是人类实现机器生产取代手工劳动的指导。现代科技的发展繁荣向市场提供了丰富的商品，"流水线"的发明又使大批量、标准化的商品生产成为现实，大幅度压低了商品价格，让现代人不必像祖先一样耗

---

[1] 李重明、马怡：《逍遥无待》与"酒神狂欢"——庄子与尼采生命自由思想探析》，《南华大学学报》（社会科学版）2008 年第 5 期，第 17 页。

[2] 尼采：《悲剧的诞生》，孙周兴译，第 39 页。

费大量时间从事捕猎、采集，冒着极大风险争夺非常有限的生存资源，终日为解决温饱奔忙，为食不果腹担忧。人类自认为掌握了摆脱自然控制的能力，于是用"机器崇拜"取代原始的"自然崇拜"，积极地将自己从自然界划分出去，建立了与之相对的人类社会。但物质的丰富更大程度地刺激了人类贪婪的欲望，伴随市场需求不断增长、升级，加大开采、利用自然资源的力度，以破坏自然生态为代价换取当前经济高速发展成为人类社会的常态。自然对于人的神秘感彻底消失，污染、灭绝、灾害等生态问题接踵而至，时刻威胁到现代人的生命、财产安全。渐趋恶化的生态环境不仅造成了新的生存问题，同时带来了异常严重的精神危机。

人很早就主动放弃了生物分类学意义上的"动物"身份，对自己是自然演化的产物讳莫如深，沉浸在"上帝造物"的优越感之中。随着科技发展和基督教信仰失落，"上帝造物"的虚假身份被揭穿，科学技术未能真正赋予人新的身份，反而把身份追寻的终点引向自然界生物圈，这种巨大的落差使现代人丧失了身份归属。机器生产把鲜活、存在个体差异的人无差别地视作工具、零件，在利益驱动下，人类自愿成为自己创造的工业系统的组成部分，无论是生产者还是消费者都被严重符号化，所有人一样行为机械、个性均质，宛如流水线上的商品。科学技术并不能改善这种异常情况，反而使之变本加厉，生产效率越高，资本积累越多，人格物化程度就越深。日益增长的物欲引发人与自我、与他人的猜忌和冲突，心理上的安全感荡然无存，人终日被惶惑不安的情绪支配，内心的孤独、动荡助长了个体意识中的"自我中心主义"倾向，加剧了人情冷漠、人际关系恶化的社会状况，"他人即地狱"，两次世界大战便是上述矛盾的集中爆发。现代科学无法满足人类的情感需求，面对心理问题和由此滋生的社会问题也无能为力。理性不能给出任何解决精神方面困扰的方案，有些情况下反而成为这些问题直接或间接的诱因。现代人不断丧失对理性主义的信心，理性崇拜和机器崇拜最终一同从神坛跌落，旧的基督教信仰已经无从提起，新的救主尚未降临，现代人类被放逐到一无所有的精神荒原上，从神的"爱子"沦落为自然的"弃婴"。

尼采凭借敏锐的感知力洞察到"目的没有了"，现代科学活动变得"野蛮化"了。他深入西方文化的"坟墓"，从古希腊酒神节庆，从原始悲剧中发掘出"酒神精神"，以狄奥尼索斯狂放的生命意志拯救现代人孱弱的心灵。"在狄奥尼索斯的魔力之下，不仅人与人之间得以重新缔结联盟：连那疏远的、敌意的或者被征服的自然，也重新庆祝他与自己失散之子——人类——的和解节日。大地自愿地献出自己的赠礼，山崖荒漠间的野兽温顺地走来……现在，奴隶也成了自由人；现在，困顿、专横或者'无耻的风尚'在人与人之间固定起来的全部顽固而敌意的藩篱，全都分崩离析了。现在，有了世界和谐的福音，人人都感到自己与邻人不仅是联合了、和解了、融合了，而且是合为一体了……载歌载舞之际，人表现为一个更高的共同体的成员。"[1]尼采用诗意的语言描述了人通过酒神狂欢与曾经背弃的自然重修旧好，生命回归世界本体当中，不再需要借助任何外部的超验理念支撑灵魂，"人感觉自己就是神"。[2]目睹 20 世纪美国社会现状，奥尼尔紧随尼采的步伐重审人类文化，用悲剧这种酒神艺术践行了尼采提出的"酒神精神"理论，探索重

---

[1]　尼采：《悲剧的诞生》，孙周兴译，第 25—26 页。
[2]　同上，第 26 页。

新实现"人类与自然的统一性"的可能,[1] 以及如何在自然中修复千疮百孔的人类感情等细节性问题。

在自传性作品《进入黑夜的漫长旅程》中,奥尼尔借自己在剧中的角色埃德蒙之口讲述早年航海的体验:"我感到没有过去,也没有将来,只觉得在大自然的怀抱中平安,协调,欣喜若狂,超越了自己渺小的生命,或者说人类的生命,达到了永生的境界!"[2]这段台词表明"自然"之所以在其悲剧创作中占有重要地位,除了受"酒神精神"学说影响,还和作家海上谋生的经历和接受东方道家学说有关。水手长期生活、工作在封闭的船只上,绝大多数时间脱离主流社会,日夜与自然事物为伴,既领略到自然变幻莫测的美感,也须时时警惕自然破坏性的力量;同时,作为社会边缘群体,水手缺少应对风险的能力,往往成为社会问题爆发时最直接的受害者。道家"天人合一""道法自然"的哲学理念解构了人为万物主宰的存在基础,蕴含着人与自然从二元对立到统一的生态美学。东方式的生态美学进一步提出了内在结构中的平衡,缓和了西方掠夺式资源开采以及为争夺资源发动战争给人类精神造成的痛感。因此,奥尼尔通过悲剧作品着重批判 20 世纪几次大规模战争与美国社会商业价值观对人和自然关系的破坏,他认为非艺术手段不能恢复人与自然的和谐关系,非悲剧无以实现尼采"个体化原理破碎时从人的内心深处,其实就是从本性中升起的那种迷人陶醉"的预言。[3]

---

[1] 尼采:《悲剧的诞生》,孙周兴译,第 35 页。

[2] 尤金·奥尼尔:《奥尼尔文集》第 5 卷,郭继德 等译,第 436—437 页。

[3] 同 [1],第 24 页。

　　《毛猿》和《琼斯皇帝》是奥尼尔纠正被异化的人性，恢复现代人"自然之子"身份的尝试。扬克和琼斯都是与自然"失联"时间过久的现代人，他们狂热地崇拜以机器体系和商业价值观为基石的现代西方文明，极度排斥人的原始身份。扬克是司炉工们的首领，他自比机器的一部分，是开动世界的力量，对派迪关于风帆快船时代水手与自然和谐相生的追忆嗤之以鼻。扬克以现代人的自恋心理认为："所有那些关于白天和黑夜的昏话，所有那些关于月亮和星星的昏话，所有那些关于太阳和风的昏话，还有新鲜空气等等——噢，全是白天做梦！吹的是过时的曲子。"[1] 工业文明的"机器、煤、烟和那一切"必然取代自然界闪闪的浪花、眨眼的星星、一轮满月、温暖的太阳、绿色的海洋和烈酒一样的风；生活在燥热、肮脏的炉膛口，像披着锁链的大猩猩的司炉工会成为皮肤干净、眼睛明朗、腰背笔挺的"海的儿子"们的榜样，这才算"时代的进步"。琼斯是海岛土著黑人们的皇帝，他自称拥有强大的魔力，只有银子打造的子弹才能杀得死他，借此在岛上横征暴敛，用尽手段搜刮财富，存进外国银行，准备择日远走高飞，去马提尼克过富豪的生活。琼斯本身是美国黑奴的后代，在火车卧铺车厢里工作了十年，从他服务过的那些白人的"高谈阔论"中领悟了"小偷小摸早晚得让你锒铛入狱。大搂大抢他们就封你做皇上，等你一咽气，他们还把你放在名人堂里"的商业社会生存法则，[2] 并趁机运用到对自己"同胞"们的统治中，为此沾沾自喜。

　　扬克和琼斯又共同担负起为现代人寻求身份归属的重任，他们

————————

　　[1]　尤金·奥尼尔：《奥尼尔文集》第2卷，郭继德　等译，第419页。
　　[2]　同上，第167页。

几经波折最终同自然和解，克服表象带来的痛苦，回归人类最原始的身份。扬克被上流社会的道格拉斯小姐指认为"毛猿"，作为"前进的人的代表"，扬克必然无法接受，他表现出现代人面对自然时的傲慢态度，极力抗拒充满原始意味的"毛猿"身份，甚至屡次采取暴力手段，足以证明现代人与自然的隔阂之深。直到最后各项努力均告失败，扬克饱经社会现实的打击陷入"迷狂"，才在酒神的指引下顿悟，认识到人当下"从两方面受尽了夹缝罪"的处境。他转而认同派迪的观点，觉得"阳光温暖，没有云彩，却吹着微风。不错，那是了不得"，"那才是叫人过瘾的好饮料"；[1] 真诚赞美"自然之子"大猩猩原始的野性力量："你的胸膛、手臂和手真够棒的！""你是世界冠军"。他心甘情愿地接受了自然的馈赠，宣布成为"毛猿俱乐部"中"唯一地道的野毛猿"。现代工业体系的崇拜者扬克被野物大猩猩扼杀，象征个体的现代人被自然否定，但融入本体的生命由此挣脱有形或无形的"铁笼"束缚，在自然中享受无限自由。琼斯的暴虐统治激起了土人的敌对情绪，兰姆领导土人反叛，琼斯初闻并不慌张，就像现代人自信凭借先进的科技可以预警和抵御各种灾害，他早已预料到这一天并提前做好了逃亡的准备。但从人类社会进入自然的领地——原始森林后，琼斯不得不让渡出"主人"的身份，他一路上饱受各种幻象的恫吓，从全副武装到只剩下一块遮羞布，象征皇帝身份的华服一件件剥除，人的身体显露出来，这才是自然界生命突破表象后最根本的存在形式。琼斯惊吓过度，精神逐渐崩溃，酒神也将他引入"醉境"中来，琼斯面对自然力的象征——刚果"鳄鱼神"情不自禁地手舞足蹈，他不住

---

[1] 尤金·奥尼尔：《奥尼尔文集》第 2 卷，郭继德等译，第 459 页。

祈求"饶了我这个罪人吧"，忏悔以前背离自己种族的罪愆，并奉上了用来结果性命、维护"皇帝"尊严的银子弹。琼斯随即被赶到的土人士兵杀死，异化的身份和扭曲的人格走向终结。琼斯之死为黑人种族，也为现代人寻得了"一种解救的方法"，就是把个体生命奉献给自然，从中领受精神救赎。

　　除此以外，奥尼尔还试图经由自然之手，化解"困顿、专横或者'无耻的风尚'在人与人之间固定起来的全部顽固而敌意的藩篱"，[1] 修复现代人与自身、与他人的敌对关系。独幕剧《鲸油》讲述肯尼船长为了"满载而归"的虚荣心，强迫全船人等候冰层解冻继续北上捕鲸熬油，他不顾食品短缺、水手合同到期和妻子精神即将崩溃的困境，坚决拒绝返航。剧中令"大西洋王后号"捕鲸船身涉险境，造成船上人员痛苦体验的根由不全然是物质利益，因为肯尼船长亲自辩解："我停留在这北冰洋的海面上并不是为了几个臭钱"，[2] 他一定要装满整条船的鲸油才肯回家的真正缘故是"害怕别的船长讥笑"，是为了保住"霍姆港第一号捕鲸船长"的名声。肯尼船长的行为实际上影射"人类通过对自然资源的掠夺来实现自我价值的理念"。[3] 工业革命后，为获取照明燃料、润滑剂和时装材料，美国开展了长达三百余年的高强度捕鲸活动，捕鲸业一跃成为美国第五大经济产业。"据海洋生物学家的估算，在 18 世纪和 19 世纪约有 331，000 条抹香鲸和 180，000 条须鲸亚目鲸鱼遭到无情

---

　　[1]　尼采：《悲剧的诞生》，孙周兴译，第 25—26 页。

　　[2]　尤金·奥尼尔：《奥尼尔文集》第 1 卷，郭继德等译，第 253 页。

　　[3]　张生珍：《尤金·奥尼尔戏剧生态意识研究》，《英美文学研究论丛》2010 年第 2 期，第 376 页。

杀戮"。[1]人类在征服、掠夺自然的过程中也逐渐丧失了"人的感情",堕落成狞恶贪婪的"魔鬼",不仅折磨自己,也在折磨他人。肯尼船长因自己一意孤行困在冰上数月之久,饥寒交迫,他一度被妻子说动,起了返航的念头,可见其内心并不如表面坚定,也在进行激烈的斗争。此外,他还不得不提防心怀不满的水手随时发起暴动的威胁,用武力强迫他们继续工作;而自己的妻子安妮忍受不了船上枯燥、野蛮的生活,已经处于精神崩溃的边缘,正常的家庭伦理面临破裂。现代人站在自然对立面的同时,也把自我和他人放在敌对的位置,人人都要遭受来自内部和外部的"夹缝罪"。安妮曾用人类情感的最高形式——"爱情"成功打消了肯尼船长的执念,他决定送妻子回家,但二副发现鲸群的报告立即湮灭了他刚刚苏醒的人性,肯尼船长再次踏上与自然、与人性对抗的旅程,导致妻子彻底发疯,回归幸福、正常生活的最后一线希望随肯尼船长身上人类情感的消失而覆灭。

《鲸油》向观众和读者展示了人同自然对抗给自身带来的可怕后果,《悲悼》则补充了相应的补救措施。莱维妮亚受清教禁欲主义和恋父情结双重影响,自然欲求被严重压抑,她的语调和姿态与年龄极不相称,深藏黑袍之下的人格极度扭曲。为达到自己"整顿门风"的目的,莱维妮亚借"为父报仇"的名义谋杀母亲的情人,间接逼迫母亲克莉斯丁自杀,也让恋母的弟弟奥林从此生活在害死母亲的自责中。妻子谋杀丈夫,儿子谋杀父亲的替身,女儿间接谋杀母亲,弟弟恋慕母亲和姐姐,姐姐算计利用弟弟,孟南一家堪称

---

[1] 张宏宇:《世界经济体系下美国捕鲸业的兴衰》,《世界历史》2019 年第 4 期,第 29 页。

现代社会畸形人际关系的标本。这种异常的家庭伦理氛围在莱维妮亚和奥林共赴海岛旅行后发生巨大变化，当远离充斥着清教气氛、像"坟墓"一样限制人天性的孟宅，置身海岛的自然环境中，莱维妮亚身上属于人的感情复苏了，贸易风、可可树丛、海浪、阳光、裸体土人的舞蹈，这些属于自然界的元素让她的生命意志充盈起来，尽享"从本性中升起的那种迷人陶醉"。[1] 莱维妮亚告别清教主义的道德约束，解放了自己痛苦的灵魂，与土人男性自由恋爱，换上克莉斯丁穿过的那种衣服，连相貌和姿态也仿若她热情奔放的母亲。经过酒神的启示，理性文明给莱维妮亚施加的桎梏被清除，她才真正从"父亲的女儿"转变成"母亲的女儿"，家庭成员间的关系获得了恢复常态的可能。战争是人际关系恶化最极端的体现，初从战场归来时，血腥的杀戮对奥林的精神造成了严重的创伤，他时刻感觉"在我们杀过人的内心里，战争可没有结束"，"战争就是把同一个人杀了又杀，而到头来我发现那个被杀的人便是我自己！"[2] 战争表现出来的是个体的"人"对其他个体肉体的消灭，但是从本体论角度看来，人的"个体化原则"是无效的，肉体的毁灭意味着全部"个体性"被取消，所有自然的人都归属于"人类"这个共同体，所以奥林觉得杀死任何人都像杀死自己，杀害他人的负罪感和杀死自己的恐惧感使奥林也成为患上"时代病"的现代人。而富有肉体吸引力、激情饱满的母亲克莉斯丁一直是奥林的情感依靠，他不仅想和母亲共赴幸福之岛，甚至直接把母亲视作"幸福之岛"。克莉斯丁不仅是奥林的母亲，也获得了人类的"大地母

---

[1] 尼采：《悲剧的诞生》，孙周兴译，第 24 页。
[2] 尤金·奥尼尔：《奥尼尔文集》第 4 卷，郭继德等译，第 49 页。

亲"的身份。奥尼尔安排奥林重返母亲的怀抱才能愈合战争遗留的心理创伤，绝不只是为了将自身的恋母情结通过这一悲剧人物宣泄出来，更有引导现代人向自然回归，恢复属于"人类"的情感，平衡精神生态的文化意图。

二、 呼唤"醉境"的现代家庭伦理文化

伦理学一般以"人类的道德现象"为研究对象，而作为其分支的家庭伦理学，便是"家庭婚姻道德关系变化的理论抽象".[1] 从人类学角度看，男、女两性间的关系是所有人际关系之始，摩尔根把"以血缘亲属为基础的氏族组织"定义为"古代社会的原始骨干",[2] 但他认为："还有一种较诸氏族组织为更古和更原始的组织，这就是以性为基础的级别制。"[3] 因而两性关系天生被赋予了自然和社会双重属性，并随人类社会由低级向高级阶段发展，演变、分化出多种形态的家庭关系。不同的家庭关系形态，依托于各自所处时代、环境创造的条件而存在，比如"群婚制"是从"母权制"的基础上发展而来的，而"男性支配权"的确立致使"一夫一妻制"成为主流，这种婚配形式成为了"文明时代开始的标志之

[1] 王学川：《家庭伦理学的发展趋势与价值前景》，《社会科学》1999 年第 3 期，第 62 页。

[2] 摩尔根：《古代社会》第 2 册，杨东莼、张栗原、冯汉骥译，北京：商务印书馆，1971 年，第 72 页。

[3] 同上，第 72 页。

一"。[1] 依据亚里士多德的观点，人类进入文明时期后，"伦理关系"成为维系家庭生活的纽带，其以夫妻之间的婚姻关系作为根基，代际关系（主要在父母和子女间）作为其延伸。[2] 所以，家庭成员间的情感联系最初起源于人类的原始本能，属于自然形式的伦理，建立合乎伦理的婚姻、亲子关系则是形成正常家庭氛围的前提。人天生对家庭成员抱有更强的信任感和认同感，期待从他们身上获取支持和安全，"家庭之爱是精神对自身的统一感知"。[3] 这种感知一般来自其他成员对属于本家庭范围内某些个体需求的回应，家人之间的情感流动应该是双向的，即"（家庭成员间的）爱就是伦理性的统一"，[4] 失去以上特征的家庭关系是有悖伦理的，由此组建的家庭必然存在缺陷。奥尼尔正是诞生于一个存在缺陷的家庭中，他自幼目睹、感受到伦理文化缺失对每个家庭成员精神上的折磨，成年后受此影响先后两次离婚，自身家庭生活亦不尽如人意。原生家庭导致的一系列恶性连锁反应，触发了奥尼尔对现代家庭伦理文化的深刻反思，他尝试通过悲剧艺术亲临被尼采称为"人生的最高肯定状态"的"醉境"，[5] 寻求狄奥尼索斯的"神谕"，从扭曲的家庭伦理文化的受害者转变为掘墓人。

---

[1]　恩格斯：《家庭、私有制和国家的起源》，张仲实译，北京：人民出版社，1954 年，第 59 页。

[2]　亚里士多德：《尼各马科伦理学》，苗力田译，北京：中国人民大学出版社，2014 年，第 174—191 页。

[3]　王占斌：《尤金·奥尼尔戏剧伦理思想研究》，北京：北京大学出版社，2018 年，第 82 页。

[4]　黑格尔：《法哲学原理》，范扬、张企泰译，北京：商务印书馆，1982 年，第 175 页。

[5]　秦忠翼：《酒神精神：艺术和人生的理想境界——论尼采的审美价值观》，《中国文学研究》2009 年第 3 期，第 11 页。

（一）奥尼尔悲剧中家庭伦理意识之由来

纵览改革后的美国严肃戏剧，最常见的题材之一就是现代家庭伦理关系的变化，这点在奥尼尔的悲剧中表现得尤为突出，他有约40部作品都或多或少涉及家庭伦理主题，占其毕生创作总数的80％以上。20世纪，美国传统的家庭伦理受商业价值观影响而发生了前所未有的改变，物质和金钱欲望破坏了家庭成员间伦理性的统一，社会总体价值取向奉"利益最大化"为终极目标，夫妻之间、长幼之间、子女之间"不再看重对方的内在价值，而是把彼此定位为生产者和消费者之间的关系，人的内在价值被逐渐剥离"。[1]正如恩格斯在《家庭、私有制和国家的起源》中所批驳的："这种权衡利害的婚姻，在两种场合之下，往往变为最粗鄙的卖淫——有时是双方的，而以妻方为更寻常。妻与普通的卖淫妇不同之点，只是在于她不是像工资劳动者那样计件出卖肉体，而是一次永远出卖为奴隶。"[2]实际上，自从美国社会进入垄断资本主义阶段之后，这种趋势就愈演愈烈，不止在婚姻方面，连带由家庭延伸出的一系列社会关系都开始产生类似的变化，以"一夫一妻制"作伪装的"男子支配制度"（本质上是财产权支配制度）否定了两情相悦的婚恋模式，[3]女性及其子嗣实际成为男性的"私有财产"，利害关系取代了自然的血缘关系。进入20世纪以来，被商品化的家庭关系加速向社会各层面入侵，并持续扩大"战果"，造成人际关系普遍恶化。奥尼尔本着对现代人归宿问题的关注和从文化

[1] 张生珍、金莉：《当代美国戏剧中的家庭伦理关系探析》，《外国文学》2011年第5期，第59页。

[2] 恩格斯：《家庭、私有制和国家的起源》，张仲实译，第68页。

[3] 同上，第68页。

角度暴露社会问题的决心，将上述现象作为素材写进悲剧作品中，深刻反思了美国社会正在日趋败坏的道德准则和家庭伦理。

奥尼尔在悲剧中展现的家庭伦理意识不仅来源于时代大环境，也与他的个人经历和思想认识有直接关系。奥尼尔的原生家庭缺少亲情的温暖，父亲詹姆斯·奥尼尔幼年随家人从爱尔兰移民美国谋生，度过很长时间缺衣少食的艰辛生活。后来他凭借天赋成为一名小有成就的演员，并因参演《基督山恩仇记》走红，从此随剧团走南闯北，一家人过着居无定所的生活。对贫穷的恐惧深深烙刻在詹姆斯的记忆中，他把"金钱"当做家庭幸福的唯一保障，尽管靠演戏积攒了数目可观的财富，詹姆斯在生活中仍然吝啬到眼见妻子因难产痛不欲生却坚持不肯请一位更专业的妇产医生的地步，奥尼尔无法原谅父亲的自私和冷漠，认为他是导致家庭不幸的根源。母亲玛丽·埃拉·昆兰嫁给丈夫后，放弃了成为修女的理想，和中产阶级的亲朋好友断绝往来，又无法融入演员们的圈子，她的一切社交活动都终止了，只能把自己封闭在下等旅店狭小的客房里，跟随丈夫颠沛流离。玛丽生产奥尼尔时出现难产症状，丈夫却坚持让诊费低廉的庸医进行治疗，过量使用吗啡镇痛导致她对麻醉剂上瘾，虽然后来戒除，但毒瘾发作时的痛苦几次让她想要轻生。奥尼尔目睹了母亲的悲剧，一方面报以同情和内疚，另一方面也对她整日精神恍惚，缺少对后代应有的关怀颇具怨言。长兄杰米·奥尼尔天资聪颖，然出生后就没有得到父母的精心照料，因此故意将麻疹传染给二弟埃德蒙，导致埃德蒙早夭，愈发受到父母冷落。他对三弟倍加爱护，用过人的艺术才华培养起年幼的奥尼尔对文学的兴趣；同时又嫉妒奥尼尔能得到父母更多的关注，教会三弟嫖娼、酗酒等恶习，用虚无主义的处世态度影响奥尼尔。奥尼尔对兄长既敬爱又仇

视，一生都笼罩在这段扭曲的兄弟关系的阴影下。奥尼尔的原生家
庭几乎囊括了一切不和谐的伦理因素：视财如命的詹姆斯对妻子不
负责任，对子女疏于管教；郁郁寡欢的玛丽盲目地迁就丈夫，无力
抚养、教育后代；精神分裂的杰米怨恨父母不公，对弟弟时而热
情，时而嫉恨。这种病态的家庭氛围给奥尼尔带来严重的心灵创
伤，童年时期对亲情的欲求没有得到满足，致使他把家庭幸福、和
谐的希望全部寄托在自己的另一半身上，他理想中的配偶不止是一
个妻子，还要是一个母亲，寻求情感补偿的心理又间接造成了奥尼
尔前两次婚姻的失败。

尼采哲学反道德主义的伦理观念对奥尼尔的影响同样不可小
觑。尼采的道德理想建立在"权力意志"的基础上，攻击"真、
善、美"代表的传统伦理价值。他把道德和生命类型绑定在一起，
视"生命意志"的强弱为判断真理的标准，提倡用突出"人"的意
志的"主人道德"，粉碎基督教和商业社会宣扬的压抑人本能的
"奴隶道德"。基督教道德伦理的核心是否定人、推崇神；商业社会
道德伦理的核心是否定人性、推崇功利，这两种观点都把人的本体
放在从属位置，以弱者的姿态博取同情和怜悯，是对"人"生命价
值的歪曲。因此，基督教和商业社会鼓吹的"道德"是反生命、反
自然的奴隶道德，"道德即反自然"成为尼采道德伦理学说中一切
观点的核心。要推翻"奴隶道德"，必须反其道而行之，充分肯定
人的生命意义，解放自然人性的"酒神精神"横空出世，世界成为
一场审美游戏，"一个力的积累和释放的轮回游戏"。[1] 强力意志

----

[1] 汪民安：《尼采的道德概念》，《中国图书评论》2007 年第 12 期，第 24
页。

为先，首先肯定自己，其次才是"健康""真诚""自爱""超越""骄傲""勇敢""欢乐"七项最基本的道德规范，最后否定他人，所以说尼采推崇的道德伦理"超越通常所说的善恶之外"。[1]这套新的道德伦理规范不能说尽善尽美，其中鼓吹"超人"与"贱民"对立的内容一直饱受非议；而他认为"贱民"从属"超人"是构成人类高级文明基础的说法，很大程度上又建立起了新的奴隶制度，并被德国纳粹挪用为美化法西斯统治、迫害其他族裔、发动不义战争的借口。奥尼尔在创作中有意识地回避了这部分存在争议的内容，只取"酒神精神"的核心内涵，向由清教主义、物质主义、男权主义、种族主义等等社会观念、习俗把持的传统家庭伦理宣战。奥尼尔悲剧中展现的家庭伦理文化最终指向对人类整体归宿的思考，他从组成人类社会最基础的生活单位入手，推翻被消费主义符号化的旧家庭伦理，重建现代人对家庭和婚姻关系的认知，在狄奥尼索斯的"醉境"中为人类营造一个更健康、和谐的精神家园。

（二）物化的婚姻伦理文化

黑格尔也认为婚姻的实质是一种伦理关系，[2]夫妻间的婚姻关系属于家庭伦理文化中"具有法的意义的伦理性的爱"，[3]是构成"家庭"的各种关系的重心所在。就像奥尼尔的父母一样，夫妻关系不和往往是造成现代家庭不幸的导火索，自然成为奥尼尔的"家庭悲剧"集中关注、表现的对象。《悲悼》中，构成婚姻关系的艾斯拉和克莉斯丁完全是两种对立类型的人。艾斯拉出身正统的清

[1] 应大白:《尼采权力价值论评析》,《杭州师范学院学报》1993年第4期,第22页。
[2] 王占斌:《尤金·奥尼尔戏剧伦理思想研究》,第89页。
[3] 黑格尔:《法哲学原理》,范扬、张企泰译,第177页。

教徒家庭，他面孔冷酷，姿态僵硬，思想老派，为此在军队中获得了"老硬棍"的绰号，连和妻子接吻都散发出清教徒禁欲主义的气息。他并非没有欲念，而是这种欲念被清教教义严格约束着，无法以正常的形式表现出来，致使艾斯拉在归家之夜对克莉斯丁倾诉衷肠时显得十分笨拙，反而增加了妻子对他的嫌恶。克莉斯丁俏丽性感，身上充满不安分的原始欲望和生命激情，她是一个散发出"酒神气质"的女性，热衷用鲜艳的色彩打扮自己和这座"坟墓"一样的孟宅，给弥漫着浓郁清教气息的家庭增添一丝生命活力。为了逃避压抑、冷漠的家庭氛围，克莉斯丁只好选择同儿子奥林"结盟"，后来又转向卜兰特船长，希冀从婚姻外寻求情感的补偿，凭个人意愿创造一种更自由的生活方式。

除了性格不合，夫妻长期分居，缺乏日常的情感交流也是孟南夫妇关系不和睦的主要原因。艾斯拉把全部心思放在事业上，根本无暇顾及家庭，他从西点军校毕业后，又先后出任法官和市长，最后官至准将；不仅如此，他还继承了父亲的航运生意，经营西洋最快的航线，每年给孟南家创造可观的收益，艾斯拉可谓世俗眼中社会精英之典范。但事业成功的代价是常年在外奔波，甚至妻子生产的时候也不在家，他们的婚姻不算建立在伦理（爱情）基础上，更趋向康德所说的"民事契约"关系，处于这种婚姻关系中的双方遵照契约互相利用，一旦单方面失信，契约即告中止。艾斯拉缺少对妻子爱的付出，自然也得不到妻子真情和忠诚的回馈。以上两点原因只是表象，造成孟南夫妇婚姻不幸的深层根源在清教禁欲主义和商业功利主义价值观对现代人人格的物化，宗教和职业压抑了丈夫艾斯拉的天性。由于信奉"理性"至上，缺乏"酒神精神"的正面疏导，精神上的痛苦把他异化成表面光鲜、实则僵硬麻木的"活死人"。艾斯拉完全丧失了正常表达人类情感的能力，自然无法满足妻子克莉斯丁强烈的情感诉求，迫使生命意志旺盛的妻子不得不违背要求妇女"安分守己"的奴隶道德，冒险出轨卜兰特船长，进而枉顾家庭伦理道德毒杀丈夫，试图依照自己的意志开辟通往"幸福之岛"的新航路。以常理观之，克莉斯丁同她的原型克吕泰涅斯特拉一样，完全称得上是西方文学中恶毒、淫荡的女性形象之代表，所以世俗人等皆不愿提及她，甚至"人们都恨她"。但奥尼尔是从尼采"超越善恶"的道德伦理观出发来塑造这个女性人物的，克莉斯丁身上承载着奥尼尔的家庭伦理理想，显而易见，作家给予她更多的同情和肯定，而把批判的矛头从个人转向社会，在被宗教和物质异化的现代婚姻关系下，克莉斯丁和艾斯拉同为受害者。

　　《进入黑夜的漫长旅程》中，蒂龙夫妇的婚姻也受到物质文明影响，呈现出非伦理化的特征。詹姆斯出身贫苦的爱尔兰裔移民家庭，早期全靠母亲给美国当地人家做保洁，自己在机器工厂做童工，度过了很长一段衣食无着的生活，童年的悲惨经历在詹姆斯内心留下了终生的阴影，让他"学会了做小气鬼"。为了获取丰厚的收入，他放弃更高的艺术追求，断送了光明的前程，常年靠扮演基督山伯爵一角"一个戏剧季下来就净赚三万五到四万块钱"。尽管"发了一笔大财"，詹姆斯依然难改吝啬的本性，为了省钱，他在妻子难产时坚持选择雇佣诊费便宜的庸医哈迪，导致妻子对镇痛用的吗啡上瘾，一直难以戒除；儿子诊断出肺结核后不顾医生反对，坚持要送他去廉价的公办疗养院，埃德蒙为此痛斥他是"臭气熏天的老守财奴"，是"满身铜臭气的老小气鬼"；对贫穷的恐惧还一再刺激他受人诓骗购买"蹩脚的地皮"，缺少提前规划和风险意识的盲目投资不仅未能带来预期的收益，反而造成大量资金被套牢。詹姆斯对金钱的执着达到泯灭人性的地步，作为丈夫，他未能担负起婚姻中应尽的义务，反而事事优先考虑经济效益，不惜伤害妻子和子女的身心健康，造成全家的伦理危机。

玛丽原本是一位受过修道院教育、具有高雅爱好的富家小姐，一次在化妆间"幸运"地邂逅詹姆斯后，天真的玛丽立刻为舞台明星英俊潇洒的风度倾倒，毅然放弃做修女的想法和"梦中情人"组建了家庭。婚姻生活并不如舞台上那般美好，失去与原生家庭、朋友圈的联系，辗转漂泊的巡演，演艺界人士的古怪脾气，下等旅馆恶劣的住宿条件，完全打破了她对婚姻的幻想。现实中的丈夫吝啬又忙碌，抗拒任何形式的社交活动，也无意分担家庭事务，金钱是他唯一在乎的东西，玛丽只能被"禁足"在旅馆狭小的房间里"孤孤独独、冷冷清清"度日，长此以往，她从一个活泼健美的少女变成抑郁消瘦的主妇。拥有一个固定、温暖的家的愿望一直萦绕玛丽心头，却因为丈夫工作的需要难以实现，她抱怨詹姆斯"从来就没把这个地方当做一个家"，"有钱一再买地产，但是一辈子却没有钱给我安置一个家"。[1] 婚姻中最低限度的要求不能得到满足，玛丽只能依赖毒品营造的幻觉，遁入"醉境"逃避现实，重温过去的幸福时光以换取暂时的精神慰藉，这正是她一直不能戒除毒瘾的缘故。蒂龙夫妇的婚姻并不缺乏感情基础，他们是通过自由恋爱组建家庭的，曾经享受过爱情的乐趣，但金钱异化了詹姆斯的人格，使他过分强调物质财富对家庭幸福的重要性，忽视精神方面的建设，这让维系婚姻的爱情不再具备"客观内容"，而停留在"主观抽象"

---

[1] 尤金·奥尼尔：《奥尼尔文集》第 5 卷，郭继德等译，第 369—370 页。

层面，[1] 造成蒂龙的家庭中伦理文化缺席。詹姆斯和玛丽都是"奴隶道德"的践行者，一个战战兢兢积累资本，唯恐老来受穷，不负责任地默许庸医滥用吗啡，放任妻子吸毒而不采取补救措施；另一个逆来顺受地接受丈夫的一切要求，宁可独自承受身体和精神的痛苦，十分勉强地扮演"家庭天使"的角色，也不敢张扬生命意志，尝试突破现状争取自主和解放。奥尼尔参照自己父母的真实情感状况，经蒂龙夫妇的婚姻关系展示出现代人的生命意志和家庭伦理已经堕落到何种地步。

（三）畸形的代际伦理文化

西方家庭伦理中，年轻一代是整个家族乃至社会生命的延续，父母天生负有教养后代的责任和义务，代际关系构成了家庭伦理文化中除婚姻关系外的另一部分，并时常作为婚姻关系的"果"表现出来。奥尼尔本身就是畸形代际关系的受害者，家庭成员间潜在的对立情绪直接影响了奥尼尔人格的形成，也萌发了他的悲剧意识，促使他在自己的创作中对这一问题倾注了大量心血，前文论及的《悲悼》和《进入黑夜的漫长旅程》中也展示了现代西方社会紧张的代际关系。《悲悼》主要围绕艾斯拉、克莉斯丁和莱维妮亚、奥林两代人展开，孟南家阴森的清教氛围不仅影响了父亲艾斯拉，也作用在女儿莱维妮亚身上。年仅二十三岁的莱维妮亚刚出场时的样子比实际年龄大得多，她先天的外貌和母亲克莉斯丁非常相似，拥有同样的头发、眼睛、眉毛、嘴和下巴；但后天形成的姿态和说话语调更接近父亲那种军人的僵硬和严厉，一身严严实实的黑衣充满了清教徒的禁欲气息，使她显得"难看"。但莱维妮亚并不介意，

---

[1]　黑格尔：《法哲学原理》，范扬、张企泰译，第 175 页。

她需要"竭力强调她和她妈妈的不同之点",刻意掩饰女性身体的美感,迎合父亲的道德期许。莱维妮亚本质上是一个像母亲那样满怀激情的女性,她们的天性都渴望得到和付出爱,但清教(基督教)教义将自然的肉体和生命本能的欲望视作罪恶,极力打压、限制,蒙蔽了人的天性,造成莱维妮亚的伦理观念被扭曲。她转而推崇"奴隶道德",刻意模仿父亲那种死气沉沉的禁欲气质,觉得自己只是"父亲的女儿",而对母亲身上生机焕发的酒神气质感到恐惧和憎恶,必欲除之而后快,在孟南家建立起侍奉"上帝"的清教秩序。

因为要联合"上帝"反对"酒神",莱维妮亚错位的心理逐渐生成"恋父情结",她更加依赖代表"理性"的父亲,亲密程度远超父女的界限,而近乎对情人的狂热迷恋。归家之夜,莱维妮亚一直缠着艾斯拉说话,就寝后还时刻留意父亲在卧室的动向,一有风吹草动便欲破门而入,唯恐艾斯拉有恙。在这种明显带有乱伦性质的父女关系中,母亲自然成了莱维妮亚的情敌,二人之间一直互相嫉妒和仇恨,莱维妮亚指责母亲"把爸爸对我的爱也偷了去,当我一出世你就偷去了我全部的爱",[1] 以致屡次写信向父亲告发母亲和卜兰特船长"通奸",甚至谩骂母亲是"无耻的娼妓"。艾斯拉对女儿也怀有异乎寻常的好感,他承认因为妻子冷淡,从墨西哥战场回来后"心便转到维妮(莱维妮亚昵称)的身上",[2] 对莱维妮亚说话时总表现出往常难得一见的温情,艾斯拉"实际上很喜欢女儿的娇惯,但在太太的面前有些为难",[3] 他早已察觉到女儿特殊的

---

［1］ 尤金·奥尼尔:《奥尼尔文集》第 4 卷,郭继德等译,第 57 页。
［2］ 同上,第 55 页。
［3］ 同上,第 47 页。

情愫，并且给予了正面的反馈，主动利用女儿对自己的好感填补妻子留下的情感空缺。艾斯拉和莱维妮亚之间名为父女，实为"夫妻"关系。

奥林身上则带有浓重的"恋母情结"，一般认为，这是奥尼尔同类心理的戏剧化表现。奥林出生时，艾斯拉远赴墨西哥作战，"父亲"缺席了奥林的整个童年，一直陪伴并且给予他爱意和家庭温暖的是母亲克莉斯丁。因此在奥林的伦理观念里，父亲是可有可无的角色，只有母亲是最重要的，他受伤神志不清时一直喃喃念叨"妈妈"便是潜意识里这种认知的表露。奥林首次出场时看起来比实际年龄成熟，面貌酷肖父亲艾斯拉，但嘴的表情则体现出和母亲相似的敏感，他的面孔"有一种面具的性质"，行为时而懒散，时而僵硬，"这表示军人的派势与他的天性不合"。[1]奥林其实还只是一个心智尚在发育的孩子，他的身上综合了父亲的"清教徒"气质和母亲的"酒神"气质，这两种对立的因素一直处于碰撞中，给精神造成痛苦。残酷的战争给年轻人造成了更严重的心灵创伤，他只有用军人、英雄这样易受世俗认同的"日神身份"掩饰潜在的"酒神气质"，奥林人格的裂隙不断加深。母亲身上旺盛的生命意志是支撑奥林熬过死亡恐惧的精神支柱，他刚到家便急不可耐地寻找母亲，而对父亲的死不闻不问，觉得"一点也不可惜"。在奥林眼中"妈妈比什么都要紧"，他甚至直率地向母亲告白"你是我的唯一的爱人"，把母亲幻想成"世界上最美丽的岛"，"那里没有别的人，只有你和我"；[2]同时，奥林对父亲充满敌意，在他眼中，艾

---

[1]　尤金·奥尼尔：《奥尼尔文集》第 4 卷，郭继德等译，第 89 页。
[2]　同上，第 73 页。

斯拉是"从不认识的那位面熟的陌生人",[1]是残酷的"战争"本身,正因为父亲的强硬要求,自己当初被迫与母亲骨肉分离,身心饱受摧残,也留给卜兰特船长可乘之机。父亲就是造成自己人格分裂、精神痛苦的罪魁祸首。

父亲艾斯拉对儿子奥林的态度与女儿截然不同。他嫉妒儿子完全夺走了妻子对自己的爱,"我努力不去恨奥林";[2]当他提到自己在战场上把奥林从一个"母亲的儿子"培养成"男子汉"的时候,"带着一种残忍的夸耀的满足",[3]似乎隐藏着某种报复的快感;奥林听到姐姐发出和父亲声音相似的指令时,立即条件反射地作出军人服从命令的反应,可以推测艾斯拉在军营对儿子要求之苛刻。克莉斯丁则把奥林当作"我一个人的孩子",新生的儿子成为她嫁入孟南家后被压抑的情感宣泄的目标,激情饱满的克莉斯丁将对丈夫连带女儿的爱一并投入到儿子身上,在母子间构建了一处禁止孟南家的人进入的秘密地带,在这方属于酒神的"醉境"中,奥林才能解放自我,满足做"母亲的儿子兼情人"的欲望。孟南夫妇失败的婚姻直接影响到代际关系,父母与子女间正常的伦理关系被严重扰乱了,清教主义和战争背后的商业主义让父子和母女反目成仇,而父女和母子则进行了精神层面的乱伦,成为实际意义上的夫妻,这种畸形的家庭伦理关系是现代家庭伦理文化的极端化写照。

《进入黑夜的漫长旅程》中的代际关系异化,以另一种更具有现实普遍性的形式表现出来。詹姆斯和玛丽的长子詹米自出生便跟

---

[1] 尤金·奥尼尔:《奥尼尔文集》第4卷,郭继德等译,第93页。
[2] 同上,第55页。
[3] 同上,第48页。

随父母四处奔波，三子埃德蒙更是直接降生于旅馆中，"家"的概念对蒂龙家的新生一代来说几乎不存在，奥尼尔借玛丽之口指出："孩子应该生在自己的家里，才能长大成为好孩子"，[1] 日复一日居无定所的巡演生活，只能让詹米和埃德蒙陷入身体和精神都无家可归的迷惘状态，加剧现代人身上普遍存在的身份危机。在蒂龙夫妇组建的家庭里，不仅"家"的概念是缺失的，"家"的情感也是缺失的。长子詹米刚出生时"又快乐又强健"，但詹姆斯未能尽到做父亲的责任，他工作繁忙又酗酒成性，让新生儿子刚睁眼就耳濡目染了酒精的"魔力"，每当小詹米因身体不适或做噩梦哭闹时，詹姆斯唯一的办法"就是喂他一茶匙威士忌，使他安静下来"。[2] 这种贪图眼前方便，极不利于幼儿身心健康的行为本不该出现在正常的家庭关系中，尤其是血缘关系最近的父子之间。但詹姆斯已经习以为常，很大程度上导致儿子詹米上学期间就对酒精产生依赖，因此被寄宿学校开除，后来自暴自弃，沦为醉生梦死、不务正业的酒徒，只有置身"醉境"才能找到生命意义。次子尤金的死也与父亲詹姆斯的自私有关，为了缓解独自在外演出的寂寞，詹姆斯强令妻子离家陪伴他，给嫉妒弟弟的詹米创造了传染疾病的机会。埃德蒙其实是父母用来缓解次子尤金夭折带来的打击的情感替代品，他自幼神经敏感，身体单薄，受父母关系影响从来没有快乐过，生活对他来说就是受苦；埃德蒙还一度患上当时属于疑难杂症的肺结核病，年纪轻轻就面临死亡的威胁。但父亲詹姆斯首先考虑的不是为儿子提供最佳的医疗条件，促进他尽快康复，而是盘算着说服医

---

[1]　尤金·奥尼尔：《奥尼尔文集》第 5 卷，郭继德等译，第 382 页。

[2]　同上，第 400 页。

生，送埃德蒙去价格低廉的州公立疗养院。面对儿子的质问，詹姆斯强词夺理，为自己的吝啬开脱，其实是他以纯粹理性的思维方式考虑一切问题，儿子的健康和性命在詹姆斯眼中远不及金钱重要。

作为母亲的玛丽同样对蒂龙一家畸形代际关系的形成难辞其咎。玛丽的父亲"真的把这个姑娘惯坏了"，她对基本的家庭伦理缺乏认知，尚未做好承担婚姻中各种责任、义务的准备，单纯出于对明星的崇拜和少女的虚荣心，就在一时冲动下组建了新家庭。在这个新家庭里，玛丽成为异化的家庭伦理文化的受害者，她的精神长期受现实生活中痛苦体验的压抑，又转而把怨气发泄在自己后代的身上，成为名副其实的施暴者。玛丽对待两个儿子的态度阴晴不定，她自认为扮演了一个"贤妻良母"的角色，试图去关心孩子的状况，又永远不能宽恕詹米故意把疹子传染给尤金，导致次子早夭；同时也懊悔听从丈夫劝说，生下"从来就没有快活过的"埃德蒙充当尤金的替代品，为此良心不安。玛丽对詹米和埃德蒙的感情算不上合格的母爱，也达不到厌恶的程度，但与正常的母子关系相去甚远，无疑对詹米和埃德蒙的成长造成了严重的不良影响。自从因难产染上毒瘾，玛丽更加一蹶不振，故意疏远家人、逃避责任，把生活不幸的原因全部推到命运、丈夫和儿子们身上，靠吸食毒品产生幻觉恍惚度日，心安理得地活在曾经身为富家小姐、未来要去欧洲当修女的回忆中，她在家庭伦理中的角色彻底失位。母亲未能在后代成长的过程中投入足够的关怀，起到良好的示范作用，反而视家庭和孩子为妨碍自己获取幸福的累赘。詹米和埃德蒙的人生已经因为"守财奴"父亲缺乏责任心残破不全，又失去"吸毒鬼"母亲的正确引导和教育而误入歧途，两个富有文学才华、成绩优异、机敏聪颖的少年从生活中找不到存在的价值，只能耽于酗酒和玩乐，堕落成缺乏独立生存能力，不敢面对现实的废材，蒂龙家的新一代被畸形的代际关系毁灭了。玛丽的所作所为和詹姆斯一样违背了家庭伦理，她和丈夫都不是伦理的个体，[1] 也需要为蒂龙一家的悲剧负责。奥尼尔借此展示了发生在 20 世纪西方后工业社会的价值转向对美国传统家庭结构、道德伦理的解构，他认为要解决当下受金钱主导而被物化的家庭伦理文化所产生的一系列社会道德问题，只能依靠"以爱情为基础的夫妻伦理关系和以责任、义务和相互关爱为基础的代际伦理关系"，[2] 归根结底，就是去往更富有"感性"意味的酒神"醉境"中寻回人类失落的精神家园。

三、"迷狂"状态下人文主义对物质主义的超越

考察文学史，不难发现从古希腊至今，西方的文学传统中一直保留着一个最基本的主题："人文主义"。西方文学中的人文主义传统起源于古希腊时期，希腊神话、史诗和悲喜剧给予人的力量和价值以充分肯定，与中世纪基督教文学将人置于神的绝对权威下迥然相异。但这并不意味中世纪所有的文学形式都背离了人文主义精神，不少世俗倾向较强烈的骑士文学和市民文学仍然沿袭了这一传统，在神权高压下为"人"保留了一丝存在感。14 世纪到 16 世纪的文艺复兴实质是人文主义的复兴，以人为本的文学思潮成为当时的主流，这一情况延续到 18 世纪，人文主义精神进一步发展且趋

---

[1]　王占斌：《尤金·奥尼尔戏剧伦理思想研究》，第 111 页。
[2]　张生珍、金莉：《当代美国戏剧中的家庭伦理关系探析》，第 63 页。

于成熟，文学对"人性"的重视程度加深。19 世纪的人文主义演化成"人道主义"，西方文学中增加了社会批判的内涵，但也出现了"个人主义"盛行的问题。20 世纪现代主义和后现代主义文学把表现内容转向人的内心世界，集中关照现代人的精神状况，体现出十足的人文关怀，人文主义精神随之进入更加深化的阶段。西方"人文主义"文学传统在奥尼尔的悲剧中体现为一种"理解的人道主义"，[1] 即先与文本中被观照的对象进行充分沟通，在相互间取得"理解"的前提下，产生爱、同情、体谅、和解等等后续情感，简而言之就是"从理解到和解"的爱。这种现代人文主义精神比基督教抽象的"博爱人道主义"更加具体也更深入，其"不再把上帝与自我作为目的，而是真实地爱对方及他人"。[2]

现代人在物质主义的异化之下自我孤立，互相猜忌，人际关系不断恶化，他人无异于行走的"地狱"，想实现个体与个体间的"理解"谈何容易。奥尼尔要在悲剧中实践"理解的人道主义"，首要任务便是消解现实中的"个体化原则"，让"人"进入更高层次的存在形态——生命本体，继而对总体生命中蕴含的原始冲动产生感应和共鸣，为互相理解创造前提条件，要实现这一点必须借助"酒神精神"。"酒神精神就是尼采人性思想的源头"，[3] "酒神精神"理论反对基督教神本主义和苏格拉底式的科学理性主义，肯定人自身的生命意志，由此延伸出"上帝死了"的观点；其把"人"

[1] 夏茵英：《试论奥尼尔的伦理思想》，《外国文学研究》1989 年第 3 期，第 15 页。

[2] 同上，第 15 页。

[3] 梁中贤、周丽娜：《酒神精神：尼采人性思想之源》，《文艺评论》2014 年第 3 期，第 33 页。

作为万物的尺度，坚信未来之人性超越神性，由此延伸出"超人"学说。完成"一切价值重估"后，尼采把"人"置于新的价值体系的中心，从本体论角度弘扬人文主义精神，提倡用艺术推动现代人思想解放的进程。作为一名严肃的悲剧作家，奥尼尔通过作品传达出对人文主义的理解，与尼采的学说有异曲同工之妙。奥尼尔本人未曾直接提出过关于"从理解到和解"的悲剧理论，而是借用"酒神狂欢"的概念为自己"理解的人道主义"的艺术实践创造前提。一般认为，"酒神精神"代表着理想人生的三个方面：迷醉、自然、纵情。"迷醉"是感性对理性的反动，"自然"是精神对现实苦难的规避，"纵情"是人类天性的自由宣泄。"酒神狂欢"作为自酒神精神基本内涵引申的范畴之一，主要对应"纵情"的生命状态：人类有朝一日突破了日神精神的约束，挣脱苏格拉底主义的缧绁，与被疏远的自然"母亲"重修旧好，酒神死而复生，唤醒人内部积压已久的原始欲望，人类再无所顾虑地挥洒逐渐高涨的生命激情，进入主观中浑然忘我的陶醉境界，实现与自我、他人、自然的和解。奥尼尔的悲剧艺术即依托于酒神狂欢营造的这种迷狂状态，弱化个体生命的孤独体验，向其揭示"形象"和"概念"之虚妄，完成人文主义对物质主义的超越。

奥尼尔后期的代表作《送冰的人来了》求证了现代西方社会底层人物生存意识的合理性，从寄居霍普旅馆、依靠酗酒和做白日梦度日的一众酒徒身上发掘的"生存本能与精神追求的共存、互补关系"中，[1] 完整诠释了作家"理解的人道主义"理念。奥尼尔经

[1] 杨捷：《对悲剧人生的人文关怀——奥尼尔〈送冰的人来了〉的现代解读》，《西南民族学院学报》（哲学社会科学版）2002 年第 6 期，第 92 页。

《送冰的人来了》一剧演绎"理解的人道主义"实现的全过程，针对其中需要面对的问题提出假设，且明确地通过"白日梦"生存状态和结尾时的酒神狂欢宣告了人文主义的胜利。本剧的背景设置在资本主义体制固有的矛盾周期性爆发之际，"经济萧条最严重的后果，就是它使人们基本上彻底丧失了自独立战争以来一直激励着美国人的那种热情奔放的信心"。[1]霍普旅馆成了生存空间受物质文明挤压的失意者们极为理想的庇护所，餐桌上不分彼此、醉倒成一片的酒徒们来自不同的地区和种族，曾经从事不同的工作和行业，甚至一度为社会改革出谋划策、冲锋陷阵，但他们诉诸理性的追求最终无一例外地落空，于是自发地聚集到酒神的"醉境"中寻求理解和实现生存价值。这里的所有人都把理想实现的希望托付给"明天"，就这点来讲，他们缺乏行动能力，确属一般意义上的失败者。但如果把时代因素和总体环境考虑在内，就会发现因为"人"的身份已经被"物"置换，"人"的价值已经被"物"的价值取代，传统的个人奋斗只能强化物质主义对"人"的禁锢，无异南辕北辙。

一旦意识到这一点，酒徒们"自甘堕落"行为的性质立刻发生了转变，他们拒绝继续同"物"合作，转而依靠"酒神精神"消除人与人之间的隔阂，开展基于灵魂层面的沟通，连战争中以命相搏的敌人也和解成为亲密的挚友，堪称自觉维护"人"仅存尊严和生存权利的胜利者。希基宣扬的"行动哲学"是人文主义在剧中面临的一次危机，正如他对众人编造"送冰的人"与妻子通奸的谎言，掩饰内心杀害无辜妻子的不安，希基也鼓动众人走出旅馆、背弃酒

---

[1] 罗德·霍顿、赫伯特·爱德华兹：《美国文学思想背景》，房炜、孟昭庆译，北京：人民文学出版社，1991年，第469页。

神，去迎回物质文明的"救世主"，掩盖他引导众人放弃生命意志，继续接受物化，故意挑起纠纷，扼杀精神人格的真实目的，人文主义暂时被物质主义蒙蔽，众人的关系随"迷狂"作用的消退而恶化，他们放弃理解和沟通，为迫使他人接受自己的观念不惜要大打出手，在咒骂和争吵中纷纷离开霍普旅馆。希基带来的"真理"一触即溃，现实生活能给予酒徒们的只有痛苦和绝望，他们很快幡然醒悟，在酒神的召唤下回归霍普旅馆，"醉境"成为现代社会中唯一能够满足人性生存需要的空间。死亡的威胁被驱逐了，"人"的地位再次得到巩固，奥尼尔安排酒徒们在结尾为人与人重新取得和解进行庆祝，"他们狂笑着用酒杯敲击桌子"，整夜狂歌乱舞，纵酒作乐，在白日梦和酒神狂欢中延续生命不竭的欢愉，好比尼采在《悲剧的诞生》对人与人、人与自然在酒神的魔力下和解场面的描述，这是充满乐观主义的人文精神之体现。

《月照不幸人》包含着奥尼尔对"理解的人道主义"的另一重阐释。不同于《送冰的人来了》只在"霍普酒店"这一有限的场所内实现了人文主义对物质主义的超越，导致其审美价值远大于文化价值，《月照不幸人》将主要情节的发生地点设置在广阔的户外空间，月亮仿若太阳一样普照大地，"令人疯狂的月色"比"白日梦"更适用于开放化的背景，展示出奥尼尔把非理性"迷狂"的范围扩大化，让人文主义从艺术范畴向社会范畴进军的雄心。该剧以乔茜对杰姆的情感变化为线索，传达作者对现代人精神结构中孤独体验和生存危机的认知，较《送冰的人来了》具有更深远的文化意义。

乔茜是爱尔兰佃户霍根的女儿，本性善良，但不时受父亲唆使要些小聪明，帮父亲谋取些许不正当的利益。她最初同杰姆接触的目的并不单纯，不可否认，乔茜确实对杰姆心怀爱慕，期望和他结婚，同时又不得不接受父亲的建议，计划利用杰姆对自己的好感侵占他的财产。相互对立的人类天性和物质主义集于乔茜一身，使她成为生命意志和物质欲望的混合体，二者不断争夺对"人"的控制权，导致乔茜的人格发生分裂。她本是一个纯洁的处女，却故意隐藏在"淫妇"的面具之下，分裂的人格加剧了她的自卑感，导致乔茜一直不敢向杰姆吐露心意。奥尼尔安排"月光"和"酒精"发挥作用，共同营造出酒神的"醉境"，使两个年轻人从物质利益主导的现实世界进入"迷狂"状态，卸下伪装袒露心迹，加深彼此间的理解，净化痛苦的灵魂。乔茜即将同杰姆共赴生命的"狂欢"之际，突然发现自己的爱人在现实的重压下早已丧失了感受和付出"爱"的能力，成了一个精神空虚、丧失一切人类情感的"活死人"。在这里，《送冰的人来了》结尾时那种感官上的狂欢并未出现，乔茜首先放弃了夺取地产的阴谋，物质主义被复苏的"人性"彻底否定；随后，本能的性欲冲动也升华成"爱"和"怜悯"所代表的高层次的人文主义精神，乔茜再次牺牲了个人的幸福，放弃同杰姆结婚后合法继承其财产的想法，自觉承载起"大地母亲"的角色。在奥尼尔的作品中，"母亲"一般与"自然""创造""救赎"这些富有酒神意味的母题联系在一起，证明乔茜分裂的人格已重归整一，自然本性的复原暗示精神上的狂欢已经结束，她成为了自由之女、大地母神和人类之"爱"的三位一体，随后将代表人文主义精神履行拯救人性的职责。乔茜要拯救的对象（杰姆）身上集合了人类痛苦体验最极端的情况，她彻夜搂抱着杰姆，倾听他对亲生母亲发自肺腑的忏悔，代替杰姆那位已经过世的生母理解、宽恕了这个"死去的孩子"，给他的悲剧人生带来尼采所谓"形而上的慰藉"。乔茜完成自我人格重塑后采取的一系列极具象征意味的行为，不单指向生命意志对死亡的超越，也包含人文主义对物质主义的超越。

第三节　从酒神智慧看奥尼尔悲剧对人类 "身份归属"的审视

　　柏拉图在《卡尔米德篇》中提到，坐落于德尔斐的阿波罗神庙的门楣（一说柱子）上，镌刻着太阳神不朽的箴言——"认识你自己"。"'认识你自己'是这位神提供的一个建议，而不是对进入神庙的崇拜者的欢迎词"，[1] 这条简短的建议却触发了人类在跨越千年的文明史进程中对自身存在、归属问题进行反思和探索，并从中觉醒了自我意识和认知能力；同时成为苏格拉底哲学思想最核心的内容，进而被确立为古希腊乃至西方哲学的终极目标。简而言之，自西方哲学诞生之日起，行动本身便已经包含有一种强烈的目的性，人类针对自然开展的一切认识活动，最终都指向"认识自我"这一无比神圣的最高目的。苏格拉底被尊为古希腊最具智慧者，他通过把握人类行动的"目的性"，在"认识自我"的过程中发现了众人的"无知"，即一种先于"理性"的经验主义状态，又在证实"无知"的前提下继续寻求"自我"的定位，追求知识直至无限趋近他所认同的"真理"。

　　"自然万物真正的主宰和原因并不是物质性的本原，而是它的内在目的，亦即'善'（agathon）"。[2] 窃取了一部分日神智慧的苏格拉底继而将"求知"的行为道德化，他指出"认识自我"的过

---

　　[1]　柏拉图：《柏拉图全集》第 1 卷，王晓朝译，北京：商务印书馆，2002 年，第 150 页。
　　[2]　张志伟：《西方哲学史》，北京：中国人民大学出版社，2010 年，第 56 页。

程就是深挖自身、完善德行，使个体行为更符合公共规范的过程，所以"知识即美德"，苏格拉底甘愿为维护所谓的"知识"和"美德"而受审，并使这次著名的审判也成为其哲学思想的重要组成部分，一举将古代希腊世界从文艺时代推向了哲学、科学、理论时代。[1] 进入后工业时代的美国社会一如既往地执著于追求"知识"和"美德"，力图替人类构建一种完全依附于自身"理性原则"的新身份认同，致使自我迷失在工业文明（物质主义）和基督教道德（清教主义）营造的层层假象中，众人盲目地因循着"个体化原则"滑向"身份流浪"的断崖，反而与"认识你自己"的目标渐行渐远。奥尼尔凭借"美国社会保管员"的敏锐直觉，意识到现代人无力驾驭日神智慧，他们极度膨胀的"自信心"终将造成"能指"与"所指"间同一性的断裂，行动"目的"的丧失会招致更严重的身份危机。为了重新确认"人"在宇宙万物中的位置，他将寻找"身份归属"作为其悲剧着墨最多的重大主题之一，借助酒神狄奥尼索斯赋予的智慧，从人类尚未与自然界分离时的原始身份出发，解构、重建自我身份，引导现代西方社会重新审视、认识"自己"。

一、"我"是谁：奥尼尔多元文化叙事中凸显的身份意识

根据福柯的观点，"身份"是个体或群体在特定社会环境中意义的暂时性稳定，会一直处在不断变化的过程当中；萨义德则指

---

[1] 孙周兴：《当代哲学的处境与任务》，《探索与争鸣》2020 年第 6 期，第 36 页。

出，确定一种文化身份存在着与之对应的"感觉与参照的体系"，[1] 现实生活中，界定身份的参照系往往被某种外部的话语所控制，我们所认同的"身份"实为"话语实践为我们所构建的主体立场"。[2] 综合考虑以上说法，如果发生某一偶然事件（由于根据律在某个形态遭遇例外），使外部的话语实践与主体内在心理的动态关系出现裂痕，个人现有的社会、文化身份便要面临极大挑战，甚至是分裂或解体的危险，美国心理学家艾瑞克·埃里克森（Erik H. Erikson）创造了"身份危机"这一术语来描述该现象，他认为"身份危机"是"一个对不同的看待自我方式的激励分析和探寻时期"。[3] 尼采先于埃里克森等人注意到在西方社会全面爆发的"身份危机"，他用"酒神精神"理论对其产生的原因和可能造成的后果进行了形而上的分析和预测，尼采所认同的人类理想身份，是破除对"个体化原则"的迷信，也即排除一切外部话语实践的干扰后，主体"隐失于完全的自我遗忘状态"，[4] 人应当成为"一种新的力量""一种新的权利""最初的运动"和"自转的车轮"，[5] 成为能够自由定义自己的创造者——"超人"。

奥尼尔的最后一任妻子卡洛塔这样评价丈夫："他不是个总去找妈妈的乖孩子，也不是个彬彬有礼的年轻人……他是个黑（并非

［1］ 爱德华·W. 萨义德：《文化与帝国主义》，李琨译，北京：生活·读书·新知三联书店，2003 年，第 132 页。

［2］ Barker Chris, *Cultural Studies*：*Theory and Practice*，Thousand Oaks：Sage Publications, Ins. , 2000，p. 386.

［3］ Holm Charles Lind, *Culture and Identity*：*The History*，*Theory*，*and Practice of Psychological Anthropology*，New York：McGraw-Hill Higher Education, 2001, p. 124.

［4］ 尼采：《悲剧的诞生》，孙周兴译，第 24 页。

［5］ 尼采：《查拉图斯特拉如是说》，钱春绮译，第 66 页。

指肤色，有"纯粹"的意思）爱尔兰人，一个粗暴强硬的黑爱尔兰人……他拥有那种让他显得年轻的微笑；但大部分时候他像个东方人那样苍老……他是个简单的人。"[1] 除去诸如"美国的莎士比亚""美国严肃戏剧奠基人"等光环笼罩的身份，奥尼尔还背负着作为"爱尔兰移民""叛教者""无政府主义人士""酒徒"的沉重包袱，加上长期居无定所、四处漂泊的人生经历，使得他的身份意识和寻求归属的意愿都格外强烈。奥尼尔对确认自我身份、强化主体存在的迫切需求，同与生俱来的悲剧意识糅合在一起，难分彼此，最终演化成对"人"存在价值的拷问，其作品中凸显出的身份意识主要反映在种族、阶层、性别三个方面。

（一）割裂的种族身份认同

詹姆斯·奥尼尔和玛丽·埃拉·昆兰皆出身于移民美国的第一代爱尔兰家庭，奥尼尔从父母那里继承了传统爱尔兰人"忧郁""叛逆"的精神禀赋，以及对"灵魂得救"的期许，他在日常生活中高度认同、强调自己的种族身份，为此曾向自己的儿子小尤金抱怨："有一件事比任何事更能说明问题，那就是我事实上是个爱尔兰人。奇怪的是有些试图评价我个人和作品的人竟忽视了这一点。"[2] 这点在奥尼尔同外界的书信往来和一些传记作家的相关稿件中同样得到了证实。爱尔兰民族的性格特点、文化特质以及爱尔兰移民在美国社会遭受的不公正待遇，对奥尼尔戏剧创作和身份探索的历程造成过至深至远的影响，涉及相关主题的作品，例如《诗

[1] 罗伯特·M. 道林：《尤金·奥尼尔：四幕人生》，许诗焱译，南京：南京大学出版社，2018 年，第 512 页。

[2] Arthur Gelb and Barbara Gelb, *O'Neill：Life with Monte Cristo*, New York：Applause Books, 2000, p. 118.

人的气质》《更加庄严的大厦》《进入黑夜的漫长旅程》《月照不幸人》等，都充斥着"失去家园"的爱尔兰移民们为确认自己在新生存环境中的位置，与周边社会秩序、宗教信仰、当地人群以及自我发生的冲突。

《诗人的气质》中的主人公梅洛迪身上便潜伏着多重互不相容的文化身份：他自诩为体面的欧洲绅士之子、前英国第七龙骑兵团少校、塔拉韦拉战役中全军的英雄、高傲的"贵族"诗人，私下却被身边人视作盗贼似的爱尔兰酒店主的傻儿子、因决斗丑闻被开除军籍（并且险些上军事法庭）的浪荡汉、与"婊子"们厮混的好色之徒、低声下气讨好美国"名门之家"的无耻小人。尽管一向对这些诋毁表现得置若罔闻，梅洛迪也无法完全否认外界对自己的评价，由混乱的身份认同引发的一系列内在冲突集中在这一副"公牛一样壮实"的爱尔兰人的躯壳中，使他的言行举止隐约表现出与风度翩翩的仪表不相称的滑稽感和病态。梅洛迪是一个不折不扣的爱尔兰人，却自视甚高，对附近仅有的几户爱尔兰家庭不屑一顾，认为他们"地位低下"；他对外宣称是一个真正的"美国公民"，却不由自主地曲意逢迎、恭维"讲排场的摩登的美国佬"，甚至想利用女儿和他们攀上姻亲，证明和巩固自己"高贵人"的身份地位。

生了"一张被激怒了的拜伦式的英雄人物的脸庞"，[1]"神经衰弱""拥有健壮农民的那股虎劲"的梅洛迪，[2]骨子里就是一个带有桀骜不驯的酒神气质的"黑爱尔兰人"，但在军旅生涯和移民美国后不自觉地落入工业文明设置的陷阱，沾染上在美国备受推崇

---

[1] 尤金·奥尼尔：《奥尼尔文集》第4卷，郭继德等译，第402页。

[2] 同上，第402页。

的"苏格拉底主义",由此接纳了盎格鲁-萨克逊人把持的主流话语所推行的一套价值观念。为缓和不能与主体民族相融的窘迫感,他迫不及待地用"个体化原则"粉饰自我,示人以"军人风度""绅士派头",以致"过分做作,使人感到他扮演的角色过了火,失去了真实性"。[1] 反映在梅洛迪身上的"双重身份"问题,实际是由相对贫穷的爱尔兰移民在存在结构性不对等的美国商业社会中集体失语造成的安全感缺失直接引发的。"身份确认对任何个人来说,都是一个内在的、无意识的行为要求。个人努力设法确认身份以获得心理安全感,也努力设法维持、保护和巩固身份以维护和加强这种心理安全感,后者对于个性稳定与心灵健康来说,有着至关重要的作用"。[2] 梅洛迪拒绝同周围的爱尔兰家庭来往,频频被镜中自己的影像吸引,对着虚构的"另一个梅洛迪"吟诵拜伦的诗句,每逢塔拉韦拉战役纪念日便要穿上珍藏的军礼服,将自己装扮得如同"日神"般耀眼,享受妻子、昔日部下和吃白食者真心或假意的奉承,这些荒唐行径不一定只是梅洛迪"自恋型人格"的夸张表现,更像是对自己当前认同的身份归属能否继续维持、保障心理安全感的反复测试和确认。第一代移民梅洛迪正在遭受的身份割裂之苦在第二代移民身上也有体现,其女儿萨拉"既有贵族通有的风采,又有农民的特征",[3] 是两种身份产生的气质的混合体;她说话的声音本如歌唱般悦耳动听,却为了掩饰爱尔兰口音故意改变腔调,

---

[1] 尤金·奥尼尔:《奥尼尔文集》第4卷,郭继德等译,第403页。

[2] 乐黛云:《文化传递与文化形象》,北京:北京大学出版社,1999年,第332页。

[3] 同[1],第391页。

"显得有些呆板，扭扭捏捏"，[1] 说明"双重身份"已经成为一种集体无意识被传承下去，使得每一代拖家带口移居异乡的爱尔兰人都或多或少游走在逐渐边缘化的"母文化"与社会主流文化的碰撞之间，从自然的"人"成为失去归属、"被多重文化定义的主体"。[2]

尽管在信仰、文化、收入等方面存在明显差异，对美国社会的适应能力也远不及英国裔和德国裔移民，但爱尔兰移民的白人身份和英语母语还是在其熟悉、掌握美国文化、融入主体民族的过程中发挥了一定优势。加上爱尔兰移民数量庞大、团结意识较强且热衷于参加政治活动，时至今日，其社会、经济地位已经显著提升，与主体民族间的矛盾也退居其次。但是，曾经面临与爱尔兰移民类似尴尬处境的美国黑人的生存状况依旧没有得到太大改善。奥尼尔长驻酒吧"醉心于湮灭"期间，曾经结识过一些挣扎在社会底层的黑人，因为移民身份遭受歧视而造成的心灵创伤使他推己及人，在作品中对当初以奴隶身份被迫流散到新大陆的非洲黑人们的后裔，如何在由白人主导的社会中建构自我身份的问题投入了同等的关注。

前文论及，《琼斯皇帝》和《上帝的儿女都有翅膀》都是借美国客观存在的种族问题对人类的身份归属发问。爱尔兰移民梅洛迪曾经经历过的心理斗争，同样也在黑人琼斯和吉姆的内心上演，他们和各自代表的族群皆是智人原初的亲缘关系被否定，人类身份的同一性遭到破坏的牺牲品，琼斯和吉姆们无法完全摘除从奴隶祖先遗传来的"黑面具"，又对"白面具"美丽的外观心怀憧憬；既羞

---

[1] 尤金·奥尼尔：《奥尼尔文集》第 4 卷，郭继德等译，第 391 页。
[2] 廖敏：《奥尼尔〈诗人的气质〉中的文化身份叙事》，第 70 页。

于承认被主流话语污蔑、贬斥的源文化、源身份，又无可能被现行的价值体系认可接受，只能在无意识中形成的"双重身份"挤压之下受尽"夹板罪"，这是琼斯用他的"子弹"打不破，吉姆靠他的"上帝"救不得的。奥尼尔本人评价《上帝的儿女都有翅膀》时说："有一点必须牢记，那就是黑人问题不是这个剧本的关键，并不是只有黑人问题才会带来偏见。我们被各种偏见所分裂：种族偏见，社会偏见，宗教偏见等。向上追溯的话，当然这一切都是经济因素造成的。吉姆·哈里斯完全可以是一个在旧金山的日本人，也可以是在土耳其的美国人，或者是个犹太人。"[1]他用一个象征人类身份重归太初时同一状态的题目给这部反对种族主义的悲剧命名，从剧中情节来看，这个对万民一视同仁的"上帝"并非传统意义上的基督教上帝——那个推倒巴别塔、变乱了人类的言语，使他们流散在全地上相互攻讦的道德神祇，而是指向引领人类消除偏见和隔阂，"通过一种神秘的统一感使个体得到解脱"，[2]令个体状态下的人与他人"合为一体"的艺术宗教新上帝（酒神）。

（二）异化的阶层身份认同

现代美国社会诞生在工业文明和清教主义合成的培养基之上，机器生产和全球市场最大限度地满足了人们对物质消费的需求，也激发了人对经济利益的无限欲望；资本主义制度提供了多元化的就业岗位，也榨干了劳动者的剩余价值，为资本家创造了成倍增长的利润。清教伦理规定教徒"须为上帝而辛劳致富，但不可为肉体和

---

[1] 尤金·奥尼尔：《奥尼尔文集》第 6 卷，郭继德等译，第 329 页。
[2] 尼采：《悲剧的诞生》，孙周兴译，第 27 页。

罪孽如此"；[1] 清教徒认为"如果上帝赐予他的某个选民以盈利的机会，那么他必定出于某种目的"，[2] 所以从事某项获得上帝认可的"天职"不失为一种荣耀上帝的方式；商人们依照道德标准开展的盈利活动便获得了神意赋予的正当性，只要同时恪守禁欲主义，避免耽于肉体享乐的诱惑，合法获取更多财富便成了美国清教徒天职观中"一项需要履行的责任"。[3] 支撑美国社会的两大支柱恰好在追求"财富"方面出现交集，由此奠定了美国资本主义社会价值体系的基调，"美国人信奉的价值标准是财富"。[4]

"财富"的多寡成为判定人类社会身份的通用尺度绝非偶然。"资本主义的现代形态依赖于现代科学"，[5] 其本身具有理性特征，因而较之依照种族身份对人进行定位的拙劣方法（在当下已经备受唾弃），资本更擅长玩弄西方人十分热衷的"理性"手段，它把自身先天性的痼疾隐藏在"人人生而平等，造物主赋予他们若干不可剥夺的权利"的说辞之下，并主动提供了"上升"的渠道，让人人皆以为通过自我奋斗便能走向成功，仿佛通过努力工作实现阶层跨越的希望是切实存在的。如是，如果人在追求的过程中失败，便无可开脱，只能归因于自身的"缺乏"或者"过度"。这套话语看似能够自圆其说，以其更符合"理性"的事实证据解构了宿命意味过于强烈的种族决定（出身）论，因为即便在同一种族内部，比如爱

---

[1]　马克斯·韦伯：《新教伦理和资本主义精神》，马奇炎、陈婧译，北京：北京大学出版社，2012年，第164页。

[2]　同上，第164页。

[3]　同上，第164页。

[4]　李其荣：《美国爱尔兰人的文化适应与文化冲突》，《华中师范大学学报》（人文社会科学版）1998年第6期，第80页。

[5]　同[1]，第14页。

尔兰人当中，也可以看到依据收入水平出现的分化现象，并且分化有时候就出现在短短两代人之间，仅在波士顿，第二代爱尔兰移民从事白领职业的人口比例就大大超出第一代爱尔兰移民。[1]但只要"个体化原则"尚未失效，人生的悲剧性便是恒定的，生命固有的苦难无法因此消除，人类理性的可靠程度亦未得到确证，物质的丰富满足不了人的精神需求，只会不断刺激物欲膨胀，蛊惑人从"财富"提供的参照系出发去寻求身份认同，实则继续从事破坏人类生命同一性的勾当。

　　承接《诗人的气质》反映的美国社会中人类种族身份被割裂的问题，《更加庄严的大厦》揭露了一切向"钱"看的西方阶级社会中潜伏着更加深重的身份危机。此时，爱尔兰酒店主梅洛迪的女儿萨拉已经如愿嫁入当地富商哈福德家，成为其长子西蒙的妻子，两族通婚代表着第二代爱尔兰移民已经基本适应了美国文化，并逐渐被主体民族所同化，虽然剧中关于种族身份的争议仍未终止，但相对《诗人的气质》已明显缓和，并因为推出新的主题被暂时搁置了。《更加庄严的大厦》主要展示西方人阶层身份被异化的过程。尽管出身美国上流社会的商人家庭，幼年时的西蒙却继承了母亲的性格，他"非常敏感，而且富有想象力"，[2]直到二十六岁前仍是一个富有诗人浪漫气质的青年。青年时期的西蒙坚定不移地信仰卢梭的学说，认为人天性纯良，是所谓"文明"使其堕落，要重返乐园就"必须回归自然和纯朴"，[3]他承认底层民众也具有不少可贵

---

　　[1] 托马斯·索威尔：《美国种族简史》，沈宗美译，南京：南京大学出版社，1993年，第43—44页。
　　[2] 尤金·奥尼尔：《奥尼尔文集》第5卷，郭继德等译，第11页。
　　[3] 同上，第9页。

的品格，尊敬、拥护他们，痛斥现实生活中上层"贵族"们的虚伪作风，不满父亲亨利对待下层民众的倨傲态度，"他竟然嘲讽普通老百姓，真荒唐，真势利。"[1] 这位美国青年相信人能够从自然中强化自己的精神力量，克服对物质的占有欲望，从而生活在一个自由社会中，那里"肯定不会有私有财产去引诱人们的贪欲，使他们彼此奴役。"[2] 为此，他一直准备写一本书教化民众，"设想建立一个既没有富裕也没有贫穷的新社会"，[3] 并曾拒绝接手父亲的生意，模仿梭罗离群索居、自食其力，亲身实践过自己的社会理想。青年时代的西蒙虽然生着一副典型的"美国佬（来自工业文明的侵略者）的脸"，却还保留有一些"印第安人（自然之子）的特征"，这是他尚未与自然身份脱离、心灵受社会习气影响较少的外在表现，此时的"哈福德少爷"出身、生活在上层社会，但他所认同的身份归属是倾向"自然"和"底层"的。

　　经过妻子的一番激励，西蒙最终还是选择先进父亲的公司学习做生意，为建设"理想社会"筹措一笔启动资金。他原本打算"只要我们赚够了钱，我就罢手了"，[4] 然后回归大自然之中继续自己的创作，延续个人理想的生活，做一个自由的"普通人"，但母亲德博拉一针见血地指出"手段总会变成目的"。[5] 人类生来具有利己的本能，这恰恰是"理性"难以克服的障碍，个体一旦因为利己而变得短视，耽于眼前既得的利益，任何崇高的目标或长远的规划

---

[1]　尤金·奥尼尔：《奥尼尔文集》第 5 卷，郭继德等译，第 8 页。

[2]　同上，第 8 页。

[3]　同上，第 8 页。

[4]　同上，第 14 页。

[5]　同上，第 14 页。

都会付诸空谈。仅仅五年时间，西蒙天生的诗人气质便随身份转变消磨殆尽。他从刚开始被全镇公认为"最有才华的年轻商人"时的沾沾自喜，[1] 到彻底放弃建立"乌托邦"的理想、享受从商业竞争中击败对手获取自我实现的满足感，再到一跃成为"商界拿破仑"傲视群雄，商场浮沉的十余年间，西蒙在青年时期建构起来、属于"自然"和"底层"的身份认同就被商业文明和由其催生的占有欲望瓦解了。现在，他视权力为个人唯一的自由，让欲望充当自己唯一的感情，用尽手段打压竞争对手，肆意凌辱落败者，毫无顾忌地利用他人，同自己的生身父母讨价还价，倾力投资罪恶的奴隶贸易，彻底变身成"一个生活在奴隶市场上的贪得无厌、不知羞耻的商人"。[2] 时过境迁，单在蔑视普通民众和以金钱衡量人的身份和价值这两件事上，西蒙的所作所为与其父亨利相比有过之而无不及，他的身份由一个亲近自然和底层民众的理想主义诗人，一步步异化成利欲熏心的投机资本家，伴随着毁灭性的阶层身份转变而来的，是精神上的折磨和崩溃，这个意欲从奴隶贸易中渔利的"奴隶主"又成为新的被奴役的对象。

（三）失衡的性别身份认同

作为相对于"男性"的社会边缘群体，女性在美国历史上长期处于失语状态，奥尼尔悲剧中的女性人物所承受的身份焦虑并不比她们饱经商业文明蹂躏的父亲、丈夫和兄弟们来得轻快。萨拉在《诗人的气质》中出场时的身份，是落魄的爱尔兰酒店主梅洛迪的独生女，她的初次亮相未见其人，先闻其声，令克里根、马洛伊两个男性避之唯

---

[1] 尤金·奥尼尔：《奥尼尔文集》第 5 卷，郭继德等译，第 13 页。
[2] 同上，第 133 页。

恐不及。这位身着廉价工作服、却给人一种自然美感的爱尔兰少女精明强干，气势上咄咄逼人，无论是查账还是闲聊，都比周围的男性人物更加主动，体现出对掌握话语权的渴望，只有在涉及私人情感问题时，她才显露出少女独有的青涩和稚气。即便面对自己的父母，萨拉也丝毫不留情面，她怀着怜悯的情绪责备母亲过分软弱，无原则地迁就父亲梅洛迪，宁愿自己吃苦受累也要尽量满足丈夫不必要的虚荣，还要经常承受梅洛迪醉酒后的言语暴力。外部社会赋予萨拉的身份是一个父亲的"女儿"，但此时，她内心给自己的定位却是一个站在传统"家庭天使"式女性角色的对立面、要求掌握命运自由发展的"新人女性"，她完全无法接受像母亲诺拉那样给丈夫做牛做马，"温驯得像头绵羊，忍受着他的种种侮辱"，[1] "连半点自尊心也没有"，[2] 甚至鼓动母亲"离开他"。萨拉严正地声明"我爱的目的是为了给自己赢得自由，而绝不是使自己变成生活的奴隶"。[3]

因此，她将装腔作势、耀武扬威的父亲梅洛迪视作头号假想敌，这个平日里一贯以"贵族身份"自居、对陈年旧事津津乐道、嗜酒如命并且屡屡对真心爱护、照料自己的妻子出言不逊的男性，成了萨拉在有限的人生阅历中为确认身份归属遭遇的头一个异性阻碍。萨拉拒绝承认父亲是一位出生在大庄园的城堡中、受过高等教育、立下显赫战功的"有身份的人"，因为一旦这种身份设定成立，自己便会顺理成章地成为这位爱尔兰绅士的"掌上明珠"——一位娇弱的"贵族"小姐，那样就意味着原先建立起来的富有叛逆性的"女主人"身份要被解构，女性将再次丧失"赢得自由"的翻盘机

---

[1] 尤金·奥尼尔：《奥尼尔文集》第 4 卷，郭继德等译，第 397 页。

[2] 同上，第 396 页。

[3] 同上，第 397 页。

会,像母亲诺拉一样继续充当"生活的奴隶"。但是,她在潜意识中又不能完全脱离父亲的影响,曾在得知梅洛迪意欲向羞辱了自己的哈福德家复仇时得意地脱口而出:"那么说,他(父亲)还没有被打败。"[1] 也曾在面对德博拉以种族身份为由的挑衅时回敬以父亲过去高贵的地位。萨拉不满父亲代表的男性对社会话语权的垄断,又不能彻底同"父权"的潜在影响决裂,于是走向极端,将两性身份刻意对立起来,直言"我确实恨他",[2] 并把由身份认同而生的恨意扩大到整个男性群体身上,形成了一种基于性别的新偏见,即使热恋的情人、未来的丈夫西蒙也未能幸免。在萨拉看来,西蒙这个男性一定程度上也只是她跻身上流社会,满足自己的物质、权力欲望,实现全新身份建构的垫脚石,和具有诗人气质的西蒙结婚,是要操纵自己丈夫这具"不谙世事"的傀儡,弥补自己作为女性不能直接参与社会事务的缺憾,"如果我是有那种机会的男人,那就没有实现不了的梦"。[3]

萨拉费尽心机甩掉了旧有的种族身份和性别身份两大包袱,怀揣"谁也不在乎你的出身,一旦你有了钱,权也就随之而来"的"美国梦",[4] 积极地融入主流文化当中,同崇拜卢梭、幻想建立"美丽新世界"的哈福德少爷完婚,企图踩着自己的丈夫完成"女主人"身份的建构,一举成为生活和命运的掌权者,这点同《奇异的插曲》中尼娜试图扮演"上帝母亲"的初衷和做法如出一辙。萨拉用十余年时间,将丈夫西蒙从最初热爱自然、富于理想的诗人改

---

[1] 尤金·奥尼尔:《奥尼尔文集》第 4 卷,郭继德等译,第 484 页。
[2] 同上,第 396 页。
[3] 同上,第 398 页。
[4] 同上,第 398 页。

造成叱咤风云的"商界拿破仑",她极力排除"贵妇人"德博拉对西蒙施加的影响,鼓励丈夫"一心一意干你那一行",[1] 无底线地追求利益最大化,甚至自己亲自上阵操刀布局,以秘书和秘密合伙人的身份代替丈夫处理部分事务,恩威并施地打压竞争对手,兼并失败者的产业。萨拉在凭借个人理性追求"女主人"身份的过程中一往无前,却不免误入歧途,不自觉地走向无孔不入的商业文明布下的罗网。她公然宣称"我强大所以我就尊贵,您弱小所以您就邪恶",[2] 将原始的"丛林法则"奉为新时代的新风尚;为了抛弃台前的傀儡,从丈夫西蒙手中赢得整个公司,真正实现成为"女主人"的理想,萨拉开始同时分饰"体面的妻子"和"放荡的情妇"两个社会角色。她如同妓女般不知廉耻地要求丈夫"开出价码",又使出历史上的实权女性惯用的手段,让站在商界风口浪尖上的"拿破仑"再次臣服于自己的美貌,婚姻和爱情也因此沦为一场充斥着肉体欲望和金钱交易的游戏,"这是有着隐秘、狡诈的计谋的游戏";[3] 看似西蒙拿出全部身家当作奖品去引诱妻子接受公司中的职位,将她纳入哈福德家族打造的商业体系,实则是萨拉为了按照计划,在商业和身份的博弈中彻底控制丈夫,把自己包装成了骗取信任的诱饵。常态婚姻中必备的伦理因素在美国商业文明的蚕食之下已经所剩无多,夫妻二人只是"婚姻"这场赌局中面对面坐着、专注于输赢而毫无感情可言的两张陌生面孔,西蒙为此"对游戏的意义感到迷惑不解,所以胜利也和失败相差无几"。[4] 萨拉在

---

[1] 尤金·奥尼尔:《奥尼尔文集》第 5 卷,郭继德等译,第 37 页。
[2] 同上,第 113 页。
[3] 同上,第 69 页。
[4] 同上,第 69 页。

毁灭西蒙、争夺物质权利的过程中也一并毁灭了自己，人类区区的"理智"和"手段"在商业文明"做了手脚的纸牌或者灌了铅的骰子"面前无异于一个笑话。[1] 她不仅未能如愿以偿地成为行动自由的"女主人"，反而陷入身份的分裂和矛盾，和自己的傀儡、假面一起"被自我奴役"，[2] 做了以理性为先导的西方商业文明的"女奴隶"。

二、 个体化存在形态的瓦解： 现代人"文化身份"之剥离

自从那条要求人"认识你自己"的神谕从俄林波斯世界降临凡间，为"无知"而赧颜的希腊人便开始一砖一石地修葺一幢"漂亮的阿波罗文化大厦"（宗教），[3] 并在其墙体上雕刻"壮美的奥林匹斯诸神形象"和"他们的事迹"（神话），[4] 那里便成了后来人为了逃避人生此在的困厄，诞生"光辉灿烂的奥林匹斯诸神的梦"之场所，所以尼采要把释梦的阿波罗"视为奥林匹斯世界之父"。[5] 正如吃下分辨善恶树上果实的亚当和夏娃，人从第一次觉醒了自我意识始便获得了特定的文化身份，随之而来的，是与自然统一关系的破裂，无论是世界上存在过的何种文明，早期的人类都已经从入口处的"天堂"中迈出了有去无回的第一步，并将在未来

---

[1] 尤金·奥尼尔：《奥尼尔文集》第 5 卷，郭继德等译，第 69 页。
[2] 同上，第 37 页。
[3] 尼采：《悲剧的诞生》，孙周兴译，第 31 页。
[4] 同上，第 31 页。
[5] 同上，第 31 页。

迫不得已裹上层层"摩耶"的面纱，这是现代人所面临的"身份危机"最早的发端。太阳照耀世界万物，阿波罗这位明辨是非的预言之神，被希腊人创造出来的诸神世界的立法者，不仅"意味着法则和规律，而且意味着对宇宙法则和规律的把握，即一种神秘的认知能力"，[1]象征的正是人的文化属性，"他（日神）是文化意义上的'人'"。[2]人类在日神智慧的启蒙下发现了人之为人的理性本质，进而开启了作为"社会人"的文明史，得以享有自然人闻所未闻的"迷醉的幻景""快乐的假象"；[3]不断前进、分化的文明也赋予人类一种强大的归属感，使之在亲手建造的、相对于自然界而存在的人类社会中，能依据相对应的人为标准确定自我身份，进而对拥有相同或类似身份者产生认同感，使得群体功能的分化更加精细，开展劳动或其它创造活动时的专注程度更加深入，社会组织效率持续提升。文明激发人类不断强化、锻炼自己的理性思维能力，向宇宙奥秘的更深处不知疲惫地进发。

然而，文明的进步没有打消人最初对"身份"的顾虑。曾经作为"自然之子"的人类，天生具有某种反"文明"的倾向，却为了换取"理性"自由，牺牲了绝大部分的"自然本能"。所以，人的悲剧性的实质不仅在于行动目的无法达成，还有前行的道路上时刻惦念着身后的家园。拥有泰勒所说"直觉的"和"理性的"两套认知系统的"人"必将永远处在"文化身份"与"自然身份"之间进退维谷，现实生活中，他们为了给个体存在的意义辩护，选择以

---

[1] 陈炎：《酒神与日神的文化新解》，《文史哲》2006年第6期，第41页。

[2] 蒋承勇：《酒神与日神：西方文学的双重文化内质——兼谈文学的人性意蕴》，第93页。

[3] 尼采：《悲剧的诞生》，孙周兴译，第37页。

"文化身份"示人,用合乎道德、法律的外观掩饰内在的原始冲动,又不时在特殊的条件或场合下无意间暴露出生命的"隐蔽根基",即尼采所说"生命的酒神根基"。只要"日神冲动"和"酒神冲动"的矛盾没有解决,人便要永远处在最早形成的双重身份间摇摆不定,文明的进程只会加剧这种身份撕裂的痛感。西方社会进入 20世纪后,社会分工更加细化,种族构成更加多元化,结构性的不对等也愈发显著,阶层分化加剧,个体与个体间收入水平、思想观念等方方面面的差距持续拉大,现代人背负的"身份"越来越繁复,文化的悖谬性越来越显著,对自我的认知却越发模糊,"文化身份"与"自然身份"旷日持久的矛盾在各种现实因素的催化下集中爆发。"身份危机"让失去信仰的西方人同时失去精神归属,传统的人类社会价值体系面临洗牌,尼采这位"酒神哲学家"发出的警告正在成为现实。

尼采提倡以"酒神智慧"唤起生命本身极具破坏性的原始力量,痛击甚嚣尘上的"苏格拉底主义",解构人类盗用"日神智慧"营造的"有序"表象,进而消除人类"一切苦难的根源和基始"——"个体化状态"(包括对"个体化"的"神化"),[1] 在审美领域将人的生命意志从"文明"的枷锁下释放出来,一劳永逸地化解"双重身份"引发的危机,将真正的"自由王国"归还于"自然之子"。"智慧,尤其是狄奥尼索斯的智慧,乃是一种反自然的可怖之事,谁若通过自己的知识把自然投入到毁灭的深渊之中,他自己也就必须经历自然的解体"。[2] "酒神智慧"之产生"乃是

---

[1] 尼采:《悲剧的诞生》,孙周兴译,第 78 页。
[2] 同上,第 71 页。

一种对自然的犯罪",[1] 前提必定有"一种非常的反自然现象作为原始事件发生",[2] 个体因此丧失人类正常的"理智"后，与自然融合产生了"狄奥尼索斯式"洞察生命本质的能力，其代表就是那个解开斯芬克司之谜，使自己"陷入一个纷乱的罪恶漩涡中"的弑父娶母者。[3] 奥尼尔以其处处凸显"身份意识"的悲剧艺术充当了尼采意志忠实的执行人，通过"酒神智慧"解构个体化的存在形态，将文明强行附加给现代人、用于辨识个体的"文化身份"层层剥离，给予其不堪重负的心灵以"形而上的慰藉"。《诗人的气质》中的梅洛迪、《更加庄严的大厦》中的青年西蒙及其母亲德博拉，都是富有酒神气质的悲剧人物，他们发自内心地厌恶"苏格拉底主义"散发出的"理性"气息，天性中渴望远离文明世界，同自然和解，这也注定了他们虽然"厕身其中"，却"不是他们之中的一个"（注：这里引用的是梅洛迪经常吟诵的拜伦《恰尔德·哈罗德》中的一段诗句），与被理性精神和商业文明严重荼毒的外部社会格格不入，成了世俗人等眼中的"精神病患者""身体强健的野人"或"恶毒的老巫婆"，这样的痛苦在现实中无从解脱，唯有遁入"白日梦"和"醉境"中才能求得存在感和归属感。

梅洛迪并非不清楚自己当下的真实身份，他亲口承认自己具有"这种外观上的虚荣心".[4] 正是出于对此过于清晰的了解和认识，身处异国他乡的爱尔兰人梅洛迪才迫不得已地捡起日神式的伪装，

---

[1]　尼采：《悲剧的诞生》，孙周兴译，第 71 页。

[2]　尼采：《悲剧的诞生》，周国平编译：《尼采美学论文选》，太原：北岳文艺出版社，2004 年，第 34 页。

[3]　同 [1]，第 39 页。

[4]　尤金·奥尼尔：《奥尼尔文集》第 4 卷，郭继德等译，第 410 页。

不厌其烦地向他人和自己炫耀、强调"绅士风度""军官派头",实际上是强迫他人和自己认同这些更容易为西方文化传统接受的身份标签。出生于大庄园中的城堡,自幼过着奢华的生活,在一国首都接受高等教育,又曾参加英国军队服役,因军功被统帅授予崇高的荣耀,为了心爱的贵妇舍命决斗,这一套确是历史上欧洲贵族标准化的人生模式,过去的身份地位及生活方式令梅洛迪难以忘怀,"那是英雄的时代"。但是奥尼尔紧接着又模仿《圣经》的语言风格补上另一句:"上帝作证!尔后人们活了下来!然而,人们却忘啦!"[1]黑格尔已经在《美学》中宣判了古典英雄时代的落幕,梅洛迪人生悲剧的根源就在一个降生于"英雄时代"的灵魂被骤然遗弃到"金钱至上"的全新语境中,活在这个语境下的人们只关注眼前的利益,却对自己从何而来、去向何方的问题不屑一顾,为此他不能不感到无所适从。梅洛迪和最初的希腊人一样,转向"日神智慧"寻求解脱,想"带着深沉欢愉和快乐必然性去体验梦境",[2]通过建构与"落魄的爱尔兰酒店主梅洛迪"相对的"尊贵的英国龙骑兵少校梅洛迪"身份,从周围人那里获取认可,满足一个来自相对贫穷国家的移民的存在价值和生命尊严。但是,美国是一个年轻的资本主义国家,并且是西方世界以商业立国的典范,"财富"就是这个社会信奉的独一无二的价值标准,"身份""权力"等都要由金钱决定,所以梅洛迪借助古老的"欧洲手段"在现代美国社会寻求身份认同的想法本身就是不切实际的。不应该忘记,"日神精神"和"酒神精神"共同植根于人类至深的本能,前者甚至是从后者的

---

[1] 尤金·奥尼尔:《奥尼尔文集》第4卷,郭继德等译,第444页。
[2] 尼采:《悲剧的诞生》,周国平编译:《尼采美学论文选》,第22页。

根基上派生的，"苏格拉底主义"在否定"酒神精神"的同时，也顺带清理了"日神精神"。梅洛迪苦心经营起来的文化身份，对于重视"实利"的美国人来说不值一钱，即便在已经被主流文化高度同化的女儿萨拉心中，他也是个不能明辨"真假是非"的疯子。束手无策的梅洛迪不得不自食其果，忍受"个体化原则"造成的痛苦，"在他那饱经风霜的脸上流露出一种受到创伤的颓废的迹象"。[1]

　　粉碎梅洛迪身上的"个体化原则"、赋予其"酒神智慧"的偶然事件源于萨拉的婚事受阻。哈福德先生委派律师加兹比前往梅洛迪酒店，以"文明"的美国方式明确表示对其子西蒙与萨拉结婚的反对，并提出了相当无理的要求来羞辱梅洛迪一家。在这场不欢而散的谈判中，哈福德先生仿佛商业文明的化身，他藏身幕后，无需亲自出面（《更加庄严的大厦》中直接派给他的戏份也几乎可以忽略），只要晃动手中的钱袋，发出一丁点儿金属碰撞的声响，便会有无数背负着各种身份的人心甘情愿地站出来替他效命，趾高气扬地强迫"弱者"接受其意志。"谈判事件"成为梅洛迪撕碎"日神"表象、单枪匹马挑战哈福德代表的商业文明的前奏。随后，"梅洛迪少校"在塔拉韦拉大捷周年纪念日当天身着鲜红的军礼服，率领昔日的部下克里根奔赴哈福德的住所，遵循古老的欧洲传统向其发出"决斗"邀请，这一幕令人联想到文学史上著名的堂吉诃德只身挑战风车的荒诞场面，日神光环下的"梅洛迪少校"并不了解这次要面临的对手，他与以往绝无相似之处，比任何个人或军队都更强大、更组织严明。"决斗事件"最终以二人与哈福德的家仆发生肢

[1]　尤金·奥尼尔：《奥尼尔文集》第 4 卷，郭继德等译，第 402 页。

体冲突，被随后赶到的警察毒打、逮捕收场，哈福德先生依然藏身那座深宅大院中未曾露面，只是全程控制着私人和国家的暴力机关，依据法律和规则发出"苏格拉底"的声音。诺拉称这场闹剧是"有钱的美国人"反对"贫穷的爱尔兰人"，部分揭露了其实质，青年人之间纯洁的爱情被门第、财产等根深蒂固的社会观念妨碍，人类本能的内在冲动遭到外部异己力量的弹压，上述"反自然因素"创造了"酒神智慧"萌发的前提，梅洛迪家与哈福德家私人恩怨的背后，其实是种族、阶层间的矛盾，是"酒神精神"与"苏格拉底主义"的矛盾，是人的"自然身份"与"文化身份"的矛盾。

梅洛迪狼狈不堪地回到家中，因为头上挨了打而精神失常，随着鲜艳夺目的军礼服被撕碎的，还有"梅洛迪少校"这一用"日神智慧"建构起来的文化身份。克里根和诺拉奉劝梅洛迪饮一杯威士忌酒压惊，但是被后者用沉默拒绝了，掌握有"酒神智慧"的梅洛迪不再需要像往常那样，借三杯两盏烈酒暂时遁入狄奥尼索斯的"醉境"逃避生活，给人造成现实痛苦的"个体化原则"在他身上已经不复存在，梅洛迪的天性得以释放，他终于无所顾忌地说起酒神的语言。梅洛迪先是一反常态，对克里根标榜"为古老爱尔兰的荣耀战斗"的行为冷嘲热讽，将之戏称为"骑兵战士在妓院门口发酒疯"，随即开枪射杀了心爱的骏马，并决心埋葬珍藏多年的军礼服。"骏马"是他维持过去"绅士风度"的精神寄托，而"军礼服"则是"军官派头"的象征物，梅洛迪在"酒神智慧"的驱动下亲手毁灭了这两样属于"日神"的遗物，"他看到打死她的那一枪也结果了他自己"，[1] 彻底埋葬了体面的欧洲绅士之子、英国第七龙骑

---

[1] 尤金·奥尼尔：《奥尼尔文集》第 4 卷，郭继德等译，第 488 页。

兵团少校、塔拉韦拉战役中全军的英雄、高傲的"贵族"诗人这些曾经竭力扮演的"文化身份","疯子少校"死了。经历过一次象征性的死亡后,梅洛迪"不再装腔作势了,说话用自然的口音",[1]再度成为贫穷的爱尔兰祖父和自己酒店主父亲"忠实的后代",并真心实意地亲吻妻子诺拉,发誓要做她"名副其实的丈夫",狄奥尼索斯从这个爱尔兰人的儿子身上复活,长期困扰梅洛迪的文化身份已经剥离,他旋即以自由人的身份前往酒吧间,同那里的青年人一道开启一场庆祝"得救"的酒神狂欢。

　　父亲梅洛迪在同哈福德先生的实力较量中落败,女儿萨拉却在与哈福德先生之子西蒙的感情博弈中略胜一筹。尼采说:"咏唱酒神颂歌的狄奥尼索斯信徒只能被自己的同类所理解。"[2]梅洛迪早先便发现了西蒙身上具有和自己近似的"酒神气质":"在他那美国人的冷漠无情的外表下藏有诗人的热情奔放的气质。"[3]他深知"酒神型"人物的弱点,于是怂恿萨拉主动接近对她怀有强烈好感的哈福德少爷,利用"他的荣誉心,让他跟你结婚"。[4]到了《更加庄严的大厦》中,萨拉已经如愿以偿地冠上了夫姓"哈福德",并且按照夺取家产、跻身上流社会的计划,成功将自己的丈夫培养成唯利是图的"商界拿破仑",第一代移民梅洛迪通过传统手段未能实现的目标,现在经第二代移民的"曲线救国"达成了。但是,放弃早年的理想、将过去坚信不疑的卢梭学说称作"一个美好而理想的梦"的西蒙,又在商人父亲和女强人妻子的影响下不自觉地做

---

[1]　尤金・奥尼尔:《奥尼尔文集》第4卷,郭继德等译,第487页。
[2]　尼采:《悲剧的诞生》,孙周兴译,第30页。
[3]　同[1],第411页。
[4]　同上,第489页。

起另一个"美国梦"，但凡成为社会中的个体，人的一切行动便受制于当前文化语境的摆布，不由自主地服从"个体化原则"，选择一种或多种文化身份来哄骗因为失其所归而无处安放的灵魂，日神正是以如此的必然性，引导做梦的人从一个初始的梦境不间断地转入另一个梦，暂时逃离了现实中痛苦体验的个体便在这样"快乐"的"催眠曲"中睡得更熟了。

西蒙虽然披上了成功商人的文化外衣，却难掩生命中自在的酒神冲动，他时常自言自语，对母亲和妻子这两个"有强烈的占有欲的可恶女人"各自代表的不同观念产生怀疑，并在最终投入谁的怀抱的问题上摇摆不定。西蒙青年时期的"酒神气质"直接遗传自其母亲德博拉，这位女性是一位极端的理想主义者，她常年身着白衣，以示不染世间纤尘，居住在自己空中楼阁般的花园中，对世俗事务不屑一顾，德博拉一直鼓励儿子去写一部探索人类出路的书，希望他开辟一片适合人自由发展的净土。而妻子萨拉则是一个彻头彻尾的实利主义者，堪称西蒙选择当前人生道路的导师，也是他公司的秘密合伙人，享受坐在办公室中代替丈夫处理商业事务的乐趣。她工于心计，拥有无穷的欲望和不择手段向上爬的野心，热衷于一切能够创造财富的活动，认为金钱决定一切，权力即是自由，希望丈夫能够在商界不断开疆拓土，方便自己坐收渔翁之利。等待在花园中的母亲德博拉代表了人的自然身份，驻守在办公室的娇妻萨拉则象征人的文化身份，外界公认的"商界拿破仑"，不过是个怯懦的儿子和被动的丈夫，长期在两位强势女性（两种身份归属）的话语夹缝间苟延残喘。他一面盼望"离开这个充斥着贪婪、仇恨和对谋杀的欲望的肮脏猪圈",[1]去往母亲的花园中重享安宁；一面被拉回到办公桌前继续开创宏图伟业，"我不允许任何东西阻止我实现自己的目标".[2]人的自然身份和文化身份旷日持久的对抗使人"没有力量控制自己的意志，无法保持自我一致"，"我必须变成两个自我——导致分裂和混乱"，[3]西蒙正是这样迷失了自我，感受到完整人格被撕裂的剧痛和无所依傍的孤独。

　　战无不胜的拿破仑最终被惠灵顿公爵击溃，西蒙注定要在惠灵顿公爵旧日的部下梅洛迪那里遭遇他的滑铁卢（叙述时间上，梅洛迪是首先掌握"酒神智慧"者，而西蒙的文化身份"商界拿破仑"正要在"酒神智慧"的启迪下被解构）。悲剧的最后一场，身心俱疲、精神濒于崩溃的西蒙在两个女性（两种身份）面前承认自己的失败，并作出抉择，倒向了自己的母亲，甚至意欲联合母亲谋杀妻子，却又在最后时刻被自己选中的母亲抛弃，"母亲遗弃儿子"成为本剧中触发"酒神智慧"显现的"反自然"原始事件。人在身份危机造成的巨大精神压力下意欲主动摒弃日神赋予的文化身份，却无法重新建立起同酒神的联系，拾起自然身份的希望落空，他背弃了冲突中的一方，却又被另一方拒绝，只有选择死亡对痛苦作一了结。西蒙在精神崩溃、丧失记忆之后被德博拉推倒昏厥，经历了象征性的死亡，进而被"酒神智慧"拯救，回归到"小男孩"的状态，而孩童正是被尼采给予厚望的"自转的车轮""肇始的运动""神圣的肯定"，是人成为"超人"的起点，是人类精神三段变化的最理想状态。西蒙经历了成为"骆驼"（忍辱负重的儿子、丈夫）

[1]　尤金·奥尼尔：《奥尼尔文集》第 5 卷，郭继德等译，第 139 页。
[2]　同上，第 76 页。
[3]　同上，第 56 页。

和"狮子"（用权力创造自由的商界拿破仑）的阶段，最后变成"孩子"，真正卸下了理性文明施加给现代人的"文化身份"，与生命所从来的自然握手言和。

三、 生命同一性的弥合： 现代人"自然身份"之归附

至此，奥尼尔借悲剧艺术探索人类身份归属之旅的终点逐渐清晰起来，他所在意的并非人类在这个由自己精心营造的"日神世界"中苦苦追寻的社会身份、文化身份，而是穿透现实表象后人类亲缘关系的修复与生命同一性的弥合，这一结局指向的是人最原始的自然身份。总而言之，奥尼尔运用曾被视为禁忌的"酒神智慧"打破了人类社会流传千年的"认识你自己"魔咒，因其只是一条被"苏格拉底"篡改过的谎言，人类凭自身的"理性"并不能真正认清自己，只会依照"个体化原则"建构耀眼而脆弱的文化身份，哄骗受苦者暂时入梦；而悲剧则奏响"萨蒂尔合唱歌队"的颂歌，使众人猛醒过来，自觉地走向狄奥尼索斯，并受其精神感染"表现为一个更高的共同体的成员"，[1] "现在，奴隶也成了自由人"，[2] "人感觉自己就是神"。[3] 尼采让"超人"查拉图斯特拉屹立在远离世界的山岬之上，"拿着一只天秤称称世界"，对以往价值观判定的三件恶行"肉欲""统治欲""自私自利"重新估值，[4] 并高声

---

[1] 尼采：《悲剧的诞生》，孙周兴译，第 26 页。
[2] 同上，第 25 页。
[3] 同上，第 26 页。
[4] 尼采：《查拉图斯特拉如是说》，钱春绮译，第 216—217 页。

宣称"肉欲"是"地上乐园的幸福",[1]"统治欲"是"把一切腐朽、空洞的东西打碎和砸烂的地震",[2]"自私自利"是强力灵魂的"至福";[3]不必再屈身做"羔羊"的自然之子向推倒"巴别塔"的基督教上帝复仇的时机已经来临,"罪犯祖先"(亚当、夏娃)的后代们被新神(酒神)赦免,"酒神精神"解放了现代西方人被物质主义奴役的心灵,同时也充分肯定了被基督教道德否定的肉体,"灵"与"肉"再度统一,"人"第二次直立起来,欣悦地发现自己成为了"自己"。

尼采亲手为人类摘下了"生命树"上的果实,交由奥尼尔这个"简单的人"以悲剧作为盛放它的容器,把令人陶醉的"生命之果"分飨给观众和读者。《东航卡迪夫》中早已厌弃了"水手"身份、盼望能在陆地安家的扬克,虽然被海洋不可捉摸的强力摧残致死,却在临终前释怀,如赤子般重投"大地母亲"的怀抱。《在交战区》中的史密蒂,因为秘密收藏情人的书信被同伴误解,强行扣上"间谍"的帽子,无端遭受一番拷问和羞辱;他也曾在情书中向情人隐瞒"水手"的身份,间接地导致了二人情感破裂,文化身份带给史密蒂两次刻骨铭心的创伤,他在落幕前象征性的"死去",将心中的委屈宣泄殆尽,而后重新以"人"的身份投入搏击风浪的事业。《归途迢迢》中的水手奥尔森力图逃离大海,经过两年的辛劳攒够了回归农庄生活的本钱,却遭到蓄谋已久的欺诈和拐卖,再次落入命运的圈套,现实中的文化身份虽未能改变,但人在精神层面恢复

[1]　尼采:《查拉图斯特拉如是说》,钱绮春译,第219页。
[2]　同上,第220页。
[3]　同上,第221页。

了自由之身。《加勒比群岛之月》中，水手们借女商贩偷运上船的美酒进入忘乎所以的狂欢，弃绝理性规则的压抑，自在欢愉仿若"天神"。尽管"格伦凯恩号"组剧是奥尼尔早期的作品，但已经"蕴含着我以后所有比较重要的作品中的精神和人生观的萌芽"，[1]其中明显可见人追寻"身份归属"的主题，与中后期作品相比，这一阶段的人物以"水手"为主，文化身份相对单一，与之对立的异己力量一般用"海洋"来象征，还带有古希腊"命运悲剧"的印记，然而作家正是从这些简单的人物和情节中迈出了剥离人类文化身份，追寻、回归自然身份的第一步，"以后我的其他剧本就顺乎逻辑地照此发展了"。[2]

《天边外》是奥尼尔在身份求证的历程中顺应上述逻辑抵达的首个里程碑。这部三幕悲剧完全围绕身份追寻的主题展开，由主人公罗伯特这只"被关在谷仓里的海鸥"及其身边人的遭遇引出现代人必须直面的身份问题。酒神型的罗伯特对藏匿在"天边外"的自然身份有一种过分强烈的自觉，"以致被理智淡化为一种模糊、隐约、浪漫的流荡癖"，[3]生活中的理性因素干扰了罗伯特的身份选择，他轻易为欲望俘获，背负起与天性毫不相称的文化身份，并最终被个体生命难以承载的精神重担压垮，不仅未能胜任一个能干的农夫、可靠的丈夫、合格的父亲等身份，反而为此丧失了性命。那种与生俱来的对自然身份的认同感转而拯救了罗伯特的灵魂，弥留之际获得的"酒神智慧"指引他看到总体生命的无穷无尽，"死亡"只是"自然之子"回归自然身份前必须经历的仪式，这样的安排没

[1] 尤金·奥尼尔：《奥尼尔文集》第6卷，郭继德等译，第311页。
[2] 同上，第312页。
[3] 同上，第313页。

有破坏悲剧的表现效果，却极大减轻了观众和读者心理上的恐惧感，他们也成为了"狄奥尼索斯的着魔者"，[1] 分享悲剧人物恢复原始身份时的快感。

奥尼尔创作中期完成的作品显得更加成熟，其中集中表现该严峻主题的"身份悲剧"数量众多且内涵丰富。例如，奥尼尔最广为人知的作品《琼斯皇帝》和《毛猿》就堪称这方面的佼佼者，自从《琼斯皇帝》和《毛猿》这批实验型悲剧诞生，奥尼尔几乎与悲剧传统决裂，虽然运用了大量表现主义手法，但其作品对社会现实的关注程度有增无减。《琼斯皇帝》以准确把握住非洲黑奴的后裔在现代美国社会中的身份认同状况而闻名于世，《毛猿》则驱使一个骄傲幼稚的司炉工在现实沉重的打击下回到自己原始祖先的行列，奥尼尔在评论中说："其实扬克就是你自己，也是我自己。他是每一个人。"[2] 他的许多悲剧作品似乎在谈论种族身份或者阶层身份，但事实上，奥尼尔想要表达的思想要深刻得多，种族身份或者阶层身份都是我们对"身份归属"停留在表象层面的认识，奥尼尔透过这层表象，看到的是人类茹毛饮血的原始文明和周身被毛的古猿祖先，也即尚未从生物界脱离时的自然身份，他对身份归属问题的溯源好像要一直追究到生命"诞生"的那一天，苏格拉底与之相比都显得过分"年轻"，这本身就是需要在"酒神智慧"的支配下才能完成的任务。

单就"身份归属"的主题而言，《上帝的儿女都有翅膀》可以算作《琼斯皇帝》的姊妹篇。种族通婚消除不掉潜意识里的隔阂，

---

[1]　尼采：《悲剧的诞生》，孙周兴译，第 62 页。
[2]　尤金·奥尼尔：《奥尼尔文集》第 6 卷，郭继德等译，第 323 页。

反过来，只要潜意识里因个体化产生的偏见尚未消除，出自同一只母猿血脉的现代智人们便很难迎来"亲如兄弟姐妹"的和解之日。《榆树下的欲望》讲述了一个发生在清教徒家庭中、极具讽刺意味的乱伦故事，叛教者奥尼尔向来不吝拿产生于人类"臆测"之中的基督教上帝开开玩笑，[1] 尼采提到过一个古老的波斯民间传说："智慧的巫师只能产生自乱伦。"[2] 这种智慧必然是属于狄奥尼索斯的，单是听见"乱伦"一词都会引起"苏格拉底主义"者的强烈反胃。"儿子"和"母亲"间发生的爱欲纠纷才是那个语境中最自然、淳朴的人类感情，如果愿意承认这一点，那么无论是"儿子"还是"母亲"都只是一个空壳，奥尼尔想要强调的只有剥离掉这层社会、伦理身份后赤身裸体的"人"。《大神布朗》和《拉撒路笑了》在两个截然不同的时代背景中实践了尼采的"超人学说"。前者发生在观众和读者熟悉的现代美国社会，被商业文明毒害的布朗从自己青年时期的朋友迪昂身上榨干了最后一分剩余价值，连对方借以自卫的人格面具也一并掳去，还企图以自己的理性为时代立法，成为继旧上帝失势后崛起的"新神"，他创立的宗教就是马克思所说的"商品拜物教"。但是真正的立法者早已诞生，只是一度遭"僭主"（基督教上帝）污名化，被禁闭在"理性""道德"值守的地狱，现在，"塔尔塔洛斯"大门上的锁链已经腐朽，在听闻"天国"无人掌管的消息后，"归来之神"从自己埋在大地中的遗骸上复生，并通过被贪婪的"伪神"窃取的面具占据了其躯体，成为主导的人格。《大神布朗》表面上被包装成一个"真神"驱逐"伪

---

[1] 参见尼采：《查拉图斯特拉如是说》，钱春绮译，第 91 页。
[2] 尼采：《悲剧的诞生》，孙周兴译，第 71 页。

神"的宗教剧，但从结尾处"伪神"布朗同样得到救赎、重新获得"人"的身份看来，奥尼尔作这番安排另有深意。《拉撒路笑了》几乎是在古罗马帝国的背景下重新上演了《大神布朗》的剧情，那个同样死而复生的"超人"拉撒路延续着奥尼尔对"上帝"一贯的轻蔑态度，而意欲扮演"大神"的卡利古拉也在落幕前及时悔改，皈依了"真神"狄奥尼索斯，从而得到救赎，被赐还"人"的身份。奥尼尔再一次向观众和读者表明他对"成功商人""一国之君"乃至"神"的身份并不在意，他真正关心的是人之为"人"的自然身份，这个身份一定会在文化身份的百般掩饰下破土而出，源源不断地繁衍生息下去，最终汇入"总体生命"的大江大河。

《奇异的插曲》和《悲悼》三部曲同时谱写了女性群体以"第二性"的身份游离于男性主导的社会边缘的悲歌。占有欲极强的尼娜想亲自扮演"上帝母亲"，取代对女性缺乏友善的"上帝父亲"，将身边的男性玩弄于股掌之中，到头来落得众叛亲离，只得把自己重置于"父权"赋予的身份之下，做回"女儿"和"主妇"；受父亲影响成为清教卫道士的莱维妮亚，为了替被母亲毒杀的父亲报仇，同时实现清理门户、操纵全家的目的，一手掀起整个孟南家族的腥风血雨，又在痛失双亲、弟弟和情人后幡然醒悟，为了赎罪而孤身幽闭，躲进不见天日的孟宅了此残生。部分女性主义评论家倾向站在自己的立场，给奥尼尔冠上"男性话语独裁者"的名头，一定意义上有失偏颇，奥尼尔笔下不少的女性人物往往具有远超一般男性的魄力和才干，或者体现出母亲般安抚人心的温情，无论从何角度看，这都不能算对女性的贬低。既然批评界将女性单独作为一个社会群体，那么可以说这些女性悲剧人物通常充当的是男权社会的牺牲品，是被男性侵害、侮辱的对象，但正如上文涉及的种族和阶层身份问题，奥尼尔描写女性在现代社会的处境，其意不在于通过"认识你自己"表现性别身份的失衡，而是进一步讨论人如何才能成其所是，所以他独创了"妓女—地母"复合型的女性身份。这点足以说明，奥尼尔并非真正将女性作为一个孤立的社会、文化身份，放置在对其相当不利的性别语境中进行研究，而是把女性和男性等同，都作为"自然人"的后代看待，了解从她们所处的维度如何恢复原始的身份认同。于是，莱维妮亚从海岛醉人的自然风光中解放了自身，从"父亲的女儿"转变成"母亲的女儿"，既然清教主义将"人"异化成"魔鬼"，酒神精神便把人被剥夺的自然身份归还于他/她，精神已经得到救赎，肉体的毁灭便成为一种可以容忍的手段，毕竟酒神祭祀仪式上的"狂女"们都是集一边毁灭一边创造的二元性于一体的。

《诗人的气质》《更加庄严的大厦》原本隶属于一部意在反映"工业主义对人类灵魂的影响"、[1] 名为"占有者自弃的故事"的系列剧，但由于种种原因未能完成，只余此两部存世。原先系列剧的题目已经暗示了这两部作品也包含着一个诠释现代人身份归属的意图。曾经享有崇高荣耀的"英国龙骑兵少校"一直活在落魄的爱尔兰酒店主梅洛迪心中，促使他在物质至上的现代美国社会中努力扮演一位传统的欧洲绅士，他不切实际的身份幻想在一次实力悬殊的挑战失败后被毁灭，"酒神智慧"促使他埋葬了令自己人格分裂的"少校"身份，决心按照原本的身份继续生活。而梅洛迪的女儿萨拉凭借勃勃野心代替父亲完成了曾经的梦想，她顺利嫁入打败梅

[1] Donald Gallup, "A Tale of Possessors self-dispossessed", in Michael Manheim, ed., *Eugene O'Neill*, Cambridge: Cambridge University Press, 1998, p. 178.

洛迪的哈福德家，并开始依照自己的意志同婆母德博拉争夺单纯的丈夫西蒙。西蒙早年受母亲的理想主义人格影响颇深，希望人能在自然中寻回自我，建立带有"乌托邦"性质的和平王国，后来又转而走上妻子铺设的道路，成为寡情少义的富商；但是母亲的"花园"一直在潜意识中召唤他归来，童话中那扇"魔门"背后的秘密长久困扰着他的心神。西蒙为了恢复完整人格，计划让"文化身份"和"自然身份"在自相残杀中一决高下，但是他自己本身首先承受不住分裂之苦，向"自然身份"倒戈，又因为缺少"引荐人"被拒绝，成了无所适从的现代人的代表。最后，是"酒神"用"爱"——人类最崇高的情感唤醒了他的妻子萨拉，让这个也被文化身份所纠缠的职业女性解散公司回到农场，先于男性得到解脱，因为个体间的差异消解了，"女性超人"萨拉自然而然地成为西蒙新的"母亲"，用真正的"母爱"安抚其惶惑的心灵，令西蒙这个"被流放的国王"终于在狄奥尼索斯的带领下跨过了门槛，归附于自然身份，回到"魔门"背后的"和平王国"。德博拉给童年时的西蒙讲述的"魔门"童话，不仅暗示了哈福德家族的发展史，也对应着人类文明的发展史，拥有"自然身份"的人曾经是自由乐土上的"国王"，但是"理性"这位"漂亮的女巫"向他施展魔法，让他从乐园中被放逐，成为失去身份的"流浪汉"，终生致力于寻找那扇能够通往自然乐园的"魔门"。但是"魔门"的消息仍然是由"良心发现"的"女巫"透露的，可能是事实，抑或是一个谎言，这便是人用来安慰自己，同时又使自己感到不安的"文化身份"，站在门前的人常常因为现实中的痛苦想要破门而入，归附"自然身份"，又要顾忌现有的一切成果可能付诸东流，所以披着"文化身份"逡巡不前，久而久之成了向"宗教"乞求怜悯的乞丐。但是横空出世的"酒神智慧"让人这个患得患失的"乞丐"鼓起勇气,他不再高呼:"这是一个梦啊!我要把它继续做下去!"[1]而是从个体化原则中走出来,"不顾一切地冒险一试",[2]舍弃不值一晒的"文化身份",和狄奥尼索斯一起经历"死亡"这种最高恐怖,再重生于最初的乐土上,以"自然身份"继续执掌自己的"和平王国"。

《送冰的人来了》安排一群来自不同种族、拥有各自社会身份的酒徒们在霍普旅店中醉倒成一片,仿佛《毛猿》开头"所有的文明的白色民族"都喝醉的那一幕,只是此处的人员构成更加复杂,由此也可见奥尼尔前后期作品中对现代人"身份归属"问题的关注和追寻从未中断。无政府主义者雨果、爱尔兰人拉里、黑人赌场主乔、英国前军官刘易斯、布尔人韦乔恩、苏格兰绅士卡梅伦、原警察麦格洛因、出身马戏团的莫舍、大学生威利和旅店老板霍普,繁多的人物在酒神的"醉境"中只保留一个身份:"人"。他们一度受惑于"死亡说教者"希基,企图恢复、强化文化身份,奔赴现实生活中寻求出路,并因此发生争吵、打斗,互相敌对,直至"酒神智慧"将生命得救的真理展示给这帮迷失了自我的"酒徒",他们才重新回到霍普旅店,捡起失落的"自然身份",嘲笑西方理性先行的工业文明让人退化成"资产阶级蠢猴"。

《进入黑夜的漫长旅程》是奥尼尔因病丧失工作能力前完成的最后几部作品之一,据说也是奥尼尔最不希望公之于众的剧本。[3]《进入黑夜的漫长旅程》中出场的所有人物,原型就取自奥尼尔的

---

[1] 尼采:《悲剧的诞生》,孙周兴译,第22页。

[2] 尤金·奥尼尔:《奥尼尔文集》第五卷,郭继德等译,第85页。

[3] 参见罗伯特·M. 道林:《尤金·奥尼尔:四幕人生》,许诗焱译,第511页。

父母、长兄和自身，可以说是奥尼尔悲剧人生的艺术展现，必然倾注了其大量心血与感情。蒂龙一家都被身份问题困扰，詹姆斯对过去"天才莎剧演员"的身份念念不忘，他作为一个在全国四处巡演的知名演员，反而不能在家庭生活中扮演好丈夫和父亲的角色；玛丽竟日沉溺在麻醉品引起的幻觉中，追忆年少时要去欧洲做修女的理想，作为一个母亲却对子女疏于教导，甚至起到负面的示范作用；詹米和埃德蒙都是被家庭和社会放逐到荒原上的孩子，他们因无法认识自己而沉沦，在社会上到处碰壁，找不准个人的定位和归属，只能弃绝一切希望，靠酗酒、纵欲和玩乐消磨生命。埃德蒙正是奥尼尔在舞台上的形象，从该剧可以推断，作家之所以执着于替人类寻找"归属"，积极地表现现代人为"试图得到的归宿"而斗争，首先是为了解决自己内心对"身份认同"的疑惑，所以，他选择刨根问底，将答案一直追溯到人的"自然身份"也就不足为奇。蒂龙（奥尼尔）一家因为对"文化身份"尚存迷恋，不敢突破"个体化原则"，也就接近不了狄奥尼索斯的"智慧"，只能在"魔门"之外徘徊，推己及人，这也是大部分西方人生存境遇的现实写照。

　　《月照不幸人》是奥尼尔终其一生，对《进入黑夜的漫长旅程》中集中呈现的"身份危机"的回应和总结，二者的关系不止停留在叙述时间和人物的延续方面。类似于《更加庄严的大厦》，奥尼尔照例将现代人"获救"的希望寄托于具有"母性"温情的女性角色身上。为了掩饰自卑而伪装成"淫妇"的乔茜，真实身份是纯洁的"处女"，文化身份作为人适应现实生活的理性外壳而存在，这点决定了其有悖于人的本性，乔茜敢于用反道德的社会身份示众，说明她具备远离"主流（理性）话语"的自觉，确有成为"酒神"的"天选之子"的资质。男性主人公杰姆，也即《进入黑夜的漫长旅程》中的兄长"詹米",早年受忙碌的父母冷落,为吸引他们的注意将麻疹传染给二弟尤金,致其早夭,从此未能获得母亲的谅解,这个原本就遭到"遗弃"的浪子,现在因为亲生母亲逝世,彻底失去了"母亲的儿子"这重身份,陷入更严重的"身份危机"中。剧终前,乔茜在"令人变得疯癫"的月光下被"酒神"的智慧充满,以"处子"之身成为"圣母",将"活死人"杰姆揽入怀中安眠,使之经历"象征性的死亡",逐渐归附于原始身份。杰姆悲剧性的一生在此得到"母爱"慰藉,填补了"母亲"留在他精神上的空缺,被许诺"得救"的"人"从这个"死婴"的皮囊中走出,踏上自由发展的新途。奥尼尔悲剧中提出的"母亲"拯救"儿子"模式,一方面是为弥补自身"从来没有一个家,从来没有机会立下根基"的人生缺憾,[1] 从艺术中汲取温存的母性体验;另一方面,从人类社会的成形机制上考虑,也是对原始母系社会的反顾,在其潜意识中,"父亲"身份往往显得讲求理智、过分严苛,且不负责任,与之相对,"母亲"身份则是一切生命的孕育者、哺育者、安抚者,最初的人或许不知道自己的父亲,但一定是"母亲的儿子或女儿",这类以"圣母"或"地母"形象呈现的女性通常是作为人类自然身份的联络人或赐予者在奥尼尔的悲剧中登场的。

至此,奥尼尔对现代西方人"身份归属"的探索告一段落。尼采的"超人学说"要求人超越自我和前人的视角,成为自己的主人去理解他人,创造价值,最终给自己的生命定位。借助尼采的哲学、美学思想,奥尼尔否定了人类活动先天的目的性,也即假定的事实,他认为人虽然有智慧却不具备真正的理性,无法认识自己,

---

[1] 尤金·奥尼尔:《奥尼尔文集》第 6 卷,郭继德等译,第 360 页。

只是凭"个体化原则"将概念、价值和意义赋予自身，形成了表象层面的"文化身份"，正因为"文化身份"是"个体化"的产物，所以判断的标准不止一个，人人各执己见，与他人的分歧逐渐加深；同时，人也无法完全斩断同自己所从中来的自然的联系，被雪藏的"自然身份"并没有彻底抹去，而是在很多节点上依然左右着人的选择，个人与自己也出现了分歧。要消除"分歧"，就需要从"反自然"事件中获取"酒神智慧"的开示，以总体生命强大的融合意志解构人为制造的文化身份，回归更基础、更原始的自然身份，广布"理解的人道主义"，这是成为"超人"的必要前提。

结　语

　　中西方学界普遍认为，尼采哲学对尤金·奥尼尔的世界观和戏剧创作产生过直接影响。奥尼尔 1906—1907 年在普林斯顿大学就读期间，利用图书馆资源初次接触了叔本华和尼采的非理性主义哲学。这段学习经历虽然短暂，却对青年奥尼尔产生了"思想启蒙"的作用，据曾为奥尼尔立传的盖尔布夫妇记载，《查拉图斯特拉如是说》几乎成为奥尼尔每年必读和随身必备的一本书。饱受种族歧视的移民身份、父亲酗酒、母亲吸毒、兄长精神分裂，原生家庭的种种不幸使奥尼尔形成了沉郁、敏感的天性，过早体验到人生的艰辛，从而培养起强烈的悲剧意识。奥尼尔长期为异常的家庭氛围困扰，进一步看到造成这种苦难的根源，是后工业时代的物质文明异化了人性，理性秩序摧毁了现代人的精神家园，导致人际关系恶化，社会道德滑坡。他从尼采的非理性主义美学、哲学理论中获得启示，对自己过去的价值取向进行扬弃，确立起以戏剧创作（主要是悲剧）为后上帝时代的现代人寻求新精神寄托的"艺术救赎"路线。

　　尼采的文艺美学观点主要集中在其著作《悲剧的诞生》中，核心即是"酒神精神"和"日神精神"的对立统一关系。尼采认为西方传统的基督教信仰已经崩溃，一切建立在此基础上的价值体系都必须进行重新评估；现代人过分迷信苏格拉底主义，用理性压抑"自我"，导致现实中"个体化原则"盛行，人人把生存重心放在追求此在的实际利益上，拒绝正视自然的内在冲动，现代人的生命意志因此变得孱弱。拯救人类精神的唯一办法，是反顾西方文化的原点，以古希腊悲剧艺术中的"酒神精神"引导内心被压抑的原始欲望尽情宣泄，张扬隐藏在"美"的表象之下的生命意志，在同异己力量的对抗中粉碎"个体化原则"，让个体的人经历"迷狂状态"获取回归生命本体后的狂喜感。《悲剧的诞生》中提出的"酒神精神"学说吸引了试图从审美层面为人类寻求出路的奥尼尔，他敏锐地意识到"酒神精神"的价值指向同自己的创作初衷高度契合，继而在创作中自觉实践了该理论，并根据美国严肃戏剧发展的现状进行了再阐发。

　　在奥尼尔看来，悲剧艺术的本质就是尼采所说"音乐的可视象征"和"狄奥尼索斯陶醉的梦幻世界"，是"萨蒂尔合唱队"对生命意志的歌颂借助日神外观表达的最高形式。而合唱队的首要任务，是以狄奥尼索斯的方式——音乐激发观众的情绪，使他们达到陶醉的程度，以至于悲剧人物在舞台上出现时，观众们看到的并非某个戴着标志身份的面具的具体个人，而是一个仿佛从他们自己的陶醉中产生的幻象。观众潜意识里的生命意志被纯粹的"酒神艺术"调动起来，进入忘我的"迷狂状态"，不辨台上的形象是实在还是虚构，故而那些悲剧人物的毁灭能够超越个体的死亡，仅仅作为"文化面具"被破坏，内在的"生命意志"反而倾泻而出，给予受众充盈的审美快感。

　　不同于英雄式的希腊悲剧主人公，奥尼尔塑造了富有"酒神气质"的平民悲剧人物。奥尼尔悲剧中的主角大多来自底层，一般是日常生活中处于社会边缘的普通人，其中一部分甚至属于被传统价值标准否定的类型。但奥尼尔秉持尼采非道德主义的原则，对这些三教九流的人物进行了艺术化处理，"酗酒""纵欲""癫狂"是他们共同的身份标签，酒徒、罪犯、疯子、毒妇、妓女也成为舞台上足以媲美俄狄浦斯王、"人类之友"普罗米修斯和俄瑞斯忒斯王子的角色。这些反传统的人物面具背后，站着带给人间无尽欢乐的酒神狄奥尼索斯。奥尼尔笔下的悲剧人物在狭窄的生存空间中追寻崇高的理想，他们的奋力拼搏招致惨痛的失败，复从毁灭中领悟到精神不朽、生命永恒的真理，再现了古希腊酒神秘仪中狄奥尼索斯受难、复活的过程，给观众和读者带来"形而上的慰藉"。人类被束缚的生命意志因酒神的魔力得到解放，将阻碍前进的表象和戒律一扫而空，不仅人与他人合而为一了，就连自然也与自己的"失散之子"握手言和，灵魂在世界的"酒神根基"中重获"永生"的乐趣。

为了更加有效地探索现代人深藏理智下的内心世界，奥尼尔尝试了多种具有"酒神倾向"的表现方法。奥尼尔创作悲剧而不局限于悲剧，他持兼容并蓄的态度，从心理学理论及其它现代主义文学流派借鉴能够实现创作意图的艺术手段，深入同时面临信仰、身份、生存三大危机的现代人的潜意识中，开展表现主义戏剧实验。奥尼尔重视情感而轻视理性，刻意在情节中设置大段的内心独白，消解人物有意识状态下的话语；沿袭古希腊悲剧中使用面具的传统，以面具代表悲剧人物分裂的人格，对现代人的身份认同问题投入大量关注；运用"内倾"风格的舞台布景将悲剧人物不易为外界察觉的心理动态实体化，直观反映现代人挣扎求生的"心路历程"；

变换不同的象征意象表现人与异己力量的斗争和来自"酒神艺术"的救赎。"酒神精神"理论为这项工作提供了大方向，奥尼尔则用自己独创的语言和非语言手段穿透理性外观，直抵现代人动荡的心理空间，像弗洛伊德等心理学家所做的那样，揭示悲剧人物羸弱、绝望的生命状态，激发他们摆脱困境的动机，从人物注定徒劳的抗争行为所展现的悲剧精神中提炼审美和文化价值，用酒神的方式修复"物"给现代人造成的心理创伤。

尼采的美学体系以"生命意志"为根本前提，"酒神精神"是其最高表现形态。尼采认为悲剧的基本功能是引导个体生命意志充分宣泄，从而突破表象回归本体，肯定生命自有的价值。奥尼尔采纳了这一观点，他有意引入"酒神狂欢""酒神智慧"等概念，描写悲剧人物为追求崇高的目标，或寻求自我在社会中的定位陷入迷狂、走向毁灭，借此粉碎"个体化原则"，解构人类行动的先天目的性，从审美层面实现人类精神的净化；或是将外在的冲突转移到内部世界，唤醒"人"的感情，实现对"物"的超越。奥尼尔的一切努力都指向通过酒神艺术找寻"灵魂得救"的现代途径，将被工业文明剥夺的自然身份重新赋予现代人，创立一种基于"生命本体"的新型信仰模式。

综上所述，既然尼采自称为"酒神哲学家"，则可称奥尼尔为"酒神戏剧家"。纵观奥尼尔三十余年的创作生涯，他继承古希腊悲剧传统，以"现代心理悲剧"驱逐美国社会肤浅的"享乐主义"，通过"日神手段"阐释"酒神精神"蕴含的高级乐观主义；又用审美的艺术世界解构物质的现实世界，把舞台上悲剧人物的死亡和毁灭作为现代人重获新生的起点。奥尼尔是美国严肃戏剧史上无可逾越的高峰，其悲剧艺术也赋予"酒神精神"学说以更深远、丰富的内涵和具体的表现形式。其一生完成的近五十部戏剧作品，既是对提笔之初提出的终极问题的解答，即以"酒神"取代"上帝"，以自由奔放的"生命意志"取代金钱、物质对人类精神的禁锢；同时也是对尼采这位孤独的哲学巨匠的致敬和回应。艺术对人生存处境的关怀，"超人"对人精神世界的拯救，生命轮回对现实苦难的超越，构成奥尼尔在艺术世界和现实世界中秉持的共同信念。对作家而言，艺术与现实的界限早已不甚分明，他生于旅店又死于旅店，终生寻求着精神家园，这样跌宕起伏又波澜不惊的一生或许才堪称最杰出的悲剧作品，亦或又只是"人类命运"这部大戏中一幕设计精巧的插曲。奥尼尔从事悲剧创作之余的生活只有痛苦和死亡，唯有忠实于虚构的文学艺术方才赋予了生命存在的意义，正如他在1925 年与记者玛里尔小姐谈话时所作的评论："生活中有悲剧，生活才有价值"，作者本人其实也是自己作品中那些等待救赎的悲剧人物。最后，谨以奥尼尔创作于 1928 年的悲剧《奇异的插曲》中的一段台词收尾："所发生的那一切之中，存在着某种虚幻的东西，某种奢望与妄想的产物，某种实际上在我们的下午里没有做过的事情。所以，让你我忘掉这整个令人痛苦的事件吧，让我们把它当做一个考验和磨炼的插曲，这么说吧，经过这个插曲，我们的心灵涤净了污浊的肉欲，才得以在安宁之中漂洗成洁白色。"

参考文献

一、作品类

[1] Eugene O'Neill, *Three great play*：*The Emperor Jones*，*Anna Christie and The Hairy Ape*，Dover：Dover Publications，2005.

[2] 赫西俄德：《工作与时日 神谱》，张竹明、蒋平译，北京：商务印书馆，1991 年。

[3] 特拉维斯·博加德：《奥尼尔集》上册，汪义群等译，北京：生活·读书·新知三联书店，1995 年。

[4] 特拉维斯·博加德：《奥尼尔集》下册，汪义群等译，北京：生活·读书·新知三联书店，1995 年。

[5] 尤金·奥尼尔：《奥尼尔文集》第 1 卷，郭继德、蒋虹丁等译，北京：人民文学出版社，2006 年。

[6] 尤金·奥尼尔：《奥尼尔文集》第 2 卷，欧阳基、荒芜等译，北京：人民文学出版社，2006 年。

[7] 尤金·奥尼尔：《奥尼尔文集》第 3 卷，毕弘、郭继德等译，北京：人民文学出版社，2006 年。

[8] 尤金·奥尼尔：《奥尼尔文集》第 4 卷，荒芜、汪义群等译，北京：人民文学出版社，2006 年。

[9] 尤金·奥尼尔：《奥尼尔文集》第 5 卷，郭继德、龙文佩等译，北京：人民文学出版社，2006 年。

[10] 尤金·奥尼尔：《奥尼尔文集》第 6 卷，张子清、刘海平等译，北京：人民文学出版社，2006 年。

[11] 埃斯库罗斯：《古希腊悲剧喜剧全集》第 1 卷，王焕生译，南京：译林出版社，2007 年。

[12] 索福克勒斯：《古希腊悲剧喜剧全集》第 2 卷，张竹明译，南京：译林出版社，2007 年。

[13] 欧里庇德斯：《古希腊悲剧喜剧全集》第 5 卷，张竹明译，南京：译林出版社，2007 年。

[14] 赫尔曼·麦尔维尔:《白鲸》,曹庸译,上海:上海译文出版社,2007年。

[15] 古斯塔夫·施瓦布:《希腊古典神话》,曹乃云译,南京:译林出版社,2010年。

[16] 罗伯特·M. 道林:《尤金·奥尼尔:四幕人生》,许诗焱译,南京:南京大学出版社,2018年。

[17] 张爱玲:《张爱玲文集》第4卷,合肥:安徽文艺出版社,1992年。

[18] 罗念生:《罗念生全集》第3卷,上海:上海人民出版社,2004年。

二、专著类

[1] Crutch Joseph. W, *Introduction to Nine Plays by Eugene O'Neill*, New York: Random House, 1932.

[2] Clark Barrat. H, *O'Neill: The Man and His Plays*, New York: Dover Publications, Inc. , 1947.

[3] Doris V. Falk, *Eugene O'Neill and the Tragic Tension——an interpretive study of the plays*, New Brunswick: Rutgers University Press, 1958.

[4] James Joyce, *Letters of James Joyce*, New York: The Viking Press, 1957.

[5] Eric Bentley, *The playwright as Thinker: A Study of Drama in Modern Times*, New York: Harcourt, Brace and World Inc. , 1967.

[6] Sheaffer Louis, *O'Neill: Son and Playwright*, Boston: Little Brown and Company, 1968.

[7] Sheaffer Louis, *O'Neill: Son And Artist*, Boston: Little Brown and Company, 1973.

[8] Cargill Oscar, *O'Neill and His Plays*, New York: New York University Press, 1970.

[9] Birlin Norman, *Eugene O'Neill*, New York: St. Martin's, 1982.

[10] Travis Bogard, *Contour in Time: The Plays of Eugene O'Neill*, Oxford: Oxford University Press, 1988.

[11] Travis Bogard and Bryer Jackson edit. , Eugene O'Neill's Selected Letters, New Haven: Yale University Press, 1988.

[12] Mark Estrin, *Conversations with Eugene O'Neill*, Jackson: Unversity of Mississippi Press, 1990.

[13] Torrey Jean, *O'Neill's Psychology of Oppression in Men and Women*, New York: Greenwood Press, 1991.

[14] Alexander Doris, *Eugene O'Neill's Creative Struggle: The Decisive Decade, 1924 to 1933*, University Park: Penn State University Press, 1992.

[15] Swortzell eds., *Eugene O'Neill in China*, New York: Greenwood, 1992.

[16] Goldberg S. L, *Agents and Lives: Moral Thinking in Literature*, Cambridge: Cambridge University Press, 1993.

[17] Pfister Joel, *Staging Depth: Eugene O'Neill and the Politics of Psychological Discourse*, Chapel Hill: The University of North Carolina Press, 1995.

[18] Manheim Michael, *The Cambridge Companion to Eugene O'Neill*, Cambridge: Cambridge University Press, 1998.

[19] Arthur Gelb and Barbara Gelb, *O'Neill: Life with Monte Cristo*, New York: Applause Books, 2000.

[20] Barker Chris, *Cultural Studies: Theory and Practice*, Thousand Oaks: Sage Publications, Ins. , 2000.

[21] Holm Charles. Lind, *Culture and Identity: The History, Theory, and Practice of Psychological Anthropology*, New York: McGraw-Hill Higher Education, 2001.

[22] 恩格斯:《家庭、私有制和国家的起源》,张仲实译,北京:人民出版社,1954年。

[23] 罗素:《西方哲学史》上册,何兆武、李约瑟译,北京:商务印书馆,1963年。

[24] 摩尔根:《古代社会》第2册,杨东蓴、张栗原、冯汉骥译,北京:商务印书馆,1971年。

[25]《马克思恩格斯选集》第2卷,北京:人民出版社,1972年。

[26] 马丁·艾思林:《戏剧剖析》,罗婉华译,北京:中国戏剧出版社,1981年。

[27] 黑格尔:《美学》第3卷下册,朱光潜译,北京:商务印书馆,1981年。

[28] M. 艾瑟·哈婷:《月亮神话:女性的神话》,蒙子等译,上海:上海文艺出版社,1982年。

[29] 黑格尔:《法哲学原理》,范扬、张企泰译,北京:商务印书馆,1982年。

[30] 威勒德·索普:《二十世纪美国文学》,濮阳翔、李秀成译,北京:北京师范大学出版社,1984年。

[31] 列维-布留尔:《原始思维》,丁由译,北京:商务印书馆,1985年。

[32] 卡尔文·斯·霍尔等:《弗洛伊德心理学与西方文学》,包华富译,长沙:湖南文艺出版社,1986年。

[33] 尼采:《悲剧的诞生》,周国平译,北京:生活·读书·新知三联书店,1986年。

[34] 西格蒙德·弗洛伊德:《弗洛伊德论美文选》,张唤民、陈伟奇译,北

京：知识出版社，1987 年。

[35] 荣格：《荣格心理学纲要》，张月译，郑州：黄河文艺出版社，
1987 年。

[36] 克罗斯韦尔·鲍恩：《尤金·奥尼尔传——坎坷的一生》，陈渊译，杭
州：浙江文艺出版社，1988 年。

[37] 露斯·本尼迪克特：《文化模式》，王炜等译，北京：生活·读书·新
知三联书店，1988 年。

[38] 卡尔·西奥多·雅斯贝尔斯：《悲剧的超越》，亦春译，北京：工人出
版社，1988 年。

[39] 弗·埃·卡彭特：《尤金·奥尼尔》，赵岑等译，沈阳：春风文艺出版
社，1990 年。

[40] 罗德·霍顿、赫伯特·爱德华兹：《美国文学思想背景》，房炜、孟昭
庆译，北京：人民文学出版社，1991 年。

[41] 尼采：《论道德的谱系》，周红译，北京：生活·读书·新知三联书
店，1992 年。

[42] 马·布雷德伯里、詹·麦克法兰：《现代主义》，胡家峦等译，上
海：上海外语教育出版社，1992 年。

[43] 弗吉尼亚·弗洛伊德：《尤金·奥尼尔的剧本——一种新的评价》，陈
良廷、鹿金译，上海：上海译文出版社，1993 年。

[44] 托马斯·索威尔：《美国种族简史》，沈宗美译，南京：南京大学出版
社，1993 年。

[45] 纳尔逊·曼弗雷德·布莱克：《美国社会生活与思想史》上册，许季
鸿等译，北京：商务印书馆，1994 年。

[46] 詹姆斯·罗宾森：《尤金·奥尼尔和东方思想》，郑柏铭译，沈阳：辽
宁教育出版社，1997 年。

[47] 埃利希·诺伊曼：《大母神——原型分析》，李以洪译，北京：东方出
版社，1998 年。

[48] 欧文·斯通：《弗洛伊德传》，刘白岚译，北京：北京十月文艺出版
社，1999 年。

[49] 柏拉图：《柏拉图对话集》，王太庆译，北京：商务印书馆，2000 年。

[50] 迈克·曼海姆：《剑桥文学指南：尤金·奥尼尔》，上海：上海外语教
育出版社，2000 年。

[51] 柏拉图：《柏拉图全集》第 1 卷，王晓朝译，北京：商务印书馆，2002
年。

[52] 西格蒙德·弗洛伊德：《梦的解析》，丹宁译，北京：国际文化出版公
司，2002 年。

[53] 亚里士多德：《诗学》，陈中梅译，北京：商务印书馆，2003 年。

[54] 荣格：《荣格性格哲学》，李荣德译，北京：九州出版社，2003 年。

[55] 爱德华·W. 萨义德：《文化与帝国主义》，李琨译，北京：生活·读

书·新知三联书店，2003 年。

[56] 柏拉图：《柏拉图对话录之一：斐多》，杨绛译，沈阳：辽宁人民出版社，2004 年。

[57] 汉密尔顿：《希腊精神：西方文明的源泉》，葛海滨译，沈阳：辽宁教育出版社，2004 年。

[58] 希罗多德：《历史》，王以铸译，北京：商务印书馆，2005 年。

[59] 弗朗茨·法侬：《黑皮肤、白面具》，万冰译，南京：译林出版社，2005 年。

[60] 弗雷泽：《金枝》下册，徐育新、汪培基、张泽石译，北京：新世界出版社，2006 年。

[61] 佳亚特里·斯皮瓦克：《从解构到全球化批判：斯皮瓦克读本》，陈永国等译，北京：北京大学出版社，2007 年。

[62] 尼采：《查拉图斯特拉如是说》，钱春绮译，北京：生活·读书·新知三联书店，2007 年。

[63] 尼采：《悲剧的诞生》，杨恒达，南京：译林出版社，2007 年。

[64] 斯蒂芬·杰·古尔德：《自达尔文以来》，田洺译，海口：海南出版社，2008 年。

[65] 翁贝托·艾柯：《丑的历史》，彭怀栋译，北京：中央编译出版社，2010 年。

[66] 加缪：《西绪福斯神话》，郭宏安译，南京：译林出版社，2011 年。

[67] 霍布斯鲍姆：《极端的年代》，郑明萱译，南京：江苏人民出版社，2011 年。

[68] 尼采：《作为教育家的叔本华》，周国平译，南京：译林出版社，2012 年。

[69] 马克斯·韦伯：《新教伦理和资本主义精神》，马奇炎、陈婧译，北京：北京大学出版社，2012 年。

[70] 亚里士多德：《尼各马科伦理学》，苗力田译，北京：中国人民大学出版社，2014 年。

[71] 叔本华：《作为意志和表象的世界》，石冲白译，北京：商务印书馆，2012 年。

[72] 尼采：《悲剧的诞生》，孙周兴译，北京：商务印书馆，2012 年。

[73] 尼采：《偶像的黄昏》，李超杰译，北京：商务印书馆，2017 年。

[74] 尼采：《敌基督者》，余明锋译，北京：商务印书馆，2019 年。

[75] 伍蠡甫主编：《西方文论选》下册，上海：上海译文出版社，1979 年。

[76] 中国社会科学院外国文学研究所编：《外国现代剧作家论剧作》，北京：中国社会科学出版社，1982 年。

[77] 周国平：《尼采——在世纪的转折点上》，上海：上海人民出版社，1986 年。

[78] 叶秀山：《苏格拉底及其哲学思想》，北京：人民出版社，1986 年。

[79] 刘海平、朱栋霖：《中美文化在戏剧中的交流》，南京：南京大学出版社，1988 年。

[80] 龙文佩主编：《尤金·奥尼尔评论集》，上海：上海译文出版社，1988 年。

[81] 廖可兑主编：《奥尼尔戏剧研究论文集》，北京：中国戏剧出版社，1988 年。

[82] 杜任之：《现代西方著名哲学家述评》，北京：生活·读书·新知三联书店，1990 年。

[83] 常耀信：《美国文学简史》，天津：南开大学出版社，1990 年。

[84] 汪义群：《当代美国戏剧》，上海：上海外语教育出版社，1992 年。

[85] 郭继德：《美国戏剧史》，郑州：河南人民出版社，1993 年。

[86] 成芳：《尼采在中国》，南京：南京出版社，1993 年。

[87] 朱光潜：《悲剧心理学》，合肥：安徽教育出版社，1996 年。

[88] 廖可兑主编：《尤金·奥尼尔戏剧研究论文集》，上海：外语教学与研究出版社，1997 年。

[89] 王立：《中国古代复仇文学主题》，长春：东北师范大学出版社，1998 年。

[90] 廖可兑：《尤金·奥尼尔剧作研究》，北京：中国美术学院出版社，1999 年。

[91] 龚翰熊：《20 世纪西方文学思潮》，石家庄：河北人民出版社，1999 年。

[92] 刘海平、徐锡祥：《奥尼尔论戏剧》，北京：大众文学出版社，1999 年。

[93] 乐黛云：《文化传递与文化形象》，北京：北京大学出版社，1999 年。

[94] 陈嘉明：《现代性与后现代性》，北京：人民出版社，2001 年。

[95] 胡志毅：《神话与仪式：戏剧的原型阐释》，上海：学林出版社，2001 年。

[96] 曾繁仁：《20 世纪欧美文学热点问题》，北京：高等教育出版社，2002 年。

[97] 刘象愚：《从现代主义到后现代主义》，北京：高等教育出版社，2002 年。

[98] 袁可嘉：《欧美现代派文学概论》，桂林：广西师范大学出版社，2003 年。

[99] 胡经之：《西方文艺理论名著教程》，北京：北京大学出版社，2003 年。

[100] 刘象愚、杨恒达、曾艳兵：《从现代主义到后现代主义》，北京：高等教育出版社，2003 年。

[101] 虞建华等：《美国文学的第二次繁荣——二三十年代的美国文化思潮和文学表达》，上海：上海外语教育出版社，2004 年。

[102] 周国平编译：《尼采美学论文选》，太原：北岳文艺出版社，2004年。
[103] 谢群：《语言与分裂的自我：尤金·奥尼尔剧作解读》，北京：北京大学出版社，2005年。
[104] 汪义群：《奥尼尔研究》，上海：上海外语教育出版社，2006年。
[105] 王治河：《后现代哲学思潮研究》，北京：北京大学出版社，2006年。
[106] 郭玉生：《悲剧美学：历史考察与当代阐释》，北京：社会科学文献出版社，2006年。
[107] 朱建军：《你有几个灵魂——心理学咨询与人格意象分解》，北京：中国城市出版社，2007年。
[108] 卫岭：《奥尼尔的创伤记忆与悲剧创作》，北京：中国人民大学出版社，2008年。
[109] 郭勤：《依存与超越：尤金·奥尼尔隐秘世界后的广袤天空》，上海：上海译文出版社，2010年。
[110] 张志伟：《西方哲学史》，北京：中国人民大学出版社，2010年。
[111] 龚刚：《现代性伦理叙事研究》，杭州：浙江大学出版社，2013年。
[112] 刘德环：《尤金·奥尼尔传》，长春：时代文艺出版社，2013年。
[113] 刘永杰：《性别理论视阈下的尤金·奥尼尔剧作研究》，北京：中国社会科学出版社，2014年。
[114] 郑飞：《尤金·奥尼尔爱的主题研究》，北京：北京大学出版社，2016年。
[115] 卫岭：《奥尼尔戏剧的文化叙事》，镇江：江苏大学出版社，2017年。
[116] 王占斌：《多维视角下的奥尼尔戏剧研究》，天津：南开大学出版社，2017年。
[117] 王占斌：《尤金·奥尼尔戏剧伦理思想研究》，北京：北京大学出版社，2018年。

三、期刊论文类

[1] Atkinson and Brooke. J, "Laurel for Strange Interlude", *New York Times*, 13th May 1928.
[2] Lawson and John Howard, "The Tragedy of Eugene O'Neill", *Masses and Mainstream*, vol. 7, no. 3 (March 1954).
[3] Cole and Lester, "Two Views on O'Neill", *Masses and Mainstream*, vol. 7, no. 6 (June 1954).
[4] Nethercot Arthur, "The Psychoanalyzing of Eugene O'Neill", *Modern Drama*, 12th March 1960.
[5] Carpenter and Frederick. I, "Book Reviews", *Wisconsin Studies in Contemporary Literature*, vol. 3, no. 3 (Autumn 1962).
[6] Granger and Ingham. B, "Review", *Books Abroad*, vol. 36, no. 4 (Autumn 1962).

［7］ Atkinson and Ti-Grace, "Rebellion", *The Sunday Times Magazine*, September 1969.

［8］ Carpenter and Frederic. I, "Review of Contour in Time: The Plays of Eugene O'Neill by Travis Bogard", *American Literature*, vol. 45, no. 1 (March 1973).

［9］ Antush and John. V, "Eugene O'Neill: Modern and Post Modern", *The Eugene O'Neill Review*, vol. 13 (Spring 1989).

［10］ Cahill and Gloria, "Mothers and Whores: The Process of Integration in the Plays of Eugene O'Neill", *Eugene O'Neill's Review*, vol. 16 (Spring 1992).

［11］ Barlow and Judith. E, "O'Neill's Women", *The O'Neill's Newsletter*, vol. 6 (Summer/Fall 1992).

［12］ Madeline C. Smith and Richard Eaton, "The O'Neill Komroff Conneetion: Thirteen Letters from Eugene O'Neill", *The Eugene O'Neill Review*, Fall 1992.

［13］ Heuvel and Michael Vanden, "Review: Performing Gender", *Contemporary Literature*, vol. 35, no. 4 (Winter 1994).

［14］ Smith and Susan Harris, "Inscribing the Body: Lavinia Mannon as the Site of Struggle", *The Eugene O'Neill Review*, vol. 19, no. 1 (Spring/ Fall 1995).

［15］ Nicolas S. Witschi, "Pioneer Performances: Staging the Frontier", *Comparative Drama*, vol. 46, no. 4 (2012).

［16］ Anderson and Michael, "An Artist or Nothing: The Journey of Eugene O'Neill", *The Hopkins Review*, vol. 8, no. 4 (2015).

［17］ 春冰:《欧尼尔与〈奇异的插曲〉》,《戏剧》1929 年第 1 期。

［18］ 黄学勤:《戏剧家奥尼路的艺术》,《社会科学》1937 年第 10 期。

［19］ 艾辛:《奥尼尔研究综述》,《剧本》1987 年第 5 期。

［20］ 王宁:《弗洛伊德主义与文学初探》,《南京师范大学学报》(社会科学版) 1988 年第 1 期。

［21］ 郭昌瑜:《尼采文艺思想的反理性特征》,《内蒙古社会科学》(文史哲版), 1989 年第 2 期。

［22］ 夏茵英:《试论奥尼尔的伦理思想》,《外国文学研究》1989 年第 3 期。

［23］ 郭继德:《对西方现代人生的多角度探索——论奥尼尔的悲剧创作》,《文史哲》1990 年第 4 期。

［24］ 杨永丽:《"恶女人"的提示——论〈奥瑞斯提亚〉与〈悲悼〉》,《外国文学评论》1990 年第 1 期。

［25］ 崔文良:《酒神精神与尼采哲学》,《吉林大学社会科学学报》1991 年第 6 期。

［26］ 于乐庆:《奥尼尔悲剧与尼采无意识哲学》,《外国文学研究》1992 年

第 2 期。

[27] 刘砚冰:《论尤金·奥尼尔的现代心理悲剧》,《河南师范大学报》(哲学社会科学版) 1992 年第 3 期。

[28] 王铁铸:《悲剧:奥尼尔的三位一体》,《辽宁大学学报》(哲学社会科学版) 1993 年第 3 期。

[29] 徐良:《论奥尼尔悲剧的美学精神》,《齐鲁艺苑》1993 年第 2 期。

[30] 应大白:《尼采权力价值论评析》,《杭州师范学院学报》1993 年第 4 期。

[31] 郭继德:《奥尼尔与道家思想》,《戏剧》1994 年第 3 期。

[32] 吴品云:《论蘩漪性格中的酒神文化气质》,《福建师范大学学报》(哲学社会科学版) 1995 年第 2 期。

[33] 李兵:《奥尼尔与弗洛伊德》,《西南民族学院学报》(哲学社会科学版) 1996 年第 6 期。

[34] 刘明厚:《简论奥尼尔的表现主义戏剧》,《外国文学评论》1997 年第 3 期。

[35] 杨彦恒:《论尤金奥尼尔剧作的悲剧美学思想》,《中山大学学报》(哲学社会科学版) 1997 年第 6 期。

[36] 邹惠玲:《从〈悲悼〉中奥林的形象看奥尼尔的俄狄浦斯情结观》,《四川外语学院学报》1997 年第 1 期。

[37] 周维培:《美国戏剧在当代中国的传播》,《戏剧文学》1998 年第 10 期。

[38] 李其荣:《美国爱尔兰人的文化适应与文化冲突》,《华中师范大学学报》(人文社会科学版) 1998 年第 6 期。

[39] 邹惠玲:《拥抱狄奥尼索斯——论〈送冰的人来了〉的主题思想与尼采哲学对奥尼尔人生观的影响》,《四川外语学院学报》1999 年第 3 期。

[40] 王学川:《家庭伦理学的发展趋势与价值前景》,《社会科学》1999 年第 3 期。

[41] 王晋生:《论尼采的酒神精神》,《山东大学学报》(哲学社会科学版) 2000 年第 3 期。

[42] 蒋承勇:《文化的悖谬与文学的反叛——从古希腊神话中的酒神与日神谈起》,《浙江大学学报》(人文社会科学版) 2000 年第 6 期。

[43] 唐玉宏:《希腊文化中的酒神精神与悲剧精神》,《河南社会科学》2000 年第 2 期。

[44] 陈立华:《从〈榆树下的欲望〉看奥尼尔对人性的剖析》,《外国文学研究》2000 年第 2 期。

[45] 王彦秋:《尼采的酒神艺术与俄国的象征主义》,《俄罗斯文艺》2000 年第 S1 期。

[46] 王富仁:《悲剧意识与悲剧精神(上)》,《江苏社会科学》2001 年第

1 期。

[47] 孙宜学:《论尤金·奥尼尔剧作的悲剧主题》,《艺术百家》2001 年第 3 期。

[48] 许诗焱:《面向剧场:奥尼尔 20 世纪 20 年代戏剧表现手段研究》,《外国文学研究》2002 年第 3 期。

[49] 彭兆荣:《论戏剧与仪式的缘生形态》,《民族艺术》2002 年第 2 期。

[50] 杨捷:《对悲剧人生的人文关怀——奥尼尔〈送冰的人来了〉的现代解读》,《西南民族学院学报》(哲学社会科学版)2002 年第 6 期。

[51] 沈建青:《疯癫中的挣扎和抵抗:谈〈长日入夜行〉里的玛丽》,《外国文学研究》2003 年第 5 期。

[52] 张岩:《试论尤金·奥尼尔悲剧的美学意蕴》,《山东师范大学学报》(人文社会科学版)2003 年第 5 期。

[53] 武跃速:《论奥尼尔悲剧的终极追寻》,《外国文学研究》2003 年第 1 期。

[54] 时晓英:《极端状况下的女性——奥尼尔女主角的生存状态》,《四川外语学院学报》2003 年第 4 期。

[55] 徐晓霞:《尼采悲剧学说演绎过程和酒神精神实质》,《长春大学学报》2003 年第 1 期。

[56] 朱伊革:《尤金·奥尼尔的表现主义手法》,《天津外国语学院学报》2003 年第 2 期。

[57] 华明:《悲剧的话语与话语的悲剧》,《中国比较文学》2003 年第 2 期。

[58] 汪义群:《英美奥尼尔研究综述》,《英美文学研究论丛》2004 年。

[59] 刘琛:《论奥尼尔戏剧中男权中心主义下的女性观》,《吉林大学社会科学学报》2004 年第 5 期。

[60] 张军:《论奥尼尔的悲剧创作意识与美学思想》,《学术交流》2004 年第 8 期。

[61] 王晓燕、张丽娟:《简论奥尼尔表现主义戏剧的审美价值》,《西北农林科技大学学报》(社会科学版)2004 年第 3 期。

[62] 张勤:《充溢着狂想的历程——评析〈麦克白〉和〈琼斯皇〉的表现手法》,《外国文学研究》2004 年第 2 期。

[63] 姜艳:《简论奥剧〈大神布朗〉中的面具表现主义手法》,《黑龙江社会科学》2004 年第 6 期。

[64] 周国平:《日神和酒神:尼采的二元艺术冲动学说》,《云南大学学报》(社会科学版)2005 年第 4 期。

[65] 黄颖:《论尤金·奥尼尔塑造女性形象的表现主义手法》,《南京师范大学文学院学报》,2005 年第 4 期。

[66] 张小平:《客观透视:男性的建构与女性的反应——奥尼尔晚期戏剧中的女性再现》,《广州大学学报》(社会科学版)2005 年第 4 期。

[67] 刘永杰:《〈悲悼〉主人公莱维妮亚的女性主义审视》,《四川戏剧》

2006 年第 4 期。

[68] 段世萍、唐晏：《奥尼尔剧作〈琼斯皇〉的表现主义解读》，《华南师范大学学报》（社会科学版）2006 年第 4 期。

[69] 桂萍：《论希腊神话中的复仇母题》，《重庆工学院学报》2006 年第 7 期。

[70] 刘智跃、金红：《自由联想：从心理治疗到文学叙事——以茨威格小说为中心》，《韶关学院学报》（社会科学）2006 年第 11 期。

[71] 李昊：《尤金·奥尼尔戏剧创作思想对尼采哲学的继承与反叛》，《成都大学学报》（社会科学版）2006 年第 3 期。

[72] 陈炎：《酒神与日神的文化新解》，《文史哲》2006 年第 6 期。

[73] 时晓英、刘振前：《奥尼尔的悲剧人物观：个体英雄主义的困惑》，《山东大学学报》（哲学社会科学版）2007 年第 3 期。

[74] 张小平：《整合的女性形象——奥尼尔中晚期剧作中的女性》，《南京航空航天大学学报》（社会科学版）2007 年第 2 期。

[75] 卫岭：《创伤记忆与文学治疗——从〈奇异的插曲〉看奥尼尔的悲剧创作》，《安徽教育学院学报》2007 年第 2 期。

[76] 吴金涛：《酒神精神与人的艺术的救赎》，《名作欣赏（评论版）》2007 年第 8 期。

[77] 李霞：《〈琼斯皇〉——荣格集体无意识学说的典型图解》，《名作欣赏》2007 年第 16 期。

[78] 贺丽丽：《作为悲剧主角的酒神狄奥尼索斯》，《贵州民族学院学报》（哲学社会科学版）2007 年第 6 期。

[79] 汪民安：《尼采的道德概念》，《中国图书评论》2007 年第 12 期。

[80] 康建兵：《近 20 年国内尤金·奥尼尔研究述评》，《齐鲁艺苑》2008 年第 4 期。

[81] 刘永杰：《〈进入黑夜的漫长旅程〉的女性主义解读》，《四川戏剧》2008 年第 6 期。

[82] 曹萍：《尤金·奥尼尔的〈送冰的人来了〉：一部充满狂欢精神和多重复调的戏剧》，《安徽大学学报》（哲学社会科学版）2008 年第 4 期。

[83] 陈立华：《何以解忧？唯有梦想！——尼采与奥尼尔悲剧思想探析》，《英美文学研究论丛》2008 年第 2 期。

[84] 李昊：《论奥尼尔的〈悲悼〉与希腊悲剧〈俄瑞斯忒亚〉的审美差异》，《西南农业大学学报》（社会科学版）2008 年第 6 期。

[85] 李重明、马怡：《逍遥无待》与"酒神狂欢"——庄子与尼采生命自由思想探析》，《南华大学学报》（社会科学版）2008 年第 5 期。

[86] 黄伊梅：《希腊古典人文主义的内涵与特质》，《学术研究》2008 年第 12 期。

[87] 刘永杰：《精神困惑的叩问与生命意义的探寻——〈毛猿〉精神生态的灵魂叙事》，《外国语言文学》2009 年第 1 期。

［88］凌曦:《尼采论"悲剧性"与希腊品质》,《西北师范大学学报》(社会科学版) 2009 年第 3 期。

［89］蔡隽:《依存与超越——论尤金·奥尼尔悲剧意识的形成》,《山东文学》2010 年第 4 期。

［90］杜学霞:《〈上帝的儿女都有翅膀〉的后殖民主义思考》,《韶关学院学报》2010 年第 4 期。

［91］张文初:《叔本华与尼采:生命意义的诗性思考》,《中国文学研究》2010 年第 2 期。

［92］张生珍:《尤金·奥尼尔戏剧生态意识研究》,《英美文学研究论丛》2010 年第 2 期。

［93］康建兵:《尤金·奥尼尔戏剧中的爱尔兰情结》,《中南大学学报》(社会科学版) 2011 年第 5 期。

［94］卫岭:《还原一个真实的奥尼尔——奥尼尔不是男权主义的作家》,《学术界》2011 年第 3 期。

［95］廖敏:《文化身份的焦虑——尤金·奥尼尔道家情结解读》,《天府新论》2011 年第 2 期。

［96］郭勤:《尤金·奥尼尔与自身心理学——解读奥尼尔剧作中的自恋现象》,《当代外国文学》2011 年第 3 期。

［97］张剑:《西方文论关键词:他者》,《外国文学》2011 年第 1 期。

［98］张生珍、金莉:《当代美国戏剧中的家庭伦理关系探析》,《外国文学》2011 年第 5 期。

［99］任如意:《背叛与灭亡——〈琼斯皇〉中表现主义戏剧手法的研究》,《河南师范大学学报》(哲学社会科学版) 2011 年第 2 期。

［100］邓晓芒:《西方哲学史中的理性主义和非理性主义》,《现代哲学》2011 年第 3 期。

［101］康建兵:《奥尼尔与"1912"》,《贵州大学学报》(艺术版) 2012 年第 1 期。

［102］廖敏:《奥尼尔剧作中的"他者"》,《戏剧文学》2012 年第 12 期。

［103］任增强:《"女性"即"母性":奥尼尔"母性情结"的价值取向》,《译林》(学术版) 2012 年第 5 期。

［104］陶久胜、刘立辉:《奥尼尔戏剧的身份主题》,《南昌大学学报》2012 年第 2 期。

［105］车骁:《尼采的狄奥尼索斯——〈酒神的伴侣〉与〈悲剧的诞生〉》,《戏剧艺术》2012 年第 5 期。

［106］蒋承勇:《酒神与日神:西方文学的双重文化内质——兼谈文学的人性意蕴》,《江西社会科学》2012 年第 2 期。

［107］孙振偎:《尤金·奥尼尔悲剧美学观及其审美价值研究》,《文艺理论与批评》2013 年第 2 期。

［108］肖利民:《从边缘视角看奥尼尔与莎士比亚戏剧的深层关联》,《四川

戏剧》2013 年第 2 期。

[109] 张春蕾:《尤金·奥尼尔 90 年中国行程回眸》,《南京晓庄学院学报》,2013 年第 1 期。

[110] 马小虎:《论尼采〈悲剧的诞生〉的核心问题》,《同济大学学报》(社会科学版) 2013 年第 1 期。

[111] 廖敏:《奥尼尔〈诗人的气质〉中的文化身份叙事》,《电子科技大学学报》(社科版) 2014 年第 1 期。

[112] 刘永杰:《〈悲悼〉中"海岛"意象的生态伦理意蕴》,《郑州大学学报》(哲学社会科学版) 2014 年第 3 期。

[113] 陈凝:《试析尼采"酒神精神"的伦理学意蕴》,《湖南大学学报》(社会科学版) 2014 年第 4 期。

[114] 张媛:《从〈榆树下的欲望〉探讨尤金·奥尼尔对女性的关怀》,《江苏科技大学学报》2014 年第 3 期。

[115] 迟秀湘:《探析欧文·肖〈灵魂拒葬〉的表现主义戏剧特征》,《戏剧文学》2014 年第 11 期。

[116] 罗孝廉、彭萍:《尼采的丑观及其与强力意志的关系》,《河北学刊》2014 年第 1 期。

[117] 梁中贤、周丽娜:《酒神精神:尼采人性思想之源》,《文艺评论》2014 年第 3 期。

[118] 沈建青:《大海在呼唤:早年海上经历对奥尼尔创作生涯的影响》,《外国文学研究》2014 年第 2 期。

[119] 王占斌:《边缘世界的狂欢:巴赫金狂欢理论视角下的奥尼尔戏剧解析》,《四川戏剧》2015 年第 5 期。

[120] 王占斌:《尤金·奥尼尔戏剧中蕴含的解构意识》,《北京第二外国语学院学报》2015 年第 8 期。

[121] 夏雪:《尼娜:男性世界中的囚鸟——对〈奇异的插曲〉的女性主义解读》,《社会科学论坛》2015 年第 2 期。

[122] 苗佳:《论戏剧〈进入黑夜的漫长旅程〉的心理创伤》,《上海戏剧》2015 年第 1 期。

[123] 陈炎:《西方艺术中的感性迷狂》,《山东师范大学学报》(人文社会科学版) 2015 年第 3 期。

[124] 王占斌:《〈性别理论视阈下尤金·奥尼尔剧作研究〉评介》,《天津外国语大学学报》2016 年第 2 期。

[125] 王占斌:《〈榆树下的欲望〉中的希腊神话元素与尤金·奥尼尔的内心世界》,《四川戏剧》2016 年第 5 期。

[126] 王宇:《希腊神话中潘神的文化解读》,《辽宁大学学报》(哲学社会科学版) 2016 年第 3 期。

[127] 王展伟:《狄奥尼索斯形象与尼采、叔本华的意志学说》,《安徽师范大学学报》(人文社会科学版) 2017 年第 3 期。

[128] 赵凌志：《生态家园的守护者：尤金·奥尼尔剧作生态观研究》，《戏剧文学》2017 年第 3 期。

[129] 何双、修倜：《西方悲剧美学的现代发展与变异》，《江西社会科学》2017 年第 1 期。

[130] 曾艳兵：《古希腊酒神考辨》，《世界文化》2018 年第 1 期。

[131] 陈兴：《奥尼尔戏剧艺术的北欧渊源》，《四川戏剧》2019 年第 4 期。

[132] 张宏宇：《世界经济体系下美国捕鲸业的兴衰》，《世界历史》2019 年第 4 期。

[133] 孙周兴：《当代哲学的处境与任务》，《探索与争鸣》2020 年第 6 期。

四、博士学位论文类

[1] 迟晓红：《异化与本真：尤金·奥尼尔的悲剧想象》，博士学位论文，上海外国语大学英语语言文学，2004 年。

[2] 郭勤：《依存与超越：尤金·奥尼尔隐密世界后的广袤天空》，博士学位论文，上海外国语大学英语语言文学，2004 年。

[3] 魏凤莲：《狄奥尼索斯崇拜研究》，博士学位论文，复旦大学世界史，2004 年。

[4] 吴卫民：《中美戏剧交流的文化学意义》，博士学位论文，上海戏剧学院戏剧戏曲学，2005 年。

[5] 刘永杰：《爱与死亡：尤金·奥尼尔的性别理论研究》，博士学位论文，华东师范大学英语语言文学，2007 年。

[6] 杨挺：《奥尼尔表现主义戏剧观比较研究》，博士学位论文，暨南大学文艺学，2007 年。

[7] 卫岭：《奥尼尔的创伤记忆与悲剧创作》，博士学位论文，苏州大学比较文学与世界文学，2008 年。

[8] 张生珍：《尤金·奥尼尔戏剧生态意识研究》，博士学位论文，山东大学英语语言文学，2009 年。

[9] 吴宗会：《异化与本真：尤金·奥尼尔戏剧荒诞特征研究》，博士学位论文，华东师范大学英语语言文学，2013 年。

[10] 甲鲁海：《尤金·奥尼尔欲望悲剧研究》，博士学位论文，山东大学英语语言文学，2013 年。

后　记

　　20世纪，随着西方严肃文学与通俗文学界限的消弭，曾经令西方作家引以为傲的"悲剧"艺术形式所具有的严肃性与高雅性几乎被彻底消解，西方戏剧尤其是悲剧一路走来，呈现出无所拯救的颓势。与此相对应的则是艺术审美的庸俗化和思想的平面化，戏剧舞台搬演的无脑剧情，恰好迎合了大众动物般低级的性欲冲动，而"人"却消失不见了。

　　尤金·奥尼尔一生经历了美国现代史上最混乱的时代，其作品所描写的往往都是人们在社会的牢笼里歇斯底里苦苦挣扎，他试图以物质繁荣与精神荒芜的强烈对比促使人们自我反思。在戏剧创作中，奥尼尔极为关注人物的意识、心理、精神层面，大量采用意识流手法，对人物深层心理世界进行深刻剖析；他认为人类悲剧的根源主要在于不能清醒地认识自己、控制自己，而且拒绝正视现实。奥尼尔通过现代人灵魂的拷问，为严重物化的西方人画像，为极端自私的美国社会立传，同时赋予美国戏剧以筋骨与精神。因此，奥尼尔理所应当地受到学界普遍重视。

　　在中国，尤金·奥尼尔及其悲剧创作受到较大关注，这种情况在外国作家研究当中并不算多见。不言而喻的是，奥尼尔的戏剧创作是美国社会的一面镜子，借由此种特殊的观照方式，可以认识一个真实的美国社会和美国人，所以，国内学界的专家学人和大学师生的奥尼尔研究兴趣逐日增长。从方法论角度看，由专家引领的奥尼尔研究像是一块巨大的试验田，几乎所有的文艺批评理论都在这里找到了必要的验证结论，呈现一派百花齐放的热闹景象。

基于以上种种，选择一个奥尼尔研究的合理角度并非易事。经过将近两年的资料搜集和文献检读，我们将研究思路定位于"深耕"上，恰如酒神冲动原始性的心理深度，如能对奥尼尔悲剧中的隐喻及其实现路径之秘密探察一二，则是我们的很大成功，别无他求。在具体分工方面，由吴金涛提出选题设想，二人共同商议确定总体研究思路和写作框架，一来二去反复讨论，落实成为可行的写作方案。本书的主体部分先由张惟喻拿出初稿，再经吴金涛给出意见，增删修改，进行最终统稿并增加前言部分。

本书所作各项探索与结论，皆系著者悉心观照、深入思考、小心求证之所得。当与不当，敬请方家批评指正！

著者

2020 年 8 月

图书在版编目（CIP）数据

尤金·奥尼尔悲剧的酒神精神研究/吴金涛，张惟喻
著. —上海：上海三联书店，2020.12
ISBN 978 - 7 - 5426 - 7273 - 5

Ⅰ. ①尤… Ⅱ. ①吴…②张… Ⅲ. ①奥尼尔（O'Neill,
Eugene 1888—1953）-悲剧-戏剧文学评论 Ⅳ. ①I712.073

中国版本图书馆 CIP 数据核字（2020）第 232424 号

本书获陕西理工大学中国语言文学省级优势学科资助

尤金·奥尼尔悲剧的酒神精神研究

著　　者 / 吴金涛　张惟喻

责任编辑 / 徐建新
特约编辑 / 姚冰淳
装帧设计 / 一本好书
监　　制 / 姚　军
责任校对 / 王凌霄

出版发行 / 上海三联书店
　　　　（200030）中国上海市漕溪北路 331 号 A 座 6 楼
邮购电话 / 021 - 22895540
印　　刷 / 上海惠敦印务科技有限公司

版　　次 / 2020 年 12 月第 1 版
印　　次 / 2020 年 12 月第 1 次印刷
开　　本 / 890 × 1240　1/32
字　　数 / 230 千字
印　　张 / 10. 125
书　　号 / ISBN 978 - 7 - 5426 - 7273 - 5/I · 1674
定　　价 / 60. 00 元

敬启读者，如发现本书有印装质量问题，请与印刷厂联系 021 - 63779028